謫降與入

六朝隋唐道教文學論集

李豐楙 著

臺灣學生書局印行

誤入與謫降：六朝隋唐道教文學論集

目錄

導　論

道教在六朝形成，可説是中國宗教史上的大形勢所使然，它總結了前道教時期中國本土的宗教信仰，並在外來佛教所具有的教義、組織及制度均備的壓力下，終於在一批深具創發力的道教中人的努力下，整備完成了一個初具規模的教團道教。自此以後，道教才與巫術、方士及術數之人有了相對的區別意識——既與之共同承受駁雜多端之學，卻又能將它吸納爲其所建構的有機體中之一體；而相對於佛教則越激發其强烈的統一意識，既與之論辯修持的方法及終極目標，卻又容受其他諸多道派的宗教理念而納入其整個有機體中。類此傳承、融匯的痕跡，完全保存於六朝至唐的道經中，在中外宗教文化的交流史上，一般學者較常注意其間的相互容受、依附之跡，尤其傾向道教受佛教「影響」的論點。其實這是一種較表面的比對之後所下的斷論，如果從道教的核心思想考察，將會發現其宗教精神根據之所在仍是本土的中華民族，特別是在終極問題的思索上，「此界與他界」之間如何建構他界？兩界之間又如何溝通？則道教確是表現出中國人的文化觀點，而並非佛教所輸入的印度古文化，在此將從道教神話中所隱藏而又暴露的符號中，解讀人與仙、此界與他界的關係，從這一切入點將可較真切地理解道教的宗教本質，並進而較深刻地體會中國人的他界觀。

一、他界主義的仙界及三品仙

有關六朝道經所結構完成的神統譜，用以建構奉道者修道成仙所理想的精神世界，它是從較早期的三品仙説逐漸發展爲七階位的《真靈位業圖》。由於創教的時代適逢東漢以後三百年的戰亂，因而道教的宗教特質常被歸爲他界主義、神秘主義，這種從歷史解説道教之所以形成，自是從歷史之所已然的立場所作的解釋，多少能説明創教期一些睿智的宗教家爲何如此地傳承和創新。不過如果不是從歷史的「何時」興起來解釋，而將問題的重點置於道教「如可」興起，就可較深刻地解説道教在中國社會中具有何種功能。因此諸如此類宗教學或神學學者所關注的「終極關懷」問題，基本上道教自有其適切的解決之道：《莊子》在〈天下篇〉自述所淵源的古之道術者所要探問的諸大問題：「死與生與？天地並與？神明往與？芒乎何之？忽乎何適？」而道教正是對於這些「莊周聞其風而悦之」的古道術者，確實有它一脈相承的取捨、因革之道。

道教之所以具有他界的神秘主義傾向，實與它所處的社會文化環境有關，如果類似莊周的判別流派以自述其淵源，則道教中人所聞風而悦的古之道術者，不應只有老子「澹然獨與神明居」和莊子「獨與天地精神往來」一類，而是一批更古之道術者，從宗教之道、成仙之術希圖建立一個神明可往的「白雲、帝鄉」（天地篇語），它較諸老、莊的哲學式玄想還要更具有實踐性的證驗之道。在先秦諸子中，儒家所精鍊而成的仁道文化，基本上是配合周王朝的禮樂教化所需的士大夫教育，是一種具有較强烈道德性的理想主義，因而在面對生死及不朽諸終極問題時，也採取了較實事求是的合理主義，形成現世主義的人生觀。儒家思想其後被兩漢帝王所改造使用，在「獨尊儒術」的架構下成爲政治官僚的指導思想。在這種儒法合一爲主體的社會裡，道教的前身不管是巫教、神仙家或道家，也就自然地結合爲一，並提出一種解決生死及死後神明所往的他界主義。

對於人生終極的生死問題，儒家從孔子抱持「不語」死及死後世界的態度後，其喪禮所表現的要義多比較屬於一種人文精神、社會意義；而對此當時民俗則多比較採取禁忌的態度，或是在死亡之前以平常心對待？道教則在與生死有關的關鍵問題上採取了一種獨特的看法：諸如形神問題、魂魄問題之類，兩者又是二而一的。一般而言，從合理主義的立場看待：形魄既已不存在則神魂也就無所依附，所以喪禮的禮意是爲了盡孝；而當時的佛教信仰者則從「神不滅」的觀點，認爲形魄雖則不存，而神魂則可往生或轉入涅盤。在這一形神論爭中，道教由於傳承了古代的神仙不死的精神，並自信掌握了保存形體不朽的修練方法，自然也就折衷調停於其間，認爲形魄可煉，神魂可存，形成一種魂魄煉度得以度世的長生思想。在世界各大宗教中，類似這種鍛煉形神並能長久駐世而逍遙自在的解脱道，也是較少見的一種解決生死之道。

神仙三品仙的結構完成，顯示道教對於形神問題已有完整的思考，從巫到道，宇宙中心論被傳續下來，原本較素樸的紫極帝闕也被進一步宮廷化、官僚化，而成爲天上的帝廷，仙官百僚在此朝天拜闕，此時原本既已存在的天帝後來成爲玉皇上帝，並在「一炁化三清」的創世構想中，從南北朝開始道書已逐漸明確化三清爲三洞教主，其後千百年來就維持這一創世諸天尊的至高神信仰。而巫教的中央聖山、聖樹信仰及其神話，道教除保存了崑崙爲名山之至高者，建木則成爲醮儀中象徵性的神木、刀梯，不過名山還進一步中國輿圖化，而成爲洞天府地的神秘地理說。神話中的／西王母也成爲崑崙墉城之主，管理女子之隸仙籍者；其他成爲地仙的則按其生前的位業，棲集於各名山洞府中且各有其職司，這就是「洞仙」觀念的出現。從六朝起，洞天福地及洞仙之說確定後，其後道教的神仙傳記集及民問的小說戲劇都以此爲仙真登場的舞臺，這是道教文學對於中國文學所提供的神仙世界。

道教形成之後對於生死問題所提出的重要觀念，主要的是尸解仙和地下主，從地下出土文物可以確知，這是前道教時期既已出現：蟬蛻蛇解所引發的解化意識，使神仙家按照類比原則而相信人也可經由「尸解」，讓形魄更新而神魂長存；地下主則早在兩漢的墓葬物中，就有地下掌管者權領的觀念，尸解者就可由其生前所修業的，由地下主昇轉，使神魂脫離死籍；而類似馬王堆的帛畫中那幅裴衣的「昇仙圖」，表明當時應已存在一種由專業神職者所主持的喪儀，以之幫助亡魂乘者「魂舟」上昇崑崙仙界，類此帛畫上的舟船和中國懸棺葬的舟形應是一脈相承，至今仍有一些民俗遺跡，將魂身或神主送上法舟、法船以渡向彼岸。道教在逐漸發展完成的「度人」思想中，就發展爲葬儀中煉度魂魄以度往仙界，這種「渡」的儀具早在屈原的〈九章〉中既已出現，應是濮水部族的一種原型意象，懸棺葬之所以要高懸於崖壁，即是爲了航渡向神靈界——一種經由名山而上昇天界的他界，至今道教與民俗結合後，「超昇仙界」即是亡靈經水火煉度後以度脫向靈界，乃是借由他力而渡往他界，道教的神職人員則是在齋法中借諸天聖尊不可思議的功德力，來完成亡靈魂魄的煉度合一，所以道教齋法與民俗結合後就成爲喪儀中的度脱觀。

在傳統文化的傳承上，對於生死之際的處理、死後世界的理解，從東漢到魏晉南北朝正是轉變的關鍵期，形神、魂魄的論辯就在這一時期内展開。如果説儒家的知識分子和奉佛的弟子分別代表兩種不同的立場，而道教所代表的則是神仙家：他們深信靈魂的存在，並可以煉度其形魄而合爲仙質，然後再依其修成的位業分別成爲不同品階的仙真，三品仙及其後的七階或九品則是提示一種昇轉之格，經由逐級上昇而終得以進入天界。這就是修道者的終極目標，可經由自力而自度，因而出現「我命在我不在天」一句充滿自信的話；並以修練所得之力而度他人、度化群生同入仙界。道教在六朝期完成《度人經》，後來且置於《道藏》首經，就是表明其度世的願望，當時道治在村落共同體中，逐漸改造傳統喪儀中類似「昇仙圖」的昇天習俗，而成爲較繁複儀式化的齋法，幫助奉道者生前及死後懺悔其所已犯所未犯的罪過，讓亡魂悔過之後得以超昇。從死亡學的立場言，道教與民俗雖有自力和他力的不同，但是都相信有一終極真實的仙界存在則是一致的，類此文化上的共識，讓道教的他界觀及昇入他界的信仰儀式，在其後千百年來能再進一步地結合爲一種常民生活中的喪葬習俗。

二、神女降見與冥通仙眞：人神的接遇體驗之一

從比較宗教學的觀點言，道教所具有的他界主義、神秘主義傾向，具體表現在凡人與神仙的接觸體驗中。基於聖凡兩界的區隔意識，在道教中人的認知中，仙界所象徵的是一個超越此界的存在：潔淨神聖而安寧，仙人則是逍遙而自由；相對於此則此界是紅塵、塵濁及五

濁之世。在六朝時期由於名山說已轉移到中國輿圖，因此凡人對於仙界的接觸也與古神話時代有所同異：一方面既傳承神秘的感通方式，從巫師降神而轉變爲人神接觸的交感；另一方面則又因應江南新開發的地理環境，特別是深山幽谷、特多溶洞的洞穴地形，進一步激發其建構完成神秘的洞天福地說，成爲登涉遊歷時的遊仙奇譚。這兩種積極的人神關係即是降真和誤入，在此界與彼界的界域間，開了一個缺口或通道，讓凡人待償的願望得以短暫的滿足，並以此宣示世人：一個終極真實的存在。

在巫教信仰的宗教經驗中，巫即以人神之間的媒介者角色擔任溝通者，這些天生具有靈媒體質及心質者，經巫者的傳統訓練後，只要在精神集中術和自我暗示的情況下，即可順利地進入恍惚狀態中，得以讓神「降」在已身，並以此接觸鬼神世界。目前精神醫學者常以所謂科學的立場，認爲巫是在訓練完成後的「人格解離」狀態下，出現幻想、幻聽等幻覺狀態，一些降真神靈的神秘體驗多可在精神醫學的臨床經驗上獲得解釋。不管如何解說，在實際觀察中巫的降神常會傳下神的囑語，傳達神靈界的指示，針對這種現象靈學研究者則以爲巫能以其專業、秘傳的能力，與神靈者接觸而成爲人神間的溝通者、媒介者。中國的巫即是北亞薩滿教的分支，從遠古時代既已出現，巫所展現的「神遊」能力，並傳承宇宙中心與大地中心相通的聖山、聖樹信仰，以此一宇宙論建構其神聖時間和空間，它後來一直在基層社會的社巫中傳續不絕。

從巫到道，道教中人在巫教的基礎上更進一步地發展出一套與他界接觸的感通方式，特別是上清經派的初期，楊羲和許謐、許翽父子等人傳承魏華存夫人的道法，經由神秘的感通修練後而產生接遇神人的經驗，這些被先後紀錄於《真迹經》和《真誥》的見神體驗中，即以神女降見而與羊權、楊羲及許謐成爲神的配偶爲首；此外還有楊、許諸人得見諸仙真的晤談及聚談。這種神仙降見的事跡也多見於葛洪所撰的《神仙傳》中，如王遠、麻姑之降於蔡經；又如《茅君內傳》中西王母及上元夫人之降見茅君之類。當時奉道者顯然採取一種修業式的修練法，並不把肉體借予神靈降身，而是在進入恍惚狀態下接遇神人。類此在靜室中的存思、存想法應是轉化自古巫的修法，但在當時新興的上清經法中，已較自覺地自我區別於巫祝、俗禱，其具體之例有如周子良的通冥事件，陶弘景即搜整這位弟子接遇神人的體驗而題以《周氏冥通記》，「冥通」這一觀念可以代表上清經派較新的修法中一種宗教性的神秘體驗。

凡人與靈界仙靈的接遇，在道、凡的兩種經驗中，由於兩種文本分別出現在道、凡兩種不同的文脈中，也就顯示出不同的敘事情境，已被民間傳說及文人筆錄文學化的杜蘭香及成公智瓊等，都是以「近於」真人的言談舉止現身，並與張碩、弦超結褵而一同起居；而愕綠華之於羊權、安鬱嬪之於楊羲、王媚蘭之於許謐，則在降真的文字中一再強調只有夫妻之名而不行夫妻繾綣之實。由此可知區別民間和道教兩種神女神話的不同版本，前一文本是採行故事體的敘事，所有的情節發展多具現庶民生活的情趣：諸如遣人相通後初見、遊説以爲何需要接納的前因後果、變出仙廚款待情郎、贈歌及紀念性的奇珍異物；並以事發離別及別後再遇，來表達説話者和閱聽人在敘畢易於興發的惆悵情緒；與之相較，則道經中的文本都是出現在勸誘修道求仙的脈絡中，顯然勸使接受神婚的安排只是爲了要一了世緣，其目的仍是在超脱世榮而冀修真道，因而神女只出現在降見情境中，而少見世俗化的歡好及臨別場景，造成了道凡兩種敘事的不同情趣。

爲何道凡二系都不約而同地出現神女降真而與凡男婚配的情節？從巫山神女與求夢者的雲雨關係，從一夕婚姻的自薦枕席發展到引介成婚，其中較一致之處就是神女都是年少早夭的女子，她們都是在未婚即夭的情況下，由神靈者的女神、特別是西王母所接養；等到及婚的年齡再遣令下嫁，故不管是時隔多久，現身於凡間的形象都是十餘歲的少女。爲何只有少女成爲神女而並未出現少男之早夭者？這就涉及國人的死亡觀及靈界觀，而其根本則在於中國男性中心社會的家庭結構。古之神女神話所敘述的神婚事件，可以台灣現在田野中所保存的冥婚及姑娘廟習俗加以理解，它也時見於中國的筆記小說中，就在六朝時期既已流傳有吳望子祠、清溪小姑祠之類的傳說。當然這些聖女祠仍與神女有部分的差異之處，在此只從其中比較一致之處來說明未婚、早夭女子而需婚配的特質。

根據筆者所用以類別田野現象的終極關懷圖表（見次頁），從死亡狀態的橫軸和死後處理方式的縱軸，所形成的座標，可以區劃出四個象限：其中兩組對立的觀念即是下列的對照：

自然（A）／非自然（A`）—死亡的對立組

正常（B）／非正常（B`）—死後處理的對立組

AA`一軸指死亡的時間性（是否壽終）、場所性（是否正寢或內寢）、完整性（身軀是否完整）及完美性（是否福氣或享祿），凡越近於A或A`兩極的則極性偏高，按照民間的對比觀念即是善死、好死／惡死、凶死或歹死，若繩之以此一死亡指標：則神女多是屬於A`而近於

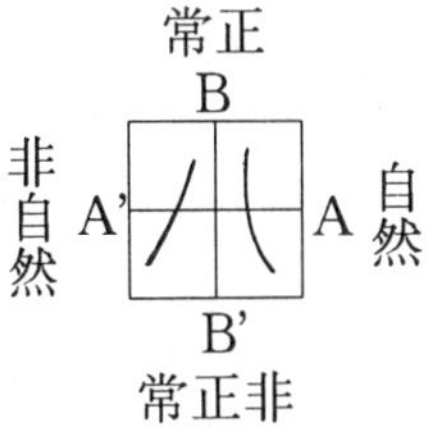

中心點的，也就是早夭而非善終、死非其所（如杜蘭香溺死）、未曾享福（成公知瓊早失父母）；而愕綠華甚至犯有謀殺之罪、安鬱嬪和王媚蘭的死亡事跡則未明示，但可確定都是早夭的少女。BB'軸則指死後處理的禮儀性（是否遵禮而成神）、憑依性（是否有神主及祠堂憑依）、繼嗣性（是否有後嗣承香火）、祭祀性（是否有家人依時而祭），由於是早夭的女子故大多屬於無可憑依而得享香火的。從象限分類即多屬於A'B'，基本上都屬於冤魂、怨魂之類，其冤而又怨的緣由自是與中國社會的家庭結構有關。

古中國逐漸成爲父權社會後，由父性掌控的家庭、家族以至於國家，也制定相應的制度以管理政治、經濟，並從而合理化爲神話、宗教及相關的禮俗。基本上是與祖先崇拜相互配合的宗祧制，是以男性繼承所設計的宗教祭祀權、宗教主導權及財產分配權；而女性則勢需「歸」於他姓，始能擁有相關的權力，特別是死後享祀的被祭祀權。本來女子早夭即是未「代年」，再加上父權制所形成的家譜制，因此在中國的宗祧制上就成爲下表圖式（見次頁）：

虛線所聯的女性是由外來「歸」的，在一陰一陽的家庭結合情況下，本家的「○」需要歸於他姓始能得享生前、死後的子女奉養和供養。因此凡女子「未字」、「未行」者就會面臨

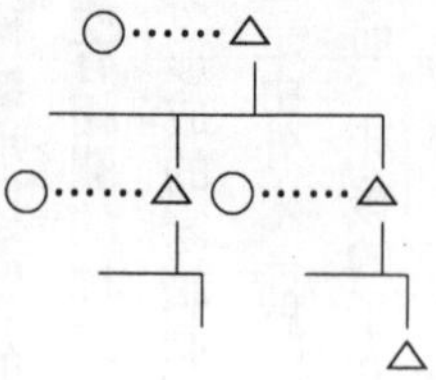

卒後無所憑依的難題，爲之立祠或採取冥婚即是一種補償的方式。神女神話中這些早夭而無父母爲之妥善處理者，如果命中註定有仙籍，即被西王母諸女神接養於崑崙墉城，這位「阿母」即是掌管女子得道之所隸者。她們也要執行母親的權利義務——也有天帝的男性父性角色，按照「宿命」所有的姻緣遣派下凡，與凡界或有道緣者作短暫的結合，以了卻一生中的命緣。

不管是世俗版本或道教版本的神女神話，都是彼界之仙與此界之人的接遇，是感通關係較爲密切的一種；至於其他所冥通的諸天仙聖，有時類似群仙會上諸仙相與酬唱賦詩，它除了用以表現仙境之樂外，主要的還是爲了接引修道者能專心向道，以早日進入仙班。大概說來，神仙傳記集是使用散文體敘述，中間穿插對話以推進情節，點明神仙所要傳送的諸多訊息；也會表現仙家的神通，諸如仙廚、法術等；而在《真誥》等一類降真的誥話中，則錄存有較多的詩歌，這些仙歌也有不同的作用，用以激勵修道者的向道之心，兩種方式有時也會交疊使用，形成道教文學中極富於神秘性的宗教情境。

大體言之，上清經派的教法是以存想法爲中心，是一種較精緻的入神法，在感通、冥通的體驗中所接遇的仙真，成爲這一時期「出世」道經中較常見的神仙群，並常介紹仙真所治理、棲集的名山洞府，構成這一時期的靈界現象。從巫到道接遇神人的敍事，不管是詩歌體或是神話體，都能敍述出一種奇幻的情境，在儀式性的冥感中，有如演戲時諸仙登臺的劇場效果：各個形象都極爲鮮明，容態也異於凡人，服飾艷麗，且儀駕盛壯，較諸屈原的〈九歌〉、〈離騷〉還要具體生動。所以這種神遊、神降場景確是具有儀式戲劇的同一特質，難怪孟郊改作爲〈列仙文〉時，任半塘從戲劇前史的立場，會以爲是「唐代道家戲劇方式之一」，就是在存想入神之後，仙聖或介紹神女出場，或賦詩教示，整個敍述的技巧有如戲劇式的場景，故足以激發孟郊加以改編爲列仙出場賦詩，而曹唐更是擴大規模，在〈大遊仙詩〉中創作出類似詩劇的效果。所以降真詩除了詩本身作爲「仙歌」，被《无上秘要》列爲專品，代表六朝扶乩詩的一種詩歌風格；而降真詩所出現的場景，無論是世俗化的成公智瓊、杜蘭香說話；抑是仙傳、真誥中的愕綠華等，也都敍寫得情景悽惋動人，均足以代表一種宗教性的文學作品，對於後世的戲劇、小說等有許多啓發之處：像元雜劇中的神仙道化劇、明清小說的神魔小說之類；甚至如道教藝術中的「朝元圖」（如山西永樂宮所存），都是降真或朝元的仙聖打扮，並有諸多儀駕隨從，前進的行列飄渺於雲海之中。在中國詩歌以抒情爲主流，戲劇以人情的悲歡離合爲題材的情況下，道教所傳承開啓的降真文學，確是足以構成一種較富於神秘色彩的文學傳統。

三、探訪與誤入：道、俗相異的人仙接遇説

在道教文學中較重要的「遊仙」主題，也出現於六朝到隋唐時期的筆記小説中，它的出現與韻文體相較，時間要稍晚一些，不過兩者之間又相互衝激、互動，特別是到了唐人的筆下已合流爲一。由於遊仙詩有較清楚的源流，從先秦的巫系文學傳承而下，採用辭賦、樂府及五言詩體迭加諷詠，因而造成一種詩歌中的類型。不過遊仙的説話則多採用口頭及書寫傳播的方式——在民間先曾有過一段長時期的口述階段，最後再由文士筆錄寫定，因此並沒有類似「遊仙詩」等一類較固定的題目。它較盛行的時間及地點，除了少數是在華北地區外，絕大部分是在漢晉之際的江南一帶，剛好是中原人士爲了逃避江北的戰亂、災荒而向江南遷移在開發的過程中，這片異於江北的廣大地區：山林、湖泊及洞穴，特別是海底上昇地形所形成的石灰岩地帶的溶洞，新土地上的新景觀不僅爲自然詩（山水、田園詩）帶來新感覺，就是對道教及世俗中人也激發其探險的新遊歷經驗，凡此均足以誘發道教文學的新題材。

傳統的三品仙説中，無論是地位或尸解仙多以中國輿圖上的名山洞府爲其標集處，形成一種較近與人間的他界。由於崑崙、蓬瀛終究是較爲飄緲而遙遠，只有西王母或青童君在此棲集，其他多數的洞天福地都是在距離人境的不遠處，就像陶淵明詩所寫的，「結廬在人境」卻可悠然見到的南山一樣，這些名山即是人境外的仙境。按照道教的時空觀，這些仙境正是仙人活動的他界，爲凡人所嚮往的異質化時空。爲了突顯出這一異質時空，日本學界習慣使用「仙鄉」一詞，頗具有文學的親切情趣；不過從「境」意識言，「仙境」是一種與「人境」

一樣的複詞，「境」字本身即兼含有區隔意、場所意及情境意。此界與彼界間是存有界線、界域的，從此入彼就要「通過」一個具有象徵性的通道如橋之類，此即區隔意；其次彼、此之間又是併存於世界上的兩個不同的場所，因而在場所上的事物和動作也就具有本質上的差異，有些事情只有在彼界的範圍內才會發生如仙女求婚之類，此即場所意；境又是環境、情境，所有不同境域內的生命，各自有其表達生命現象的方式，是各個有機體中的一部分，以此構成森羅萬象。所以這種「遊仙小說」可視爲一種「遊歷仙境」類型，表現爲「探訪」的主題。

由於仙境爲一種相對於人境的異質化空間，從類似西洋宗教學 Eliade 所描述的「聖與俗」理論，可視爲一種神聖的時間、空間，也就是異於凡俗世界的異次元存在；如果以中國式的語彙：就「常／非常」的文化心理結構言，它是一種異於常人、常世的非常世界，因其中所活躍的各方仙聖，其服飾、長相自是與常人有異；因爲他們所服食之物都是異質的：諸如仙水、仙物、仙廚，而身分地位也各有其仙職；最奇特的就是異質化的時間，所謂「天上一日，人間百年」，相對於常世顯得漫長而緩慢。諸如此類異質化的時空，乃是「非常」的世界，現代人就採用相對論或新時空觀，會說它是四維的。而古人則只能從道教或民俗思維：在常世之外應該還存在這樣一個既神聖又神秘的非常世界。讓人在「厭世」（千歲厭世）的情境之下，嚮往並探討之，這些情緒既有人類自遠古就流傳的古老的記憶，也有不同時世的現實環境所激發的世相。

從神話及宗教儀式言，道教即以神仙思想爲基幹，就一直傳承這一探訪仙境的願望，由於宗教理念之故，任一神聖儀式都會基於「常／非常」或「俗／聖」的結構，採用儀式化的動作「通過」此界（常世）而進入彼界（非常世），如同「通過儀禮」的三階段：先是分離，然後進入中介狀態，最後再整合。在前中介階段都是爲了讓自己潔淨：外在的常服需與俗人之服隔離，並以齋戒沐浴後，身著嚴莊顯服等象徵齋潔的内心，也就是身齋與心齋合而爲一。在《太上靈寶五符序》中探訪者包山隱居在「神館」之前，就是先「齋戒思真三日」而不敢冒進：等齋潔之後又鄭重地「束修而入」，在神館之内一切戒慎，特別是取神書時，拜祭而取，這是因爲神文所載的都是仙界的訊息，也就是他界的神聖、神秘之力量可以解決此界的難題、改變此界的秩序，因而需要特別戒懼。而這些天書也都由天兵天將護衛，該取則取、該多少即多少。等隱居拜取「一卷」出門後，就「門户自閉」，聞見其中有「簫鼓激響，人馬之聲」。這類探訪洞府的道教中人即是中介者，爲了濟世而代天傳遞出神聖的符號，這些符號只有能解的才可解，連高明的包山隱居也發覺其「字不可解」。

靈寶經派所承續的即是這類古靈寶經的洞天説，乃是屬於漢代地理緯的神秘輿圖譜系，應該是由漢代方士所傳承而下的神話地理，經方術之士再進一步融會了江南地區的新地理的探訪經驗，夏禹是神話式的箭垛人物，闔閭則是古靈寶經派中的箭垛式人物，在敍述時結合了真實性的探訪、宗教性的神秘於一，形成一種似真還幻的神話文體。當時上清經派楊、許諸人所錄的仙真誥語中，也由三茅君等指示一些名山，構成一幅以茅山爲首的洞天福地群。「洞天」自是形象化表現了「洞穴中别有天地」的概念，而「福地」則直接敍明是「幸福的他界地域」，也就是原本較素樸的山嶽崇拜的名山意識，在江南新發現的地理情境下，進一步發展爲「洞」意識：諸如洞天、洞府及洞仙一類辭彙即其具體反映。從此以後固定化爲道教神仙說的中心信念：三洞爲三清教主之所轄，其他洞仙如八洞天之類無不如此造構神仙世界。

陶弘景特別在《真誥》第四〈稽神樞〉闢爲專篇，將「區貫山水，宣敍洞宅，測真仙位業，領經所閾，分爲四卷」，即卷十一到十四。開篇就强調「金陵者，洞虛之膏腴、句曲之地肺。履之者萬萬，知之者無一」，也就是句曲山作爲一處真實的地理固然常人也能至，但是較神祕的靈界地理的存在，則是常人雖履其地卻不能「感通」，就如經文中所論的，句曲雖是「訪索即得」，但是這座「洞虛內觀」的山中，尚有一種「真洞仙館」的景象則常人所不及見：「內有靈府，洞庭四開，穴軸長連，古人謂之：金壇之虛臺，天后之便闕，清虛之東窗，林屋之隔沓，衆洞相通，陰路所適，七塗九源，四方交通。」(11．一b) 這就是洞天相連的總體仙境觀，乃是地理緯的仙道化產物，它作爲洞天探訪的一種神秘導覽圖，也是存想神遊的秘傳指導秘笈。

在〈稽神樞〉中常引述地理緯後再據以闡發其他界觀，具體完成其道教版本的仙境理論。首先就是名稱的道教化，諸如「句金之壇」因金壇而得名，方山之下有洞宮名曰「方臺洞」；或云：「所謂洞天神宮，靈妙無方，不可得而議，不可得而罔也」、「句曲山腹內虛空，謂之洞臺仙府也。」稱壇爲道教襲用自古宗教場所的名稱，而洞及相關的洞天神宮、洞臺仙府，和稱館名如易遷館等，既是實際的洞穴、也是簡易的道教式靖治用以棲止仙真。這是道教將名山、洞穴的神靈崇拜，從實修的宗教體驗中確定其爲洞仙的活動場所，一種與人境相鄰卻又異質化的仙境觀。由此可知道教在傳承與創發中，自有其依據舊仙說而有所因革之道。

從常的凡俗的此界要進入非常的神聖的他界，上清經派也一再經由茅君兄弟的降誥諄諄啓示：神仙洞府確是存在的，但是要如何才得以「通過」？也如同古靈寶經一樣採用齋潔之法，在卷十一就多次敍及，其中曾引左慈爲例：

漢建安之中，左元放聞傳者云：江東有此神山，故度江尋之。遂齋戒三月，乃登山、乃得其門，入洞虛，造陰宮，三君亦授以神芝之種。元放周旋洞宮之內經年，宮室結構，方圓整肅，甚惋懼也。不圖天下復有如此之異乎？神靈往來，相推校生死，如地上之官家矣。（11．7b）

陶弘業在小註中又提及真嘐乃云：「清齋五年，然後乃得深進内外宮耳。」從誥語中生動地敍述洞中的景象：諸如結構及神靈諸事，如此嚴秘其事，就可知爲何需齋戒三月或五年，乃足以成爲齋潔之身。除了洞中爲神靈辦事之所，主要的還有山靈守衛的問題：

中茅山東有小穴，穴口纔如狗竇，劣容人入耳。愈入愈闊，外以盤石掩塞，穴口餘小穿如盃大，使山靈守衛之。此盤石亦待開發耳，謂之陰宮之阿門。子勤齋戒成尋之，得從此入。（十二、十二 a－b）

由於山靈、山神的防守故需齋戒、或精齋、至誠。類似的說話都一再强調入洞的身分可經由齋戒而進入一種中介狀態，入洞虛既已如此，求見仙真更需潔身誠志，有一條記事即曾錄及此事：

三月十八日、十二日二日東卿司命君是其日，上要總眞王君、太虛眞人、東海青童君，合會於句曲之山，游看洞室。好道者欲求神仙，宜預齋戒，待此可登山諸乞，篤志心誠者，三君即見之。抽引令前，授以要道，以入洞門，辟兵水之災，見太平聖君。（11：13a－b）

從巫師的專壹其神到道士的齋戒精思，都是經由精神集中而冥通，仙界之人可傳授的即是解決世難的秘法，這就折射地反映了洞的意義。

有關他界的時空特質，在六朝道書中完全反映出神話的願望與現實的折射，楊、許諸人所錄的茅君誥語多數來自河圖緯，可以對照列表如下：

茅君誥語	誥語所引述
金陵者兵水不能加，災癘所不犯。	《河圖》中〈要元篇〉第四十四卷云：「句金之壇其間有陵，兵病不往，洪波不登。」正此之福地也。
句曲山其間有金陵之地，地方三十七八頃，是金陵之地肺也。土良而井水甜美，居其地必得度世、見太平。	《河圖内元經》曰：「乃地肺，土良水清。句曲之山，金壇之陵，可以度世，上昇曲城。」（11：2a）

從對照中的緯書原文及保命君（二茅君）所誥的，可知他界觀所一再强調的避禍：凡有兵災、水災及疫癘等，正是當時江南百姓所困擾的大災劫，在《孔子福地記》中也說：「崗山之間有伏龍之鄉，可以避水、避病，長生。」（十一、五a）從這些幸福之地的願望所折射的反映的，其實也是正國人所共同期待的太平王國，只是亂世子民特別企盼而已。

從非常的洞府終需返回常世，理由之一是洞宮之内不可久留，左慈都爲之惋懼、包山隱居也是震懼，不敢久息。而在歸途中則出現諸般情況，一是易於「迷亂」而不復入，二是嘗試識記以作爲標誌。它既是實景，也是象徵，《真誥》的筆法較近於實際的情況，如强調中茅山，「其中多沙路曲僻，經水處不大便易」（十一、十二b）；又有兩次特別載明於誥語中，「良常東南又有可住處，累石如竈，寄生樹如曲蓋爲誌，往當尋其所告。」這些記實的出入洞府的經驗是頗爲豐富的，對於楊、許等奉道者也特別具有一再探訪的吸引力。

仙境與人境即是並存的時空，從外表視之並無差異，但能否得見神仙、得見秘笈就表現出其中所具有的異質性。對於靈妙無方的洞天神宮，不可得而議之的，不是外表的洞中景象，因而對於當時流行的遊歷仙境傳說就有一些道教觀點的評論：即爲「誤入」說：《稽神樞》中這一說法正是出現在一段記事中：

虛空之内皆有石階曲出以承門口，今得往來上下也。人卒行出入者，都不覺是洞

天中，故自謂是外之道路也。日月之光，既自不異；草木水澤，又與外無別。飛鳥交橫，風雲蓊鬱，亦不如所以疑之矣（11：7a）

陶弘景的小註說：「世人採藥，往往誤入諸洞中，皆如此，不便疑異之。而未聞得入華陽中，如左元放之徒是所不論；然得入者雖出亦恐不肯復說之耳。」這是道教中人有意對於道教版本和民間說話版本的比較：一般凡俗之人所入的只是尋常的洞穴，出來後又流播爲傳說；而類似華陽洞天則不得入，雖入也不肯宣說出來。

民間說話的遊歷過程，既不必齋戒，故也較易被歸於「誤入」；而所重覆說之的也並非洞中奇異什麼經訣秘文，只是一些服食、婚配諸事，不過就當時的社會環境觀察，這些誤入者所代表的並非類似上清經派的奉道探訪洞仙者，多屬於江南舊族而任中級官史的；而只是一些「採藥」的世人，即是世俗中人，或漁或樵，多爲較貧賤的年輕男性，因此所遭遇的多爲仙界玉女之類。在六朝講究門第的世族社會中，貧家兒郎的心目中所理想的即是攀附貴姓，陳寅恪所說的研究六朝史的兩大關鍵，即是門第和婚配。這些現實界中所不能滿足的、待償的，卻多可在誤入洞天後獲得短暫的滿足，各遂其願，講述者和閱聽者都是以尋常百姓爲主，因而王質或阮肇、劉晨等生產勞役者也較易獲得認同，這是一種身分階級及社會標幟的認同感：所滿足的也是華屋、美食及美女、悠閒而不必勞動的日常生活。這些貴遊生活被折射地反映於仙境中，也使得傳說富於人間性的通俗趣味，它不斷地被流傳又創作，也就增添了諸多時代情趣。

探訪仙境的世俗說話，在進入洞天之中後，凡男所具有的中介狀態即是非彼非此地模糊、曖昧身分，無論是觀棋或婚配，時間都處於未之分明的混沌狀態，並不特別恍惚；而離開的原因多是思歸，雖借美而非吾土，這是不司於怖懼的顫慄動機，而為小民的惓惓故土之情。這一既與玉女有宿緣又思歸的矛盾，所反映的可能是當時世族女性與寒門男性間的通婚，不過以身相許的玉女是否尚有歌妓身分之嫌疑？凡此都有一些訊息透露出不欲久留的原因。這類關係不僅今人頗費思量，就在當時道教中人的印象中也需面對而說明一事，諸如南北朝前期的《元始上真眾仙記》就說明：「凡青嶂之裏、千嶺之際，仙人無量，與世人比肩而不知。凡人有因緣者，或在深山迷入仙家，使為仙洞玉女所留。」它一方面解說人境與仙境、凡人與仙人的並存性，開啓了「誤入」的因緣；另一方面卻也暗示修道者並不會因迷誤而為玉女所留。由此可知道教版本流傳於教團內部，作為勸導修道者的榜樣；而民譚版本則在民間傳播，主要是為了滿足中下層庶民的現實需求，因而對於後世的世情筆記小說也有較深遠的影響，誤入即成為有意的〈遊仙窟〉，因而遠離了道教的清修特質。雖則道、俗對於人仙接遇的他界觀有異，不過共通之處則是對於六朝的災劫之世都是有深沈的感慨和不滿之情吧！

四、罪謫與重返：墮落仙人的下凡懲罰說

在道教的人仙接遇關係中，神女的降見、仙聖的降真之類仙界的神仙降下於人間，

其動機都是爲了接引、勸導入道或單純地了結宿錄，所以多是來去自如，終不失其作爲仙界仙人的身分地位；而道、俗之人探訪或誤入的道緣，也是表明有種成就神仙的機緣。「謫仙」則是介於兩者之間，作爲一種被懲罰的仙人需要有一段時間生活於人間，然後再視機緣而得重返仙界；不過對於修道者而言，其意義則是在了悟本身爲被謫謫者的仙人身分後，頓覺此界的生活便成爲一種過渡階段的磨練，因而有種等待重返仙界的期待。在這種對待關係中，仙界／人間的對照也就象徵著清淨／混濁，因而對於仙人及求仙之所具有的同一意義，就成爲清淨的仙界即是不得觸犯天律、天條，否則終將因墮落而遭受懲罰，這是提醒中下位階的神仙，只有不斷提昇道行才不致受到凡俗濁念的干擾和污染，凡此均涉及道教所建立的他界觀中，就如同此界之人有人之律一樣，仙界也有仙律、冥界也有冥律，這是道教神學透過神話所顯示的三界的仙人及鬼神存在與秩序觀。

從漢末直到大唐創業，三百餘年的亂世，讓道教中人自覺地以道德重整者的姿態出而應世，他們以清流自許思索人性失序、社會失序的根源在宇宙之失序。在當時社會所激發的强烈失序感中，這種尋求建立存在秩序的强烈願望，促使道教創教者亟於建立宇宙中天地人共遵共守的律條，而根本之道自是人間所應遵行的奉戒守律。在農業中國本就對資以生存的天地產生較强烈的依賴，何況面對政治紛亂後流民南移所需面臨的兵災，水災及瘟疫，因而痛感制定天上、人間一種冥冥中各需奉行的冥律，借以維持宇宙間的大秩序，它多少是來自人間官府約定的律法的啓發，卻是用以約束陽間官僚體制較無法觸及的他界。天律的完成意味著道教的天界、仙界結構已趨完備，只有在神學上制定出較完善的諸神共遵的神界律條，才能爲此界的修行者定出「向上一路」，而形成心性修持的宗教倫理，其中就涉及罪、過諸觀念。及如何解罪的諸般身心修持的法門，也就是宗教學上的「救贖」問題。

從中國古代的法律觀所形成的罪罰，多是指隨行爲上有較明顯的事實依據，乃得以根據成文法作成判決；而儒家所傳承發揚的禮及其核心的仁德，則較著重於人的良心所發揚的道德主體。對於世間的人，這種儒、法相與配合的教育制，大體已設計出一套人間法，既可激發其內在之德、並可規範其外在之行，因而可以相當程度地穩定社會秩序。在儒法思想大行其道的太平社會，有秩序的社會自可循此而讓人際之間平安無事；而一旦遭逢亂世之時，兩種世間法的約束力減弱之際，宗教所倡行的律、法就以神學的形式在民間傳布，特別是對於奉道者的信行而言，宗教所提出的是兼含有世間法與出世間法，多能較深刻地觸及道德行爲外的道德心，也就是它涵蓋了所已犯和所未犯，凡起心動念之際既已觸犯了良心上的「律」。這些宋明理學家所大力發揚的道德之本然，在道教創教之始也借用神話神學的方式建立。並經由大力宣教的傳布方式讓道民較自覺地以此自我區別奉道與否？奉道之後又能否行道而得道，由此讓道教倫理學與修持、成道合而爲一體。

對於虔奉的道教徒而言，道治中的祭酒及由此傳布的戒律、經訣；其教育的目的並非僅是讓道民不自覺地盲目奉守戒律及經法，而是教示他們如何認識當時存在社會的本資，並且提醒體認社會失序的根源。在魏晉南北朝道教中人對於世間的認知，確是從較悲觀的憂世觀點觀察的，因而所認識的人間的此界的本質，基本上還是以「苦」爲核心所展開的思考。相對於他界，此界苦觀之建立，絕不能簡單地從當時輸入的印度佛教教義加以理解，而要探本溯源地直接淵源於道家及中國古神話中的混沌論。誠如《莊子》所使用的混沌寓言，未鑿耳目五官之前所象徵的原始生命力之豐富，爲天、爲自然無爲；則人爲、有爲將帶來的即是慾望、塵忿，並由此而有生之苦。道教把此界稱爲塵濁、五濁，就是觀察到其中諸般因凡俗之念所引發的苦、亂，造成了社會苦、生命苦。因此在這種苦的世界觀中，奉道者的修行就是將苦作爲磨練，在此界中堅定心志，絕不退轉，期望終能度世成仙。

謫仙說是建基於此所形成的道教謫譴神話，將貶謫到人間也視爲懲罰，而受貶的因由在較初期出現的，大多是在仙班的職務上，因違反官儀、擅忽職守或任事不力者居多，較多反映出官僚體制中的貶官緣由：諸如劉安，壺公、東方朔及成公興等，都因在天曹任事，有「過」見責，這種罪、過都只是職務過失所該承受的懲罰。不過也有的如愕綠華，則是犯了「毒殺乳婦」之「罪」，才「謫降於臭濁，以償其過。」可謂「罪」和「過」字有時可以互用，但是從兩個字的造字本義言，過是指行爲逾越了禮、法，也就是違背了「善」而爲「惡」，即是犯過；而罪則因所行爲「非」—不符法令的規定，觸犯了法網而被縛繫以刑。所以在「罪過」被複合爲雙正複詞前，罪的負面意較大於過。後來道教成立後，則較常使用「過」字，特別是用以與「功」相對，而成爲「功過」的算紀意識。

在道教的初期道經中，今本《太平經》雖多少經過後人的重編，不過仍保留有諸多較早期的道教理念的痕跡，其中既已提出相當清楚的功過說，並出現了「謫」的誡律觀。在卷一百一十〈大功益年書出歲月戒第一百七十九〉中，即以神學的立場建立了天神按照人的行爲有功有過，進行增減算紀的賞罰。因爲算紀的執行，除了本身對命的增年、減壽，更會承負到下一代，其中即一再使用「過」字說：「過輒有罰首」，（合校本，頁五二八）；「聞人有過，助其自悔」（頁五三九）。道教所强調的功和過，其賞罰並非出自官府而是天府中的天神，按照神仙錄籍及命簿來施行。卷一百十二〈有過死謫作河梁誡第一百八十八〉就記載了當時的罪謫之說，由天神持簿書考校、或由大法陰曹，「計所承負，除算減年」；而罪罰的說法，則有「主爲者有姦私，罰謫隨考者輕重」；又說：「有過高至死，上下謫作河梁山海，各隨法輕重，各如其事，勿有失脫。」（頁五七九）在經文中一再强調戒的重要，都是神書、神言所揭示的奉道行爲及常人所需奉行的。因此不可輕犯，否則「小犯纔謫，大過不救。」（頁五七八）可知在人律的懲罰原則上，謫是一種較小的罰法。由於天師道發展其道治的組織，在蜀漢地區施行政教合一的制度，勢需結合政治和宗教的律法於一，所以制訂出宗教性的誡律也就具有生活公約的作用。其後張魯降曹之後，被遷入關中，道治組織也隨之移於中原，且又南遷於江南，在曹魏時流傳的《正一法文天師教戒科經》就出現「罪過」的複詞，其意義大體仍與《太平經》一致，應與蜀中也一樣運用這一古道經有關：「又奉道教身中有天曹吏兵，數犯瞋恚，其神不守，吏兵上詣，白人罪過。過積罪成，左契除生，右契著死，禍小者罪身，罪多者聯及子孫。」也就是「過」較輕而「罪」是較重的，而死亡後按照所犯的輕重，「謫」是較輕的懲罰方式。

道教所立的戒律主要是爲了規範教徒，故是一種人律，唯人所受的懲罰規制，仍與神律、鬼律有關；《四極明科經》就載有諸般傳授經訣的盟誓規約，也都有謫罰的明確規定，而《女青鬼經》則所載的多是精、鬼對於人的懲罰，基本上所有的明律、罰則都是天神所訂的。所以神仙世界的謫罰才稱爲「天條」、「天律」，也仍是天神所職掌的天界神律，用以維持天的秩序。既然是天律，在道經傳授的盟約中，自是不宜「出世」，當時道士也不宜「造構」，因而所流傳的謫仙神話中，都未直接敍明何部天律？甚至有些記事中也不明言因何事而謫，如恆岳仙人「有少罪過，爲天官所謫」；而成爲晉陽人某。類此既已身在名山洞府或天界之中，若有怠忽則仍會遭受罪的觀念，其實是較具體地表現出人間官僚體制的折射反映，而與佛教所傳布的終極理念有所區別。

唐人既承六朝期較素樸的謫仙觀念而來，卻在崇道帝王所形成的社會風尚中，大力闡揚了謫仙的時髦風氣，這一時期的道經對於戒律—不管是人律、抑是神律、鬼律多並未有較突破性的進展。也就是在道教戒律學的成就上，只是配合了道教的制度進一步加以整備，而制訂出較精密的儀注訣，以此作爲教團內部行事的準則；而李唐王朝也在宗教政策上，制訂出較明確的「道僧格」，以之格正宗教人的行爲規範。不過現存的戒律經類中，完成於唐代的並不特別突出。因而有關天律中神仙所犯如何即被謫罰，也仍是基於「天機不可洩露」的體律並未曾有更進一步的發展，這一情況要到金元新道教興起之後，由於全真道確定了更嚴密的出家制，才在元雜劇的演出中，透過戲劇來宣示另一較深刻的謫譴理念：就是天界的神仙若因道行不深而動了凡念，就註定要到凡俗世界受罰，這是「神仙道化劇」的度脫因緣。所以唐人所流傳的謫仙小說剛好介於官儀謫罰和思凡謫譴說之間，所增加的只是人間性的趣味，它的意義是對於當時的官家入道者和較多的宮觀黃冠者，「謫仙」是修道過程中磨練心性的一種精神動力。

由於唐代漸趨穩定的道士出家制，在天師道原本實行的在家制道治之外，又另行確定一種道教修道的型態；此外在崇道的風尚影響下，還出現另一種「隱修」式，這是道教制度史上較未曾受到注意的一類，原因就在這些隱修者實踐了《老子》所說的「和光同塵」哲學，其外表形跡與常人幾於無異，但是在其內在的心志上卻是堅定地修持不懈，直等到功行圓滿之日即可證道得仙。由於這種隱修型態並不定要出家長住道觀，也並未在穿者、舉止上有黃冠、道服及齋醮行法諸宗教行爲可辨，而是混居於市塵之中，現世俗相：或男女爲侶如夫妻相，或佯狂自恣如狂人相；而其職業則士農工商、富貴貧賤俱有之，特別是擔任役隸之職者居多。雖則是內修至道，不過卻總有一些特殊的因緣表現其特異的能力、或在功德圓滿之日才透露其爲何需要再度修道得成的道緣。這種隱修之士其實已逐漸與鍾呂道派相近，也就是金元時期的南宗才正是傳續這一種修道形式。

在唐代的道士類型中，隱修型就常常成爲謫仙之流，文士的作意好奇多少會將民間的說話加以傳奇化，在小小情事中讓人讀後有悽惋欲絕之感。這些事件包含了人生經驗中的諸多範圍，不過大多是生活上比較不如意者居多：有作傭人的村野人，不第書生許碏；或不婚嫁而投水的黃觀福，妙達音律卻又命途多舛的萬寶常、也有受雇摘茶的夫婦：或自覺夫婦宿緣已盡而自去的王賈、或夫婦之分已盡即獨居靜修的崔少玄；至於文士特別喜愛渲染的則是神女降見類型，如紫素章元君謫居後，有意度化任生以了情緣；或因封陟峻拒了仙姝而使之需再曠居六百年。不過也有一種因泄露天機而被謫的：如盧生爲太元夫人的庫官卻盜取了夫人的衣服私自贈給崔氏婦，因而被謫爲下界的天子；吳綵鸞則因泄露天機給書生，而被謫爲民妻，諸如此類被謫後顯出較卑賤的身分，多符合承擔罪罰的角色：如擔任賤役爲一種懲處、命中多舛也是合理受罪、至於結爲夫妻乃是爲了一了情緣，則是兼含了宿命論的色彩。本來從仙界到人間就是謫降，還要進一步在身體、耐心上接受磨難，才能償還其過。這類傳說對於隱修者的感受而言，確可支持其心志以渡過艱苦的修道之路。

不過謫仙傳說卻也由於唐代社會的普遍流傳而世俗化，反而成爲讚美人物的一種語言或說話，這是因爲其中所强調謫仙者所具有的特異能力，而有意忽略所應承受身心的折磨的懲罰過程，因此這類所謂的「謫仙人」大多爲貴遊名士，貴至崇道帝王、妃子的玄宗、貴妃；或奸相如李林甫、名臣如馬周；名流則如李白、白居易等，都以其好道而又有文才，即被呼名爲天上謫仙人。其中固然是有像賀知章之衷心讚賞李白的才華的，但也有李林甫的門客故作狡獪的筆法的，不管其動機爲何，唐人竟然有意把謫讁的仙人原本較原始的罪罰意忽略掉，就在這種新神話的創作和認知態度中，不經意地顯示出一種謫仙的新意義：即仙界是遠高於人間的，爲一種非常的世界，縱使是被罪謫者也仍是非常之人，他們終歸會有機會重返仙界。因此在盛唐的太平治世中也仍是確信仙界仙人之美好，而相較於當時盛行的佛教諸宗派，就可以理解崇道的唐代諸帝，確是將成仙的社會風尚帶到一個新的流行的境地。

謫仙說最世俗化的表現則是與遊仙文學的結合，在〈遊仙窟〉等狹邪小說流行之後，既然流連於歌樓酒館中的男性可以劉郎（晨）、阮郎（肇）自喻，則那些藝名爲某仙某真的歌妓，並非天生就註定是要爲妓的。如果她們能多有一些詩書或音樂的才華，則唐人慣用的比擬關係，就可襲用突出的容貌及才華的即爲謫仙的原則，稱之爲「謫仙」；不過在這一觀念之下，其實對於罪謫、懲罰的意義是較被突顯出來的，也較符合樂妓淪落風塵的命運。像曾文姬爲一翰墨甚工的娼女，任生〈贈文姬〉詩就直接取用謫謫的典實，隱喻地說：「玉皇殿前掌書仙，一染塵心下九天。」這是較早使用思凡被謫的例子之一，因「塵心」污染了仙界的聖潔，故會被謫下凡塵。這類罪罰應也是北里人中普遍流傳的觀念和習語，所以蔣防就曾借鮑媒婆之口介紹霍小玉，說是「有一仙人謫在下界」，除用以呼應她所瞎編的是霍王小女，遺居在外，話中也仍喻有如此佳人竟至論落紅（風）塵之意。這些仙窟中的謫仙所受的人間罪罰至重，較諸佯爲夫妻乃結情緣一類，可說是一生露水姻緣以至老死，是爲典型的謫仙怨。

大體唐人在帝王崇道的風尚之中，士庶也在同一仙言仙語的語言文化的情境中，普遍接納當世流行的仙道文化。現存的唐人小說及詩歌中與神仙有關的凡有多種，謫仙即是承續六朝所創用的，再予以多元的使用而別有唐文化的喻意。由於生逢盛世，無論是精神生活抑是物質生活多較寬裕，因而仙界仙人的世界就常成爲一種超越現實的象徵。在這一情況下，謫譴固然仍傳承有下凡償過的原始意義，用以突顯「出家」道之外在家道自願在火宅中隱修者的心志；不過新增益的卻是仙人從仙界中所帶下來的「異質」成分，所突顯的只是那些過於「常」人的「非常」容貌和才智而已。換言之，在紅塵中的生活只是過渡，終究要從常世返於非常之境，從此之後，凡心淨盡，仙志堅固，就不致再成爲墮落的仙人。謫仙神活即表明人仙接遇在此界，仙人既不露相而凡人也無從識之，人與仙的異質性就在接遇關係中完全表現出來。

五、結　語

在國人的宗教經驗中，對於佛教所引帶進來的外來文化，特別是對於他們面對社會和制度所採取的態度，曾用了「方外」一詞以對應於「方內」。然則對於本土性的道教，一般人的整體印象又如何？從道教創發到初步發展期中，所出現的道教神話和民間傳說，可以發現也形成諸多語彙，有些是從前道教時期既已有之，而道教中人在傳承後再加以强化，乃能自成一個語言符號的隱喻系統，保存於道經及通俗說話中，也形成儒家、法家之外的另一種處世做人的態度。它具有他界主義、出世主義的傾向，因而也採取神秘主義的態度理解此界／彼界間的感通關係。在道家式的人生觀、世界觀之外，注入了一種宗教性的神秘色彩，經由道經及民間說話滲透於整個中國社會的底層。

由於儒家所主導的知識分子的思想行事，較傾向於合理主義、實證主義，它相當深刻地主導了經學、史學及子學的大方向，因而四部分類幾乎無法處理龐雜的道經（甚或佛經）。同樣是憂世之書，先秦哲人期望、期許提出一己的創見以解決世道；而道教中人則出之以宗教情懷，大膽地從他界主義的另一角度反觀此界，基於創發階彼正處於一個分崩離析的時代，社會的苦難、紛亂激發他們使用系列的塵濁、臭濁、穢濁諸語彙，用以表現失序社會中「惡」的本質。爲了解救失序社會中失序的人性，道教的宣教即以建立潔淨的他界、超越的仙人作號召，勸導世人奉道以棄惡從善。類此終極目標、終極真實的關懷，正是道教所提倡的慈悲度世道，當時不同的道派即以自度度他的度人精神，在村落共同體中成立道治並深入基層社會裏，因此如何起信並堅定信徒對於真道、正道的信念，就成爲道經中的宗教神話，並與民間傳說具有密切的互動關係。

冥通與降見、探訪與誤入、罪謫與重返，即是當時道、俗用以接觸世界的三種重要模式，道經中固然也有析理性的敘述用以陳述他界及人仙接遇的理念，不過絕大部分所採用的多是一種神話語言，具有高度的隱喻性格，讓人在多義的解讀中各自有所體悟，這是宗教語言的本質。道教在「造構」經典的神話模式中，就以道經「出世」來顯示仙界的異質性，因而所譯寫的都是他界的訊息，它是以解救世難爲說經的因由。類此此界之人與他界之仙的接遇，其實也正是經由「接觸」而傳達他界的智慧和力量，因此在兩個異質的時空中，這種超越性智慧和力量的傳達就顯得神秘而矜重，它可以讓個人以至團體的生命秩序重新整頓而安定下來。對於六朝人的意義就是亂世的佳音，而唐人對這些世外之音則是補償現實界的欠缺與不滿足。

基於此界與他界的對照就是濁／清、潔／穢，因而如何闡揚道德上的善，就成爲初期功過格的關鍵，在道教神話中對於罪、過的污穢特質，一直是與天神懲罰說相聯繫的。不過它並非就此即導出他力的解救説，反而更强調道德的完美即是自力—我命即在我的自力自行。因此群真降見、探訪洞府及罪滿得返，都是自力完成其功德以符合仙籙。在道教神話的敍述中雖則也有宿命、命緣的宿命決定論傾向，這是從宇宙的大力量大格局所作的立論，是對於那種宇宙自發自行的大軌道的體驗，因此個體和集體無法超越這大力的運作軌跡。從這一點言，道教的神話敍述其實與古神話中的混沌、道家哲學的道仍是一脈相通的。所有的冥通、探訪及重返，都是回歸於混沌之道的努力，縱使是常民的誤入與自許爲謫降，也仍是嚮往歸復、歸根。類此探索宇宙、生命的奥秘之力，激發道教中人超越現實界的苦、亂、期望回到生命的本源，這應該就是道教神話中「道」的神學意義吧？

神仙三品說的原始及其演變

——以六朝道教爲中心的考察——

神仙三品說爲道教思想的基本觀念，其原始型態約出現於漢晉之際，經歷南北朝的衍變，終能發展爲道教的神統譜說。漢晉之際道教正處於萌芽、成長的階段，因而廣泛吸收前道教時期的神仙，以及相關的方術，將其綜合條貫成爲較有體系的道教思想。神仙三品說即爲源於神仙神話、不死信仰，經歷戰國、秦、漢的長期發展，被轉化爲道教的中心思想。六朝時期，道教由初期道派的分立而產生統一意識，逐漸匯爲南、北兩大系統。不同道派在造構各自的教義時，自然也將前此流傳的神仙傳說加以改造，成爲符合其教義的說法。因此神仙三品說雖則所源相近，而在不同道派的發展、演變，卻形成各具特色的神仙位業說。大概說來，神仙三品說乃基於二大觀念：其一爲道教宇宙觀，包括天堂、名山及地下說，顯示其努力造構的神仙世界。其二爲仙真位業說：包括天仙、地仙及尸解仙說，乃是道教對於神仙形象的品級觀念，由此兩者始能建構爲道教的神仙世界。本文即以六朝時期爲探索的範圍—兼及唐朝的一小部分，循著由先秦、兩漢的神話傳說轉變爲道教傳說—或稱爲仙話。❶ 探討神仙三

---

❶ 袁珂在《中國古代神話》中曾使用「仙話」一詞，認爲是道士的胡說八道。其實這只是道教依其特殊觀點的改造，爲一種信仰與神話的自然演變，見該書頁二七—二八。

品說的淵源，及在六朝時期的演變情形；其中特別注意由於不同道教的成仙說、賦予神仙說以新的意義。由此說明在形成的初期，道教具有旺盛的創意，始能完成其創教的宗教思想。

一、僊、仙、眞諸字的展開

前道教時期的神仙觀念，歷經先秦至兩漢的長期發展，蔚成一段複雜而有趣的神仙思想史，至今已大體瞭解其發展脈絡。在此僅想從其發展過程中，深入解說神、僊─仙及眞諸觀念的提出，與初期僊說是否存在素樸的分品的構想，幫助瞭解道教成立以後，如何予以整備爲一套具有體系的新說。僊（仙）、眞諸字乃是道教用以構成其繁複龐雜的宗教世界的關鍵字，所有描述神仙、仙眞、眞人等複合詞，均爲道教中人長期累積其宗教體驗所鑄成的神仙觀念。而這些深具道教色彩的專門術語，追溯其源就可以驚奇地發現，它也是莊子用以表現其哲學的「鎖鑰字」(Key words)，因此從僊、眞諸字的考察，可以體會由道家轉變爲道教的契機。

老莊道家與新興的道教之關係，應該不只是一爲哲學─稱爲「哲學的道家」(Philosophical Taoism)、一爲宗教─稱爲「宗教的道教」(Religious Taoism)的區別問題而已❷；而是道家，尤其是莊子，其哲學思想的淵源及其用以描述精神境界的方法，本就潛存

❷ H.Creel, What is Taoism (chicago.1977)P.7 D.Howard Smith. Chinese Religions.(N.Y.1968) Chap.IX.

著一些讓好學深思之士深感興趣的課題—就是莊子思想的形成是否與古代的一種宗教體驗有關?聞一多早就敏銳地指出:莊子的神秘思想爲一種古宗教的反影，這種原始宗教被具體指稱爲一種巫教，他大膽賦予「古道教」一詞，藉以說明其與道教的血緣關係。❸法國道教學者康德謨（Max Kaltenmark）更明白宣稱「道家和道教並不如一般人所說的那麼不同，他們彼此來自同一種極古老的宗教的根源」，因此兩者並非代表兩股截然不同的思潮，「相反地，我們以爲道教是道家思想的繼續和延長。」❹基本上，這種說法具有相當的啓發性，讓我們覺察到莊子思想的卓傑處，就在其將一種古老的巫教的宗教性體驗，提昇爲一種哲學思維的精神境界，其中頗具神秘性的身心修練的宗教體驗，正是溝通道家與道教的關鍵。

道家與道教的密切關係，可從僊、真諸鎖鑰字加以考察，首先即自「真」字的特殊用法開始；它是儒、道二家各自表現其不同的哲學體系時，屬於道家的專門述語。儒家經典以誠、信等字的表現其倫理道德的條目，而較少使用「真」字—僅《荀子》出現少許的次數。有些學者曾指出《說文解字》的真、慎爲古今字：誠爲慎的第一義，敬爲慎的第二義。❺其實許慎解說「真」字的造字本義，所謂「僊人變形而登天也，從匕目，儿所以乘載之。」已完全爲

---

❸ 聞一多，〈道教的精神〉收於《神話與詩》（臺中市，藍燈文化，民國六十四年）頁一四三—一五二。

❹ 康德謨，〈法國兩位先哲對於中國道思想的看法序言〉，曾扼要介紹馬伯樂、葛蘭言的道家研究，收於《中國學誌》第五本（東京，泰山文物社，一九六九年）頁三八三。

❺ 鈴木由次郎，〈真および真人について〉，收於《福井康順博士頌壽紀念論文集》（東京，一九七二年）頁五六七—五七六。

漢人神仙思想的產物，並未顧慮及大量使用於道家經典中的用法。《老子》三用「真」字，說明其太璞、質真等意義；《莊子》則使用達六十六次之多：除用作副詞的確是、的確之意外：凡作形容詞、名詞之用的均表示其具有實在、誠實、不假僞、不虛妄等性質。❻換言之，道家學派採用「真」字時，已賦予了道家哲學的新意，用以描述其理想的精神境界。

許愼從神僊變化而登天的觀點來解說「真」字，是否符合造字初誼，是一個不易索解的問題；但莊子所使用的哲學意義，恐怕也並非造字的原始構想。不過值得注意的是《莊子》使用「真人」一詞，與至人、神人、聖人等專門術語一起用以描述理想人物的性格，確能產生變形而登天的僊人的聯想。《莊子》一書中「真人」凡十六見：依據其寓言手法的運用原則，當然只是爲了描述臻於至境的形象化的一種方式，問題就在於《莊子》所使用的神話素材，及其中所表現出來的深刻的神秘經驗，的確讓人有一種淵源於「極古老的宗教」的感覺。

《莊子》描述其理想人格的形象，內篇〈大宗師〉就有「不逆寡，不雄成，不謨士」的古之真人，其能力足以「登高而不慄，入水不濡，入火不熱」；〈齊物論〉更借王倪之口精彩地描摹「至人神矣，大澤焚而不能熱，河漢沍而不能寒，疾雷破山、飄風振海而不能擊。若然者，乘雲氣，騎日月，而遊乎四海之外，死生無變於己。」類此描述的模式尤爲外、雜篇所刻意强調，而特意突出一種神通的形象：像「火不能熱，水弗能溺，寒暑弗能害」的至德者〈秋水〉、以及「其神經乎大山而無介，入乎淵泉而不濡」的真人〈田子方〉，凡此具有「神」

❻ 王煜，〈道家的『真』〉，收於《老莊思想論集》（臺北，聯經，民國六十八年）頁四二七—四三八。

力的理想人物，均具有入水不濡、入火不熱，及飛翔空中、遨遊名山的高超神通。這些大量出現的敘述絕非只是一種文學式的詩的想像活動，而是根源於一種原始宗教與神話。

殷人之後的莊子及其活動區域應與殷商的巫教文化有密切的淵源：古中國原屬原始文化圈的「薩滿教區」(Shaman Area)，薩滿—巫覡的特長就是基於巫師秘傳的訓練方式，進入一種恍惚的入神狀態，而對水火一無感覺；或在幻覺狀態中飛翔、行天。古巫以交通神人之間的靈媒身分出現，因此而有經由聖山、聖木昇天的儀禮，形成崇拜北辰，並有樂園基型的崑崙神話。❼由巫教文化的傳統考察《莊子》書中的真人、至人，及所表現出來的「神」遊經驗，自可悟及其間的深厚淵源：除了是一種寓言手法的運用外，對於莊子達到心齋坐忘的修養過程，古巫確實具有啓發的作用。至少由《莊子》所敘述的真人，對於稍後的雜家與神仙家多具有深刻的啓發性。

趙翼《陔餘叢考》卷三六的「真人」條，曾深具卓識地考述真人使用的情形：除《莊子・大宗師》的真人外，雜家還有《呂覽》、《淮南子》等書均有之。❽《呂覽》說：「精氣日新，邪氣盡去，此人謂真人。」〈先己篇〉已較具體地描述導引行氣的修練方法，與《莊子》外篇所提的導引之士相近，可證莊子後學在當時已逐漸被認爲與方士養生有關，才有意要作出區

❼ M. Eliade, Yoga. Immortality and Freedom (N. T. 1958)；及御手洗勝，〈崑崙傳承と永劫回歸〉刊於《中國學會報》第十四集（一九六二年）。

❽ 趙翼，《陔餘叢考》（臺北，華世，民國六十四年）頁四二二。

別。而《淮南子》則〈精神篇〉、〈齊俗篇〉等均曾有真人之說，此與淮南王劉安府中的方士集團有關，已是漢朝求僊風尚的產物。「真人」在兩漢之世已完全神仙化，趙翼即曾引述《史記》盧生說秦皇「真人者，凌雲氣，駕日月，與天地長久。」屬於正史的史傳資料；又引用蔡邕作〈王子喬碑〉、〈仙人唐公房碑〉，則屬於考古的資料，都是神仙思想的真人形象。而段玉裁注「真」字，廣引諸道書說「養生之道，耳目爲先，耳目爲尋真之梯級」，又有韋昭說：偓佺方眼，仙人能隱形，乃見於《列仙傳》的仙人；至於引述《抱朴子》中的「乘蹻可以周流天下」的蹻道，更已是晚起的神通說。許慎《說文解字》具體反映出兩漢時期的神仙思想，其後解說「真人」更直接引述道教內典的說法，這些解說雖是違離了「真」字的初誼，卻反映出「真」的觀念已由素樸的神仙神話逐漸方士化、道教化，終於成爲仙學體系中的關鍵字。

許慎用來解說「真」字的「僊人變形而登天」，其中「僊」字的寫法以及與登天有關的觀念，其實也代表了漢人的神僊思想，而其淵源也可溯至《莊子》。此一關鍵字並非出於內篇而是在外篇，當爲莊子後學逐漸受到戰國時期神僊思想影響的產物：〈天地篇〉即假託華封人之口，描述聖人的昇天，「千歲厭世，去而上僊，乘彼白雲，至於帝鄉。」另外〈在宥篇〉的寓言中，透過雲將與鴻蒙的對話，說明心養、心齋的過程：鴻蒙指陳治人之過，而勸雲將「僊僊乎歸矣」——成玄英疏：「僊僊，輕舉之貌，勸令歸」，所歸之處即是白雲帝鄉。兩次「僊」字不管是動詞抑或名詞，均與輕舉昇天有關，所以許慎《說文解字》所收的「僊」字就解爲「長生僊去」。

僊字開始運用之時，比較著重於輕舉的動作及狀態。這可與《詩·小雅》中〈賓之初筵〉

的用法互參，其中所出現的「屢舞僊僊」，乃具體描寫舞姿輕揚的姿態。這種舞蹈是否與巫的舞蹈有關雖不可知，但將巫師的輕揚媚神之舞與真人輕舉的昇天之態比擬而觀，其宗教意義自可意會。因爲從字源學考察，僊所從之「䙴」，說文解爲「升高也，長生者䙴去」，大體仍維持神僊風氣中的觀念。其造字初誼白川靜說是「象奉著神尸」之形，因此從之得字的「遷」，乃指遷神尸、神廟之意。❾這應該是比較接近原義的說法，由宗教儀式的祭儀意義再進一步轉爲長生僊去、升登天庭的新意，也就符合時代的思想潮流。

從戰國晚期，經秦至漢，「僊」字的使用已逐漸轉變爲具體的僊真、僊人等觀念。因此《史記》中〈秦始皇本紀〉、〈封禪書〉，及《漢書》中〈郊祀志〉、〈藝文志〉，多一律使用「僊」字，其具體情景就像《楚辭》文學中〈離騷〉及〈遠遊〉的昇天儀禮諸景象，而漢初方士構想中的上僊情景，就像《淮南子·覽冥篇》所說的：「乘雷車，服駕應龍，驂青虯……黃雲絡，前白螭，後奔蛇，浮遊逍遙，道鬼神，登九天，朝帝於靈門」，乃是較爲素樸的昇僊圖。從「僊」轉變至「仙」正表現出神仙思想的轉變：《說文解字》中就新收「仚」字，解爲「人在山上貌」，而《釋名》：「老而不死曰仙」。段玉裁認爲「仙，遷也，遷入山也。故其制字，人旁作山也。」又說「漢碑或从䙴，或从山。《漢郊祀志》：僊人羨門。師古曰：古以僊爲仙；《聲類》曰：仙，今僊字。蓋仙行而僊廢矣。」其轉變就在於「遷入山」的觀念已逐漸流行，仙「山」已由西方的崑崙山系統、東方海上的蓬萊仙島系統，逐漸落實於中國輿圖上

---

❾ 白川靜，《金文通釋》四八（白鶴美術館誌第四十八輯，一九七八年）頁一七四。

的名山洞府。

因此《說文解字》所反映的漢人觀念：僊人變形而登天、長生者䙴去等，顯示當時人所賦予「僊」、「真」的新意：包括變化形體、昇登天庭，甚而遷入仙山，凡此均較戰國晚期素樸的樂園神話要平實而通俗化。先民造字之時，一字之造均具體而平實地反映出日常生活的某一觀念：真、䙴、僊等的初誼應該也是這樣，由宗教儀禮的象徵意義再進一層，自可賦予時代的新意，正是轉化爲僊說思想下的關鍵字，其轉變之跡正可表現中國神仙思想的發展過程。

與僊、真同爲神仙說的關鍵字的還有「神」字，「神」之一字較早既已出現於先秦典籍中，而非道家特識之所在。在早期的宗教思想中，神象徵一種絕對超越性的存在，或是宇宙間遍在於萬物之上的神秘不可測的現象，因而作爲崇拜的對象。《莊子》一書所使用的「神」字，通常用以陳述一種精神修養的境界，其中對於後起的道教具有啓發的，正是其中描述凝神養生的修養過程：像凝神不分、解心釋神等心齋、坐忘的工夫，實爲一種集中精神的修養方法。而其理想的人格中就有藐姑射山的神人，也與「至人神矣」同爲臻於至境的精神狀態。莊子描述這些神人、真人特別喜歡使用「遊」字──遊乎四海之外〈逍遙遊〉、遊無何有之鄉（〈應帝王〉）、遊乎九州（〈在宥〉）……類此「遊」的狀態固然是精神自由逍遙之遊，但其用以描述的經驗實與「神遊」有密切的關係──它與古巫在幻覺中的飛翔、行天具有微妙的淵源。因此「神」字雖非創用於道家，但莊子卻將其轉變爲作爲精神修養的深刻用語，賦予一種宗教修養的意義，凡此均對方士的神仙說產生了深刻的影響。⑩

由神、僊、真諸字的運用過程，可以發現道家與道教之間確實有密切的關係，但與其說道教取諸道家，倒不如採取聞一多、康德謨諸氏之說：乃是兩者均共同淵源於一種古老的宗教，也就是巫覡的宗教性體驗。而當它轉變爲道家、道教的新說時，則方士之流所倡行的僊說也就佔有重要的地位，鄒衍及燕齊方士將方術之學推波助瀾，造成齊學的特殊的風尚，所以神僊說爲前道教時期的重要思想。

前道教時期的神仙思想可由神、僊、真諸字的組合運用看出：首先爲方士所倡行的求僊活動，大多與帝王貴族合作：齊威王、宣王、燕昭王因屬於濱海地域，也較早從事求僊之事；而秦始皇、漢武帝等則踵事於後。這種由帝王支助，而由燕、齊等方士綜合其博物知識、方術之學，終於構成所謂「方僊道」、「神僊之道」，當時著名的方士，如秦始皇派徐市求「僊人」、韓終求「僊人」不死之藥；求僊不成，秦始皇乃命博士爲「僊真人詩」，凡此僊人、僊真人等新起的複合詞，較諸神人、至人、真人等確是更能表現新意。據《史記·封禪書》所載：宋毋忌、正伯僑、充尚、羨門、最後，「皆燕人，爲方僊道，形解銷化，依於鬼神之事。」而東齊方士則有李少君、欒大、公孫卿等，曾傳述安期生爲蓬萊僊人，並能從事「化丹砂、諸藥齊（劑）爲黃金」的製作活動。

在求僊活動中，陸續出現僊山、僊人（僊真人）、僊藥諸名詞，顯示神僊說已有進一步的

---

⑩ 筆者另稿，〈莊子與神仙思想〉，將另行發表。

發展。近代研究中國古神話中的神仙神話的，都認爲僊山應有兩大系統：一爲由神、巫、崑崙（帝之下都）及黃河之源所組成的西方系；一爲由僊人、方士、蓬萊（海上僊山）及歸墟所組成的東方系，此二系是各自獨立發展，抑或由西而東漸傳播的，目前學界仍有爭論。但可以確定的是至戰國時期，由於秦國向西開拓，楚國向西南發展，乃相互結合而逐漸形成綜合的新僊說。⓫因此秦皇、漢武的封禪、求僊固然都集中於濱海的山東，其僊山也以東方系爲主，但在觀念上則是兼具二系。因此漢人觀念中的僊境，以《漢書·郊祀志》所載：谷永諫漢成帝的話爲代表—「世有僊人服食不終之藥，遙興輕舉，登遐倒景，覽觀懸圃，浮遊蓬萊，耕耘五德，朝種暮獲，與山石無極」，類此僊說實爲漢代的通說，懸圃、蓬萊乃神話中的飄渺僊境。至於較爲平實的輿內名山，則是《史記·孝武本紀》所載：申功論封禪的五嶽—「中國華山、首山、太室、泰山、東萊，此五山，黃帝之所常遊，與神會。」這些源於山嶽崇拜的名山中，尤以泰山、華山較常見於漢鏡銘文中，顯示僊山已逐漸落實於中國輿圖之內。

其次關於不死的方法也出現「僊藥」一詞，與不死之藥、不終之藥同指一種服食成僊的神奇藥物。初期多希冀探求藏於海上僊山的天然藥物：燕齊帝王所派遣的方士、以及秦皇命徐市所從事的海上探險，都是爲了尋求傳說中的僊人不死之藥。這種僊藥與《山海經》所載

⓫ 相關論文凡有御手洗勝先生〈神仙傳說と歸墟傳說〉刊於《東方學論集》第二（一九五四年）；及〈崑崙傳說の起源〉刊於《史學研究紀念論叢》（京都，一九五〇）；顧頡剛〈莊子和楚辭中崑崙和蓬萊兩個神話系統的融合〉；王孝廉，〈試論中國仙鄉傳說的一些問題〉，刊於《文史學報》（台中，中興大學，民國七十一年六月）頁四九—七一。

的不死樹或玉石等服食神話，都是神話中的事物而已。值得注意的是帝王支助方士從事煉藥的活動，逐漸開展了中國煉丹史的第一頁，希望透過人爲的方式製作僊藥，對於其後道教伏煉造成鉅大的影響力。僊藥與服食變化深相關聯，所以方僊道的「形解銷化」，自然是指經由服食之後變化成僊，至此神仙思想已逐漸成形，足可邁向道教的神仙世界。

從僊字的演變與探求不死之法的發展，可以瞭解初期僊說自有其前後嬗變之跡：大淵忍爾氏認爲戰國後半期至秦始皇時，僊人爲一種神，居於海中的僊山，求僊者希望從其中獲得不死藥，得以不老不死；至漢武之時，又導入昇天的觀念，而僊說的舞臺也由海上神山漸移於中國本土，僊人即爲昇天成爲僊真之人。⓬ 依此說則神僊之說似尚未存在品第的觀念，蓬瀛僊島的僊人是否要昇騰於白雲帝鄉？依東方系僊山說並未有明確的記載，而西方系的崑崙仙山則已是要昇騰至赫戲的天庭，如《離騷》中屈原所設想的昇天圖，類此不同的說法應該與不同系統的神僊說有關。另外成僊的方法中，不管是尋求僊藥或試煉僊藥，自然是要透過服食而達到「形解銷化」的變化成僊。因此僊說固然會隨著時代有演變的情形，但品第其上下的說法在西漢時期仍未明顯地出現。

聞一多即在論神仙說之後，强調最初遊名山之仙，不但即舉形昇虛之仙，且亦即先死後蛻之仙。⓭ 這是純就前道教時期的整個僊說而言，强調當時尚未出現特意品第的分級意識。

⓬ 大淵忍爾，〈初期の僊説について〉刊於《東方宗教》一卷二期（一九五二）頁二三—四三。

⓭ 聞一多，〈神仙考〉收於《神話與詩》，頁一七四。

因此神仙三品說應該是產生於東漢中、末葉品第思想流行之後，剛好神仙說也逐漸進入另一個整理的階段，其轉變之跡自然是漢末道派興起之際，較有意識地試圖建立神僊說。現存仙傳中託名劉向撰的《列仙傳》，就羅列遊名山、昇虛及蜕化的列仙，但並未在成仙的方式中強調其高低，也未直接敍及分品的理論。因此《列仙傳》雖未必爲劉向本人之作，至少可代表東漢以前的神仙觀念仍保存較爲素樸的說法。

二、三品仙說的形成及其意義

漢晉之際的原始道教基於不同道派的教義，開始有意識地結構其神仙說：因此夙有「三張二葛」之稱的天師道與葛氏道，都各有性質相異的神仙三品說；而崛起於茅山地區的上清經派也有更爲繁複的神仙品第思想，大體均能表現出不同道派的特殊風格。而在道教思想史上，公認爲較早形成的太平道是否既已出現神仙三品說，實爲一饒具趣味的問題。

關於太平道的寶典即爲《太平清領書》：張角之前既已有流傳的記載，更成爲其後以黃巾爲標幟所領導的宗教—政治活動的指導經典；而佈教於東吳地區的干（于）吉也與《太平清領書》有密切的關係。太平道、于君道所實奉的道經與現存於《道藏》中的《太平經》是否爲同一經典，道教界學早就有精密的論證。⑭ 大體說來這部《太平經》曾經梁時茅山道派的整理、改編，但其中所透露的仙道思想應該大體仍保存了原始道教階段較爲素樸的說法，神仙說即爲一具體的內證。

《太平經》强調學道致仙之事，所謂「積德不止道致仙，乘雲駕龍行天門」，又說「天下至士，去官就仙，仙無窮時，命與天運。」都以成就神仙的境界鼓勵民衆學道，爲這種流行於中下層社會的道派的特色，與漢朝帝室桓、靈二帝奉祠於宮中的黃老道不同。在東漢末葉的亂世之中，《太平經》一再强調「度世」的思想，即離開混濁之世而昇騰爲神仙，正是混亂世局中的一種太平願望。雖則成仙的願望爲共同的理想，但由於各人的功德不同，所成就者也各異。《太平經》遂有上、中、下三士之說，其中值得注意的凡有兩類：一則如〈洞極上平氣無蟲重複字訣〉第一百三十六所說：順從天師之意，遂行吞服道法—爲太平道法之一，則「上士因是乃至度世，中士至於無爲，下士至於平平，人所得各有厚薄，天神隨符書而命之。」此類敍述方式認爲僅上士能度世，中士可以竟天年，下士則魂神居地下。⑮ 另一類敍述方式則强調修行「入室思存」的道法，則「上古聖賢者於官，中士度於山，下士蟲死居民間。」⑯

---

⑭ 太平經的考證問題，參吉岡義豐，〈敦煌本太平經について〉收於《道教と佛教》第二（日本學術振興會，一九五九年）；同據敦煌寫本的又有王明、〈《太平經》目錄考〉。又本文所引的均採用王明《太平經合校》（臺北，鼎文，民六十八年）。

⑮ 《太平經》合校，頁一六三。

⑯ 同上書，頁三〇九。

度世居於山即爲地仙；而蟲死居民間，即近於尸解。這種說法已近於神仙三品說：其中的上中下三士說頗能啓發稍後的三品仙說，但就《太平經》本身而言三品仙的觀念至這一時期仍較爲模糊。

《太平經》對於仙人的等級自有其一貫的說法，大概可歸納爲委氣之人、神人、真人、仙人、道人、聖人、賢人、民人（善人）及奴婢九級，⑰奴婢雖是代表當時社會所認定的愚賤之人，但只要自己肯行善學道，就可級級上昇，「守道而不止，迺得仙不死」；道人與仙人乃仙凡之隔的限界，由此超凡入仙，最後「迺與元氣比其德」。因此仙界之中，凡有仙人、真人、神人三級，這種分級方法與道家典籍及漢世僊說不同，爲《太平經》的新說，與尸解仙、地仙、天仙也略有異同。至於九級的分法—九本就是中國的神秘數字，代表一種至極的數目，乃自古相傳的習慣用法；何況漢人已有九品中正的制度，以九爲數對於後來的上清經派也頗具啓發性。從《太平經》的思想可以發現尚未有完整的三品仙說，但已具有雛形的神仙結構說的嘗試。

依道派出現的先後及道經出世的早晚，現存最早的神仙三品說可以《正一法文天師教戒科經》爲代表。現收於《道藏》力字號的這部古道經列於洞神部戒律類，與《太上老君戒經》等同屬天師道系經戒。其宗教思想與《老子想爾注》相近—敦煌本殘卷（S6825）據考爲張魯

⑰ 同上書，頁二四、七八、八八、九〇、一二五、二二一、二八九、三五二、四一七等。

教化蜀中時，依據《老子》五千文所造構的天師道寶典。⓲其宗教思想表現於託名「想爾」的注解中，重要的爲首將道予以神格化，成爲至上神，而對於奉道之規範作用則表現於道誡；其次爲養生修練法門，就是結精成神說：由遵道守誡，保養精氣，而達到仙壽仙士的宗教境界，其秘法就在「避世託死，過太陰中，便生去，爲不亡，故壽也。」此即爲仙壽天福，稱爲仙士。⓳《教戒科經》據信編成於張魯降曹魏之後，在准許其繼續傳教的情況下，對於奉道的道民奉天師之命勤加教戒。經文的特色一如《想爾注》，乃爲了勸戒「諸賢者欲除害止惡，當勤奉教戒，戒不可違。」將《老子》重要的道及無爲諸觀念予以宗教化地通俗說解：「道以無爲爲上，人過積但坐有爲，貪利百端，道然無爲故能長存天地，法道無爲，與道相混；真人法天無爲，故致神仙。道之無所不爲，人能修行，執守教戒，善積行者功德自輔，身與天通，福流子孫。」張魯託諸天師，勸導道民，因而提出三種神仙的等級作爲勸戒之用，凡有兩次：

天師設教施戒，奉道明訣：上德者神仙、中德者倍壽、下德者增年，不横夭也。按戒

⓲ 陳世驤，〈『想爾』老子道德經敦煌殘卷論證〉，收於《陳世驤文存》（臺北，志文，民國六十一年）頁一八九－二一八；又大淵忍爾，〈五斗米道の教法について〉刊於《東洋學報》四九－三（一九六六年十二月）頁三二六。

⓳ 拙撰，〈老子《想爾注》的形成及其道教思想〉，《東方宗教研究》新一期（臺北，國立藝術學院傳藝中心、一九九〇）頁一五一－一八〇。

為惡者乃不盡壽而橫夭也。……賢者何不修善，久視長生乎？雖不能及中德，修下德，治身世間，斷絕愛欲，反俗所為則與道合。(3b)

另一次則是勉賢者正心守道，經文中將大道神格化——「大道至尊，高而無上」，故能「囊括天地，制御萬神，生育萬物，蜎飛蠕動，含氣之類，皆道所成所生。」此與道家哲學上作為宇宙本體的道的意義有所不同。其宗教化之處即賦予道以驅鬼之能力，所謂「道之威神，何所不集，何所不消，何所不伏，把持樞機，驅使百鬼。」因為道具有無窮的威儀，因此勸導道民遵道守誡，乃有三種仙品之說的提出：

(大道)先天而生，長守無窮，人處其間，年命奄忽，如眼目視瞬間耳。而大道含弘，乃愍人命短促，故教人修善：上備者神仙、中備者地仙、下備者增年。道尊巍巍，何求於人，人不能感存道恩，精勤修善，雖不能及中德之行，下德當備也；而復不及下德，違背眞正，不從教戒，但念愛欲、富貴…豈復念道乎？(7b-8a)

將兩段文字對照，可知都在強調奉道修善之後，始有三品仙的敘述，可證天師道派的成仙之法，以宗教性的道德為主要依據，具有較強烈的勸善積德的民間宗教色彩。其次三種成就：備上德者為神仙，即是天上神仙之意；備中德者所倍之壽即為仙壽，故為地仙；惟備下德者為增年之說，與所謂尸解仙略異，但強調不橫夭則仍屬於長生久視的神仙之法。大概說來天師道本即爲具有規模的傳道組織，因此需要有一套勸戒奉道者的傳教方法，三種神仙正是其勸戒道民的方法，只要能確記「百行當備，千善當著」，即勸積功德，功行圓滿，自可「度世」。天師道的道治其後隨著張魯降曹而逐漸流行於關中、江北，所使用的道經也隨之流傳於天師道的布教區內。有「二葛」之稱的葛氏道⑳，其宗教勢力雖未必如「三張」天師道派的流行，但葛洪（西元二八三—三四三）則爲早期道教理論的奠基者，撰成於東晉元帝建武中的《抱朴子》，曾雜錄多種道法，其中又以金丹道爲主體。其傳承譜系始於東漢末的左慈，避亂渡江，準備擇一名山煉丹，葛洪的從祖葛玄從受道法，依《抱朴子·金丹篇》所述：凡受《太清丹經》三卷、《九鼎丹經》一卷及《金液丹經》一卷，玄又授鄭隱，葛洪又師鄭隱，從受各種經訣，因此葛洪的神仙三品說就具有金丹道派的色彩。

《抱朴子》中曾提及三品仙說多次，首見於〈論仙篇〉：

> 按仙經云：上士舉形昇虛，謂之天仙；中士遊於名山，謂之地仙；下士先死後蛻，謂之尸解仙。

葛洪論述李少君的尸解變化時，曾引述古仙經爲證，故屬於漢人的舊說。由於《抱朴子》在道教史上的關鍵地位，這一段精簡的敘述也被引用於《道教義樞》位業義第四中，且有按語

---

⑳ 葛氏道由福井康順博士所創用，見氏撰〈葛氏道の研究〉收於《東洋思想研究》五（一九五四）。

云：「此即直取昇天曰天仙、遊地曰地仙、蛻形曰尸解也。」相鄰的經語則爲「自然經訣云：上仙白日昇天；中仙棲於崑崙、蓬萊等名山，空中結宮室；下仙常棲諸名山洞室，綜理從上生死也。」《自然經訣》爲不知何時造構的道經，但其三品仙說應較仙經晚出，應屬於同一系統的觀念，而較具有融合的色彩。

葛洪明白顯示其金丹道立場的散見於〈金丹篇〉、〈黃白篇〉等。㉑〈黃白篇〉引用仙經的三士說：「朱砂爲金，服之昇仙者，上士也；茹芝導引，咽氣長生者，中士也；餐食草木，千歲以還者，下士也。」因爲燒煉黃金、白銀成爲丹藥，爲二葛的道法重心，自然將金丹的服食功能視爲天仙的不二法門；其餘植物性藥物、練氣諸法，只能企及地仙、尸解仙而已。〈金丹篇〉更直接引述《太清觀天經》，依託於元君──爲大神仙之人，爲老子之師，屬於一種金丹道經，與《太清丹經》有關，經中即明白揭示：

上士得道，昇爲天官；中士得道，棲集崑崙；下士得道，長生世間。

這種顯豁的說法足可代表早期的古道經中神仙品階及其治所的特色。

葛洪另撰集有《神仙傳》，常於敘述神仙成仙之法時表現其神仙思想，〈劉根傳〉中即假託神人韓衆告誡劉根：

㉑ 拙撰《不死的探求──抱朴子內篇研究》（臺北，時報文化公司，一九八一）頁二八九──三五四。

> 夫仙道有昇天躡雲者、有遊行五岳者、有服食不死者、有尸解而仙者，凡修仙道要在服藥，藥有上下，仙有數品，不知房中之事及行氣導引並神藥者，亦不能仙也。藥之上者有九轉還丹、太乙金液，服之皆立登天，不積日月矣；其次有雲母、雄黃之屬，雖不即乘雲駕龍，亦可役使鬼神，變化長生；次乃草木諸藥，能治百病，補虛駐顏，斷穀益氣，不能使人不死也：上可數百歲，下即全其所稟而已，不足久賴也。

藥分三品而仙爲三等之說，乃是服食藥物一派的通說，《神農本草》就是重要的創倡者，張華《博物志》卷四藥論就有上藥、中藥、下藥之說。《抱朴子·仙藥篇》首引《神農四經》之說，作爲論述神仙之藥的依據，可證這部本草醫經在當時所認知的權威性。葛洪特別强調其服食功能：「上藥令人身安命延，昇爲天神，遨遊上下，使役萬靈，體生毛羽，行廚立至。又曰：五芝及餌丹砂，玉札、曾青、雄黃、雌黃、雲母、太乙禹餘糧，各可單服之，皆令人飛行長生。又曰中藥善性、下藥除病。能令毒蟲不加、猛獸不犯、惡氣不行、衆妖併辟。」葛洪最强調上藥，因爲與其金丹道的主張一致；不過他因採博參主義之故，並不捨棄其他的道法，所以葛洪在中國本草醫學史上也佔有一席之地。

魏晉時期以茅山爲中心所發展的上清經派，在仙學思想中極爲重要。其早期的重要人物由魏華存以下，遞傳道法於楊羲—許謐、許翽—陸修靜—陶弘景，其經典頗多採降真的方式錄出，其中有關神仙三品說的有收於《道藏》的《紫陽真人內傳》（翔字號）—乃華僑本事俗禱（可能爲帛家道），改詣許治受奉道之法，感得真仙來遊後所修撰的一部仙傳。㉒都是近於降筆的筆錄，傳中敍周紫陽尋訪名仙，獲示寶經，其中有中嶽仙人告以服食藥物的方法與成仙的等級，代表一種上清經法的品仙觀念：

> （中嶽）仙人曰：藥有數種，仙有數品：有乘雲駕龍，白日昇天，與太極眞人爲友，拜爲仙官之主。其位可司眞公、定元公及中黃大夫、九氣大人、仙都公，此位皆上仙也；或爲仙卿，或爲仙大夫，上仙之次也。遊行五嶽，或造太清，役使鬼神，中仙也；或受封一山，總領鬼神；或遊翔小有，群集清虛之宮，中仙之次也。若食穀不死，日中無影，下仙也；或白日尸解，過死太陰，然後乃下仙之次也。（5a－5b）

所述神仙等級的基本構想仍爲三品，但對於仙官的名稱及所分的次序，卻有上清經派的傳統。

陶弘景撰《真誥》乃搜集、辨正楊、許諸人所錄存的晉世道經的資料。㉓據信上清經三十一卷中，以《大洞真經》爲最尊，而其方法則以諷誦、冥思爲主。《真誥》卷五〈甄命授〉陶弘景考爲裴清靈所授，就有「大洞真經，讀之萬過，便仙，此仙道之正經也。」（15a）在上

㉒ 陳國符，《道藏源流考》（臺北，古亭書屋，民國六十四年）頁八。

㉓ 真誥的研究，參石井昌子，〈真誥の成立に關する一考察〉刊於《道教研究》第一（東京，昭森社，一九六五），〈真誥の成立そめぐる資料的檢討〉刊於《道教研究》第三（日本，豐島，一九六八）

清經法中較金丹爲重要，所以又誥示「明大洞爲仙卿，服金丹爲大夫，服衆芝爲御史，若得太極隱芝服之，便爲左右仙公及真人矣。」（15a）由此對照《紫陽真人内傳》，可以證明上清經派較著重冥思的性格，視爲上品仙法，而與葛洪不同。同一卷中又强調「若但知行房中、導引、行炁，不知神丹之法，亦不得仙也。若得金汋神丹，不須其他術也，立便仙矣。若得《大洞真經》，復不須金丹之道，讀之萬過，畢，便仙也。」（5.11b）所以上清經派自有其道派的神仙思想之特色。

上清經派除了《紫陽真人内傳》之外，在東晉出世的道經也表現因服食藥物而變化爲不同仙品，此即《洞真太上說智慧消魔真經》，現收於《道藏》内字號的五卷本爲大洞經系古道經，也特別强調存思、服食的修法。㉔「消魔」爲魏晉神仙方家的習語，意即爲「藥」。服食仙藥可致神仙，消魔真經依次列出的藥品，被僞經《漢武内傳》所襲用，又收於《无上秘要》卷七八的藥品類中。其藥名極爲隱秘難解（詳後），而所致的不同品級的仙位則有上清經派的特色：依次爲（「玉清之所服」《无上秘要》標爲玉清藥品）「天帝之所服」（上清藥品）、其次「天仙之所服、飛神之所研，非陸遊之所聞、山客之所見」（《无上秘要》區分爲太極藥品、太清藥品、天仙藥品三類）均屬於天仙階位的服食藥品。其次三十六芝、玄水雲華之漿等「無窮之靈物，不死之奇方」，與下藥「松柏陰脂」等，「得爲地仙，陸行五嶽，遊浪名山」（《无

㉔ 拙撰，〈漢武内傳的著成及其流傳〉刊於《幼獅學誌》第十七卷第二期，民國七十一年十月，頁二一—五五）。

上秘要》全列爲地仙藥品），可證《消魔經》有由藥品上下決定仙位高低的思想。

陶弘景整理楊許等人遺經爲《真誥》，只能代表早期上清經派的觀念；至於其本人的仙真位業思想則具體表現於《真靈位業圖》（道藏騰字號），乃將人間帝王的朝廷結構的觀念移用於神仙世界，依據天界在上再依次遞降的道教宇宙觀，將天仙、地仙、尸解仙等分別按照位序的尊卑，加以甄別後組織爲道教神統譜。其序言中說「搜訪人綱，定朝班之品序；研綜天經，測真靈之階業」，此種位業思想對其後的道教思想大有影響。所建構的莊嚴有序的神仙譜系，凡有七階位，各有仙銜、職稱，並略擇其要簡述仙聖的生平學道諸事跡。其第一階位即爲三清境，乃宇宙構成說的神格化：最高位的元始天尊正是宇宙元始的混沌世界的象徵；玉清境中，天尊以下的道君都是虛無飄渺的天仙。第二階位多爲古仙及茅山道派的創始諸仙，尤其由於魏華存夫人之故，特別列有女真之位，這是尊重道門的排列方法。第三階位以下則包含有天師道派、葛氏道以及傳說中的古代帝王、歷史人物等。從第三到第七位，有些就特別標明地仙散位、有些則爲尸解成仙，其仙銜、職能及成仙方法，現存《真誥》中頗有保存完好的資料，所以在《位業圖》中只是加以簡錄而已。至於七階位的構想，除政治上的官僚體制的影響外，當與茅山華陽宮中的奉祀方法有關。今本在陶弘景及其弟子編纂完成後，雖經唐、五代之際道士閭丘方遠的校定，但如對校以《无上秘要》所錄存的，則仍可見其大體保存得相當完好，[25]可由此考察出梁朝前後的神仙階位的道教思想，已較《抱朴子》的三品

---

[25] 石井昌子前揭論文。

仙說繁複而具有系統。

六朝道教神仙品位的觀念，保存於北周編撰的《无上秘要》的，就是卷七十八的藥品（天仙、地仙）、及卷八十三、八十四所整理的位業圖—凡分得鬼官道人名品、得地仙道人名品、得地真道人名品、得九宮道人名品（卷八三）；得太清道人名品、得太極道人名品（卷八四），頗疑所闕的卷七十九至八十二也載有藥品與仙品的資料；至於卷八十五至八十六所闕的兩卷大概也是這一類資料；因爲接下如卷八十七爲尸解品、卷八十八有易形品、長生品、地仙品、天仙品等，都是與仙品有關的珍貴資料。道教思想既以神仙說爲中心，因此六朝新出的道經均以不同的方式强調昇仙，《无上秘要》一百卷中，最後的二十餘卷，就是雜錄六朝古道經中有關的昇仙資料；而且多以上品仙位爲主：卷九十一至卷九十九，凡敍述上清、玉清、太清及紫微宮等天界，及所以昇仙的道法；配合卷二十一仙都宮室品、卷二十二的三界宮府品、卷二十三真靈治所品、正一氣治品，就可以發現原先素樸的三品仙，已在大量造構的道經中，被擴充爲堂皇而繁複的神仙世界。由此可以瞭解道教在六朝時期的發展，由於當時佛經大量翻譯的刺激，在既有的神仙體系上形成一段極具創發性的道教建立時期。

綜理道教神仙品位說較爲簡該的是爲《道教義樞》，這本編成於初唐時期的道經，已收錄了深受佛教思想影響的道經如《本際經》之類，[26]其第一卷收有〈位業義〉，位業說即本於陶

---

[26]《道教義樞》的編成年代，參吉岡義豐，《道教と佛教》一、三各有不同看法，先爲初唐說，後爲梁道士大孟所作說；鎌田茂雄則定於八世紀前半，《中國佛教思想史研究》（東京，春秋社，一九六八）頁一七三—二一七。

弘景的《位業圖序》，所謂「位業者登仙學道，階業不同，證果成真，高卑有別，三乘七號，從此可明，十轉九宮，因茲用辯，此其致也。」並引用《本際經》的「神官位序，真聖階梯」，《靈寶經》的「位登仙王」、「功業無巨細」二經之說。在「釋」的部分凡引用多種道經解說：除了前述《抱朴子》、《自然經訣》外，還引用多種古道經：《太真科》、《八素真經》、《四極明科》及《真跡》等，都是在東晉出世的。其中論及仙真階位的爲《太真科》說：「位乃有三：一者仙位，二者真位，三者聖位。」又解說小乘仙有九品、中乘真有九品、大乘聖有九品，所謂「道尋三品，同用九名。」總數有二十七品位，爲當時一種極繁富的分等法。大抵道教發展的過程中，由於不同道派即造構不同的教說，對於仙真的品位無一定的說法。因此《位業義》中即承認：「諸家解釋既殊，難可依據。」只要依其觀念擇其所需者加以解說即可，因此從古神話到神仙神話的轉變，道教確是有意識地建立其本身的思想體系。

三、天界說與天仙

神仙三品說原始構想均源於前道教時期的宗教、神話與巫術，但到了道教徒的手中，卻顯然另有不同的著重點，其重要的區別有二：前道教時期雖也解說先死後蛻然後舉形昇虛，而重點所在則在描述巡遊名山與舉形昇虛的遊仙過程；道教成立之後則特別強調尸解成仙，此與成仙方法的落實有關。其次爲神仙譜系的漸次完成，顯然多少受到佛教之說的影響，如天堂說的複雜化。至於名山之說不但普遍存在，而且在茅山道派中更被結構爲洞天說，以華陽洞天說爲其主體，凡此均爲其仙道化的明證。因此在三品仙中，由地仙昇爲天仙的部分，較能維持神仙神話前後演進之跡；而尸解仙則又結合漢人的地下主之說，而有詳密的創發之處。

首先敍述地仙至天仙的部分，原始神仙神話中就現存資料言是比較缺少天堂神話。據人類學家研究的成果：北極、北美原始文化區諸民族均有北極星信仰，稱爲天之釘、釘星或金柱、鐵柱等，位於天的中央；其宗教儀式中則具有以樹木、梯、橋等物，作爲昇天的儀禮；而昇天溝通神人之間的則爲薩滿（Shaman），類此薩滿教區的宇宙觀及其宗教信仰，實與生活於北半球的廣大草原有密切的關係。中國古神話中雖較少具體地描述北極星的神話，但仍然保留有一些北辰信仰的遺跡，而且與崑崙神話深相關聯。崑崙在《山海經》中被稱爲「帝之下都」、「衆帝所從上下」；登葆山也是「群巫所從上下」的中央大山。崑崙爲薩滿宇宙觀中的「世界大山」；與「建木在都廣，衆帝所從上下」的建木，爲「世界大樹」，都同樣「在天地之中」，古帝（兼有神巫的身分）、古巫均經由這種居於天地中央的聖山、聖木以「上」天「下」地，此爲薩滿教區的神話原型。㉗

中國現存最古的遊仙文學—屈原在《離騷》中即一再遠遊崑崙，想由此陟陞赫戲（光明）的皇天，此即基於昇天神話的遊仙原型；至於北辰信仰則《楚辭·九歌》中的東皇太一、與兩漢盛行的太一信仰，俱爲崇拜北極星的具體表現。中國古天文學中的蓋天說系，即以北極爲天中；《史記·天官書》將「中宮，天極星」稱爲紫宮，《淮南子·天文篇》：「紫宮者，太一

㉗ 同註七御手洗勝前引文曾有精要的考述。

之居也。」漢武帝之所以聽信方士之言，建泰一祠，奉祀不絕，就是源於方士所傳承的知識中，以北極星爲天上宮廷，屬於帝星；而漢武夢想昇天成仙，自應積極進行其太一信仰。㉘因此漢代緯書更神秘化「紫宮」，乃中央的天皇大帝所理，藉以制御四方。㉙而兩漢所流行的太一信仰的儀式：衣紫及繡、紫壇八觚的紫色系列，始能配合紫極、紫辰、紫宮的星辰崇拜。㉚將中宮天極星爲天上宮廷的構想表現於器物中，就現存墓葬的漢畫像甎中，就常以四神銘刻於墓壁四方，以保衛中央的土地；並有漢星雲鏡，以中央鈕座象徵中宮天極星，而環繞以東宮蒼龍、南宮朱鳥、西宮白虎、北宮玄武，均是基於星象神話與信仰，因而形成的一種辟邪、求福的思想。㉛

由前道教時期的北辰信仰轉變爲道教信仰，最早即已出現於《太平經》中，代表萌芽時期融合的說法：

> 吾統迺繫於地，命屬崑崙；今天師命迺在天，北極紫宮。今地當虛空，謹受天之施，爲弟子當順承，象地虛心，敬受天師之教。（《太平經合校》頁八十一）

㉘《漢書》卷七五〈李尋傳〉與孟康注，傳言「紫宮極樞，通位帝紀。」注及補注引〈天文志〉，可見紫微垣與人君宮垣有關。

㉙《初學記》服食部引〈春秋合誠圖〉：「天皇大帝，北辰星也。含炁秉陽，舒精吐光，居紫宮中，制御四方，冠有五影。」見《古微書》卷八。

㉚《漢書·郊祀志》：「匡衡言：甘泉泰畤，紫壇八觚」、「泰一祝言則衣紫及繡，五帝后如其方，曰赤月白。」

㉛張金儀，《漢鏡所反映的神話傳說與神仙思想》（臺北，故宮博物院，民國七十年）頁十七。

此段見於《樂生得天心法》第十四。《太平經》闡述凡人之行、君王之治均需象天；而天師即是宣達天命之人，故道民需受天師之教。在此天師的身分即是「天地神師」，職司溝通天地，已近於古神話中的巫，爲交通神人、傳遞天意的神之使者，故其命與北極紫宮有關，正如《和三氣興帝王法》所說：「日、月、星，北極爲中。」（頁一九）北極爲天之中央，《太平經》乃採漢人的通說，尤其讖緯之說厥爲其間的橋樑。此一說法又見於《太平經鈔》丁部今已闕題的殘卷中，敍述昇仙的過程，其重要觀念即爲萬物平等之說：「凡民者象萬物，萬物者生處無高下，悉有民，故象萬物。」而學道者連象草木之弱服者的奴婢亦可逐次上昇，終能進入天界：

> 聖人學不止，知天道門戶；入道不止，成不死之事，更仙；仙不止，入眞；成眞不止，入神；神不止，乃與皇天同形。故上神人舍於北極紫宮中也，與天上帝同象也。（太平經合校頁二二二）

將「北極紫宮」作爲神人所居的天界，乃是天帝的治所，這是漢朝緯書的通說，《漢書·李尋傳》說：「紫宮極樞，通位帝紀。」即是紫宮爲天帝治所的觀念。太平道其進一步宗教化、通俗化，而視爲天師命星之所繫。而奉道之民則命在崑崙，只要法天行道，多積功德，自可經由崑崙而昇入紫宮。太平道反映了東漢中晚期的初期道教思想，其中將仙、真、神等階位列爲不同的次秩，對於後來道教的神仙階位說頗具有影響力。

葛洪《抱朴子》內篇也一再敍述天庭的存在，完全承襲了漢人的北辰信仰，而稱之爲辰極、紫極、紫庭、紫霄等。此一由於北極光的紫色所形成的特殊稱呼，爲道教中的重要觀念。㉜葛洪即將北極視爲天上宮庭、也是天仙昇騰的樂園，在《抱朴子·論仙篇》中描述仙人的神遊，就是「蹈炎飈而不灼，躡玄波而輕步。鼓翮清玄，風駟雲軒，仰凌紫極，俯棲崑崙。」這是脫化自《莊子》真人說的寫法。其中即强調出身生羽毛的神仙形象，又指出由崑崙而上昇紫極的昇仙歷程，可證道教的神仙說頗多轉化自神仙神話。這種昇遊紫極的仙人就是天仙，成爲葛洪三品仙說的上品仙。《抱朴子》中一再强調，像〈微旨篇〉就說：「彼仙人之道成，則蹈青霄而遊紫極。」〈明本篇〉說「夫得仙者，或昇太清，或翔紫霄。」可知天仙與北辰確是具有密不可分的關係。

葛洪的神仙思想多採諸前人，像較爲具體描寫遊仙景象的一段，就是項曼都的誑語，它原出於王充《論衡·道虛篇》。㉝雖是項曼都欺誑家人的話，但並非全是憑空揑造的，而爲當時所流行的仙說。首先值得注意的是修行方法—「在山中三年精思」，就是精神集中的冥思術；經由仙經的暗示而有幻覺中的昇仙經驗—「有仙人來迎我，共乘龍而昇天。良久，低頭視地，窈窈冥冥，上未有所至，而去地已絕遠。龍行甚疾，頭昂尾低，令人在其脊上，危怖嶮巇。及到天上，先過紫府，金床玉几，晃晃昱昱，真貴處也。仙人但以流霞一盃與我，飲

㉜《科技史文集》第六輯，〈天文學史專輯〉二，其中有多篇論及北極、北極光並有附圖。

㉝大淵忍爾曾論葛洪和王充的關係，〈抱朴子研究〉收於《道教史の研究》（岡山大學共濟會，一九六四）

之輒不飢渴，忽然思家，到天帝前，謁拜失儀，見斥來還，令當更自修積，乃可得更復矣。」這位「河東斥仙人」所吹噓的王充認爲是道虛、葛洪則視爲祛惑，但其歷程中敍述到天上要先過紫府，以及天上宮庭的描述，則大體合乎神仙神話之說，所以是保存漢人遊仙觀念的一條珍貴資料。魏晉文學描述天上宮府的還有《列子》—其中也保存部分戰國時的說法，但大體已爲張湛所附加、改寫。其〈周穆王〉傳述周穆王隨化人遊於化人之宮：「構以金銀，絡以珠玉，出雲雨之上而不知下之所據，望之若屯雲焉，耳目所視聽，鼻口所納嘗，皆非人間之有。王實以爲清都紫微，鈞天廣樂，帝之所居。王俯而視之，其宮榭若累塊積蘇焉。」[34]清都紫微也是天上宮府。大概中國遠古傳統所構想的白雲帝鄉，隨著宮廷建築的講究，逐漸被人間化爲華麗的宮殿，實與金銀珠玉及晃昱光明等印象相關，而不再只是飄渺雲影而已。

葛洪的道教思想屬於博採主義，因此修養成天仙的方法雖以金丹爲主，但是也並不排斥其他的道法；像〈金丹篇〉即引述《黃帝九鼎神丹經》之說：「黃帝服之，遂以昇仙。又云：雖呼吸導引，及服草木之藥，可得延年，不免於死也。服神丹，令人壽無極，已與天地相異，乘雲駕龍，上下太清。」〈微首篇〉也强調黃帝「於荆山之下、鼎湖之上，飛九成丹，乃乘龍登天。」黃帝本就是一位層累積成的古神話中的帝王，有服食玉膏、神遊華胥氏之國等不同的神話流傳，到了金丹道的手中又被賦予金丹服食的意義。除了金丹之外，《抱朴子》也載有靈寶經的服用成仙說：「靈寶經有正機、平衡、飛龜授秩，凡三篇，皆仙術也。」載於

[34] 楊伯峻，《列子集釋》。

《抱朴子》的古靈寶經應是傳自葛玄，屬於一種飛行的仙術，其來源如同道教寶經的慣例，假託於吳王得自石中的「紫文金簡之書」，請問仲尼，仲尼告以「此乃靈寶之方、長生之法，禹之所服，隱在水邦，年齊天地，朝於紫庭者也。」《抱朴子·遐覽篇》所錄的古道經正有正機經、平衡經、飛龜振經各一卷；另外《神仙傳》也說華子期受仙隱靈寶方：一曰伊洛飛龜秩、二曰白禹正機、三曰平衡。這些古靈寶經疑與緯書有密切的淵源，葛洪極爲重視，認爲是可修成天仙的寶經，因而靈寶經至其從孫葛巢甫乃大量造構，而成爲當時重要的靈寶經派。㉟

葛洪的仙道思想還有一項特色，就是強調學道成仙者不限於帝王，而只要星命中值仙宿，又肯勤訪明師者都有機會，《抱朴子》中即引述仲長統的《昌言》來說明平民只要勤修也可成仙：「河南密縣有卜成者，學道經久，乃與家人辭去。其始步稍高，遂入雲中不復見，此所謂舉形輕飛，仙之上者也。」這是流傳很廣的一則神仙傳說，《博物志》卷五作「成公」，而《後漢書·方術傳》則有〈上成公傳〉，應如《廣韻》所說有「上成」的複姓。其修仙成功之事葛洪即據以說明陳元方、韓元長「所以信天下之有仙者」，乃學仙之「至理」。余英時即以此例說明漢代不死說逐漸由帝王轉變爲平民。㊱以仙傳而言，《列仙傳》中（今本凡七十二人）的黃帝、彭祖、主柱、子英、陶安公等近於天仙；而《神仙傳》中（今本凡八十四人）明載

㉟ 靈寶經派之說參陳國符前揭書，頁六六至七〇；又福井康順有〈靈寶經の研究〉收於《東洋思想研究》。

㊱ Ying-shiu yu, "Life and Immortality in the mind of Han China" Harvard Journal of Asiatic Study, Vo 25, (1964)。

爲白日昇天的約有十二例：劉綱、樊夫人、陳永伯、董奉等，都顯示仙人成仙的類型中，天仙的比例並不高。㊲因爲天仙爲最高上之品；除古帝王外，又有平民成仙之事，正反映出神仙思想已漸深入社會各階層之中。

上清經派的天仙說不論是天界的結構、抑是成仙的方法，都較諸葛洪的說法繁富而多變。首以《智慧消魔真經》爲例，此經亦如道經造構之例：先假託金闕帝君侍座於太上道君，聞說上清大智慧文消魔真藥玄英高靈品敍，再轉受青童君，這是教內的神秘說法，強調寶經的鄭重，其中所說：「玉清、上清、太極藥名，猶知以卻百鬼，況服食其物乎？」一方面說明三種消魔上藥爲經中要點；一方面說明其爲誦經的方法。因此至誦讀藥名的部分，先說「欲白日昇天，北詣玉皇，策龍飛景，宮館上清，倒擲瓊輪，巔迴五辰，合日揚光，入月徹明者。」然後「當得玉清隱書，佩神金虎符、鬱儀赤文」等儀節，始可以獲得仙藥。因爲是一種讀誦性的經典，所以採用整齊的四句，間用六句，而且多押韻，且常換韻以增加誦經的效果。由於仙藥多用隱名，其實際所指的是否有實物確實是難以詳悉：像玉清藥品有「六淳發榮，玄光八角。風實雲子，帝垣玉闌。金敷茨英，廣天黃木。昌成玉蘂，夜山火玉。」即以角、闌、木、玉爲韻，其下即轉韻，「逮乃鳳林鳴酢，西瑤瓊酒。中華紫蜜，北陵綠阜。絳津金隨，月精日壽。朱河琅子，蓬山文醜。濯水七莖，崩嶽電柳。北採玄郭之綺葱，仰漱雲山之

㊲ 宮川尚志，〈道教の神仙觀念の一考察—尸解仙について〉，收於《中國宗教史研究》（京都，同朋舍，一九八三）頁四三九—四五八。

朱蜜。」又以酒、阜、壽、柳爲韻，至北採一句又轉韻。類似的敍述筆法，辭藻典雅而多隱語，因而其涵意不易索解。這是由於原先的用法，本就是爲了諷誦卻鬼，確實是符合上清經派的旨趣。㊳ 由於藥品不同就可分別昇入玉清、上清、太極（《无上秘要》多一「太清藥品」目）諸境，可以「上飛景霄，分晨億道，守鎮皇精，朝注九腦」；或者「誦其章，可以奇流永生，諷其名，可以起疾斬精。」類似的說法都使得天仙之說更向宗教意義推進一層，完全成爲道教的說法。

《无上秘要》所總結的六朝道教的觀念，可用以對南北朝新出的道教神仙說作一斷代的論斷，在一百卷中將近有二十餘卷專述天界及上昇天界之法，今闕八十九、九十兩卷不詳其內容，但此下即專門輯錄天界：卷九十一爲昇太極宮品、昇太微宮品；卷九十二、九十三爲昇上清品；卷九十四爲昇太空品、昇紫微宮品、昇紫庭品、昇紫虛品；卷九十五爲昇紫晨品、昇玉官品；卷九十六、九十七爲玉清品；卷九十八爲昇九天品；卷九十九爲昇太清品。這種編撰情形有兩個意義：一爲原本素樸的紫府轉變爲結構龐偉的天界說：除了紫微、紫庭、紫虛、紫晨諸名還殘留有北極紫府的遺跡外，已逐漸爲三清說所取代。次爲天界的層次，除了一炁化三清外，更有多層結構的天庭。與卷二十一仙都宮室品參看，首列大羅天玉京山即爲三洞仙經之所藏，與原始的紫府說大爲異趣。《魏書·釋老志》所說的：「上處玉京，爲神王之宗；下在紫微，爲飛仙之主」，就將大羅天置於紫微之上；又說「二儀之間有三十六天，中

㊳ 如前註二四拙文有較詳細的考證。

有三十六宮，宮有一主，最高者，無極至尊。」只要統計《无上秘要》所錄存的仙都宮室，就可了然於這種說法，正是史家總述了當時的新天界宮府觀。由於當時佛教天堂結構說的輸入，道經的造構自可推波助瀾而形成新的天堂說。

《无上秘要》編集於後二十餘卷中的道經，絕大部分出於洞真經，也就是上清經系；只有少部分屬洞玄經─靈寶經系、洞神經─三皇經系，可證三清境之說乃完成於上清經派的手中。基於上清經的誦詠、冥思性質，因此在其敍述筆法中出現咒語、或說明思神存真的修養方法等，例如卷九十四引《洞真四極明科》─爲梁以前出世的古道經之一。

> 金精石髓，鍊變九元眞符，兆欲去離刀山之難。當以本命之日，白書青紙服之，三年，宿罪消滅，眞靈下降；九年，尅得乘龍策虛，飛行太空。(94.4b)

此即爲服符精思的道法；又有洞真靈書紫文上經敍述服丹，也是合於上清經派的服食道法：

> 黃水月華丹，掇而取之，食其華；飲黃水一升，則分形萬化，眼光變爲明月，浮逝太空，飛行紫微上宮。(94.5a)

結句中上昇天界的敍述筆法，成爲一種固定的模式。這種模式也見於咒語中，像同卷引《洞真青要紫書上經》的呪曰：「天無飛翳，地無遊塵。玉符蕩穢，洗除非真……」；而結以「洞觀九天，體生奇光，縱景萬變，飛行太空。」可讓誦經者置身於規律性的節奏中，恍惚飛行於玄虛的天界。

大體說來，由素樸的紫府神話演變到道教的三清之境，昇仙的方法也從早期較簡單的禱祝、服食，而突顯出道經中複雜的道法。類似的演變過程，顯示道教的服食成仙思想雖曾取法於神話，但至此一階段，則已灌注以濃厚的宗教色彩。而三清、紫宮所象徵的天界，已是一個森嚴有序的仙聖宮廷，爲仙班朝禮的紫廷，它成爲道士或奉道者在微聲詠誦中，所仰慕的最高理想與願望。

四、名山說與地仙

地仙與名山爲仙道思想的主體，其主要意義有二：名山說即是道教的洞天府地的觀念，將中國境內、境外的世界依據宗教觀點，聯結成一個具有秩序性、設計性的宗教性輿圖。其主要的觀念源於神話地理、緯書中的洞天說，道教乃加以重新組織，使古老的山嶽信仰賦予一種新意，在中國山嶽信仰史上，對於名山意識的形成，道教與佛教可謂居功厥偉。至於地仙說，則普遍化爲中國人「有仙則靈」的觀念，將天下名山由一神秘的仙真來掌管。因此在山川靈秀的美景之外，這種神仙棲集及治理洞天的說法，已賦予山川以一種宗教性的神秘。六朝時期地仙與名山的觀念結合，發展出道教思想的地上神仙說，同時具體反映出魏晉前後盛行於文人社會的隱逸思想。

中品仙所棲集嬉遊的名山，其原始型態應該是指崑崙山，西方系的崑崙神話較爲原始，與現存有關崑崙神話較爲豐富有關，而所表現出來的特質更具有仙山的因素：崑崙爲北方大地的中央大山，上應於天的中央（北極）；崑崙又爲天地未分、創造力豐富的象徵，因此也較具有仙境的條件；而崑崙則成爲天地交通的神人所必經，古巫即經此上下於天地之間，道教式的仙說形成後，仙人自然也需經由此山而上昇天庭。從神話崑崙轉變爲仙話崑崙，漢代緯書說厥爲重要的過渡階段，〈河圖括地象〉說：

> 地部之位，起形高大者有崑崙山，從廣萬里，高萬一千里，神物之所生，聖人仙人之所集也。

對照〈春秋緯命歷序〉所說的：「天地開闢，萬物渾渾，無知無識，陰陽所恣；天體始於北極之野，地形起於崑崙之墟……。」就以北極、崑崙爲天、地的原始，而且所對應的位置即爲天地中央說。至於升僊說則〈紫閣圖〉說：「太一，黃帝皆僊上天，張樂崑崙、虔山之上。」太一爲漢代封祀的主要對象，漢帝封禪泰山，又廣築通天臺、蜚廉柱觀、益延壽觀等建築，即基於崑崙等仙山爲上僊之山的同一構想。[39] 因此在漢人的傳說中，崑崙爲上僊必經之處，像後漢時張衡的〈七辨〉就保存了這種流行的觀念：

---

39 太一的考證參顧頡剛，《三皇考》。

依衛子曰：若夫赤松、王喬、羨門、安期噓吸沆瀣，飯醴茹芝，駕應龍，載行雲……上遊紫宮，下棲崑崙，此神仙之麗也。

在誇張的賦筆中，保存了崑崙爲上昇紫宮的神仙之山的傳統，這是漢代一種典型的說法。道經即吸收了民間流傳的崑崙神話並加以道教化，則作爲初期民衆化道經的《太平經》最爲鮮明、突出的，首先在卷九十三說：「天者以中極最高者爲君長，地以崑崙墟爲君長。」（《太平經合校》頁三八四）可見它仍是屬於大地中央說，至於强調昇天必由崑崙的說法則有錄籍之說：

惟上古得道之人亦自法度，未生有錄籍，錄籍在長壽之文。……當昇之時，傳在中極——中極一名崑崙。（同上、頁五三二）

神仙之錄在北極，相連崑崙，崑崙之墟有眞人，上下有常。眞人主有錄籍之人，姓名相次：高明得高、中得中、下得下，殊無搏頰乞勾者。（頁五八三）

由錄籍、神仙之錄等說法，可知相信成仙與星命有關，又藉以勉勵道民：不忘道誡則命登錄籍，長壽得仙，崑崙即爲上昇北極所經由的聖山。

天師道派的道經自也承襲了漢人的崑崙觀念，而且與所尊奉的教主——老子發生關聯。三張尤其張魯在蜀漢爲教化奉道者所用的《老子想爾注》，爲現存道經中較早將老子稱爲「太上老君」的，又因經文中將「道」予以宗教化、形象化，因而出現神格化的道體與太上老君的結合，成爲道派内所崇拜的神尊：

> 一者，道也……一散形爲氣，聚形爲太上老君，常治崑崙。㊵

崑崙爲太上老君常治之所的說法，爲五斗米道派所保持的傳統仙說。而其他道派的道經則並不一定指神仙之山的崑崙，而是指冥思身神的道法。稍後在曹魏時期所產生的《老子變化經》㊶也屬於天師道派的道經，則又進一步將老子予以神仙化：

> （老子）則去楚國，北之崑崙，以乘白鹿，訖今不還。

乘白鹿的老子所登的崑崙爲神仙之山，意即老子已成爲地仙，此與當時所流行的老子成仙傳說有密切的關係。

葛洪《抱朴子》中的神仙三品說，將「遊於名山」與「棲集崑崙」對舉，保存了崑崙爲

㊵ 饒宗頤，《老子想爾注校箋》（香港，一九五六）頁十三。

㊶ 吉岡義豐，〈敦煌本老子變化經について〉收於《道教と佛教》一（日本學術振興會，一九五九）。

原始名山說，這種說法與〈袪惑篇〉所載蔡誕的荒唐之言可以參證。蔡誕為一個好道而不得隨從佳師並獲致修仙要事者，因此在求仙失敗回家後，才有一段欺誑家人的說辭—所根據的即為「晝夜誦詠《黃庭》、《太清中經》、《觀天節詳》之屬，諸家不急之書」，其說法中值得注意的有三：一是為「老君」牧龍於崑崙山，其身分為地仙；二為所描述的崑崙景象：或得之於《山海經》之類，如「上有木禾，高四丈九尺，其穗盈車，有珠玉樹、沙棠、琅玕、碧瑰之樹」；「崑崙山上，一面輒有四百四十門，門廣四里，內有五城十二樓」；又言及「不帶老君竹使符、左右契者不得入」的符契，《想爾注》也有左右契，而老君竹使符也應與天師道派的道法有關。又有一段神獸描述，「獅子辟邪、三鹿焦羊、銅頭鐵額、長牙鑿齒之屬」。與今本《十洲記》聚窟洲所有的極為類似—「及有獅子辟邪，鑿齒天鹿、長牙、銅頭鐵額之獸」，疑都本於緯書說。[42]由此可證崑崙為地仙棲集之山，仍得以保存於魏晉前後的道經中。

崑崙系的名山說雖是流傳普遍，但由於仙說之產生與東方系的蓬萊山大有關聯，所以在名山說中自也不能缺少蓬瀛：兩者的差別是崑崙固然為地仙棲集之所，但距離昇天的天庭較為直接；而蓬瀛則遠在東海上，也較富於自由逍遙的情趣，《抱朴子·對俗篇》有一段問答就透露出此一想法。或問：「得道之士呼吸之術既備，服食之要又該，掩耳而聞千里，閉目而見將來。或委華駟而轡蛟龍，或棄神州而宅蓬瀛，或遲迴於流俗，逍遙於人間，不便絕跡以造玄虛，其所尚則同，逝止或異，何也？」即是將蓬瀛作為地仙逍遙自在的仙山，在抱朴子

---

[42] 拙撰，〈十洲傳說的形成及其演變〉，刊於《中國古典小說專集》第六（臺北，聯經，民國七十二年八月）。

的回答中就假託彭祖之言：「天上多尊官大神，新仙者位卑，所奉事者非一，但更勞苦，故不足役役於登天，而止人間八百餘年也。」止於人間即爲地仙。在〈勤求篇〉中也敍述：「上士先營長生之術，長生定，可以任意；若未昇玄去世，可且地仙人間。若彭祖、老子止人中數百歲，不失人理之懽，然後徐徐登遐，亦盛事也。」《神仙傳》中已有老子、彭祖之傳，顯示當時流傳的傳説正完全神仙化了老、彭，而且與隱逸風氣有密切的關係。

葛洪以前就已出現有關神仙三品説的仙經，《抱朴子·遐覽篇》有《九仙經》、《道家地行仙經》、《水仙經》、《尸解經》、以及《彭祖經》、《董君地仙卻老要記》，其中的地仙説即爲《抱朴子》所據。而搜羅於《神仙傳》的神仙資料，其中就有地仙之例，或逍遙名山如白石先生、或昇爲天仙如劉綱；又一再於敍述事跡時發表其地仙的逍遙、隱遯哲學，如〈陰長生傳〉等。其中值得注意的是金丹道的特色，在服用藥劑的分量時靈活運用，據以決定何時止於人間，或昇騰於天上。葛洪自承聞之於先師（鄭隱）——「仙人或昇天，或住地，要於俱長生，去留各從其所好耳。又服還丹金液之法，若且欲留在世間者，但服半劑而錄其半。若後求昇天，便盡服之。不死之事已定，無復奄忽之慮，正復且遊地上，或入名山。」（《抱朴子·對俗》）這是將尋求個體自由與金丹服食巧妙結合之後的神奇説法。

葛洪在同一《對俗篇》又説：「昔安期先生、龍眉寧公、修羊公、陰長生，皆服金液半劑者也。其止世間，或近千年，然後去耳。篤而論之，求長生者，正惜今日之所欲耳，本不汲汲於昇虛，以飛騰爲勝於地上也。若幸可止家而不死者，亦何必求於速登天乎？」漢晉之際所流行的隱逸思想，與儒、道之間的衝突、調停，爲當時的一件大事，也是勢之所趨的潮流：史傳中有范曄《後漢書》所列〈逸民列傳〉，有皇甫謐所撰《高士傳》；[43]而文學中則有隱逸詩的寫作，[44]葛洪正是處於隱逸的風潮中，撰《抱朴子》時以道家爲內儒家爲外，而外篇又首列〈嘉遯〉等篇，顯示其思想中的隱逸傾向。[45]葛洪將隱逸意識貫注於三品仙說，也深受當時仙真傳說中的地仙說的影響。換言之，葛洪受地仙觀念的啓發，又將隱逸思想反饋於所撰的仙傳中。[46]

《抱朴子·對俗篇》的列仙中，安期先生、修羊公並見於《列仙傳》；龍眉山的寧先生見於《列仙傳·子主傳》；而陰長生事奉馬鳴生，見於《神仙傳》。其中的馬鳴生、陰長生及張陵等傳，均具體表現其地仙思想，像〈馬鳴生傳〉即述其勤苦多年之後的成就：

> (馬鳴生)及受太陽神丹經三卷，歸入山，合藥服之，不樂昇天，但服半劑爲地仙，恆居人間。不過三年，輒易其處，時人不知是仙人也。架屋舍，畜僕從，並與俗人皆同。如此輾轉，經歷九州，五百餘年，人多識之，悉怪其不老，後乃白日昇天而去。(卷二)

---

[43] 據《隋志》所錄，除皇甫謐外，類似的隱士傳尚有多種，像張顯《逸民傳》；孫盛《逸人傳》；而同爲高士傳的尚有虞槃佐等多家。

[44] 王瑤，〈論希企隱逸之風〉收於《中古文人生活》(臺北，長安，民國六十四年)；又洪順隆，〈輪六朝隱逸詩〉收於《由隱逸到宮體》(臺北，河洛，民國六十九年)。

[45] 葛洪撰《隱逸傳》，今佚。又村上嘉實，〈隱逸〉收於《六朝思想史研究》(京都，平樂寺，一九七四)

[46] 抱朴子的事功與隱逸思想，余遜有〈早期道教之政治信念〉即頗多論及，刊於《輔仁學誌》十一—一、二。

此爲金丹觀點的地仙之說，表現出以仙人身分而與世俗之人「和光同塵」地生活在一起，充分將道家哲學予以神仙化。而在道教的人生哲學的建立上，也由葛洪完成其理論，並示以例證。與此境界相近的則爲仙隱思想，即走避世的隱逸一路，此一人生哲學葛洪曾假託彭祖與白石先生的一段神仙對話來表達：白石先生爲一幽隱的地仙，彭祖問白石先生何不服昇天之藥，答曰：「天上復能樂比人間乎？但莫使老死耳；天上多至尊，相奉事更苦於人間。」故時人呼白石仙人爲「隱遁仙人」——「以其不汲汲于昇天爲仙官，亦猶不求聞達者也。」按照《抱朴子·微旨篇》的說法：當時流傳的天上宮府觀念既已發展爲三宮九府百二十曹的官僚式結構，所以白石先生也不願爲仙官，而寧爲地仙以逍遙於天下名山。

葛洪前後的上清經派諸人，也有類似的看法，其真跡先由劉宋道士顧歡整理爲《真迹經》、《道迹經》，而陶弘景又再整理爲《真誥》，雖託云裴清靈、周紫陽等仙真所降，實則均由楊羲、二許（謐、翽）所筆錄，所以可代表東晉前後的仙道思想。《真誥》卷五〈甄命授〉爲裴清靈降筆、二許抄錄，敘述數處洞天：一爲「王屋山，仙之別天，所謂陽臺是也。諸始得道者皆詣陽臺，陽臺是清虛之宮也。」與卷十一〈稽神樞〉所述的句曲山：「真洞仙館也」，故同屬於洞天之說。[47] 另一類裴君所述的，則爲非實質的洞天仙府，像卷五所述的大洞真經，

---

47 拙撰，〈洞仙傳之著成及其內容〉收於《中國古典小說專集》第一（臺北、聯經，民國六十八年八月）頁七七—九八。

「大洞者神州是也；神州別有三山、三山有七宮、七宮有七變。」應近於冥思性質的仙山；至於崑崙山也被洞天化而成爲一種神仙宮府：

> 君曰：閬野者閬風之府是也。崑崙上有九府，是爲九宮：太極爲太官也，諸仙人俱是九宮之官僚耳，至於眞人，乃九宮之公卿大夫。仙官有上下，各有次秩；仙有左右府，而有左右公、左右卿、左右大夫、左右御史也。明大洞爲仙卿、服金丹爲大夫、服衆芝爲御史；若得太極隱芝服之，便爲左右仙公及眞人矣。(5.15a－b)

崑崙山成爲仙宮，而天下名山則成爲洞天，《真誥》中即保存了頗多仙真得道的方法、及棲止的名山，爲早期仙傳的資料。關於宮府與仙真的簡要記錄，《无上秘要》卷二十二「三界宮府品」，多出於「洞真經及道迹、真迹經」，記明某宮居某仙，其實也近於地仙之所居：

> 墉城金臺　流精闕、光碧堂、瓊華室　紫翠丹房
> 右在崑崙山　西王母治於其所(12a)
>
> 方丈臺
> 右在東海方丈山　昭靈李夫人所居(13a)
>
> 紫陽宮
> 右在葛衍山　眞人周君所居(13b)

類似的筆法已較《真誥》爲簡潔，不過也均屬名山、地仙的組合方式。顧歡所錄的《真迹經》，今已不存；但《真誥》中卻保存了地仙傳說的隱逸思想，可見同爲魏晉隱風論辯最盛時期的產物，也造就了道教中人的隱逸性格，《真誥》卷十四錄下許謐所抄寫的「劍經」，以仰慕之情敘述青精先生、彭鏗、鳳綱、南山四皓、淮南八公：「並以服上藥，不主一劑，自欲出處嘿語，肥遁山林，以遊山爲樂，以升虛爲戚，非不能登天也，弗爲之耳。此諸君自展轉五嶽，改名易貌，不復作尸解之絕也。」另外許謐所錄的清靈真人誥示，也說得道之人「有不樂上升仙而長在五嶽名山者，乃亦不可稱數；或爲仙官，使掌名山者，亦復有數千。」肥遁山林、長在名山的地仙最能得遊仙之樂，是將魏晉時期的隱逸思想極端美化，並融入仙道思想中。因此造就了中國人心目中理想的神仙生活：遊戲人間，逍遙自在，或棲名山、或昇太清。

上清經派對於海內仙山作綜合仙山的敘述，該推《道藏》所收的《上清外國放品青童內文》，及改編所據的祖本《海內十洲記》，此兩種道經大約編成於六朝前半期，將緯書地理及《博物志》一類的筆記中有關仙島名山的資料綜理成十洲三島。[48] 每一洲島多有異產、異獸，尤其神仙服食之物特別被強調出來，因此自然成爲神仙棲居之所。《十洲記》中常以「洲上多仙家」、「亦饒仙家」、或「三天君下治之處」等方式，表明其爲地仙棲集的名山。其中凡有祖洲、瀛洲、玄洲、炎洲、長洲、元洲、流洲、生洲、鳳麟洲、聚窟洲、以及滄海島、方丈洲、

48 參前註四三所引拙撰。

扶桑島、蓬邱、崑崙、鍾山等，分別分布於東、南、西、北四海，構成一個奇特的海內輿圖。《十洲記》的筆調較爲樸實，近於六朝筆記的敍述手法；而且也表現出地仙的隱逸性格，像方丈洲一條即敍述：「群仙不欲昇天者，皆往來此洲，受太玄生籙。仙家數十萬，耕田種芝草，課計頃畝，如種稻狀。」簡直就是海上的樂園。

《外國放品經》則間受佛經的影響，以東方呵羅提之國、南方伊沙之國、西方尼維羅綠那之國、北方旬他羅之國及上方元精青沌自然之國、中方太和寶真天量之國等，來統合大部分的十洲三島。其最大的差異爲將四方分屬於胡老仙官、越老仙官、氐老仙官及羌老仙官，就是與中國邊區部族的分布結合，均稱其爲仙官；並多出上方之國，而將崑崙稱爲中方之國。由於這部道經屬於教内經典，所以《无上秘要》卷二十二、二十三，尤其卷六洲國品幾全錄之，而反不錄《十洲記》。可證在六朝道經中，此部敍述洲國、官府之經足可代表一種新的綜合仙山說。

大概說來，名山與地仙說爲最能代表六朝文士的宗教意識，就是古來傳統的隱逸思想發展至魏晉時期，由於儒、道的合同離異諸問題：名教與自然、出仕與隱遯，成爲衝激於知識分子心中的一大課題。道教中人的思想實淵源於道家、隱逸，並兼受方術說的影響，不管是葛洪、抑是上清經派的道士，多曾以儒家應世的態度進入仕途，但由於魏晉政途多故、名士少有全者；加以戰亂頻仍，道教神仙之說所具有的吸引力，又常誘使其離開官僚體制，而遯入山林之中。這種衝突與調停的情形在《抱朴子·釋滯篇》即嘗試以此釋學道者之疑：「内寶養生之道，外則和光於世，治世而身長修，治國而國太平，以六經訓俗士，以方術授知音。

欲少留則且止而佐時，欲昇騰則凌霄而輕舉，上士也。自恃才力，不能遂成，則棄置人間，專修道德者，亦其次也。」葛洪外儒内道的思想由此完全表露出來，而有早期使用上中下士之稱借以對應上中下仙，凡此均爲其轉化的痕跡。上清經派興起，大量造構道經之後，神仙思想也逐漸改變。大概海內、中國名山洞天雖普遍形成，但地仙傳說則反而減少，此乃由於尸解成仙的理論與實例大量出現，地仙成爲尸解仙向上遷轉的一處階位，《真靈位業圖》中所列的地仙散位，多爲距離南北朝較遠的古仙或歷史、傳說中的人物，既已成爲仙傳中的主角自可目爲地仙。至於其他凡以不同的方式尸解的就不列入。所以地仙雖爲所有道教中人所企慕的理想典型，但至六朝晚期卻只成爲一種理想而已，並未獲得更深一層的發展。

五、尸解仙與地下主

尸解仙爲道教後來發展得較爲完備的尸解變化說的典型，這是由於三品仙說中，尸解仙的階位雖是較低，但卻是較能表現出道教對於生死觀的突破，也最能代表中國人以較爲神秘的宗教理念解釋死亡的難題。六朝後半期，尸解仙與地下主的說法結合後，成爲探求不死的主要觀念，因爲建立道教理論的道士，對於採用道法而處理的死亡經驗，自有其異於常人的親身實踐體驗，而並非單純的只是屬於一種信念的問題。如果不簡單地以宗教迷信的說法就擱置它，則道教尸解仙確實存在一些人類面對死亡所產生的問題，值得吾人深入探討。

尸解仙自然並非屬於突然由道教創發的意念，而是源於古中國人的一種咒術性信仰，只是道教將其精純化、體系化，成爲一套極富於哲理與宗教意義的生死觀。尸解與原始宗教有密切的關係，據英國人類學家傳萊則（Sir Trazer）在其《不死信念》（The Belief in Immortality）一書中，曾綜合研究原始民族死亡起源的神話，歸納爲四種類型：即傳消息類型、月亮虧盈類型、蛇蛻皮類型及香蕉樹類型。其中蛇蛻的觀念乃因原始人觀察蛇或蜥蜴等脫皮的現象，以爲蛇與蜥蜴等脫皮之後，可獲得新生命，故得復活、不死。㊾ 由此一錯誤的生物觀察，聯想及人類若能脫皮，亦可如蛇類的不死。又有學者研究古代社會，據地下發掘物，相信古代有蛇崇拜：以爲頗多原始民族信仰蛇爲死者的化身，蛇蛻皮後，可獲新生活力，因而不死，故永生即脫皮。

古中國也存在類似的咒術性思考方式，其遺跡可自古墳中出土的考古文物，發現有玉蟬、石蟬等陪葬物，應即爲基於蟬蛻的咒術性思考，祈求死者再生的不死信仰。㊿ 蟬蛻、蛇解思想至戰國、兩漢時期，即爲神仙思想所吸收，成爲尸解變化說的基本理念。圍繞於劉安之旁的方士集團，就相信神仙之人「抱素守精，蟬蛻蛇解，游於太清，輕舉獨往，忽然入冥。」（《淮南子·精神篇》）所謂「蟬蛻蛇解」即爲成仙的象徵，這種神仙象徵頗多見於文學作品中，成爲仙化的一種隱喻，誠如東漢仲長統所作之詩：「飛鳥遺跡，蟬蛻亡殼，騰蛇棄鱗，神龍

㊾ 參自杜而未《崑崙文化與不死觀念》所引，（臺北，學生書局，民國六十六年）

㊿ 如侯家莊一〇〇一號大墓有三件「白大理石蟬」（R1563，1558，1559），見《侯家莊》第二本上册（臺北、中研院，民國五十一年），頁九三—九四。

喪角，至人能變，達士拔俗。」[51] 蛻去遺跡爲變化之象，即隱隱相信有一種超越形體的靈魂的存在，其後就成爲一種文學上的成仙象徵。[52] 但與仲長統同時的王充本就以批判爲學，《論衡、道虛篇》就批判當時的僊說爲虛，但文中所保存的卻也強烈反映漢世尸解成仙的思想極爲流行：「所謂尸解者，何等也？謂身死精神去乎！謂身不死得免去皮膚也！……夫蟬之去蝮育、龜之解甲、蛇之脫皮、鹿之墮角，殼皮之物解殼皮，特骨肉去，可謂尸解矣。今學道而死者，尸與蝮育相似，尚未可謂尸解。何則？案：蟬之去蝮育，無以神於蝮育，況不似蝮育。謂之尸解，蓋復虛妄，失其實矣。」王充即採取一些生物觀察的現象認爲人脫去尸骸後，並不能像一些生物一樣可以獲得再生，因爲「神」是否存在並不能證明，所以尸解成仙爲虛妄。

道教成立之後並不採取王充的合理主義態度，反而基於前道教時期的尸解說更予以精純化，像東漢末葉邊韶撰《老子銘》，其中所說的：「存想丹田，太一紫房。道成身化，蟬蛻渡世」，[53] 類此用法只廣泛採取了流行的說法，而非有意識的構成一個有系統的觀念。葛洪《抱朴子、遐覽篇》著錄「尸解經一卷」，因其已佚，故僅能由《抱朴子》或《神仙傳》的敘述略窺其說法。真正推展尸解思想的應爲上清經派，《真誥》所錄存的資料，一再提及許翽抄寫

---

[51] 《後漢書》卷六九〈仲長統傳〉。

[52] 輸伏義〈與阮嗣宗書〉：「豐家高屋則無陶朱貨殖之利，延年益壽則無松喬蟬蛻之變。」嵇康的〈遊仙詩〉亦云：「服食改仙容，蟬蛻棄穢累。」

[53] 楠山春樹曾考述其意義，〈邊韶の老子銘について〉刊於《東方宗教》十一號（一九五六）。

「劍經」，即是與劍解有關的尸解經，據說陶弘景所撰的《太清經》也與尸解有關。[54]《无上秘要》卷八本列有尸解藥石品，但因舊本重出不錄，而備見於卷八十七尸解品。其中即註出《洞真藏景錄形神經》及《洞真太極帝君填生五藏上經》，大多見於《真誥》卷十四《劍經》、及卷四許謐抄寫《九真經》。據考《藏景錄形神經》即見於《真誥》卷五裴清靈所出道書中，也見錄於《漢武內傳》，乃東晉所出的古道經。[55]《无上秘要》不引《真誥》，而直接引用洞真經系的道經，可證其出世頗早。其他爲《无上秘要》引用的《洞真瓊文帝章經》、《洞真太上隱書經》、《洞真八素真經》均爲短句而已。由此可證尸解仙說確是由上清洞真系的道經所整理、流傳，將《真誥》所引的與之參看，足可瞭解六朝時期的尸解仙說。

首先要說明從葛洪《神仙傳》至陶弘景《真誥》所有尸解觀念的轉變，對同一仙真的敘述就有不同的觀點：《神仙傳》的張陵爲地仙（卷四），《真誥》則列爲夜解之例（卷四）。尸解在道教修練法中的意義，《无上秘要》尸解品首即引司命東卿之說——就是大茅君（茅盈），可作爲東晉前後的看法：

夫尸解有形之化也，本眞之練蛻也，軀質之遁變也，五屬之隱遁也，雖是仙品之下第

---

[54]《尚書故實》稱：「陶貞白所著太清經，一名劍經，凡學道術者，皆須有好劍鏡隨身。」

[55]《道藏》姑字號《道典論》卷二尸解部分所引，與《无上秘要》及《真誥》所引的大體相同，其中大多出自《太極真人飛仙寶劍上經》。

而其稟受所承，亦未必輕矣。或未欲昇天而高栖名山；或欲崇明世教、令死生道絕；或欲斷子孫之近戀，盡神仙爲難希；或欲長觀世化，憚仙官之劬勞也。妙道一備則高下任適，固不可用明死生以制其定格，所謂隱迴三光，白日陸沈也。(87－1a)

這段文字爲其下述各種尸解仙的總述，其旨趣幾與地仙說無大差別，因爲到東晉前後尸解說既已形成，凡尸解仙去者，即入名山，與地仙何異？所以强調「夫此之解者，率多是不汲汲於龍輪欒，安棲於林山者」因此夏禹、周穆王，或王子晉、司馬季主、王褒、洪涯先生等，全爲「尸解託死者，欲斷以生死之情、示民有終始之限耳。」也就是外現和光同塵式的與常人無異的處死之道，而其本真則超乎生死大限，這色是在道家思想的影響下所母化的生死觀。

尸解仙的仙品爲最下等，所以《真誥》卷五裴清靈說：「有尸解乃過者，乃有數種，並是仙之數也。尸解之仙不得御華蓋、乘飛龍、登太極、遊九宮也。」按照上清經派的說法，從尸解仙到地仙、天仙，需要有一段歷程，凡此均與當時的死後世界有關；而且尸解的方式也有數種，《真誥》卷四即假南真夫人之口總述其要：

> 得道去世，或顯或隱，託體還跡，道之隱也。或有再酣瓊精而叩棺、一服刀圭而尸爛；鹿皮公吞玉華而流蟲出戶、仇季子咽金液而臭聞百里；黃帝火九鼎於荊山，尚有橋領之墓、季主服雲散以潛升，猶頭足異處；墨狄咽虹丹以投水、甯生服石腦而赴火；務光剪韭以入清冷之淵、栢成納氣而腸胃三腐，諸如此比，不可勝記，微乎得道、

趣舍之跡無常矣。(15a－b)

南真即魏華存，故可謂爲東晉前後的說法。所述的尸解法中顯然已以藥解爲主，與煉丹史的發展有密切關係。可證上清經派雖以「大洞經」爲最尊，但誦經冥思不至於有較特殊的死亡異象，且爲天仙之道；而金丹服食卻漸盛於六朝，因此成爲特別加以記載的尸解方法。由《无上秘要》所錄的尸解品應該有火解、兵解、杖解、劍解及藥解等。《列仙全書・鮑靚傳》即批評：「仙法，凡非仙胎得仙者必由尸解：上尸解用刀，下尸解用竹木；以神丹染筆書太上太玄陰生符於刀，其刀須臾即如所度者面目，奄然於床上矣。其真人遁去，其家人但見死人不見刀也。」所謂上尸解即劍解，下尸解即杖解，其實較原始的型態爲火解及兵解。

火解的原始應即以火解化，聞一多認爲火解出現得最早，初流行於氐羌舊區（即今甘肅、新疆一帶），引《墨子・節葬》云：「秦之西有儀渠之國者，其親戚死，聚柴薪而焚之，燻上，謂之登遐。」《呂氏春秋・義賞》也載氐羌之民：「其虜也，不憂其係纍，而憂其死不焚也。」將登遐與西方崑崙、西方葬俗聯結，本就是聞氏的神仙源於西方說。[56] 但登霞、昇霞諸詞的運用，應與仙人飛昇之說相關，〈遠遊〉所謂：「載營魄而登霞兮，掩浮雲而上征」，就是昇登雲霞帝鄉的遊仙思想。因此火解應與宋毋忌成仙傳說有關，《白澤圖》即有「火之精曰宋毋忌，蓋其人火仙也」的記載，可知火解也是燕國方士所擅的方僊道之一，乃是「形解銷化」

---

56 聞一多前引書，頁一五五－一五六。

之事[57]。而具體的火解傳說則見於《列仙傳》，爲古仙解化的遺法：

嘯父者冀州人……唯梁得其作火法。臨上三亮山，與梁母別，列數十火而昇。師門者嘯父弟子也，亦能使火……（孔甲）殺而埋之外野，一旦風雨迎去，訖則山木皆焚。

列數十火而昇的作火法，與火焚解化有關，難怪聞一多會疑其源於火葬之法。另外赤松子、寧封子也是採取積火自燒的解化法：赤松子爲神農時雨師，「能入火自燒，往往至崑崙山上，止西王母石室中，隨風雨上下。」寧封子爲黃帝陶正，得人授掌火之法，最後「積火自燒而隨煙上下，視其灰燼，猶有其骨。」這種隨煙上下的異象即爲火仙的神異之處。而《拾遺記》卷十所載員嶠山的移池國人「以茅爲衣服，皆長袖火袖，因風以昇煙霞，若鳥用羽毛。」顯然其中王嘉有一些附麗之處，已成爲遠方異國的美麗傳說。道教尸解法至六朝時已較少使用火解法，陶弘景曾引述楊羲所錄的真妃所授，曾詰以「君若其不耐風火之煙，欲抱真形於幽林者，可且尋解劍之道，作告終之術乎？」（卷二）風火之煙即爲火解，等劍解流傳爲上尸解後，就較少使用以火解化的解脱法。不過《无上秘要》所錄的似已道教化，就是「以藥塗火炭，則他人見形而燒死，謂之火解。」其道法已較近於劍解，只是所塗爲「火炭」而已，六朝仙傳中

[57] 《史記、封禪書》索隱注引《白澤圖》，又《三國志》卷二九《管輅傳》也曾引此條。

較少有火解的記載。

兵解法，聞一多曾引《後漢書·西羌傳》所述的習俗：「以戰死爲吉利，病終爲不祥」，即謂戰陣兵器所傷之死爲兵解。58 道教所謂的兵解，誠如《真誥》卷十四引右英夫人所誥，「頭足異處」戰死刑殺等，皆得謂之兵解：像郭璞遭刑殺，《神仙傳》稱其殯後三日「開棺無尸，璞得兵解之道，今爲水仙伯。」（卷九）《真誥》又載：「欒巴昔作兵解去，入林慮山中。」（卷十四）而非刑殺、戰亡而解的，則《无上秘要》所錄的最爲奇特：「以一丸和水而飲之，抱草而臥，則他人見已傷，死於空室中，謂之兵解。」（84.4a）所謂以丸服食的尸解仙，依陶弘景注「挹九轉匸尸梟（梟），吞刀圭而虫流」一句，所云：「司馬季主亦以靈丸作兵解」（14.17a），可知其道法其實已與藥解有相類似之處。

杖解法爲下尸解法，葛洪《抱朴子·論仙篇》詳述壺公將費長房去、道士李意期將兩弟子去，都是在死後又再出現，等發棺，則發現棺中「有竹杖一枚，以丹書符於杖，此皆尸解仙也。」詳細的情形則《无上秘要》曾敘述：「以錄形靈丸以合唾塗所持杖，與之俱寢，三日則杖化爲己形，在被中，自徐遁去，傍人皆不覺知。」（87.3b－4a）道法中的靈丸書符爲其秘訣所在，可見仍與靈藥有關，但仙傳在敘述時則往往只述其灑脱地託形杖履而已，就像《洞仙傳》中，王嘉亡去，姚萇發棺，「並無尸，各有竹杖一枚」；或司馬季主的弟子劉諷，「託形杖履而去。」

---

58 聞一多前引書，頁一五六。

劍解為上清經派的上尸解法，許翽抄寫《劍經》、陶弘景所著《太清經》即一名《劍經》，就說「凡學道術，皆須有好劍鏡隨身。」劍、鏡為咒術性的寶物，劍可為尸解之用。但其咒術性、法術性格的形成應與古代對寶劍的咒術性用法有關，可從考古文物中劍的發現獲得明證。[59]《列仙傳》曾載黃帝葬於橋山，「山陵忽崩，墓空無尸，但劍舄在焉。」《抱朴子·極言篇》、《真誥》卷十四錄《劍經》時也襲用之；另一常見之例為王子喬，發墓者見「唯有一劍停在空中，欲進取之，劍作龍鳴虎吼，遂不敢近，俄而徑飛上天。」[60]這種活靈活現的描寫除了見於《世說》之外，被引於六朝筆記如《殷芸小說》卷五、也錄於《真誥》卷十四。其敘述中雖有神異之處，但仍是素樸的寶劍傳說。至於道門則使用刀、劍作尸解法時就與丹、符聯結，《真誥》卷十二有陶弘景的注語說：鮑靚「用陰君太元陰生符，為太清尸解之法，當是王者之最上品」，今《雲笈七籤》卷一所錄的，即為前引《列仙全書》卷四〈鮑靚傳〉所本，成為道士刀解的顯例。初唐《北堂書鈔》曾引神仙經說：「真人去世，多以劍代形，五百年後，劍亦能靈化也。」教內的說法至唐道士司馬承禎撰〈景雲劍序〉，就成為「撝神代形之義，已睹於真規」，難怪道士多頗能自鑄寶劍，或常以寶劍隨身。因此儒家中人的朱熹讀道經後，即曾論述其事說：「道家說仙人尸解，極怪異：將死時，用一劍一丹藥，安於睡處。少間，

---

59 拙撰，〈六朝鏡劍傳說與道教法術思想〉刊於《中國古典小說專集》第二，（臺北、聯經，民國六十九年）頁一—二八。

60 《北堂書鈔》卷一二二引《世說》，殷芸《小說》卷五亦然，然今存《世說》則已無此條，疑其應出於《幽明錄》。

劍化作自己，藥又化作甚麼物，自家卻自去別處去。真劍亦有名，謂之良非子—良非之義猶言本非我也。」[61] 儒家立場視爲怪異，而道家則尊爲高品。

藥解法則爲金丹流行之後最常見的尸解法，葛洪《抱朴子》即將服食金丹作爲天仙的道法，而上清經派也同樣重視，但卻視爲託跡暫死的現象，在此即先引述一段最具代表性的敍述，《无上秘要》八七引《真迹經》，而《真誥》卷十也收錄之：

太極眞人遺帶散白粉，服一刀圭，當暴心痛如刺，三日欲飲，飲訃足一斛。既殮，失尸所在，但餘衣在耳，是爲白日解帶之仙。若知藥名者不復心痛，但飲足一斛仍絕也。既絕，已自悟所遺尸者在地也。臨時，自有玉女玉童以青軿輿載之也。欲停者當心痛三日，節與飲耳，其方亦可合，亦可舉家用雲霞衣九兩，是其首。(10.5a)

這是敍述一段因服食丹藥，由於毒性劇列而暴卒的實況。六朝史傳中凡有多處類似的情形，像《宋書·劉亮傳》敍述亮迎請武當山道士孫道胤合藥，由於「未出火毒」，孫不讓亮服，而「亮苦欲服，平旦開城門取井華水服，至食鼓後，心動如刺，中間便絕。後人逢見，乘白馬，將數十人，出關而行，共語分明，此乃道家所謂尸解者也。」[62] 由於合成丹藥的藥物，多以

---

[61]《朱子語類》，卷一二五。

[62] 拙撰，〈道教鍊丹術的發展與衰弱〉刊於《中國科技史》(臺北，自然科學文化事業公司，民國七十二年)。

砷、鉛、汞等爲主，這些含有劇毒的礦物合成之後，對人體具有强烈的毒性，足可毒死任一服食者。爲何服食而死會被道教徒美化爲「尸解」——《真誥·敘錄》稱陳雷等服後，「託跡暫死，化遁而去」，據李約瑟（Joseph Needham）的分析，由於諸種礦物對於服食者的生理產生特殊的感覺，常被誤認爲增强體力；至於長期服食者，卒後其尸體比較不易分解，呈現木乃伊化的現象等。[63] 凡此均易於被神異化，而成爲以藥解化之說。六朝的丹道發展正處於創發階段，難怪道士對之懷著高度的信心與美麗的幻想。

關於尸解的情況，《真誥》保存了二許所抄《九真經》、《劍經》的說法，其中有一段特別值得注意：

> 人死必視其形如生人，皆尸解也；視足不青皮不皺者，亦尸解也；要目光不毀無異生人，亦尸解也；頭髮不脫而失形骨者，皆尸解也；白日尸解，自是仙，非尸解之例也。(4.15b－16a)
>
> 有死而更生者、有人形猶在而無復骨者、有衣在形去者、有髮脫而失形者；白日去謂之上尸解、夜半去謂之下尸解、向曉向暮之際而謂之地下者也。(4.17a)

關於尸解的現象之觀察，當時的道教徒顯然是基於一種宗教性的信念，因此經由長期的

---

[63] 李約瑟著，張彝尊、劉廣定譯，《中國之科學與文明》（臺北，商務，民國七十一年）頁五四二——五五八。

修練：諸如辟穀、絕穀以及食用各種奇特的植物、礦物，而使其屍體產生異於一般情況的狀態，就被賦予一種特殊的解釋。李約瑟曾從科學的觀點嘗試說明道教的技術，證明當時的道士確有比常人較深刻的認識，而且激起所有冒險者前仆後繼地探求不死。

尸解說除了技術部分外尚有關於信念的問題，與道教的宗教倫理與死後世界有密切的關係。首先爲《真誥》卷四許謐所抄《九真經》的一段文字，(16a－b) 較詳細的則見於《无上秘要》所錄的《洞真太極帝君填生五藏上經》，(87.10b－11a) 顯然《真誥》所存的僅爲其精要部分：「若其人暫死，適太陰，權過三官者，肉既灰爛，血沈脈散者，者，而猶五藏自生，白骨如玉；七魄營侍，三魂守宅；三元權息，太神內閉，(太一錄神、司命秉節、王老扶華、帝君寶質)。或三十年、二十年、或十年、三年隨意而出。當生之時，即更收血育肉，生津成液，復質成形，乃勝於昔未死之容也，真人鍊形於太陰，易貌於三官者，此之謂也。」(4.16a) 將暫死作爲進入長生之門的構想，因而產生一個死後的世界：其中的重要觀念已出現於早期道經：三官爲天師道所上章禱過的天、地、水三官，爲司人間功過的審判者；64 至於太陰則天師道系的《想爾注》中「沒身不殆」條云：「太陰道積，鍊形之宮也。世有不可處，賢者避去，託死過太陰中，而復一邊生像，沒而不殆也。俗人不能積善行，死便真死，屬地官去也。」太陰即屬北方，象徵死後世界，乃中國原始幽冥神話的遺跡。65 經由太陰和三官的審

---

64 福井康順，《道教の基礎的研究》（東京，書籍文物流通會，一九五八）。

65 王孝廉，〈夸父的神話〉收於《中國的神話與傳說》（臺北，聯經，民國六十六年）頁一〇三－一六五。

判、考核，其功德足以復生，即可遷轉爲仙人——「太陰鍊身形，勝服九轉丹。形（華）容端且嚴，面色似（合）靈雲（光）。（五石會天真，太一寶神關。）上登太極闕，受書爲真（仙）人。」（4.16b，括弧文字爲秘要所有）這是得道之士暫遊於太陰的宗教世界的構想。

尸解還有一種地下主，也是一種宗教性的構想，符合其要求的在《真誥》卷十三說：「地下主者復有三等，鬼師之號復有三等，並是世有功德，積行所鍾；或身求長生、步道所及；或子弟善行、庸播祖禰；或諷明洞玄、化流昆祖。夫求之者非一，而獲之者多途矣，要由世積陰行，然後皆此廣生矣。鬼師武解、主者文解，俱仙之始也。度名東華，簡刊上帝，不隸酆宮，不受制三官之府也。」（1a）卷十六即有分項說明：包括至忠至孝之人既終皆受書爲地下主者、上聖之德既終皆受三官書爲地下主者；與有蕭邈之才、有絕衆之望、養其浩然、不營富貴者既終，受三官書爲善爽之鬼；有至貞至廉之才者既終，受書爲三官清鬼；先世有所在三官、流逮後嗣，或易世鍊化、改氏更生者，此七世陰德根葉相及也，既終，皆受書爲地下主者。所謂「地下主」的地下，在《太平經》中常見，乃指死後世界，可見中國人的死後世界已由北方轉變爲泰山及地下。[66] 地下主或鬼師依其等級，經一定年限而逐漸遷轉，乃得進入仙籍，《真誥》均有記載，表示上清經派的仙品遷轉的觀念。《无上秘要》曾引《洞真

---

[66] 地下說見於《太平經合校》頁七四，七八，一三四，一八三，二七九及四〇六等；又地下主之說，校稿時見余英時有〈中國古代死後世界觀的演變〉刊於《聯合月刊》第二十六期（民國七十二年九月）頁八一—八九，即引用馬王堆三號墓的木牘、鳳凰山一六八號漢墓竹簡，用以說明漢朝死後世界有地下丞、地下主的觀念。

太上隱書經》說：「諸尸解地下主者，按四極真科：一百四十年乃得補仙官，復一千三百年，乃得補真官，於是始得飛蓋、乘群龍、登太極、遊九宮也。」(87.5b) 由不得遨遊於天仙、地仙的世界至始得遊之，中間經歷一段長達千年的歷鍊，這是道教成仙不死的宗教倫理。

上清經派由於是較屬於南朝貴族層所組成的，因此特別重視冥思、服食的道法，但道治的布教活動則需與各階層相與接觸，所以其宗教倫理又是一種宗教化、通俗化的儒家倫理道德。將此一觀念運用於神仙品位思想中，就是地下主、鬼師的遷轉說，凡符合此一標準的則前此得道之士即可進入階位，就是非屬道門的儒家之徒、匹夫匹婦也逐漸被納入，這是完全基於道教新組合而成的位業思想。因此陶弘景及其茅山道團所構想的《真靈位業圖》，在中、下層階位（第三至第七）中才會出現許多性質不同的歷史人物：儒門經生與道家隱士並列、儒雅文人與雄偉武夫並存，甚或女真等也都得預於仙真的階位中，這種排列法即是基於仙真位業的思想。因此尸解、地下主之說對於上清經派而言，是爲了要建立其宗教性的倫理道德。凡此均對宋以後的《太上感應篇》、功過格等頗具有影響力，形成道教對於中國社會的宗教教化的社會功能。

六、結語

神仙三品說爲六朝道教極具涵攝性、創發性的仙道思想，成爲唐以後道教的神仙世界的主體。天仙、地仙、尸解仙俱包含了三大部分：一爲修行的道行、二爲成仙的類型、三爲仙境的所在。此三品神仙都是源於古中國人對於不死的探求，至道教徒的手中才成爲一種較積極而又平實的道法，由這種轉變的過程可以看出道教的形成，本質上是中國的、本土的，雖則部分兼受外來的印度佛教思想的影響，但其探求不死的現實主義的精神，足以使其成爲中國人的一種宗教信仰。

由僊、仙及真、神等關鍵字來探求神仙思想的原始型態，可以發現飛昇天庭的仙與遊於名山、蟬蛻解化等，尚無明顯的區別。至漢晉之際區分爲三品仙之後，天仙爲上，上昇紫府及三清等天界；地仙爲中，由崑崙而兼舉蓬瀛，並擴及輿內名山，成爲道教的洞天說。尸解仙爲下，尤其與地下主結合之後，成爲道教在六朝的重要發展，尤其在上清經派，誦讀、冥思真經，以及配合其技術，就形成各種解脱的方法—其中以藥解、劍解最爲上法；加以道教教義中特別强調功德之説，對於後世的民衆道德頗具有啓示性。

神仙三品説在六朝後半期所呈現的三大特色，對於唐宋以後道教的思想深具影響：一爲由三品轉變爲九品、或二十七品，成爲複雜的神仙位業説。二爲《真靈位業圖》組合三品仙成爲七階位，這種神統譜當初與陶弘景在茅山的華陽洞天的神仙配置圖有密切關聯，而且上清經派本就整理出一套較爲完整的齋儀，唐宋時期爲道教齋儀史的發展階段，依據道藏齋儀書以及一些道教類書，都可看出設置於醮場的神統配置的形式，都是以《位業圖》爲本，因而有各種新的配置方式。而更重要的則是三品仙中獲得最大發展的爲尸解仙，宋時編成的《太清金闕玉華仙書八極神章三皇内秘文》即有「五假化形圖」、太上三辟五解秘法，專門敍述五解法；而《靈寶旡量度人上經大法》卷二十五特列「隱跡五解品」，就是將尸解法與五行思想結合，成爲金解、木解、水解、火解、土解，配合不同的道書而有形式相異的符法相應。與六朝時期比較，則六朝道書只泛説以丹書符，但其中最能看出道士巧妙的轉化之跡：如金解法用古鋌鐵或劍、木解法用紅落梨枝或木杖、水解法用大龜殼或以鞋沈水、火解法用雀擲大火中或劍、杖投火中，土解法用鞋擲地或擲劍等。這些尸解法一向被道門視爲不妄傳的神仙秘法，其實多與道教探求不死的信仰心理有關。

大抵而言，探求不死爲仙道思想的中心，六朝時期在特殊的時代環境、文化格局裏，具有涵融一切而化爲己有的創發力，成爲其後千年來道教思想的主要依據。從其中的形成、演變過程，正可以顯示六朝的宗教文化雖間受外來佛教文化的衝激，而其大體則仍爲中華本位的文化。由此也可理解爲何道教會成爲中國的民族宗教、本土宗教，關鍵處即在於面對生命的終極關懷時，表現出一貫的民族風格，這一點爲特別值得從事比較宗教學者多加注意之處。

六朝道教洞天說與遊歷仙境小說

仙境傳說爲六朝筆記小說中有關仙道的重要題材之一，它承上啓下而成爲中國文學中遊歷仙境的典型，可與冥界遊行、夢境幻遊等類型，同是屬於敘述文學中具有遊歷結構的一類。小川環樹氏曾主持一項搜集「仙鄉譚」的計劃，廣泛搜羅後，提出「樂園的表象」說，認爲這些三世紀以降所殘存的古神話遺跡，表達了人類對於「他界」(other world) 的描寫，天國、冥土以及仙鄉都是有關人的生前、死後靈魂的所在，其中的仙鄉是道教形成前既有的觀念，道教成爲本土宗教之後，仙鄉神話自然不免增多一層道教的色彩。❶ 這是極有見地的研究，說明仙鄉故事的特質。

小川教授從五十一個故事中，歸納出八項的共通點：就是山中或者海上、洞穴、仙藥和食物、美女與婚姻、道術與贈物、懷鄉和歸鄉、時間，以及再歸與不能回歸等。這一分析確是細密而精采的，已近於民間故事類型研究 A,T 分類法的母題——或譯爲「情節單元」❷。

---

❶ 小川環樹，《中國小說史の研究》(東京，岩波，一九六八)，頁二三一—二四五。

❷ 參劉魁立，〈世界各國民間故事類型索引述評〉，《民間文學論壇》(一九八二年一月)；金榮華，《六期志怪小說情節單元分類索引》(甲編)(臺北，文大中研所，一九八四)。

換言之，這些流傳於六朝社會仙鄉的故事，大多由這一系列有關仙境的母題所排列組合而成：這些母題的變換和新的排列組合，大概從東漢一直延續到六朝、隋唐，因而構成許多新的作品。現存的六朝小說，在初期多經書承或口承的傳播方式，尤其口頭傳播常在不同時間、不同地域，經歷長時期的流傳，等到能文之士採取類似現代人類學者之採錄口語文學時，常任意修飾，而產生「口語文學的文學化」情形❸。目前所見的六朝仙境小說，殘存於筆記雜傳中的，大多經過某種程度的美化、文學化，因此也就更富於文學趣味。

民間文學在口語流傳的過程中，是被當作「說話」——口說的神話，後世則被歸類於史部經籍、藝文志的小說家類。在六朝時期由於史部的分類觀念才在逐漸發展，因而筆記常被列入《隋志》的「雜傳」之中，這不僅是部籍分類的界域問題，而是牽涉到當時人對於傳說、對於採集到的口語文學的觀念，就是認爲這些記述下來的事跡具有某種程度的真實性，並不純是虛構性的。六朝的仙鄉譚之被當作一種民譚，這是小川氏的基本看法。而從筆記雜傳與民間說話的關係看，這些有關遊歷仙境的傳說，其實是融合了真實與虛構，是實事也是幻設。

這些實事與幻筆的交融，固然具有小說的趣味性、文學性；但在考察這些仙境傳說的形成過程，將可發現道教或前道教時期的方士、道士，都曾經扮演過增飾其說的角色。因有關中國古神話傳說的樂園意識，增益了方士、道士的神秘色彩後，讓傳述者更增添了信其爲真

---

❸ 唐美君，〈口語文學的採集〉，收於《文化人類學選讀》（臺北，食貨出版社，一九七七），頁二四七—二六四。

實的信念，也就更能傳達出集體意識中所確實存在的一種希求個人的長壽永生與社會的和諧安樂之夢。凡此均與人類傳述樂園神話的心理有關，尤其是遭逢亂世之際，在現實生活、世俗世界裏，這些長壽安樂的理想、願望更是無法滿足。因此借由仙境傳說的幻想和象徵，間接滿足了這些隱藏在心靈深處的隱微願望。

從東漢末葉開始，世亂日亟，因而一些仙境傳說逐漸出現，到了魏晉時期獲得高度的發展，這是與江南的開發、世局的紛亂等具有密切的關係的。道教剛好也在這一關鍵時期形成，自是大量吸收而又回饋社會，仙鄉譚之具有道教色彩，實是具有錯綜複雜的互動關係。本文將考察道教的洞天說、地仙說，從它的形成、演變說明仙境傳說與道教思想的相互激盪的情況：其中將分作原始型態的洞天遊歷傳說與世俗化的仙境遊歷傳說，其中的分際可以梁陶弘景注《真誥·稽神樞》篇之說爲證：

> 世人採藥往往誤入諸洞中，皆如此，不便疑異之；而未聞得入華陽中，……然得入者雖出亦恐不肯復說之耳。(11.7a)

陶弘景的時代必有許多機會聽到、看到大量的仙境遊歷傳說，因此這段註語是彌足珍貴的資料。他明白分別兩種情形：一是修真學道者才能以特別的機緣，得入洞天中獲得特殊的道法、經訣等啓示，因而助成其人快速悟道度世。一是誤入洞天者，世人常因採藥、採樵或遊覽等緣故入山，也有機會往來上下於石階、洞口，「人卒行出入者，都不覺是洞天之中，故自謂是外之道路也。日月之光，既自不異；草木水澤，又與外無別。飛鳥交橫，風雲蓊鬱，亦不知所以疑之矣。」類此「洞天神宮，靈妙無方」諸神聖化的說法是修真遇仙，而世俗化之後就被稱爲「誤入」。本文將從這兩種說法考察六朝仙境傳說的形成與演變，借以解說遊仙的真相與幻設。

一、道教洞天說的形成及其意義

從現存的六朝筆記、道籍考察，仙境傳說與道教洞天說約同時出現於魏晉時期，但有關洞天的一些基本觀念則應溯源於漢緯中的神秘輿圖說。目前殘存的漢代地理緯雖已不多，但仍殘餘於後人所徵引的筆記中，尤其古道經中就有引述緯書立說的情況。根據道教形成時期既已大量吸取前道教時期的各種駁雜多端之學，借以構成其宗教體系的情況，洞天說應該也是道教中人所吸收、容納的漢代神秘地理說，是一種混合宗教、神話與擬科學的神秘輿圖說。將宇宙視爲有機體，有如人體的結構，因而厚載庶物的山河大地也是一個有機體。諸大名山不僅被組織化，根據聖數觀念組成不同的名山群；他們甚至認爲這些名山群之間也有管道、脈理潛通。因此原本並不相連屬的名山就被聯結爲一神秘的關係，這是雛形的古中國地理、風水說。

有關洞穴潛通的資料目前所見只是殘存的，並不完整，大多屬於河圖類的古緯書：其中〈河圖括地象〉有一條，及陶弘景《真誥·稽神樞》中所引述楊羲所書的有關金陵福地的四條。

其餘雖未注明出於緯書，而行文筆法顯然是〈河圖〉一類的，則有《玄中記》三條、《博物志》一條。如果通檢《緯書集成》等一類輯佚書，大概還會多出一些，但仍是有限。其中與洞穴潛通相關的〈河圖括地象〉所說的「名山大川，孔穴相通」之說——張華《博物志》卷一「物產」項也有此一說法。根據陳槃庵先生的考證，這類河圖緯原本曾有圖配合，唐張彥遠《歷代名畫記》記敘的「古之秘畫珍圖」中，就有〈河圖括地象圖〉十一卷之多。只是無法確知洞穴相通，是否也有圖形的存在？❹

古緯書中的名山，在魏晉時期以包山及金陵勾曲山最引起注意，張華所引的是與漢武求仙有關的服食仙藥說：「君山有道與吳包山潛通，上有美酒數斗，得飲者不死。」（《博物志》卷八）出現洞穴中有美酒的母題。包山又出現於託名郭璞的《玄中記》中：「吳國西有具區澤，中有包山，山有洞庭寶室（《初學記》八）。入地下潛行，通琅琊、東武（《寰宇記》九一）。」包山傳說與〈河圖〉中的重要人物夏禹相關，在晉世形成的靈寶經派就利用古靈寶經，從葛玄傳承而下，葛洪又從其師鄭思遠處傳授，傳到洪的從孫葛巢甫時，「造構靈寶，風教大行」（《真誥》「敘錄」語），成為東晉的三大道教經派之一❺。而《太上靈寶五符序》（《道藏》

❹ 陳槃庵，〈古讖緯書錄解題〉㈤，《中研院史語所集刊》四四期四分冊（一九七三年二月）；〈古讖緯書錄解題〉㈥，《史語所集刊》四六期二分冊（一九七五年三月）。

❺ 參拙撰，《不死的探求》（臺北，時報文化，一九八三），頁五—一二七。

衣字號）的出世與流傳應該也在東晉前後，屬於靈寶經派的古道經❻。其中保存了一段極爲奇特的遊歷包山洞穴的傳說，它固然是安置於道經出世、傳授的神話氣氛中，但記述分明的入洞經歷，則是基於實際的探險歷程的經驗。

古道經的出世常以神話筆調敘述，演成一種故神其事的敘述模式：就是託諸神秘的天尊或神話中的古帝。由於夏禹治水的偉大事跡，最易被庶民神聖化、神秘化，道經造構者自不會輕易放過這位箭垛式人物。將禹帝改造成仙道化的帝君，因而將靈寶五符説是禹於治水成功之後，封存於名山之中的聖物，包山正是夏禹藏諸名山的寶經秘訣之所在。在吳王闔閭十二年時，命得道者包山隱居「共講此源路之由」，而後「帶燭載火，晝夜行邁，一百七十四日而返。」既還之後，具説其事，凡有兩段文字是較寫實的地中探險記事，第一段較籠統、概括地敘説取書前的經歷：

> 不知其所極，隱居當步行可七千餘里，忽遇群孔雜穴，千徑百路，沙道亂來，俱會一處，形象相似，門户同類。其叢徑之口，有金城玉屋，周迴五百里。於衆道中央，明月朗煥，華照逸光。其中帷帳牀机，窗牖密房，錯以紫玉，飾以黄金，雲廈凌天，莫

---

❻ 山田利明，〈靈寶五符の成立とその符瑞的性格〉，刊於《讖緯思想の總合的研究》（東京，一九八四），頁一六七—一九六；石井昌子，〈太上靈寶五符序の一考察〉，刊於《牧尾博士紀念論集》（東京，一九八四），頁十三—三一；Stephen R.Bokenkamp, "The Peach flower Font and the Grotto Passage", 此文蒙其先行贈閲，將刊於 Journal of thd American Oriental Society.

> 識其狀。於是顧眄無人，瞻望城傍，見題門上曰「天后別宮」，題户上曰「太陰之堂」。隱居知是神館，不敢冒進門內，乃更齋戒思眞三日，束修而入，看行其內。於玉房之中，北机之上，有一卷赤素書，字不可解。隱居再拜，取書曰：「下土小臣，爲吳王使，請此神文以爲外施，眞氣信效」。既還出外，而見其門户自閉。聞其中有簫鼓激響、人馬之聲。隱居震懼，不敢久息。又不敢復進前路，恐致迷亂，不知歸向。於是迴返，齎所得書以獻闔閭。（卷上、76－8a）

這是一段富於道經出世神話的描述：像門、户上的題字就是仙道化的洞穴說，其次是齋戒存思的行爲，借潔淨身心之後，入看天書；而取得出户，所聞的簫鼓、人馬，也是道經傳世前常見的異象。將道經烘托得神秘至極，是道教中人基於寶秘道書的秘傳性格，因此敘述如此得離奇、奇幻。但入洞户之前，確是一段極其寫實的登涉經驗：其中值得注意的有孔穴的難行狀況、洞中的光線、布置等，都是以江南地質學上的實際情況爲主體，略加修飾而成爲經行洞穴的探險記錄。

第二段的筆調則也近於寫實，是一段敘述詳細的洞中遊記，在當時人的聽聞中，是極具趣味性的冒險之旅：

> 自說初入乃小晻，須火而進，然猶自分別，朦冥道中，四方上下，皆是青石，方五六丈許，略爲齊等，時復有廣狹處。其腳所履，猶有水濕，或一二里間，隱居行當出一

> 千里，不復冥晻，自然光照，如白日大道，高燥揚塵，左右有陰陽溝三十里，輒有一石井，水味甘美，飲之自飽不飢，或見人馬之跡旁入他道。其隱居所行路，及左右壁似白石，石皆洞照有光，廣七八十丈，高豎二百許丈。轉近至洞庭，不復見上所極，仰視如天，而日光愈明，明如日盛中時。又不溫不涼，和氣沖然，聞芳香之氣，鬱勃終而不休。及道邊有房室亭傳，奇瑋琱鏤，不可目名。既至衆道口，周行廣狹，隱居迴帀，相去可四五十里。四面有玉柱，爲揭題曰「九泉洞庭之墟」。其間植林樹成行，緣葉紫榮，玄草白華，皆不知其名也。五色自生，七寶光耀晃晃，飛鳳翔其巔，龍麟戲其下，斯實天地之靈府，眞人之盛館也。(8a－9a)

其中有些母題是仙境小說的基本構成單位：如洞中日月是光亮的由來、石井水的甘美是服食之物、至於芳香之氣和佳樹成林及其他靈禽珍獸，則是製造仙境的情境。類此「天地之靈府，真人之盛館」，能夠讓吳王「肅然駭聽，乃清齋靜臺，祭天而受書焉」，自是道教內部寶重其書的作法，連一國之尊的帝王都如此恭謹奉受，則入道或一般受經者更需鄭重其書。從江南地區的開發史言，這種探險則是基於實際的地質狀況，在石灰質的溶洞地形中所形成的奇特景觀，而這些方士、道士也承續方術、博物的傳統，具有探究自然、開發奧秘的科學貢獻。

靈寶派之外，對於洞天世界具有開拓之功的，就是當時較重要的上清經派，他們深入洞穴的地域也是中國道教史上較具有紀念性的勾容茅山。從魏華存以下，楊羲、二許（謐、翽）等開展了上清經派的道法，其中有關洞天說則是構成華陽洞天的主體。這些資料相當完整地保存於陶弘景所輯的《真誥》中❼。另外東晉隆安年間華僑所撰的《紫陽真人內傳》（《道藏》翔字號）也有其他洞天的記錄❽。更重要的是「三十六洞天」的組織化、聖數化，正是出現於上清經系的道經之中。楊、許集團所活躍的舞臺正是東晉時期的勾容，而這是地質學上石灰岩的喀斯特（karst topography）地區，屬於太湖流域的溶洞景觀。

《真誥》卷十一所錄的〈稽神樞〉，按照卷十九〈翼真檢〉首列「真誥敘錄」的解說，就是「區貫山水，宣敘洞宅，測真仙位業，領理所闕。」也就是說前半是介紹洞府的諸種情況，作爲後半所敘的仙真治理的宮府。這卷的大字（本文）是由保命君（茅盈）、定錄君（茅固）等所授，由楊羲、許謐等所手錄的；小字（註解）則由陶弘景根據搜集及探訪所作的說明文字，其中曾參證以茅三君傳所記、《河圖》四十餘卷等，不愧爲茅山派的功臣。在陶弘景之前，劉宋顧歡就曾編成《真跡經》、《道跡經》，陶弘景則以爲這些真書，都是「真人口授之誥也」，故改作今名；而標題也是「謹仰範緯候，取其義類，以三言爲題。」（敘錄）可證陶弘景確是精於緯學，而所整理的《真誥》與自家的註語也分別清楚，因此大字所寫出的部分足以代表東晉時楊、許的說法。這些真書雖說是降筆而屬於扶乩文字，❾但基本上所代表的是楊、許等的宗教意識，所以在時代上仍可繫於東晉哀帝興寧年間。

---

❼ 石井昌子有關《真誥》的多篇研究，收於《道教學の研究》（東京，國書刊行會，一九八〇）。

❽ 是書的考證見陳國符，《道藏源流考》（臺北，古亭書屋，一九七五），頁八—九。

❾ 較早注意及此的有許地山，《扶箕迷信底研究》（臺北，商務，一九六六臺版），頁七—九。

〈稽神樞〉所錄的洞天說，可置於〈靈寶五符序〉之後，其證據除了《真誥》卷二十記楊君事，提到楊羲曾在興寧三年（三六五）就魏華存的長子劉璞「受靈寶五符」外，最主要的是〈稽神樞〉一開始就介紹金陵福地：「洞虛之膏腴，句曲之地肺也」，後面又說「此山洞虛內觀，內有靈府，洞庭四開，穴軸長連，古人謂爲金壇之虛臺，天后之便闕，清虛之東窗，林屋之隔沓，衆洞相通，陰路所適，七塗九源，四方交達，真洞仙館也。」(11.1b) 這段綜論金陵形勝的勝概之下，陶弘景有一段註解：

> 此論洞天中諸所通達：天后者，林屋洞中之眞君也，位在太湖苞山下，龍威丈人所入得靈寶五符處也。清虛是王屋洞天名，言華陽與並，並相貫通也。

這段註解的旨趣，除指出靈寶五符序的傳說在前，也說明當時也有其他洞天的存在。「洞天福地」之說的完成，從資料上所顯示的是在楊、許諸人的手中，〈稽神樞〉說：「大天之內有地中之洞天三十六所，其第八是句曲之洞，週迴一百五十里，名曰金壇華陽之天。」這裏所標示的「三十六」是中國人常用的聖數觀念，運用聖數、成數的神秘數字作爲品題、標示，尤其盛於漢晉之際。將中國輿圖上的名山，聚於「三十六」的名數之下，是爲其結構主因之一；另一就是利用洞穴相通說，有意識地將名山關係化、組織化，成爲一個整體。⑩

將句曲洞天與其他的洞天聯結，還有兩處：其一說：「句曲洞天，東通林屋，北通岱宗，西通峨嵋，南通羅浮，皆大道也，其間有小徑雜路阡陌抄會，非一處也。」陶弘景的註解是具有地理知識的：

> 今按地域方面，則林屋在東南，羅浮在西南，惟岱宗、峨嵋得正耳。直道亦當五六千里，此路至穎川間便應徑通王屋清虛天也。(11.7b)

這是按照名山的方位、里數加以解說，道士之具有博物、地理學，是中國科技史上被科技史家所公認的事。⑪但解釋名山關係，而有便闕、東窗的說法，或如許謐與勾容人鮑靚——也是三皇經派傳授者的一段問答，說茅山是「洞庭之西門，通太湖苞山中，所以仙人在中住也。」將名山與仙人聯結在一起則又是一種宗教神話。

東晉初也曾活躍於勾容的葛洪（二八三—三四三），就在《抱朴子、金丹篇》倡說：「古之道士合作神藥，必入名山，不止凡山之中。」他按照仙經錄出可以精思合作仙藥者，凡有二十八座中國名山；江東名山之可得住者凡有八座，洲島則有六處。他的活動時間僅稍早於楊、

---

⑩ 三浦國雄，〈洞天福地小論〉，刊於《東方宗教》六一（一九八三年五月），頁一—二三。

⑪ 李約瑟原著、程滄波譯，《中國之科學與文明》㈡（臺北，商務，一九七三），頁四九—二五六。

許，卻未提及三十六洞天說，只錄出所謂的中國名山；其中的嵩山、峨嵋山、王屋山、羅浮山等都見於楊、許諸人的筆錄中，所以懷疑三十六洞天說是上清經派所結構完成的。惟葛洪所論中有一點值得注意之處：就是「正神在其山中，其中或有地仙之人，上皆生芝草，可以避大兵大難。不但於中以合藥也；若有道者登之，則此山神必助之爲福，藥必成。」這是金丹道派的解釋，但他所依據的仙經則可取與楊、許的說法相互參證。

關於這些名山，華僑在《紫陽真人內傳》中也表達了同一經派的觀念：就是齋戒然後入山、進入洞門後得遇神君，這是仙傳慣用的筆法，其中有兩段與洞穴潛通之說相關：

> 退齋三月，登嵩高山，入洞門，遇中央黃老君。游觀丹城，潛行洞庭，合會仙人。在嵩高山太室洞門之內，以紫雲爲蓋，柔玉爲床，鳳衣神冠，佩眞執節，左帶流金之鈴，右帶八光之策，神虎侠洞門靈狩衛太室左侍者、清眞小童右侍者、太和玉女，各百餘人，捧神醴之琬，詠《大洞眞經》三十九章，誦《大有妙經》二十四章。(8a－b)

> 積十一年，遂乘雲駕龍，白日昇天，上詣太微宮，受書爲紫陽眞人。佩黃旄之節，八威之策，帶流金之鈴，服自然之衣，食玉醴之粭，飲金液之漿，治葛衍山金庭銅城，所謂紫陽宮也。紫陽有八眞人，君處其右。一月三登崑崙，一朝太微帝君。以嶓冢爲紫陽別宮，所謂洞庭潛宮也。嶓冢山有洞穴潛行，通王屋清虛小有天，亦潛通閬風也。(12a)

這種敘述顯然已仙道化、且是上清經派化，像神君的名稱、打扮及其排場，尤其是所感得而用以諷詠的經典，如《大洞真經》之類，都是因爲新興的道派，在本派的仙傳中神化其神靈、仙經⑫。值得注意的觀念是將仙人安置於洞天之中，且可潛行相通於名山之間，因而有「洞庭潛宮」之稱。所以上清經派的仙傳所反映的正是同一經派的共通說法，如果他們有所依據，大概就是《大洞真經》等一類上清古道經了。

劉宋初謝靈運（三八五—四三三）的〈羅浮山賦〉，有序言及夢見延陵茅山，又得〈洞經〉所載羅浮山事云：「茅山是洞庭口，南通羅浮。」賦中又云：「洞四有九，此惟其七：潛夜引輝，幽境朗日，故曰朱明之陽宮，耀真之陰室，洞穴之寶衛，海靈之雲衛。」前者所說的「洞經」，疑即《大洞真經》一類，與《真誥》所載的句曲洞天諸事相一致，也有可能是楊、許也是據《大洞真經》而立說的，這一部真經正是上清經中最居首位的古道經，而有關上清經派的經目也稱爲〈上清大洞真經目〉。

從以上所述的名山，凡有第六洞天嵩高山、第七洞天羅浮山、第八洞天句曲山，與《雲笈七籤》卷二十七所載的司馬承禎（六四七—七三五）〈天地宮府圖〉中的三十六洞天說稍有出入，謝靈運所見的應是較原始的說法。當時這些名山也見於筆記如《玄中記》一類：

> 蜀郡有青城山，有洞穴潛行，分道爲三，道各通一處，西北通崑崙。（《御覽》五四）

---

⑫ 陳國符，前引書，頁一四—一八。

彭城有九里山，有穴潛通琅琊，又通王屋，俗呼爲黄池穴。(《寰宇記》十五、《書鈔》一五八)

所依據的應是地理緯等一類古佚書。三十六洞天說可說是地理緯、古仙經的道教地理化，是上清經派所構成的宗教輿圖說。

福地說也與洞天說一樣是取自緯書之說。葛洪只說「山神必助之爲福」，《真誥》爲了說明「金陵者，兵水不能加，災癘所不犯。」就引述了三段河圖緯，成爲保存古緯書的珍貴資料：

《河圖》中〈要元篇〉第四十四卷云：「句金之壇，其間有陵，兵病不往，洪波不登。」正此之福地也。(11.11a)

句曲山其間有金陵之地，地方三十七八頃，是金陵之地肺也。土良而井水甜美，居其地必得度世、見太平。〈河圖內元經〉曰：「乃地肺，土良水清。句曲之山，金壇之陵，可以度世，上昇曲城。」又〈河書中篇〉曰：「句金之山其間有陵，兵病不往，洪波不登，此之謂也。」(11.2a－b)

河圖緯將没有兵、病、洪水之地即視作人間的樂土，正反映出人民所嚮往的人間仙境即爲亂世的願望。福地之說也是源於緯書，〈孔子福地記〉云：「崗山之間有伏龍之鄉，可以避水、辟病、長生。」楊羲所書：「桐柏之金庭，吳句曲之金陵，養真之福境，成神之靈墟也。」福地、福境以及福庭之類俱是，到司馬承禎時又集成七十二福地之說，載於《雲笈七籤》卷二十七的就已是龐偉的福地說了。

楊、許諸人在東晉社會，都只屬於中級的官僚，他們大多屬於江南舊族而世居勾容。不樂爲官後即隱居於茅山修道，時日既久，對於茅山一帶的洞穴具有實際探訪的經驗，但楊許探險尋幽的活動常出之以三茅君（茅盈、固、衷）的降誥，因此愈增加這些洞穴的神秘性。其實〈稽神樞〉所記的洞中遊記，基本上是記實之作。他們發現「句曲之洞宮有五門：南兩便門、東西便門、北大便門，凡合五便門也。」(11.6b) 對這五便門陶弘景在註語中曾一一加以驗證。楊、許等都相當熟悉進入洞穴的情況，如有關中茅山、大茅山的兩段實錄：

> 中茅山東有小穴，穴口纔如狗竇，劣容人入耳。愈入愈闊，外以盤石掩塞，穴口餘小穿如盃大，使山靈守衛之，此盤石亦時開發耳，謂之陰宮之阿門。子勤齋戒尋之，得從此入，易於良常洞口。其中多沙路曲僻，經水處不大便易。又道路遠不如小阿穴口，直下三四里，便徑至陰宮東玄掖門，入此穴口二百步，便朗然如晝日。(11.12b)
>
> 大茅山亦有小穴，在南面，相似如一，謂之南便門，亦以石填穴口。但精齋向心於司命，又常以二日登山，延迎請祝自然得見吾也。誠之至矣，陰宮何足不覯乎，左慈復何人耶。(11.12b－13a)

這些洞穴、門户都屬於喀斯特地區，因而特多溶洞。在東晉時期茅山仍舊是人跡罕至的地區。

所以許氏父子在其地設靜室修行，也一再探訪當時尚少有人進出的溶洞，乃因之詫爲奇特的景觀，因而以神秘的筆調記述三茅真君的扶乩降筆。

類此洞穴的尋幽探秘，楊、許等還擴大至附近諸山，也曾探訪一些隱居修道者：像大茅山西南的四平山、方臺洞；雷平山東北的燕口山、方源館等，此外還有鹿跡山的洞穴紀錄，都相當平實有趣：

> 鹿跡山中有絕洞，絕洞者纔有一二畝空地，無所通達，故爲絕洞。洞室四面皆有青白石，亦以自然光明，如繖張形，下正平，自有石牀石榻，曲夾長短，障隔分別，有如刻成，亦整盛也。東北有小口，纔劣容人入，入二三百步，乃得洞室。初入口甚急，愈入愈寬大也。口外南面有三積石，積石下有汧，索即可得也。亦或以一小石掩穴口，穴口大小，俱如華陽三便門，便門亦用小石塞其口，自非清齋久潔，索不可得。鹿跡洞，子亦爾不受穢氣故也。(14.3a－b)

陶弘景的時代與楊、許等相距不遠，所以尋訪所得的仍可一一加以驗證。但喀斯特地區常會有泥石流的沖刷，再加以無人修繕，就會有阻塞、崩塌的情形。至今這些洞雖有些仍能保存，但也有些已具有不同程度的毀壞。⓭

⓭ 陳耀庭，〈茅山道教現狀〉，刊於《宗教學研究》一（四川大學出版社，一九八五年十一月）。

東晉的茅山確是籠罩於神聖、神秘的氣氛中，初訪溶洞確是一種奇特的遊洞經驗，對於楊、許及上清經派的道士，登涉、尋幽是極其鄭重的事，何況當時入洞時，只能帶燭攜火，工具極爲簡陋；洞穴又極幽深、危險，在這一情形下確有依賴宗教、巫術的心理需要。他們都一再强調齋戒、精誠的重要：「精誠注向，沐浴自新，既聞吉日，至時密造。」正是這種心理的反應。有時他們也要尋找標誌，像良常東南，「累石如竈，寄生樹如曲蓋爲誌。」(11.19a)可見進入洞中，是一件宗教神秘與登涉探險混而爲一的活動，在當時是可以一再玩味的事。

江南地區的開發是六朝的主要經濟活動，而當地的景觀也確能造成審美觀的轉變，並促發宗教的神秘，洞庭湖、太湖地區均屬地質學上沈積的內陸海的上升，因而易於蝕成特多溶洞的地形，其中有鐘乳石、金屬礦石及神芝等物，尤其這種地形所造成的日月之光，交融爲特殊的地洞奇觀，促使楊、許等這門中人誇飾：「其內有陰暉夜光日精之根，照此空內，明並日月矣。陰暉主夜，日精主晝，形如日月之圓，飛在玄空之中。」(11.6a)所以後來李白〈送李青歸華陽川〉就有句云：「日月秘靈洞，雲霞辭世人。」而皮日休在晚唐寫〈入林屋洞〉，也仍有奇特的洞中印象，凡此均可證道教中人進入洞天，在當時確是一項壯觀之舉。

二、仙境傳說的早期類型：觀棋與服食

道教洞天說所表現的出入洞穴對於民間傳說極具啓發性，不過修道者進入洞穴前的齋戒、精思，與在洞中所求的道書、經訣，在民間口傳的遊歷仙境說話卻較少見，而展現出另一種

趣味。陶弘景以「誤入」來解說世人入洞的觀念，確是它的神髓所在。而入洞所得的取與道教的特殊習慣相較則顯得通俗化，而有觀棋、服食之類：前者是漢鏡仙人六博主題的動態化，由鏡飾變成生動的傳說；後者則是方士、道士之流的服食變化說，經世俗化之後成爲凡人渴望服用仙界食物的願望。類似的母題經排列拼合後乃構成新的遊歷情節，將一些道士修道求仙的行爲美化，形成仙境觀棋、服食成仙的類型，因而特別具有新鮮的、世俗化的趣味。

1. 仙境觀棋類型

在遊歷仙境的傳說中，「觀棋」一母題可說淵源甚早，就是東漢畫像鏡、畫像石中習見的「仙人六博」主題，稱爲仙人六博鏡。⑭六博爲戰國到漢代普遍流行的娛樂之一，《楚辭》中〈招魂〉在歷述人間的樂處時，第六種娛樂之歡，首即賭博，其中就有「菎蔽象棋，有六簙些，分曹並進，遒相迫些。」王逸注：「投六箸，行六棋，故爲六簙也。」這些漢人的玩法，《西京雜記》也說明它的製作材料是「以竹爲之」，大概竹、木等均可，所以稱爲箸、簙。近年出土的考古文物中多有博具，像湖北江陵鳳凰山西漢墓就出土六博具一套：有棋六枚，六枚黑色，六枚灰白；筷六根，竹製；木棋盤一個。與鮑宏《博經》所說的：「用十二棋，六

⑭ 張金儀，〈漢鏡所反映的神話傳說與神仙思想〉（臺北，故宮博物院，一九八一），頁五五—五六。

棋白，六棋黑」相符。有關它的玩法等，早年既有楊寬、楊聯陞及勞榦等學者詳加考證。⑮這是當時認爲棋局雖小而又變化莫測的鬥智遊戲，故當作一種人間的樂事。

仙人六博鏡的畫題，以爲仙人無事而悠閒博戲即是仙境的樂事。所以都作兩個蜷髮有翼的仙人，相對而坐，中置一案，旁有六箸，一人作投擲狀。銘文四字正是「仙人六傳（博）」。早在遊仙詩中就已作爲重要的仙界意象，如曹植〈仙人篇〉有：「仙人攬六箸，對博太山隅」之句，用以描寫仙人的活動。漢鏡中大量出現的神仙題材，反映出兩漢社會的神仙思想瀰漫一時，銅鏡具有祈祥、求壽及辟邪等功能，爲百姓日用之物，因而仙人生活中有博戲之說早已成爲極其普遍的觀念。這類人間的娛樂，楚國貴族以此作爲餘興之戲，而漢代如《前漢書》的〈食貨志〉曾引所忠的話，說世家子弟、富人將博戲與弋獵、走狗馬、鬥雞並列，同屬擾民的高級遊戲，難怪尋常百姓的願望之一就是神仙生活中的六博。

前道教時期的仙人具有特殊的造型：《楚辭、遠遊》所詠的「仍羽人於丹丘兮，留不死之舊鄉。」王逸就曾引用《山海經》的羽人之國、不死之民作註。這是〈大荒兩經〉的羽民國：其民皆生毛羽；或〈海外南經〉的羽民：其爲人長頭，身生羽，代表中國古神話的羽人。但他又引或曰：「人得道，身生毛羽」，則是當時的通說。王充《論衡、道虛篇》在批判當時

⑮ 楊寬，〈六博考〉，《中央日報文物周刊》（上海，一九四八年十月）；楊聯陞，〈再考古代六博〉（An Addtional Note on the Ancient Game Liu－Po），Harvard Journal of Asiatic Studies, 1952. 勞榦，〈六博及博局的演變〉，刊於《史語所集刊》三五（臺北，中研院，一九六四）。

的虛妄風俗時，就保存了一段資料：「爲道學仙之人，能先生數寸之毛羽，從地自奮，升樓臺之陛，乃可謂升天。」當時的瓦當或器物上所畫的仙人就多有身生毛羽的造型，爲飛仙的典型⑯。魏晉也仍是流傳這類說法，葛洪在《抱朴子、對俗篇》就以「身生羽翼，變化飛行」爲古之得仙者。但仙境觀棋傳說則將棋戲、仙人等母題，適應時代的風尚加以平實化，也更具有戲劇效果。

仙境觀棋的傳說既平實而又戲劇化，就是建立在仙凡之間的時間意識，當凡俗之人進入仙界參與神仙的活動後，這時時間的運行完全依照仙界，爲人世三度空間之外的另一度空間，因而仙界的一瞬，在人間世則已經多年，因而造成强烈的奇幻、虛幻感。六朝時期有關「仙界」與人間的時間對照是一種幻想出奇的事，大體言之：人間日月與天堂日月對照則相形見多，而與地獄日月復相形見少，良以人間樂不如天堂而地獄苦又逾人間也。當時釋、道二教均有一些奇特的解說，迥異於凡俗之人的時間觀⑰。這正是道教所說之所以引人入勝之處，當時口語流傳必詫爲奇幻的時間觀。

葛洪《神仙傳》所錄的一段精采時間觀，後來演爲中國人表現時間的滄桑感，就是麻姑與王遠的仙真對話中，所提到的滄海桑田的鉅變，而其間只是「接待以來」的短暫時間，人

---

⑯ 詳參拙撰，〈神仙三品說的原始及其演變〉，刊於《漢學論文集》㈡（臺北，文史哲，一九八三），頁一七一—二二四。另見本書第一篇。

⑰ 錢鍾書有一扼要的比較，《管錐編》㈡（臺北，蘭馨室書齋，一九八三），頁六七〇—六七三。

間世既有鉅大的變化，王遠之歎也正是世俗之人身處於人間世的慨歎。仙境觀棋是將時間放置於棋戲的情境中，觀棋不語，因而時間的消逝渾然無覺，類似的實際娛樂經驗被誇飾、被仙道化，就改造成奇妙無比的觀棋情境。而且棋局本身也被隱喻化：棋局的變化無窮與世事的變化多端，在這類似點上構成新的認知關係，世事如棋局是深具彈性與原創力的語言。在漢晉社會、在仙道傳說中，它成爲時人新理解的時間意識而具有新鮮的意義，所以仙境觀棋創造了中華文化中一種新的時間隱喻。

觀棋的傳說出現於晉時，剛好是仙人六博鏡逐漸減少，而新的遊仙風尚隨著漢晉之際遊仙詩日盛之時，道教對於洞天地理的開發，增長了新仙境說的形成，現存的資料中較早的一則見於東晉初虞喜（三〇七—三三八）所撰的《志林》之中，爲敘述時代相隔不遠的筆法：

> 信安山石室，王質入其室，見二童子方對棋，看之。局未終，視其所執伐薪柯，已爛朽。遽歸，鄉里已非矣。

這條神奇的仙境遊歷傳說，後來也爲梁、任昉所轉錄——見於今本《述異記》卷十⑱。情節

---

⑱《水經注》卷十也引用這條，文字相近。有關六朝兩種《述異記》的書誌問題有較複雜之處，參森野繁夫，〈祖沖之述異記について〉，刊於《支那學研究》二四、二五號（廣島大學，一九六〇）；〈任昉述異記について〉，刊於《中國文學報》十三。

僅小有出入，但增多了食棗等母題，也就是增加了服食傳說，爲較晚出的現象：

信安郡石室山，晉時王質伐木至，見童子數人，棋而歌，質因聽之。童子以一物與質，如棗核，質含之，不覺餓。俄頃，童子謂曰：「何不去！」質起視，斧柯盡爛。既歸，無復時人。

任昉所錄的將地點予以明確化，並標明時代，相較之下則虞喜的行文語氣似有記近時近地的意味。喜的本籍在「會稽餘姚」，一生的活動也以會稽爲主，其學專心經傳、兼覽讖緯，也是一位在天文學史上曾撰安天論的專家。[19] 因而對漢代的器物有豐富的知識，所記的傳說當是流傳於浙江一帶的，這可從王質傳說中的名山，在六朝仙傳（如《洞仙傳》）、唐人詩題常見的爛柯山（如劉迥之作）加以理解，到元趙道一編《歷世真仙體道通鑑》時綜結前此流傳的說法：「浙江信安有爛柯山，即其地也。一名斧柯山，今屬衢州西安縣。又廣東信安亦有爛柯山，今屬肇慶府。」（卷二八）由於傳說在流傳的過程中常被視爲真實事跡，因而各地區的人就會附會當地的事物，認爲傳說就發生在當地，成爲一種地方風物傳說，借以在親切

[19] 參《晉書》卷九十一〈儒林傳〉，虞喜的祖父虞聳曾著「穹天論」，而他又進一步發現了春分點的歲差而提出「安天論」。參李約瑟原著、曹謨譯，《中國之科學與文明》㈤（臺北，一九七五），頁四六。

的敍述中增加可信性，這是傳説在流傳、演變過程中常見的現象。⑳

王質遇仙説話既經東晉初虞喜的記錄，可見這類口語文學在民間社會的流傳相當的早；而且傳説的地域會從浙江傳播向其他的地區，再經由不斷的集體創作，而呈現出另一種民間文學的趣味。現存如六朝筆記中，尚有劉敬叔《異苑》卷五所錄的一則，當是觀棋傳説的另一種版本：其中的主角並無姓名，而且入山時是乘馬，因而所有的情節發展也就緊扣著與馬有關的道具，形成不同的筆調：

> 昔有人乘馬山行，遥望岫裏有二老翁相對樗蒲，遂下馬造焉。以策注地而觀之，自謂俄頃，視其馬鞭，摧然已爛，顧瞻其馬，鞍骸枯朽。既還至家，無復親屬，一慟而絶。

從使用「昔有人」的筆法推測，這種傳説與信安郡王質傳説已有一段時、空距離，因爲並非依據筆傳系統，如《述異記》僅作情節的增添；而是從口傳系統而下，就比較具有創作的成分，充分顯示民間口頭創作所具有的活潑想像力。

新傳説中的仙界人物從童子變成老翁，這種轉變意味著它所傳襲的是漢鏡中蜷髮仙人的造型，這一系統後來在民間説話中成爲南北星君、南北極仙翁對奕的祖型，其深遠的傳承性格自不可忽視。因爲老翁形象就是解決疑難、點醒迷津的「智慧老人」(the old wise man)，

---

⑳ 有關唐及其後的爛柯山傳説，將另篇處理。

屬於原型（Archetype）人物，可表現仙翁的特殊性格。但使用童子也可說是不老仙童，任昉後來作「棋而歌」，就是以快樂歡歌來襯托仙童的活潑性格，這些設想完全合乎常情常理。至於將對棋改變爲相對樗蒲，都屬於同一性質的博戲，其中是否意味著流行地區而有不同習慣的博戲法，或與對玩者的年齡、博戲的時代性相關，就不易確定。

虞喜所錄的說話，主要的情節就是民間所强調的「斧柯」、「爛柯」，局未終是極寫其時間的短暫，而任昉則用直述的「俄頃」，在意味上實不如棋局未終的含蓄。從劉敬叔也使用「自謂俄頃」，《異苑》的編成時間在前，是否曾參考過已難以定論。不過比較斧柯與馬策兩種母題，其間確有不同的趣味：樵夫王質因專注看棋，所謂「觀棋不語」，時間過得特別迅速，等到醒覺，才發現柯已爛朽，完全是在靜默、無語中完成。任昉所錄的顯然爲了合乎現實的習慣，觀棋甚久凡人怎不覺餓，所以加入了童子給予如棗核之物的新母題。增加了服食仙棗的情節，自是緣於仙棗之爲服食物、且仙境服食傳說的流行，讓民衆感覺新的趣味。其實這是多餘的，一則專注觀棋，自可忘掉饑餓，不必畫蛇添足地加入食棗之事。再則傳說、尤其仙境傳說的本身，就具有非現實性、非邏輯性，後起的顧慮週到反而失去原具的素樸性，所以童子所說的「何不去」，也讓專注的、凝固的時間頓時受擊，可見後出的傳說有一種過度重視邏輯、真實的考慮。

結局是觀棋傳說具有原創性之處，不管是無復親屬或無復時人，都强烈地對照出仙境與人間歲月的荒謬感，這是當時道、佛時間意識影響之下，從仙界觀照人世所產生的新意，其設想出奇，極具創意，成爲後世「天上一日，地上百年」的祖型。至於一慟而絕的寫法使主人公的結局已無轉圜的餘地而陷於絕境；王質說話的不作結局，則開啓了王質進入洞仙的可能，趙道一就安排了一段新結局：「復入山得道。百餘年，人往往見之，後亦昇天而去。」類此仙傳常見的筆法，就是王質成仙的依據，因而誤入仙境就成爲徹悟人事、度脫成仙的情境，這是一種「再出發」的母題。原先不作結局的結局，反而可蘊藏再度入山的契機，完全符合當時人的慕仙心理。

爛柯的驚詫感與再入山的慕仙說，使王質傳說在六朝末期成爲倍受歡迎的新典，自然任昉所編的《述異記》中，其豐瞻的博物資材更是當時南朝貴遊文學集團所喜愛引述的，現存的至少有三首詩曾援引爛柯典故的都是與南朝有淵源的文士，說明了當時作家對於筆記、類書中的新事類特別具有發現運用的能力，因而將新鮮有趣的斧柯說話當作遊仙詩、涉道詩的新意象，這是六朝末遊仙詩已發展至瓶頸狀態而急於突破原先爛熟的陳腐意象的階段。㉑目前所存的凡有陳、陰鏗〈遊始興館〉，屬於涉道詩；其次就是周弘正（五九六—五七四），他先居於南，一度羈留於北周，至保定二年（五六二）又還陳。而庾信（五一三—五八一）則在南朝已開始寫作，最後才羈旅於北周，所以他們使用的斧柯之典應是南朝隸事風尚下的產物。

陰鏗的一首由於與道館的遊覽有關，故使用許多道教典故，描寫道館的景致，最後則結

㉑ 參拙撰，〈六朝道教與遊仙詩的發展〉，刊於《中華學苑》二十八（臺北，政大中研所，一九八三）；另見拙著《憂與遊：六朝隋唐遊仙詩論集》（台北，學生書局，一九九五）。

以「徒教斧柯爛，會自不淩虛。」表現出一種慕仙、昇仙之思。㉒周弘正則是用在〈和庾肩吾入道館詩〉，應該就是《庾子山集》卷四〈入道士館〉的和詩，當時他羈留北周，常與庾信唱和交往，這也是涉道詩一類：

> 石橋有舊路，靈室儼衆仙。菊潭溜餘水，丹竈起殘煙。桃花經作實，海水屢成田。逆旅歸舊里，追問斧柯年㉓。

前半詠道士館的實景，也都是驅遣道教的典故；後半則轉而使用麻姑、王質事，表達時間之感。整首詩借用道士入道及道館的景象，寓託自身的羈旅生涯的感慨，這裏斧柯新典的使用頗能切合他的羈旅心境。

庾信在北周的文學活動，將南朝文風帶入北方，趙王招就是詩學庾信體的郡王，在〈奉和趙王遊仙〉中充分表現庾信博採道教故實的寫作風格，其中就有「山精逢照鏡，樵客值圍棋」之句。㉔類似的斧柯、樵客新典，表現詩人能創用新的隱喻，也反映出王質傳說的流傳頗爲普遍。唐人劉言史〈玉京詞〉即云：「絕景寥寥日更遲，人間甲子不同時。未知樵客終

㉒ 逯欽立，《先秦漢魏南北朝詩》（臺北，木鐸，一九八三），頁二四五三。

㉓ 逯欽立，前引書，頁二四六二。

㉔ 庾信撰，倪璠注，許逸民校點本《庾子山集注》（臺北，源流，一九八三），頁二一七—二一九。

何得，歸後無家是看棋。」就是一個例證，難怪王質後來變成神仙傳中人，從傳說人物變成仙真，這是神仙傳記寫作的通例之一。

2. 服食仙藥類型

服食仙藥是道教所深信的服食變化傳說，爲古巫、方士的醫療能力的道術化。原始巫醫精通植物、礦物等各種醫療方式，類似的混合巫術、擬科學的能力，常被視作「巫術」(Magic)，凡是色彩奇豔、形狀特殊或是久年之物，常被當作具有神秘能力的特殊事物。據傅萊哲(Sir Frazer)《金枝篇》(The Golden Bough)研究巫術所提出的「交感巫術」(Sympathetic Magic)，依據象徵律(Symbolism)或傳染律(Law of contagion)，認爲可以「同類相生」，或因接觸而相互感應㉕。威伯司特（Webster）在《巫術》（Magic）一書演爲一種巫術性思考原則，就是「屬性傳達原理」。㉖道教的服食說就是根據這類巫術性思考方式加以轉化提昇的，成爲役用萬物的擬科學精神：不管是鍛煉黃金、白銀等所形成的金丹術或黃白術，或是服用各類奇物的仙藥，都是深信「同類相求」的原則，想從不朽之物、奇特之物的服食中，獲致不可思議的能力，葛洪《抱朴子》就是魏晉時期這類服食傳說的集大成之作㉗。

㉕ J. G. Frazer, The Golden Bough, (N. Y., 1960), p.7.

㉖ 山田慶兒引述其說，參〈中世の自然觀〉，收於《中國中世科學技術史の研究》（京都，人文所，一九六〇）。

㉗ 同註❺前引，拙撰《不死的探求》，頁三三二—三五四。

道士在登涉或探入洞穴的經驗中，曾有發現奇特仙藥的事，《真誥》常記載甘美的泉水、井水，「飲其水亦令人壽考」、「飲之益人」，或「曾埋金於此，欲服金者可往取」，也提到「可合丹」、「可立靜舍合丹」，都是將洞穴中的事物當作具有特殊的能力。因而形成凡仙境之物，經由接觸——服食或沐浴等就可傳達它的神秘作用，與仙境或仙人產生同胞意識，脫胎換骨，變化成仙。類此服食變化的傳說固然是道教中人煉丹、服用仙藥的基本信念，在魏晉社會也普遍流行，成爲素樸的服食傳說。

見素子編成於六朝末的《洞仙傳》，是搜集上清經派及六朝筆記而成的仙傳，所謂洞仙就是洞天中的仙真，是從《真誥》的洞天說所演出的㉘。其中多保有魏晉的神仙傳說，卷一即保存了一則服食傳說：

> 黃列子者嘗遊獵九江，射中五色神鹿，逐跡尋穴，遇神芝，服而得風仙。

這則屬於江西九江的傳說，組合了導引者（神鹿）、洞穴、服食物（神芝）及服食成仙等母題，構成仙境傳說的基本情節。由於今本《洞仙傳》都只留存簡筆敘述的筆法，因而具有素樸的趣味，應是紀錄了早期的服食仙藥說。

㉘ 詳參拙撰，〈洞仙傳研究〉，收於《六朝隋唐仙道類小說研究》（臺北，學生，一九八六），頁一八七—二二四。

《真誥》所說的飲用泉水、井水，或即因爲水中所含的礦物成分，就像葛洪在《抱朴子、仙藥》所記載的兩則飲水傳說：其一是臨沅縣廖氏所飲的赤井水，因爲丹砂的丹汁入井，故飲之可長壽。一是南陽酈縣山中的甘谷水，因爲谷上所生甘菊的菊花墮於水中，變味而成甘谷水，食用後老壽❷❾，兩則都是實例，前一則爲葛洪祖父爲臨沅令時所得知，干寶《搜神記》卷十三也加以收錄。至於有些不知長壽的緣由，在筆錄或口傳時就會變得極爲神秘，劉宋劉敬叔（三九〇？—四六八）所編《異苑》就錄有一則服食奇水的傳說：

> 西域苟（一作拘）夷國山上有石駱駝，腹下出水。以金鐵及手承取，即便對過；唯瓠蘆盛之者則得。飲之，令人身體香淨而昇仙。其國神秘，不可數遇。（卷二）❸⓿

將仙境置於遠方地域也是樂園神話的特色，《山海經》就將一些仙鄉記錄於〈大荒經〉內，由於時空距離造成樂園的意境，而方士對於遠方異物的博物知識，也造成通方之士的形象。將苟夷國說成神秘不可數遇正是畫龍點睛之法。其中的承水手法，將瓠蘆與金鐵及手作一對照，就是巧妙地表達它的潔淨性，瓠蘆不僅是奇特的植物，也是傳說中與神仙有關的事物，經由

---

❷❾ 同註❺，頁三四五—三四七。

❸⓿ 據藝文《百部叢書·學津討原》本。劉敬叔史無傳文，茲據明胡震亨之說有關。《異苑》書誌學的研究有森野繁夫，〈異苑の通行本〉（《中國中世文學研究》一廣島大學）。

它所承取的水才是純淨。服食之後可以香淨身體，就充分發揮水在宗教儀式中潔淨的象徵意義，淨化身心，脱去凡胎，由俗入聖，因而有昇仙的結局。服食是道教成仙的重要律則，進入仙鄉自可因緣際會地變化成仙，是一種深具道教色彩的傳說。

此外，還有一種較複雜的服食傳說較爲晚出，這是因爲在東晉社會普遍流傳「誤入」仙境說時，居然也出現了「誤墮穴中」的說話，由於它的地域是在洛陽附近的嵩高山，又是組合了觀棋、服食、遇龍及張華多識等母題，因而可以確信這類世俗化了的嵩高山洞天說，大約出現於東晉末，因此見採於《搜神後記》卷一。稍後編成的《幽明錄》更將遊觀誤墮改變爲婦人殺夫而推墮穴中，充分表現了庶民生活的趣味。至於時代更晚且撰者未能確定的《梁四公記》，更是據此而大加舖排。（《太平廣記》卷四一八）由於組合了入穴——圍棋、服食、遇龍——出穴——解謎的結構，雖是延續遊歷仙境的基層結構，卻增多了多項與龍有關的服食情節；並以智慧人物型的張華擔任解說者，是一個較有創意的新構想。在當時的仙境說話中就構成新的傳說模式，對於後世的遊仙小說具有啓發性，可以推知當時人之熱衷於創作新型的仙境傳說：

嵩高山北有大穴，莫測深淺，百姓歲時遊觀。晉初嘗有一人誤墮穴中，同輩冀其儻不死，投食于穴中。墮者得之，爲尋穴而行。計可十餘日，忽然見明，又有草屋，中有二人對坐圍棋，局下有一杯白飲。墜者告以飢渴，棋者曰：「可飲此。」墜者飲之，氣力十倍。棋者曰：「汝欲停此否？」墜者曰：「不願停！」棋者曰：「從此西行，有大井，其中多蛟龍，但投身入井，自當出；若餓，取井中物食。」墜者如言，投井中，多蛟龍，然見墜者輒避路。墜者隨井而行，井中物如青泥而香美，食之，了不復飢。半年許，乃出蜀中。歸洛下，問張華，華曰：「此仙館大夫，所飲者玉漿也；所食者，龍穴石髓也。」

圍繞著這則新出的傳說，有些母題的出現是頗有意義的：嵩高山在河南境，是傳統的名山，作爲三十六洞天之一，早就具有它的重要性，較諸江南新開發的名山，更早就流傳有諸多神聖的洞天說話。所以初期上清經派等古道經中，將嵩高山及其洞天中的神君，作爲傳授仙經秘訣的舞臺，類似紫陽真人的教内說法尚有多處。只是道教内部的神秘洞天說，在百姓的眼光中，卻只作爲遊觀之所；而有人因此「誤墮穴中」，更是平實的生活經驗。聖與俗的對比，是道教洞天說與民間仙境說的不同趣味性，因爲庶民生活中除了故事本身的新奇、新鮮性，又常具有寫實的風格，常人也會遭遇的事自是較具有說服性。《幽明錄》所錄的婦人殺夫，將他推下後又「於後擲飯物，如欲祭之」，更是通俗的情節，增加了生活化的趣味。

服食情節是這類傳說的重心，與當時流傳的王質傳說具有互動的關係，虞喜所錄的二童子對棋及劉敬叔所錄的，本來都只是單純的對奕母題，這裏除了取用對坐圍棋外，又增多「一杯白飲」，氣力增十倍的玉漿服食說。今傳的《述異記》中，就是增多童子以如棗核之物與王質，含之即不覺餓的一段文字，都是原本兩種觀棋傳說所未有的。這一情況也有可能是《搜神後記》流行之後才補進去的。因爲玉漿與龍穴石髓兩相對照，一飲一食，極爲自然，不會是受觀棋傳說的影響。而王質「看之，局未終」，是極寫觀棋時間之不覺其快；有人下馬「以策注地而觀之」，在專注觀棋時，自謂俄頃，實則鞭爛馬朽。主人翁在兩種專注的情況下也就不覺其餓，自不必有服食的母題，所以說《述異記》所載是後加的。

接下來的下棋者指示西行與取食，重點即在於蛟龍，大井中多蛟龍，並井中的玉漿及石髓諸物如青泥而香美，食後不覺餓，爲後半的主要描寫。震澤洞傳說即說是洞庭山南洞穴，也是强調龍宮及青泥的服食，就是襲用同一情節，再加以複雜化而已。《幽明錄》所錄的完全是服食情節：先是啖食粉米香的如塵之物，接著又食如泥之物；最後便入一都，長人指示前進，凡過九處，最後得食大柏樹下跪捋羊鬚所得的珠。整段歷程全在洞穴中，從洛下到交郡，往還六七年。這些服食之物，一是黃河下的龍涎，一是崑山的青下泥，一是癡龍之珠，多是與龍有關，卻不在前半明寫所遇的即爲蛟龍。類似的手法應是同一傳說的分化，在口頭創作中逐漸形成了不同的情節，這些都與龍之爲靈物，及與龍有關的龍涎、龍珠、龍穴等傳說日漸盛行有密切的關係。惟《梁四公記》所說的龍宮以及各類龍腦香、龍珠，則是後出的說法。

張華是兩篇傳說中俱出現過的智慧人物，而最早的解謎者反而見於張華自撰的《博物志》卷十，屬於天河與海通的乘槎傳說，海邊有槎，有人乘之，最後得觀宮中織婦、丈夫牽牛，還後至蜀問嚴君平，才知到天河，犯牽牛宿之事。這一故事在張華之後也極盛傳，至少葛洪《抱朴子》的佚文就有「翫榮河者，若浮南濱而涉天漠」（《北堂書鈔》卷五十引）。梁宗懍撰《荊楚歲時記》，說其人即爲張騫。類此民間傳說的扭曲、變形，到劉宋初《搜神後記》成書時，張華已因博物多識被當作智慧者，顯示口語文學的活潑性、創造性。從他解說洞穴中人爲仙館大夫、或「九處地仙名九館大夫」，也都反映地仙說的形成。總之，洞穴中遇龍及服食龍穴石髓、龍涎或龍珠，都是拼合觀棋、洞中地仙及服食等母題，以此構成新型傳說。只要能找到新事物就能產生新作品，這一類可說是服食傳說的變型或新型。

不過在當時所流傳的熱衷仙境的風氣下，也出現一則具有反諷意味的傳說，早在張華撰《博物志》卷十就錄有天門郡事——《太平廣記》卷四五六也引述，說幽山峻谷中常有人經過，踊出林表，狀若飛仙，遂絕跡。後來有智能者疑是妖怪，經設計射殺後，果是巨蟒。在這則諷刺樂道好事者的行爲中，就有「入此谷中洗沐，以求飛仙，往往得去。」其實絕跡、往往得去等，都是蟒氣所噏上。但由這件事也反映出當時人深信到深山幽谷等仙谷中沐浴，正是飛昇的方式。一般說來，沐浴是外服、外在的接觸；而飲用則爲內服，屬內在的接觸。水在宗教的齋戒、儀式中，是一種淨化的象徵物，基本上道教的修行是要清淨身心，以至於純淨之境，因此會傳出各種與水有關的母題以構成仙境傳說。

三、仙境傳說的世俗化類型：人神戀與隱逸說

誤入仙境之後，在洞中天地即展開世俗化、平實化的情節，主要的有人神戀與隱逸思想類型，就是小川氏所歸納的「美女與婚姻」及變種的仙鄉譚。在前一類中通常都在滿足婚姻等願望之後，就會出現「懷鄉」的母題，因而導致露水姻緣的提早結束，這一情況較諸服食、觀棋二類型的返回人世，有較强烈的人生意願。雖然在中國早就文學中具有眷戀人間或故土

的情懷：屈原在〈離騷〉的昇天關鍵，忽臨睨舊鄉；或王粲〈登樓〉，而有斯土雖信美而非吾土之歎。但作爲誤闖仙境的男子卻徒興慕歸之思，似是並非這樣地急欲歸返故土，所以懷疑是否曾存在較早期遊仙窟式的生活的投影；而在隱逸思想類型中則多强調「不能回歸」。因此這兩類都具有寓意文學的傾向，讓主角經歷仙界的一番歷煉，提昇他的人生境界，徹悟人事的無常、現世的不平，因而對於他的人生觀有所啓悟。類似的仙境奇遇，所安排的場景較爲生動有趣，也有理想生活的趣味，可說情節發展較具有小說的趣味。因此仙境傳說的世俗化，反而較能表現作者的創作意圖，已經近於文士的有意創作，故屬於一種寓意文學。

1. 人神戀愛類型

仙境遊歷傳說中以人神戀一類最爲世人所豔稱，因爲遇豔或婚姻本就是現實社會中禮制防範、制約最嚴的一部分。在六朝講究門第身分的風尚之下，寒門士子以及一般庶民多是不易高攀貴姓的；而且傳統社會對於禮教的講求，將人性本能的欲望予以節制、壓抑，造成人類潛意識中諸多被扭曲、變形的欲望，六朝小說中就有爲數不少的異類婚姻或不正常的性關係，諸如人鬼之間、人妖之間，甚或是人神之間的奇幻婚配，從心理分析的觀點考察，都可當作一種性與愛之夢的象徵符號。

凡因誤入仙境而得以與女仙完成婚姻，基本上也可當作異類婚姻中的一類，其中是否具有原始宗教的傳統，是一件值得深思的事。在原始社會中曾存在巫者以舞蹈或獻身的方式媚神，或扮演神的配偶，目前所存的〈九歌〉，即是陽巫接陰神、陰巫接陽神的儀式劇，在巫系文學的情調中，仍可感覺其中具有一種「聖婚式」（Sacred Marriage）的遺跡。類此女巫的性質是否在兩漢社會中被轉化而成爲仙境中的玉女、仙女，目前從資料中所顯示的尚難以定論。但基於人類對於神女、仙女的期望心理，在神仙思想瀰漫的兩漢社會，早就出現鄭交甫遊江濱，遇江妃二女並遺以佩玉的傳說，正式地獲載於《列仙傳》內，贈佩、解佩豈不就是〈九歌〉中捐玦遺佩的儀式？是象徵愛情的契約關係，與凡間男女定情的誓物、信物，同是兩心相許後信誓旦旦的行爲。

六朝社會由於面臨禮制的逐漸崩潰，而又存在著門第社會的階級觀念，因此當時之人借用人與神、人與仙的特殊關係，流傳多種多樣的奇幻婚配：像杜蘭香、弦超等風傳一時的民間傳說，絕非只是荒誕的傳聞，而是借用謫仙的宿緣說來解說一些非正常情況下的心理狀態。[31]《真誥》首錄的愕緣華降見楊羲，並有贈詩、贈物等情意綿綿的真跡，實在均可援引佛洛依德的「遂願說」（Wish-fulfillment）來解說恍惚狀態下的慕仙心理。世俗化的神婚是遊歷仙境說的一種轉變，人神戀愛、人神婚姻就是這一轉變過程中的產物。

現存最早的這一類小說見於王嘉《拾遺記》卷十，原是介紹八處名山：從崑崙山、蓬萊山等海外的名山仙島敘起，最末則殿以寰宇之內的「洞庭山」，這一則先介紹其中的玉女傳說，再及於屈原之成爲水仙；而後半則附述了一段遊歷洞天傳說：

---

[31] 詳參拙撰，〈唐人小說與道教謫仙傳說〉，刊於《中研院第二屆國際漢學會議論文集》（一九八九）頁三五三—三七四。

> 其山又有靈洞，入中常如有燭於前。中有異香芬馥，泉石明朗。采藥石之人入中，如行十里，迥然天清霞耀，花芳柳暗，丹樓瓊宇，宮觀異常。乃見衆女，霓裳冰顏，豔質與世人殊別。來邀采藥之人，飲以瓊漿金液，延入璇室，奏以簫管絲桐。餞令還家，贈之丹醴之訣。雖懷慕戀，且思其子息，卻還洞穴。還者燈燭導前，便絕饑渴，而達舊鄉。已見邑里人戶，各非故鄉鄰，唯尋得九代孫。問之，云：「遠祖入洞庭山采藥不還，今經三百年也。」其人說於鄰里，亦失所之。

王嘉爲方士化名士，志慕神仙，現存《拾遺記》中可以考見曾引述一些仙經秘笈。這段文字雖經他的修飾美化，但其中所出現的採藥者、仙洞、玉女、丹訣、回歸等母題，仍舊保存著東晉時期較爲素樸的色彩，尤其燈燭前導的情節與《靈寶五符序》的「帶燭戴火」相似，都自有平實的風格。

王嘉的「浮豔」格調，使洞庭遇仙說話也具有遇豔的情調，其實在他的筆下，采藥者只是欣喜地享受衆女所給予的仙境風光：諸如金丹、仙藥等，都是求道者所最慕戀的成仙之物，而尚未出現與仙女完成婚配的世俗願望。其中最能表達他身處於苻秦統治下的虛幻願望的，就是透過時間意識慨歎人間日月之短促：洞穴日月雖甚短暫，而人間卻已經三百年、九代孫，類此所反映的對現實社會的不滿，正是當時政治情緒的一種發洩，因而這篇遊仙傳說具有強烈的心理補償作用。洞庭山遇仙傳說雖是已具有完整的遊仙小說的情節，但由於附於洞庭山的名山介紹之後，它的影響力反不如袁相、根碩或劉晨、阮肇傳說。

袁相、根碩或劉晨、阮肇兩則，其實是同一傳說的兩種版本：前者說是會稽剡縣民誤入赤城，後者則是剡縣人迷途誤入天臺山，都是會稽一帶的傳說，同在今浙江省境內。題爲陶淵明撰的《搜神後記》代表的是晉宋間文士的筆錄；而《幽明錄》雖由劉義慶主其名，其實也多由其文學集團中如袁淑、陸展、何長瑜等人助成編撰、潤飾諸事，可視爲劉宋時期的版本。他們不一定有意要立異於《搜神後記》的敍述，或根據書承而改作的，可能原始所據的都是流傳於會稽地區的民間口語文學。會稽在東晉的江南諸郡中，文化較爲發達，也是屬於濱海地域具有道教信仰氣氛的區域，所以流傳有這一遊仙說話。

道教的進入洞天說與「世人採藥往往誤入諸洞中」說，其間的區別就在於有關世俗化的表現，道士是爲了獲取經訣，因而齋戒修持然後才敢進入他界；而世俗化了的傳說則是排列組合許多誤入的動機與歷程，這些世俗生活中常見的情節單元，可在不同時代、不同地域組合成情節相近或相異的傳說。袁相、根碩是獵人，因追逐山羊而誤入；劉晨、阮肇則是爲取穀皮而迷路，也屬誤入之例。而人仙之間、俗聖之隔俱以具有象徵性的事物表現：《搜神後記》所安排的是石橋、絕崖、瀑布，及「有山穴如門」；而經過的動作則是經、渡及豁然而過，這是通過門閾的一種隱喩，類似人類學家解說由俗入聖的通過儀禮的分辨階段，從人間世界跨入神仙世界；《幽明錄》所紀錄的是在絕巖邃澗中，攀援藤葛而上；又没水度過山腹，度山出溪，才得進入仙境。兩者都將度過的情境安排於一連串的試煉中，一些尋常的動作與意象在阻隔仙凡的象徵上，都具有中介性儀式的意義。

主人翁進入仙境之後就展現了仙境小說的主體，筆調一轉，情境一變，虛幻的神仙世界就被賦予理想化的色彩。比較兩家的記述，仍有些不同之處：袁、根所遇的青衣女子瑩和珠，早就等待二人來成室家；而且也有二女來慶賀得婿，完全是市井小民的婚慶情趣，連「曳履於絕巖上行，琅琅然」的聲音，都是當時女子的生活情態，這是陶淵明等一類文士較寫實化的筆法。劉義慶並不寫明二女的名字，只是欣喜於劉、阮二郎經由所流失的杯子，被引入後得遂良緣。對於仙境的描摹所反映的是貴族門第的生活氣象：諸如銅瓦屋、大床上的裝飾物件「皆施羅帳，帳角懸鈴，金銀交錯」；又有十侍婢侍候於床頭，及作食的「胡麻飯、山羊脯、牛肉」，也比較甘美。類似的鋪張華貴的婚慶排場，較諸袁、根二人與瑩、珠二女「遂爲室家」的簡略筆法，多少間接反映了劉氏及其貴遊賓從的豪貴生活經驗。所以兩篇相互對照：則一較樸素而近於庶民生活的情調，也較近於民間文學的原始狀態；一較文飾而近於豪門生活所提供的想像素材，所以是一篇較晚出的口語文學的文學化。此外還有食畢行酒後，有一群女來，「各持五三桃子」相賀，較前篇只說二女往慶，增多了桃子的賀禮，應與桃子之爲仙界佳果有關，並配合服食的胡麻飯，都表示仙界的事物。而當時民間也將桃子的辟邪、吉祥等意義加以强化，成爲民俗中的婚慶慣習，這也是民間文學與民俗、生活慣習等不可分之處。

劉義慶及其貴遊集團對於這段人仙關係，還賦予一層新的意識，用以解釋人與人間的遇合，是佛教思想輸入後所結合的因緣觀。瑩、珠對於誤入者只是忻然表示「早望汝來」的預期、等待的喜悅；而劉、阮所遇的佳人卻對忻怖交并、欲求還去的情人，說是「君已來，是宿福所牽，何復欲還邪？」在六朝社會中明媒正娶仍是正式的婚姻關係，因而對於這類未經媒妁、未經父母許可的婚慶，在傳說中仍需提出一套解釋借以合理化其行爲：前者不作說解，只視爲一場仙界豔遇，有如鄭交甫的遭遇；而劉義慶則出自奉佛世家，當時因緣之說也逐漸與傳統的定命說結合，因而產生宿福、宿緣的觀念，代表南北朝時期佛教意識逐漸滲透入中國社會，且形成小傳統中極爲重要的行爲理念。

在《幽明錄》中類似的意識逐漸有增多之勢，也表現在另一人神關係的傳說中，男女主角是黃原與妙音，這段良緣也採用仙境傳說的手法：出現誤入因由（忽有青犬自來家門）、田獵（隨鄰里獵，放犬逐鹿）、入穴（至一穴，入百餘步，忽有平衢槐柳列植），然後出現洞中世界（姿容妍媚、衣裳鮮麗之女子，或撫琴瑟，或執博碁）、並完成婚配（妙音容色婉妙，侍婢亦美），最後出現懷歸（原欲暫還報家、解佩分袂），類此情節單元所組成的遊仙情節均屬於典型的人神戀類型。其中用以解說人與神女的婚姻，就是假太真夫人之口說：「有一女年已弱笄，冥數應爲君婦。」而思歸時，妙音所解說的「人神異道，本非久勢」，都是利用冥數、命勢的意識觀念來解說男女間遇合關係的必然性。類此有意强化的解說除了表現劉義慶個人的宗教信仰，也普遍反映了南北朝新的宿緣、冥數說，逐漸成爲解釋人間世的神秘關係。

口語文學的敘述過程中，如何重新組合母題，是民間口頭創作的變易性，這些不同的母題顯示殊異的文化背景。《搜神後記》在思歸及歸後，特別安排了重要的道具「腕囊」：這一服飾物件在當時具有什麼民俗、巫術的意義，由於書闕有間，已難索解。王孝廉依據「禁制」

（Taboo）原理加以解說，是新穎而有趣的人類學說法。㉜因爲瑩、珠告誡「愼勿開」，卻由家人開視，「囊如蓮花，一重去，復一重，至五盡，中有小青鳥，飛去。」都可從原始宗教中，禁忌的嚴重性，及觸犯禁忌因而遭遇超自然的神秘力量的制裁加以解說：根碩在田中不動，但有殼如蟬蛻，就是接受如凡人需受時間控制的「禁制」。但從啓蒙儀式的觀點言，則他是徹悟人事而尸解仙去，這是道教尸解仙的說法。類此新說還需要合理解說其中的關鍵意象、動作，始能成立。

在民俗學上的解說：腕囊是女子貼身服佩之物，瑩、珠以此相贈，自是表現情意殷切的定情之物，這是情人離別的民俗習慣。〈九歌〉中神將離去時就有贈玦（或袂）遺佩（或褋）的慣習，妙音也是「解佩分袂」。問題是在腕囊究爲何物？從其中有青鳥的敘述，可見是糅和了想像力的文學手法：有關青鳥的母題在古中國的神話傳說中，是西王母神話群的傳訊使者，西王母神話在兩漢更被神格化，六朝則又進一步加以仙道化，這一神話群的事物早就成爲庶民熟知的典故。青鳥之爲傳訊使者在這段文字肌理中也可以成立：二人潛歸，二女已知，追還後說：「自可去」，又贈以腕囊，可知二女早知他們的思歸，自也預知根碩的未來。而碩自願從事耕獵的平民生活，知道腕囊已開，也只「悵然而已」。但青鳥既已飛去，必將飛回仙境傳遞訊息，則「再出發」的情境必定出現。果然「有殼如蟬蛻」的尸解成仙就成爲故事的結局，再續未解之緣而同作仙侶，這是人神戀的理想。這一結局與黃原歸後，每逢相思，「至三

㉜ 王孝廉，〈仙鄉傳說〉，收於《中國神話諸相》（臺北，時報文化，一九八四），頁二四二——二四四。

月旦，可修齋潔」，就「常見空中有輧車髣髴若飛」。都是預示再相會的情境，是當時人神續相往來，如弦超等一類傳說常見的手法。在這類結局中，再出發是成仙、正式度世成仙，因而遊歷仙境，初締良緣就是安排了一段點化、度脫的境遇，這是仙境傳說的主題。

劉義慶所筆錄的，其中較大的差異就是沒有腕囊的送別物件，而是集合「三四十人，集會奏樂，共送劉、阮，指示還路」，這種情節聯絡照應了前半的侍婢、群女的排場，反映貴族薦送的豪華場景，而較缺少了腕囊的神秘性、民俗性。最主要的還在拼合了時間意識，王嘉及虞喜等人所錄下的「天上一日，世上一年」的虛幻感，是極具戲劇性、震撼性的母題。因而劉義慶所錄的，不是平實地敘寫袁、根仍見家人的寫法或說法，而安排了還歸所見的情境：「親舊零落，邑屋改異，無復相識。」這種山中半年而人間七世的寫法，是作爲了悟之機，屬於呂伯大夢 (Rip Van Winkle) 式的，對於仙境日月與人間日月作一强烈的對照，只有如此才具有逼使誤入者徹悟的鏡頭。果然其下出現了神仙傳記最常見的筆法，「忽復去，不知何所」，乃故作飄渺不測的結局，意味劉、阮的仙去。

總之，兩篇都同樣是以會稽爲舞臺的遇仙傳說，均能反映亂世人民的集體潛意識，拼合了有關遊仙的母題而另外組成稍有異趣的說話，其中低賤身分的獵夫、取穀皮者，在當時講究門第的士族社會中，只有訴諸想像後才能擺脫其身分，而進入一個虛幻的世界與虛幻之女完成婚配。從通過儀式的觀點言，就像處於中介階段一樣，凡界之人至此失去其原有的名字、身分，在模糊、未之分明的狀態下，非彼非此、非仙非凡，乃能與仙界女子經由儀式性的結合，而暫時獲致一種新的身分。但這是短暫的，終需回歸，卻已獲得人生中新的啓悟。類此潛藏於當時民衆集體意識深處隱微的理想與願望，顯示仙道思想除是帝王、貴族奉道外，也具有其平民性、平等性，對於袁、根的平實敘述正是這種心聲的流露。但劉、阮說話在唐及其後，屢見於詩歌、小說及仙傳中，諸如元稹〈劉阮妻〉二首，或《神仙通鑑》收錄爲仙傳，顯見這一願望永遠是世俗之人乃至浪漫文士的豔遇神話。

2. 隱遯思想類型

隱遯思想類型被小川環樹氏稱爲「變種的仙鄉譚」，就是因爲它具備了遊歷仙境的結構形式，卻只敘述了一段平實的遊歷經驗，其創作目的即是基於隱遯思想。這類作品自以陶淵明作爲〈桃花源詩〉的前記〈桃花源記〉爲典型，但它絕非是祖型。隱遯思想是漢晉之際的重要思想潮流之一，變亂的時代促發了崇尚隱遯的風尚，是一種與名教、與現實政治相對抗的處世態度，基本上這是具有反智傾向的道家哲學和隱逸思想的合一，它易於與道教中重清修的流派相互結合，葛洪在《抱朴子》外篇首揭〈嘉遯〉，就是這類應世哲學的集大成。而當時流行的如皇甫謐撰《高士傳》、范曄《後漢書》也列〈逸民列傳〉等，也均是一時風尚的表徵。

有關隱逸思想與遊仙傳說，現存的大部分收錄於《搜神後記》中，劉敬叔《異苑》卷一的武陵蠻，表明是元嘉初，已更爲晚出，顯然這類傳說多出現於晉世，尤其是東晉，這一現象完全符合仙鄉譚的變種的道理。陶淵明是否編撰過這類筆記，近人的研究已有所懷疑，但編撰者爲誰對於桃花源傳說則並不重要。因爲民間傳說都已先曾流傳於世，文士只是筆錄者而已，陶淵明作詩當是有感而發，因而只是改作爲前記而已。從現存數則中所記的地域，凡有滎陽（在今河南省滎縣附近）、武陵（在今湖南省，晉時領有十縣：即臨沅、龍陽、漢壽、沅陵、黚陽、酉陽、鐔城、沅南、遷陵、舞陽，大致分佈於沅江及其支流上，爲蠻族聚居之地）、衡山及長沙醴陵縣，可說多是洞庭湖流域的傳說。

陶淵明撰述〈桃花源記〉的主題、思想均與這些傳說有關：首先就是隱逸人物的出現，南陽劉驎之「好遊山水」，見載於鄧粲《晉中興書》、臧榮緒《晉書》及今本《晉書》中，確是一位希企隱逸的文士。另一滎陽人何氏，「荆州辟爲別駕，不就，隱遁養志」，因而得被黃疏單衣角巾者以韶舞引入洞穴。塑造隱逸性格者進入洞中天地，則此中的石囷（或說囷中皆仙方、靈藥及諸雜物），仍是屬於仙境傳說的遺跡；但何氏所見到的「良田數十頃」，都是平實的人間世景象。在樵夫傳說中，也是出現「不異世間」的景象，這是隱逸世界的完成。對於洞穴後的開曠世界，治史者有以當時的塢堡組織解說，避亂自保是亂世的保聚生活，漢末以來既已存在[33]。

〈桃花源記〉所說的漁人是武陵人，劉敬叔所錄的就保存了較樸素的說法：

宋元嘉初，武陵蠻人射鹿，逐入石穴，才容人。蠻人入穴，見其旁有梯，因上梯，豁

---

[33] 陳寅恪，〈桃花源記旁證〉，原刊《清華學報》十一卷一期，後收於《陳寅恪論文集》（臺北，九思，一九七四）；逯耀東，〈何處是桃源〉，收於《勒馬長城》（臺北，言心出版社，一九七七）。

然開朗，桑果蔚然，行人翱翔，亦不以爲怪。此蠻於路砍樹爲記，其後茫然，無復彷彿。（《異苑》卷一）

這是與陶淵明所記較相近的一則，也見於庾仲雍的《荊州記》，它除去有意寓託之處：如「不知有漢，無論魏晉」之類，多能保存桑果蔚然、行人翱翔的記實之筆。有關武陵的歷史：諸如人跡罕至的深山峻谷、附近漢人爲賦役嚴苦，多逃亡入蠻等，住於尋陽一帶的人應曾聞知相關的傳聞。因尋陽地接蠻族，由尋陽沿長江而上，經洞庭湖，即可達沅江流域。正是武陵五谿蠻聚居之地，從正史、地理解說確有助於理解〈桃花源記〉的創作背景。㉞

陶淵明應該也是基於武陵蠻的傳說，有意綜合多種素材以成篇，而成篇之後又回饋於社會，因此使得後人不易辨明其先後：諸如漁人黃道真，在黃閔〈武陵記〉中說：「昔有臨沅黃道真，在黃聞山側釣魚，因入桃花源。」（《御覽》四九）但像醴陵樵夫以笠自障入穴，「穴纔容人，行數十步，便開明朗然，不異世間」，就有相互啓發之處。又如「驎之欲更尋索，不復知處」，也是「尋向所誌，不復得焉」的不能回歸母題。兩則武陵人都强調這一母題，實與通篇有意平實化的筆法有關，既出就不可復入，這是與部分仙境傳說將遊仙作爲點化手段有不同之處。倒是滎陽人何氏「遂墾作，以爲世業，子孫至今賴之」，則完全採用了記實的筆法，是屬於變種說的佳例。

㉞ 齊益壽，〈論桃花源記的現實背景〉，刊於《文季》二卷四期（臺北，一九八四年十二月）。

關於〈桃花源記〉的地理背景，諸說紛紜，從北方的弘農、上洛一帶的塢堡到荊湘或淮泗間的斥堠之郊，以至於武陵郡的沅江流域，近代學者多是相信其背後有紀實的現實背景。但是隱逸類型的出現，其中的情節單元完全是遊歷仙境說的產物，只有從這一道教洞天說、誤入仙境說的背景才能解釋它的完成。值得注意的是陶淵明的寓意手法中，借先世避秦難、不知魏晉等時代名稱，隱約表現出他對現實政治的不滿，又借屋舍良田、阡陌交通、雞犬相聞及怡然自樂的此中人，來表達《老子》小國寡民的樂土思想的嚮往，這是亂世文士所理想中的世界。其實這一類型所表現的無戰爭、無苛稅的理想，何嘗不是前述其他類型所表達的同一願望，只是有些是安置於洞天福地之中，有些是落實於避亂的桃花源中。但這一變種的仙鄉譚，由於平實的「適彼樂土」的情境，因而大大激發唐宋詩人的歌詠，成爲中國文士心目中的理想世界。

四、名山、地仙說與仙境傳說

遊歷仙境傳說的產生與流傳，從現存道書及筆記小說等資料考察，都集中在六朝前半期，約從晉到宋；而其地域則多集中於江南的洞天福地，凡此均與江南地區的開發、新名山群的出現有密切的關係。道教洞天說與仙境傳說之間具有的互動關係：兩漢社會的緯書地理說爲新興的道教所吸收、改造，就進一步成爲道教化的洞天福地說。而東晉以後民間社會兼取原本流傳的舊說及新興道教的新說，圍繞著以名山爲中心地域的情況下，重加拼合結構，因而形成新的世俗化仙境說。作爲道教洞天說與民間仙境說的核心思想，則是地仙、尸解仙成爲新仙說的主要階位，而相與配合的名山洞府則完全落實於輿內名山中，這就是新的仙道背景。

道教仙學體系中，新仙階、新仙境的建立，具體反映了從東晉到南北朝初的社會、經濟情況。早期的仙境說到葛洪的手中，被集大成爲三品仙說：天仙活動於天庭；而地仙原本以崑崙、蓬瀛爲主，到魏晉時期則落實於中國輿圖上的名山，尤其「今中國名山不可得住，江東名山之可得住者。」（《抱朴子·金丹篇》）在這一情況下，自然開展出江南的名山群，成爲地仙成仙活動的新仙境。至於第三品的尸解仙，則由於魏晉前後一些被列入仙傳中的仙真，大多經由各類解脫手段才得以尸解成仙，就成爲新仙說的主要方式。彼等所棲集的名山洞府幾乎毫無例外地只能限於中國、尤其江南可得住的名山。金丹道派的說法如此，而上清經派何嘗不是以尸解仙、地仙爲主，作爲華陽洞天等名山洞府的主要職司者，《真誥·稽神樞》正是兼敘洞府名區與仙真階位的佳例㉟。

仙境說是以洞天、洞穴爲主所形成的宗教地理，類似三十六洞天的組織化、數位化在漢晉之際出現，顯示漢人的五嶽說已被擴大，新的名山不斷地開發之後，一些新的地理景觀就成爲注目的焦點。根據地質學的知識，可以證明在洞庭湖、太湖流域確曾存在著許多特殊的溶洞，它正屬於喀斯特地形。這些洞穴中多保持了原始的狀態，諸如崖岩、穴道、伏流，其中石灰岩所形成的鐘乳石、石筍岩，以及自然生成的芝菌、礦物之類，構成眩目而奇幻的洞

㉟ 詳參前引拙撰，〈神仙三品說的原始及其演變〉，頁一九九－二〇七。

中天地。道教中人基本上多具有觀察自然、探索自然的精神，這是李約瑟等科學史家在研究中國科技史後予以肯定的。對於新開發的洞穴，修道者在混合著擬科學、宗教與神話的熱烈情緒下進行一次又一次的探險。

《靈寶五符序》及《真誥》中就不乏這些洞穴探險的紀錄，洞中別有天地，這一天地經神格化、道教化之後，就成爲一些地仙所管轄的世界，洞天、洞府就在這些經驗中被提出，成爲有別於俗世的另一種空間，《紫陽真人內傳》中就有一段解說「洞」的珍貴資料，就是理論化的洞天說：

> 眞人曰：天無謂之空，山無謂之洞，人無謂之房也。山腹中空虛是爲洞庭，人頭中空虛是爲洞房。是以眞人處天處山處人，入無間以黍米，容蓬萊山，包括六合，天地不能載焉。唯精思存眞，守三宮，朝一神，勤苦念之，必見无英、白元、黃老在洞房焉。雲車羽蓋既來，便成眞人。先守三一，乃可遊遨名山，尋西眼洞房也，此要言矣。(12b)

這段道教的修練體驗，確是具有神秘色彩，可說將宇宙洞窟化、人體洞窟化，他們經由存思、精思的方法，肯定地指出在三種洞中，俱可以集中精神術的訓練而得見其中所住的神君。

洞穴之中有神君駐守、掌管，因此成仙之後也就可以棲集於洞天。漢晉之際隱逸思想高漲，因此投射於神仙思想時，就成爲重視地仙的情形，葛洪及楊、許諸人在這一時代潮流中，一再强調仙人之止於名山，「以其不汲汲於昇天爲仙官，亦猶不求聞達者也。」（《神仙傳、白石先生》）或說成仙之人，「肥遁山林，以遊山爲樂，以升虛爲戚，非不能登天也，弗爲之耳。」（《真誥》卷十四）既然修道成仙後，卻又不急於昇天，受天曹的拘束，因而在洞天之中逍遙自在，就成爲地上洞府多爲地仙之所的說法。

道教說法對民間傳說自有其相互激盪的情況，如果以人類學家所說的大、小傳統之說考察：就是一些睿智的道教思想家吸取了原本民間的舊說，結構而成體系化的新說後，又有回饋民間的情況，這是相互依存的關係。前述的仙境小說中，就有些明白說是名山、地仙的，王嘉的綜合仙山中，前九大名山都在海外，只有記載人神戀的洞庭山是中國輿圖上的名山，而地仙則有《幽明錄》的遇龍傳說中有「九處地仙」；也有些可歸爲尸解成仙的，如根碩去後，「但有殼如蟬蛻」，都屬於地仙、尸解仙說的影響。在男性中心的社會型態下，誤入洞天中所遇的神女、玉女也是女仙之流，具有預知前事、後事的能力。這些世俗化了的民間傳說雖以趣味性爲主，但所有的類型都有依據，都是在道教神仙說的背景下可以成立的。據信成立於南北朝前期的《元始上真衆仙記》（《道藏》騰字號），就綜述上清經派的地仙說與民間的仙境傳說，說明「凡青嶂之裏、千嶺之際，仙人無量，與世人比肩而不知。凡人有因緣者，或在深山迷誤入仙家，使爲仙洞玉女所留。」可說是當時地仙及仙境說的總結。

從晉到宋，仙境遊歷傳說不管是道教內部的齋潔入山，或是凡夫俗子的誤入洞中，都可說是最具有創意的階段。現存資料中所反映出來的類型，雖只有服食、觀棋、婚配及隱居等，卻幾乎包含了人類意識深處最基本的食、色本能需求，以及滿足生命永生、社會和諧的集體願望。其中有的是潛意識中共通的欲望，有的則是當時時代格局中表現得最爲强烈的願望。在神話學的理論中，神話傳說是一種和夢相似的象徵符號，以此解說遊仙文學，就可發現在世俗的世界裏，時間的拘限、空間的困阨，使得人類面臨諸多危機感。在六朝社會中，生命短促的悲哀、門第身分的不平、政治迫害的頻仍，乃至於日常生計的困頓……，均成爲一層一層的壓力，因而激使民衆渴望衝決網羅，就成爲這一時代共同的理想與願望，仙境小說的出現剛好滿足了這一心理與社會需要。

在這些口語文學流傳、或經筆錄美化的情況下，仙境小說一直保持著高度活潑的原創力，南北朝後半期則較少出現，除了現存較佳的筆記多屬前期作品外，基本上可從它的創造力的衰歇加以解釋。這一現象要到大唐社會，由於新文化的刺激、海外貿易的發達及文學形式的創新等情況，才再度展開另一階段的遊仙文學，這已是另一個研究課題。㊱ 在六朝的仙道文學中，仙道傳說之所以成爲筆記小說中的素材之一，確是足以與六朝詩中的遊仙詩比美，可謂爲仙道文學的雙璧，都是道教藝術的一大成就。㊲

㊱ 唐代新仙境說的演變，筆者指導女棣許雪玲曾撰《唐代遊歷仙境小說研究》（台中，東海大學中文所碩士論文，一九九四）。

㊲ 筆者曾以〈六朝仙境傳說與道教之關係〉於一九七九年比較文學會議上宣讀，講稿刊於《中外文學》八卷八期（一九七〇年一月）。

魏晉神女傳說與道教神女降眞傳說

在中國民間故事類型中有神婚一類，六朝筆記所紀錄的是較早出現，且深具創發力的階段。魏晉時期社會文化的劇烈變遷中，當時的民間社會流傳著諸般怪異奇譚，在滿紙荒唐言中，隱喻地表現其集體心靈深處的理想與願望，人神戀就是此類現象之一。它發生、流傳於魏晉社會，並經由當時文士的筆錄，一部分保存於筆記、雜錄中，另一部分則收錄在宗教性質的道教經典內。由於人神接遇的傳說事跡具有離奇曲折的故事情節，也易於造成奇幻荒誕的審美效果，因而千餘年一直傳播下來，也對民間文學造成深遠的影響。在志怪風尚鼎盛的時代，人神戀固然也被視爲人間荒唐事，但促成它滋長的時代情境，應具有其特殊的社會文化因素。本文將重點地予以討論：首先從民間故事類型學分析其情節單元，在民間傳說與道教傳說之間有何共通之處。其次從社會文化史說明，宗教、民俗與這類傳說的關係，在傳說形成的底層常具有錯綜複雜的動因，推動同一類現象在不同的時空中變易、轉化，並繼續發揮它的新力量。最後則就它的奇特表現來說明文字敘述的特色，包括一些敘述模式、仙歌等，造成散文的敘述功能與韻文的隱喻功能交織的效果；並進而解析其中的理念，如何構成當時的觀念世界。人神戀是六朝筆記小說的類型之一，同時也是道教文學的重要成就。

一、神女傳說的類型及其結構點

有關人神戀的傳說目前遺存的至少尚有六種以上，其中有三種保存於筆記小說：干寶《搜神記》收成公知瓊、杜蘭香兩篇，另《搜神後記》又收何參軍女一篇。由於干寶的優異才華，並搜尋材料的豐贍可觀，前兩篇已成爲此類神婚的典型，宋劉義慶及其文學集團編成的《幽明錄》中，特假狸精之口唱出的曲子，就歌云：「成公從儀（義）起，蘭香降張碩。苟云冥分結，纏綿在今夕。」由此可知它盛傳於世的流行情況。另三種則錄存於陶弘景編《眞誥》，爲一部流傳於上清經派內部的降眞實錄，其首篇〈運題象〉，在「論冥數感對，自相儔會」中〈敍錄〉，凡舉羊權、楊義及許謐的冥會經驗，成爲道教版本的神婚，這是道教內部所熟知的事例。因此六件神婚傳說共同出現於一、兩百年間，應是同一社會、文化氛圍中的產物。

對於這些具有原創性的傳說，由於它所特具的奇幻之美，因而如何根據傳說學予以分類，才能顯示它在六朝筆記小說中的特性，就成爲一個重要的課題。日本學界從民俗學的立場，對於中國文獻及口傳的民間文學中，歸納出「神婚傳說」一類，凡有神婚、冥婚、異類交婚三種，神婚又可分神神、男神娶婦、女神迎夫三亞類。❶ 成公等傳說近於第三類而稍有異趣。

---

❶ 澤田瑞穗所作的〈神婚傳說〉，有較全面的分類，原刊早稻田大、《文學研究》第一號（一九七五，十二）頁一－十八；其後收於《中國の民間信仰》（東京，工作舍，一九八二）頁二五〇－二七七。

比較更科學的民間故事類型學，則可依據丁乃通在阿爾奈（Antti Aarne 1867－1925）、湯普遜（Stith Thompson 1885－）的分類法上，採錄中國豐富的民間故事資料，作出《中國民間故事類型索引》❷。根據這一修正後的索引，其中400A爲「男人命定和一位仙女或小妖精結婚」，❸較接近神婚中女神與凡間男子婚配的類型，但並不能完全契合，因爲丁教授有意摒除宗教性的傳說或神話的緣故。❹

六朝筆記小說在中國古典小說的形成史上，其實仍具有濃厚的民間傳說色彩，其資料來源如干寶《搜神記》序所說有「承於前載」的書承，或「採訪近世」的口承，但都近於口語文學的採集。金榮華教授在理解AT分類法後，曾試採中國傳統類書的習慣，對六朝志怪小說的情節單元（motif）加以分類：其中鬼神類第三神人通婚項目下，一類「女神爲人妻」列有弦超；二類「悅凡男」則列有杜蘭香，❺這是從藝術形式作分類後所獲得的成果，確可顯示其特殊的類型。

對於成公知瓊、杜蘭香傳說流傳的時代，當時人是以何種眼光認識這些女神！千餘年後

---

❷ 丁乃通的研究，原有分蘭科學院一九七八年赫爾辛基版，中國大陸曾有不同的譯本，較完整的是鄭建成、李倞、商孟可、白丁譯的《中國民間故事類型索引》（北京，新華，一九八六）

❸ 丁乃通上引書，頁一〇三。

❹ 丁乃通上引書，頁八，如導言中的提例說明。

❺ 金榮華《六朝志怪小說情節單元分類索引》（甲編）（臺北，中國文化大學中研所，一九八四）頁八四、八五。

對附麗於女神的奇特傳聞，不管是奇幻或荒誕的感覺恐怕都有失眞實。干寶所筆錄的弦超接遇成公知瓊的時間，一在嘉平中（249－253），一在太康中（280－289），當時有張敏者曾在咸寧、太康時作官，既已採錄所聞，寫作〈神女賦〉❻；干寶則在西晉末東晉初採錄之，也逕稱爲「神女」。杜蘭香接遇張碩的時間在「建興四年」（316）爲晉愍帝司馬鄴時事，當時也有曹毗聽聞「桂陽張碩爲神女杜蘭香所降，毗因以二篇詩嘲之，并續杜蘭香歌詩十篇，甚有文彩。」（晉書本傳）可見當時人特別拈舉「神女」的名稱作賦作詩，就不能不讓人溯源於宋玉的〈高唐賦〉，歌誦巫山神女的事跡。此類題名不只是傳統文人的古典素養，而是在共同的宗教文化背景裏，對這類神女具有深刻的認識。❼所以在民間故事的類型學上，確可成立神女悅凡間男子並與之成婚一類。

現存的文獻資料顯示：神女傳說出現的時間、地域相當廣泛，也因筆錄者不同而出現不同的版本，早在宋玉作賦時既已採用南楚巫山地區的傳說，後來《襄陽耆舊傳》承襲其說法，成爲襄陽（湖北）一帶的地域性傳說。弦超則爲濟北郡從事時初夢神女，二度重逢在濟北魚山下，然後偕往洛陽。濟北在濟水西（山東茌平縣西南），魚山在東阿縣（在山東），則屬於山東地區，並流傳於洛陽，張敏當在這一區域內採集的。至於杜蘭香傳說的流傳區域，桂陽

---

❻ 汪紹楹校注《搜神記》，指出《法苑珠林》作張茂先有誤，應如《藝文類聚》七九作晉張敏，茲從之。

❼ 聞一多早期研究類似的神女問題，曾撰〈高唐神女傳說之分析〉，後收於《神話與詩》中，（臺中，藍燈文化，一九七五）

（今湖南郴縣）爲曹毗所記之處，後來又有其他的地名附會爲張碩遇杜蘭香處：一是洞庭包山，一是金陵西浦（亦云項口），❽俱爲後起的地方風物傳說，這是出現新的版本，大概在湖南一帶流傳甚廣。另外錄存於《搜神後記》的是豫章人劉（一作王）廣，也在長江流域（今江西南昌）。由此可證東至山東半島的濱海地域，南至長江流域的沿岸地區，均爲形成神女傳說的主要區域；而其時間除遠自戰國既已見諸文士的筆錄，近世採訪所得的更表明六朝初期爲一新的流行期。

在魏晉文人的筆錄中，他們的任務扮演一微妙的角色，就是對於整個事件到底抱持著何種態度？因爲這將決定所採取的文體。干寶本身具有史官的身分，卻又因親驗家婢死而復生的經驗，而雅好搜神，願意「發明神道之不誣」（序）。他採用神女傳說，並提及張華（或敏）作〈神女賦〉，也是依據以發明的態度。在賦文中，張敏則以徵實的方法驗證，經過多方求證後，雖覺得義起的行事諸多奇異，但又「近信而有徵」（廣記六一），凡此均可代表儒家知識階層的徵驗立場，經由徵實之後，他也就將相關的傳聞事跡加以整理，然後傳述其事；曹毗則以詩嘲之，卻又撰述別傳，作詩歌詠，類此依違兩可之間的態度，顯示當時的學術文化正處於轉變之際：儒家固然仍爲知識分子的主導思想之一，但卻已較開放地接納道家、神仙家等不同系統的思想意識，也就是已逐漸具有個人意識的覺醒。

杜光庭《集仙錄》原本錄有〈成公智瓊傳〉——〈道藏本〉已佚，傳文末錄存張茂先

❽《太平御覽》六七六引《集仙錄》，七五引《郡國志》。

（應是敏）的〈神女賦序〉，詳盡交待其撰賦的因由：由於諸般消息的不同來源均傳聞其事，包括甘露中（256－259）河濟間往來京師者既說其事，遊東土時又發覺論者同辭；最後又從濟北劉長史處證實：既見其物，又睹其人，且旁徵諸同人，凡此都表現出知識分子的理性態度。不過由於事件發生的時空距離較近，因此就頗具有真實感，也有傳述真事的自覺，這也充分反映出六朝人的史學意識。所以在《隋志》的分類觀念中，《搜神記》列於史部雜傳；至於別傳體的《杜蘭香列傳》更是魏晉人表達史筆的方式，是作爲傳述真實人物或視同真實人物的歷史筆法。❾但在干寶等人的志怪小說的敍述習慣中，基於民間文學的特質，採取的又是近於史家的雜傳筆法，因而形成似真還幻的奇幻感。

對於神女傳說的敍述，既是有史家考求事跡的態度，又有傳述異聞的筆記小說家的趣味，因而如何論定干寶等人所使用的文體，就關繫著千餘年後的讀者接受它的方式。首先遇到的困難就是今人無法對這些事件親自進行實地瞭解（field study），所以只能根據現在殘存的零散資料加以組合，在一些傳文的肌理脈絡間重作詮釋。因此干寶等人所運用的語言、語意及結構，就成爲復原原始經驗的語碼，因而除了聯結以重繪其圖象外，也需要運用創造的想像，借以彌補其間的空白。此類想像的材料並非憑空而來，而是依據這類傳說的類型，找出傳統筆記及現存民俗中尚有同一情況，基本上目前所知的田野、實地的採錄（field work），可作爲一種文化遺存（culture survival），所以冥婚、神婚的習俗是古俗的活化石，在民間社會以無

❾ 有關六朝筆記與史部雜傳的關係，較完整的研究有逯耀東的博士學位論文《魏晉史學的轉變及其特色》。

比的韌性持續存在。所以從方法學上講，可說是一種民俗學、民間宗教現象學的理解。

不過保存於干寶等人的筆錄中，口語文學已經過修飾、美化，在原有的民間文學型態上，再加以精緻地處理，構成更奇絕動人的藝術效果。由於三篇作品的意象、肌理脈絡，在高明的敘述手法中，常讓讀者在閱讀後處於可信與不可信的模稜、猶豫的情境裏，構成一種奇幻、詭譎感。類此眞實與虛幻交織而成的敘事文體，其實是民間文學共通的文類，世界各地研究民間文學的學者經由比較，發現這些創作並流傳於民間的作品，形成一些共通的特色。結構主義大師托鐸洛夫（Tzvetan Todorov）即提出「奇幻敘述體」（the fantastic），用以指出其文體特色。對於這種文體，他也曾消極指明是種邊界不甚明晰的文類，一邊倚向超自然的解釋就成爲「神妙體」（the mavelous），一邊倚向自然的解釋就會以爲篇中的奇幻、詭譎，不過因不細察而產生而實可以自然現實加以解釋的，就成爲「不察見怪體」（the uncanny）。⑩據此可建立今人閱讀三篇神女傳說的基本認識，在眞實與奇幻之間求得一較明晰的立場，得以認識三篇作品都具有奇幻敘述體的條件：就是讀者需以篇中的世界爲日常的現實世界，而對其中產生的奇幻、詭譎事件，猶豫於超自然與自然之間，不能全然視爲超自然或自然，始能形成奇幻感。其次讀者需與篇中的主角（弦超、張碩及劉廣）相認同，才能發覺自己突然陷於詭譎世界，因而產生奇幻感。同時對於這一文類，它既非一比喻性的表達，也非詩意的表達，

---

⑩ 托鐸洛夫的理論，本文在此只借用其觀念，見其《奇幻敘述體論》（The Fantastic, trans by Richard Howard. New Yovk Cornell Univ. Press, 1973.）此書的使用，蒙友人古添洪教授的幫助，特此致謝。

而是史筆交採詩筆合併使用，才能讓讀者猶豫於可信與不可信間，產生一種奇幻感：是耶非耶？疑真似幻。

對於三篇作品的構成，從其情節單元（motif 一譯母題）可以分析出最小的構成單位，這自然有助於理解同一類型的共同結構。當然如能有更佳的民間傳說形態學的條件，採取類似結構主義者，如俄國普拉普（V. Propp）或法國葛黑瑪（A. J. Greimas）所提出的結構點加以觀察，就更能彰顯民間傳說在結構形式上的殊勝之處。⑪不過中國（或六朝）民間傳說學的研究目前仍無法累積至此成果，所以此處只嘗試解析出一個方便討論的圖表：

情節單元對照表

資料項目	搜神記神女賦	搜神記杜蘭香別傳	搜神後記	眞誥卷一	眞誥卷一、二	眞誥二、三、四
時間	嘉平中	建興四年		升平三年	興寧三年	興寧三年 太和二年
地點	濟北（山東）	桂陽（湖南郴縣）	豫章（江西南昌）		勾容（江蘇）	勾容、雷平山

⑪ 古添洪〈集異記考證與母題分析〉，刊於《教學與研究》第六期（師大，一九八四、六）頁二四九。

凡男	神女	初降	服食
弦超（義起） 從事掾 年少未婚 性疏辭拙	成公知瓊 早失父母 天地（帝）遣 令下嫁 年七十，如十 五、六	夢中初見 八婢駕輜軿車	壺、榼、清白 瑠璃五 飲啖奇異
張傳（碩） 捕魚者 十七，未婚	杜蘭香 （三歲溺死） 王母接養於崑 崙 遣授配君 （千歲）而如 十六、七	二婢女通問 二婢（萱支、 松支） 鈿車青牛	（瓦榼）飲食 酒氣芳馨 三薯蕷子（橡 實）
劉（王）廣 田舍少年 年少未婚	何參軍女 年十四而夭 西王母所養 使與下土人交	田舍相見	
羊權 士族 弱冠未婚 美秀超群	愕綠華 九疑山得道女 毒殺乳婦有罪 謫降臭濁 九百歲而如二 十	降見 一月六過	
楊羲 士族 三十六（未婚） 美姿容工書畫	安鬱嬪 元君少女、李 夫人愛子 宿命相從 年可十三、四	六月二十五日 初降 紫微夫人媒介	服炁之法 仙棗三枚
許謐 士族 六十（已婚） 儒雅清素 博學有才章	王媚蘭 阿母第十三女 與許謐有夫婦 緣	七月三、四日 初降 衆眞並降，紫 微夫人與南眞、 夫人相勸許謐 接受	服炁之法 以交梨火棗相 期

降謫	贈詩	贈物	暫別	再遇	其他
我，天上玉女見遣從君宿時感運爲夫婦 不能生育、不妬忌弦超娶婦	遊仙之樂 服食之美 神仙可期、應運相從 可納不可逆	裙衫兩副	鄴下相從，與物而洩密求去 贈詩贈物	濟北魚山下陌上再遇 在洛同住	超娶婦後分日相處
	遊仙之樂 服侍之榮 不恥塵穢 可從不可嫌		年命未合 將來再遇	復邂逅	碩娶婦及妾 爲婦療妬病
		火浣布手巾 雞舌香			
自云南山人 謫降償過	遊仙之樂 讚美羊生 同源異枝 鼓勵隱遯 歲暮期待	火澣布手巾 金條脱	泄密即去		
龜山學道 受書九華眞妃 有夫婦之名不行夫婦之迹 二景之道	遊仙之樂 仙境之美 早離塵俗 願爲夫婦 納則享福			預示昇天 神仙眷侶	
治滄浪山 受書爲雲林夫人 有咸恆之義 修上眞之道 不可有淫念	七月到十二月 喻示之詩甚多，太和年較少		主動表示後即暫停降示	再降後終悟	禁勿納妾

從圖表上所顯示的，確能符合奇幻敘述體的構成條件，在干寶的藝術手法中，所有的情節發展都在超自然與自然之間，產生可信與不可信的模稜、猶豫情境，因而產生一種奇幻感。托鐸洛夫也指出奇幻感實與幻覺或視覺有關，這是語言文字所構成的假象，但也是現實世界中對於宗教、民俗的神秘體驗。從巫山神女到何參軍女，都在有意、無意間隱約地暗示這是一種神婚，也是另一種形式的冥婚習俗，原爲遠古既已存在的巫俗信仰。若要判定其爲神婚或冥婚，只能從現存材料去分析，其中包括對於當時社會文化的理解，與人類集體意識的共通願望：前者涉及魏晉社會的士族門第與寒門百姓的階層關係，常會採用宗教、民俗以及通俗文化的方式表現出來，其中表現庶民隱有不滿、不平的輕微抗議，因而壓抑、變形成爲潛意識中一種集體的願望。

大概說來，三篇神女傳說應是當時同一類型傳說之殘存者，尤以前兩篇出現較早也最膾炙人口，其實當時應有更多的傳說流傳。其次就是性質相近的冥婚、異類婚，都是屬於同一志怪風尚鼎盛時期的產物，將這類「非正常」性的戀愛、婚姻關係，作出較完整的分析後，就可找出其中的結構點，一定有助於建立六朝民間傳說形態學，這是將來可預期的大課題。此處僅以六篇作爲個案式的研究，是在不得已的情況下所作的取樣；而干寶等人也只居於中介者、加工者的角色，並非是一個完全的創作者，基本上前三篇都是民間共同創作的口語文學，也相當程度接近於民間傳說的型態，這一認識就是作進一步分析的基本論點。

二、神女傳說諸結構點的道教、民俗意義

從前三篇作品在圖表上所顯示的情節單元及其結構，可以發現它迥異於一般「正常」性的男女婚姻的關係，而具有神婚、冥婚的民俗特色。中國的祠廟信仰在魏晉時期的發展情況頗爲昌盛，其原因則是錯綜複雜，不過從大趨勢言，政治社會的劇烈變遷，學術文化也勢必面臨變化，儒家學術在士族門第中雖仍傳承，但民間社會卻更自由地接納神仙道教及民間信仰的宗教意識。因此類此深層的意識折射地反映在神話傳說時，構成傳說的任一單位都有如一首詩的意象、隱喻，要深入體會其中的題旨時，均需解讀每一意象及其涵意，然後聯結此一意象群逼顯出隱藏於其深處的旨趣。神女傳說的動作主體是女（神女）與男（凡男），兩性之間由初識、結合、分離、再結合，整個情節發展卻在超自然與自然的交織情況下進行，造成不同於人情小說的趣味。

神婚事件的動作，開始的情境是以真實的史家筆法，將時空定位在現實（常）世界中，是完全以真實始的敘事觀點，而並非採用神話架構，讓讀者一開始就以超自然事件視之，這是造成奇幻感的良好條件。但等到男主角引出女主角後，就形成男女易位，整個（非常）事件完全由女主角帶動，她積極而主動地掌握、操縱婚姻的起結，而男主角則只是弱勢的小生——年少未婚卻也性疏辭拙，具現一尋常人家的好兒郎。這一强弱對比的角色，折射地反映出魏晉期的寒門細族的身分：弦超所任的從事掾爲小吏；至於張碩、劉（王）廣就更爲卑微，

《郡國志》說碩「捕魚遇杜蘭香」，是一介漁夫；而劉廣則是田舍男。類此身家清白、貧賤的好人家，在魏晉講究身分門第的階層社會，是無緣攀附貴遊女子的，對於現實世界的不平、不滿，既然寒門子弟無從反抗與改變，就只有將此一隱微的願望曲折地投射出來。這些卑微的角色之所以較易被民間社會取得認同，就因爲年少未婚的生理、心理欲望容易從主角的豔遇中獲得滿足。所以在性心理、社會心理的遂願（wish－fulfillment）情況下，這些凡間男子絕非自命風流的帝王、文士，因此也未出現排拒「非尋常」女性的行爲。

神女的身分、性格也是民間集體意識的折射反映，人間世對於一些卑微、冤曲而死的女子充滿同情、憐惜與愛慕，因此借用信仰儀式或神話傳說的象徵行爲，來肯定或合理化其心理。在古神話中銜石投海的精衛，就是炎帝少女女娃溺死東海所變的；而天帝（夏帝或炎帝）少女未字而卒，被封於巫山之陽，其精魂化爲蓄草，類此《山海經》所載的動物、植物神話，應是與祠廟信仰相互依存的。⑫巫山神女在夢中所自述的一段話最具代表性：「我帝之季女，名曰瑤姬，未行而亡，封於巫山之陽。」此下所云「願王來，願薦枕席」，即爲宋玉採用民間傳說的改筆；而「精魂爲草，實爲靈芝」，則爲民間素樸的蓄草神話。⑬巫山神女所具有的性質：凡有早夭、未婚及自薦枕席，且因而有爲之立館的事，此類靈界訊息多是由神女在夢中

---

⑫ 詳參拙撰《神話的故鄉——山海經》（臺北，時報文化，一九八一）頁二七三—五、頁二八九。

⑬ 聞一多前引文，論點重在郊禖，但注引《文選》江文通〈雜體詩〉注引《宋玉集》及《水經注》江水注，並予以比較分析，頁八七、一〇八。

所自述的。類此情況同樣出現在魏晉時，而敘述手法也完全一致，這種神人晤談爲一種降真方式，且特別與女巫較易於運用語言能力有關。

神女以一主動飄忽的方式出場，不管爲獨宿夢見、或恍惚中詣見，或只著一「見」字，都已表明「不尋常」、不真實的神靈性質，以下即錄出三種自述之語詳加比較：

> 自稱天上玉女——早失父母，天地（帝）哀其孤苦，遣令下嫁從夫。（弦超下文云：見遣下嫁，故來從君）
>
> 阿母所生，遣授配君，可不敬從。（杜蘭香）
>
> 自云：家昔在青草湖，風溺，大小盡沒。香時年三歲，西王母接而養之於崑崙山，於今千歲矣。（神女杜蘭香傳）
>
> 我是何參軍女，年十四而夭，爲西王母所養，使與下土人交。

干寶《搜神記》今本顯然並非爲原貌；「在數詣張傳」前必有初降的自述之語，所以曹毗所撰的恰可彌補其闕。這些「自稱」、「自云」及見一女子云固可說是承襲〈高唐賦〉，卻也表現出自薦的語氣。由於表白的身分中，清楚點明了「早夭」，就具有如同精衛之爲「冤禽」的冤意，類此未婚冤死就是「非自然」死亡、「非正常」處理的冤魂，在民間的宗教意識裏，要不認爲無依無靠，而以冥婚習俗擇一夫家作歸宿，就是因其具有生產能力易有靈驗之跡而被立廟奉祀，諸如吳望子廟之類，或是紫姑等一類可請降之神，凡姑子廟、姑娘廟都屬其可以憑依之所。不過這三位神女的神格較高，在天上爲玉女，或隸於墉城西王母的治下。在六朝期西王母的神格頗爲尊貴，漢世固然已與東王公並稱，至此一階段在民間與道教界更具有重要的地位，杜光庭《墉城集仙錄》曾總結其職司即是「母養群品，天上天下，三界十方女子之登仙得道者咸所隸焉。」⑭可見三神女已具有道教女仙的資格，也因此是屬於神婚，較一般民間早夭女子冥婚的層級爲高。

作夢或遇見本是日常的現實經驗，傳說卻因神女的出現而轉入超自然（非常）世界，早夭女子可被收養於天上、墉城，又可被遣下人間與凡男交接。尤其她們的年齡與外形更是傳奇，成公知瓊「年七十，視之如十五六」，杜蘭香千歲，所說之事邈然久遠，視之卻年十六七。凡此都是根據「天上一日，人間百年」的時間觀，引入超自然的非常的敘述情境。神女傳說的奇特之處還有一服食母題，爲神仙道教傳說中極爲常見的。對於食物的本能欲望，在尋常粗茶淡飯的人家不僅可以滿足口腹的生存需求，更期望能夠進一步有豪奢豐盛的享受，而傳說中神仙服食的不死之物尤爲成仙的轉換關鍵。一些宗教修行者在辟穀苦修的生理、心理狀態下，常會導致嗅覺上的幻覺而會看到、嗅到仙廚，這就是仙學中坐致行廚的法術⑮。從潛意識的心理分析，行廚與美女剛好是人類在幻覺狀態下所折射浮現的食、色本能，神女

⑭ 詳參拙撰〈西王母五女傳說的形成及其演變〉，刊於《東方宗教研究》第一期（臺北，文殊，一九八七、九）

⑮ 詳參拙撰《不死的探求——葛洪抱朴子內篇》（臺北，時報文化，一九八七）

傳說不約而同地出現兩組相同的母題，與其說是民間文學的傳承性，不如說是一種集體意識的反映，所以說奇幻感與幻覺有關。

成公知瓊一旦來遊，排場盛壯：「駕輜軿車，從八婢」，接下來就出現服食意象：「車上有壺、榼、青白瑠璃五具。飲啖奇異，饌具醴酒，與超共飲食。」而在神女的勸誘條件中，也突顯弦超爲其夫以後，「飲食常可得遠味異膳」；直到初次離別時，也再度出現「呼侍御下酒飲啖」的場景，一連三度地連續出現「非常」性的飲食意象，確能表明飲食本能的隱喻性動作。杜蘭香也有同一情況，她在二婢女（萱支、松支）隨從下登場，「鈿車青牛，上飲食皆備。」《杜蘭香別傳》中另有一段降見時的飲宴排場：「蘭香降張碩家，輒齎瓦榼，酒氣芳馨。」（北堂書鈔一四八）此外還有另一種較詳盡的描述更能表現出魔術般變現飲食的奇幻趣味：

> 香降張碩，賫瓦榼酒、七子樏，樏多菜而無他味，亦有世間常菜，輒有三種菜，或丹或紫，一切與海蛤相象；並有非時菜。碩云：食之亦不甘，然一食七八日不飢。（藝文類聚卷八二、草部下）

可證今本《搜神記》僅存的浮泛敘述，應已有佚失，以干寶的文筆才華應不致放棄這些降見時的飲宴排場。此類世間常菜、非時菜能夠立致，表面上是呈現神女的法術神通，實則具現出一種可信與不可信之間的猶豫情境，似真還幻，詭譎異常。尤以杜蘭香所出的神仙異物，

「薯蕷子三枚，大如雞子」（御覽八八九作「三薯橡實」），其特殊功能是「不畏風波，辟寒溫」（一作降霧露），碩食二枚，要留一枚以歸，蘭香則要他食盡，不可持去。這是神仙道教傳說常見的母題，就是仙界食物不入人間，當與禁忌有關，《漢武內傳》也有漢武帝欲將仙桃核攜歸而不獲准的情形，都是有關仙界食物的非常性描寫。類此先舖述仙筵行廚，形成「平常」世界猶可希冀的可能情境，再出現仙界的「非常」異膳，導致在自然與超自然間產生一種奇幻感。

在神女降真的宗教體驗裏，神人接遇時，通常兩人晤對的情景，多由神女主動告知，此時弦超等常是在恍惚狀態下，聆聽神的囑語，故具有真誥的性質；被降者頂多也只是提出疑問而已，這一情況頗爲符合降真的宗教經驗。成公知瓊先有一段事先說明，是有關兩人作夫婦的因緣、好處之類的話語；另一段則是離別前的告白，干寶都採用散文體敘述，其文體功能是敘明事件，預示及推動情節的發展。杜蘭香的自白，或遣婢通言，以及解說仙物、仙藥等，均屬敘述功能的散文體，爲史家、筆記小說作者用以推進情節的語言形式。與之相較則爲另一些詩歌體的運用，就擔負了微妙的抒情功能。在宗教的降真體驗裏，詩歌體、韻文體所具有的韻律感，比較易於開口、誦詠，也便於記憶，這是扶乩修練時的基本訓練。五言詩體在漢代民間既已運用，到魏晉期更是流行的體製，在四言的使用習慣後，五言本身所具有的語言結構，與五言詩流行的風尚下，造成降真詩的五言體製；而就詩歌本身的文學效果言，它的抒情、隱喻作用出現在散文敘述的肌理脈絡中，也特別發揮一種浪漫的情趣。

成公知瓊的「贈詩一篇」原文有二百餘言，現存的已非原貌，但接續在初次的降誥之語後，卻另有描摹呈現仙境可期的意趣，鼓勵弦超要學仙，且帶有威脅意味地勉強他一定要接納：

飄飄浮勃逢，敖曹雲石磁。芝英不須潤，至德與時期。
神仙豈虛感，應運來相之。納我榮五族，逆我致禍災。

前半的雲石、芝英即爲服食成仙的仙藥，故勤求服用則神仙可期。後半則強調神仙不虛感（廣記感作降），而最能顯示神靈對於「宿命」的堅持的就是末句，具有命令式及預言性。此一情緒也同樣地表現在杜蘭香的贈歌中：

阿母處靈嶽，時遊雲霄際。衆女侍羽儀，不出墉宮外。
飄輪送我來，豈復恥塵穢。從我與福俱，嫌我與禍會。

從語意上解釋，與成公知瓊詩一樣都是首尾完具的五言詩，在發句及整體結構的設計上，都緊扣著西王母之女的身分及遣配的宿命。在此墉宮爲仙域，用以對比人間的塵濁，所以依從與否不僅關繫張碩的禍福，也與她是否完成宿緣有關，所以這類詩歌都具有點明題旨的作用。

在傳文中原先應有更多的降示之語、降真之詩，均能當行本色地運用仙言仙語，並表現魏晉期的宗教意識，如蘭香答禱祀的作用：「消魔自可愈疾，淫祀無益。」上清經派習於使用

「消魔」一詞以借代藥，如《智慧消魔經》或《眞誥》陶注「仙眞並呼藥爲消摩」；⑯至於仙歌則〈弦超傳〉中干寶只說「又贈詩一首」；〈杜蘭香傳〉則又有八月旦詩：「逍遙雲漢間，呼吸發九疑。流汝不稽路，弱水何不之。」也同樣寓有鼓勵學仙之意。至於曹毗所續的歌詩十篇並不留存，只有殘句如「縱轡代摩奴，須臾就尹喜。」自註：「摩奴是香御車奴，曾忤其旨，是以自御，頎說如此。」可見原傳必有多首仙歌，並且必與故事有關。

神人之間最能表現似眞還幻，且能解決現實的矛盾的，就是在人間世的處境中神女容許凡男可以與凡女結婚的母題，最能彰顯人間對神女的印象。成公知瓊初降時對弦超所承諾的條件之一，就是「我神人，不爲君生子，亦無妒忌之性，不害君婚姻之義。」結果作夫婦七八年，父母爲超娶婦。神女與新婦的妥協，是「分日而燕，分夕而寢，夜來晨去，倏忽若飛。唯超見之，他人但見蹤跡，不睹其形。」今本《搜神記》蘭香傳已佚此類文字，但《杜蘭香別傳》則敘明「碩妻無子，娶妾，妻妒無已。」碩請杜蘭香治之，結果其妻得一創，創已而妒病除，「遂生數男。」（廣記二七二）何參軍女傳說則有所闕漏，不知其原傳是否有之。類此神女先與凡男成婚，因自己不能生育；故允讓凡男娶妻納妾，而彼此之間仍能安然相處，實與民俗性的冥婚習俗相近，其中的結合關係甚爲奇特，當牽涉到民間社會對於「非正常」性早夭女子的觀念，因而形成了兼顧神女的了卻姻緣及人倫傳宗接代的大義，也反映了青少男滿足這兩方面願望的深潛意識。

---

⑯ 詳參拙撰〈漢武內傳研究〉，收於《六朝隋唐仙道類小說研究》（臺北、學生，一九八六）

世間男子與神界玉女的婚姻，在情節發展中一定會有暫別、贈物及重逢等母題，形成曲折生動的戲劇效果。暫別與原始社會中對禁忌（taboo）的觸犯有關。今本《搜神記》的弦超傳說不甚明確，《集仙錄》卻保存了一段關係情節發展的文字：超後爲濟北王門下掾時，因文欽作亂，魏明帝東征，諸生見移於鄴宮，宮屬亦隨監國西徙。鄴下狹小，四吏共一小屋，因此知瓊與超往來，雖能隱形，卻不能藏聲及隱其香氣，遂爲伴吏所疑；知瓊又給超「五匣弱緋，五端綑紵，采色光澤，非鄴市所有。」又被疑，結果報告監國，超「性疏辭拙」，因而洩密。今本就在此錄下同樣的一段求去之辭，理由就是本不願人知，而今本則已漏其非離去不可的敍述。然後接云「發篋，取織成裙衫兩襠」相贈。此一離別與贈物母題也出現於杜蘭香傳說中，理由是「年命未合，其小乖。」贈物部分則已佚，何參軍女傳說也有所佚失，只說「廣與之纏綿」，就接云「其日，於席下得手巾裹雞舌香。其母取巾燒之，乃是火浣布。」卻未留存離去的緣由，而僅存贈物而已。大概說來，世間人不能與非世間人永遠相處，否則即違反了平常世界的常道，這是現實世界的「常」之定律。所以特別安排一解說性的緣由，也多以超自然的方式解釋：諸如洩漏機密、未合天命之類，屬於觸犯禁忌。贈物則爲留情、紀念之用，預伏有再次相遇的契約意義，也可說是世間、民俗習慣的運用。

重逢母題是爲了表現緣既未了，情亦未盡，也是命定意識的結局，讓人有餘音裊裊之感。弦超在奉使至洛時，在濟北魚山下的陌上重逢，就出現了一個動人的場景：「悲喜交切(至)」，然後同乘至洛，再續前緣。干寶所記的杜蘭香傳說則只在離別時留下一句「太歲東方卯，當還求君」，就佚失還求的情節。別傳則尚殘存有碩成婚後，香絕去，後復邂逅數句。

（類聚七一）關於重遇後絶去的情景也另有較詳細的一段，寫蘭香遇諸山際然後話別的依依情景。綜合這些零散的資料，可知兩則都有離別後再重逢的情況，與其說這是相互承襲，不如說是將世間兒女的情緣觀念投射於神人之間，以此補償人間的缺憾。

從前述諸母題中可以發現神女類型，雖是一種神婚——神女降真與凡間男子成婚；但從民俗學立場言卻近於冥婚。由於神女都是未婚而早夭，爲神仙所養，這與民間傳說中姑娘廟所祀的女神性質實在相近——只是神女的神格較高而已，所以自道姓名、來歷、渴慕成婚及饋贈物件之類，尤其應允凡男可另娶妻妾繼嗣，都與冥婚中那些可憐憫的女性因尚未成婚而不得享有香火具有同一性格。中國社會重視「女有所歸」，有人燒香、祭拜其神主，才不致成爲冤屈的孤魂，尤其早夭的女性因尚未生產據信其仍具有較强的咒術力，爲宗教現象中常有之例，被仙話化的神女也就在這一民間傳說類型學上，增多了一層仙道的色彩。

三、上清經派的愕錄華降義事迹

神女傳說在魏晉時期的另一種典型，就是東晉初、中葉上清經派的降真經驗，三組與神女交接的事件均發生在杜蘭香傳說流傳之後，所以其間確有先後淵源的關係。不過從傳說的發生環境及流傳方式言，前三則保存素樸而自然的民間傳說型態；後三則卻是基於宗教修練因而獲致神女降誥的體驗，屬於精緻化且有意達成的宗教體驗，所以已是一種道教化、上清經派化的神人交接傳說。雖然它只流傳在教團內部，被視爲真誥、真迹，矜秘地以寶經、秘訣的方式傳授，先經顧歡編爲《真迹經》、《道迹經》，最後再由陶弘景（四五六—五三六）綜其大成，編成《真誥》而流傳後世。但在後世文士的理解裏，杜蘭香與愕綠華爲同一類性質的神女，因兩者都具有同一敍述模式，因而也成爲豔傳的神女類型。

由世俗性的接遇神女轉變爲宗教性的神女降真，其實與江南道教的蓬勃發展有關。東晉初期的社會形勢，由於典午南遷，政經變故，學術文化也在劇烈變遷中，促使江南士族需要尋求自我調適，始能適應新時代、新社會，奉道即是此類精神生活的新方式，而接遇神人即爲一新的宗教體驗。其中一楊（羲）、二許（謐、翽）就是獲致此類經驗的奉道者，另外晉陵華僑較其他人還早通神，他們與《真誥》開篇的羊權等人都是士族，且多爲江南舊族，原本也多承受門第社會的儒學教養，卻轉而信奉道教，甚至成爲開創經派的重要人物，顯示當此之際儒家學術較爲衰微，因而神仙道教所啓發的神仙、隱逸思想，反而成爲士族社會希企山林的理想型態。勾容在道教史上是一個重要的宗教文化舞臺，衆多的道教要角在此登場，也開創出諸多重要道派：其中葛、許二家不僅爲江南舊族，更是奉道而又深具開創性的世家。先是葛玄即曾傳授左慈從北方帶來的金丹道法，經鄭隱再傳至葛洪（二八三—三四三）的手中，集大成爲金丹道法。⑰鮑靚也曾隱居此地，傳授三皇經，葛洪、許邁（三〇〇—三四八）均得其真傳，成爲三皇經派。而最具啓發性的人物則是魏華存（二五二—三三四），嘗爲天師道的女官祭酒，渡江南來後，修道有成即昇化。其長子劉璞在永和六年（三六〇）

---

⑰ 詳參拙撰《不死的探求——抱朴子》（臺北，時報，一九八七）

將道法授與楊羲，經十餘年苦修，在興寧三年（三六五）開始有「衆真降見」的體驗，在接下的二、三年間，他常與許氏父子一起從事降真扶乩的活動：「真降之所，無正定處：或在京都、或在家舍、或在山館。」（真誥 20.12a）也就是建康、勾容許宅及雷平山許謐的官廨（在茅嶺附近），降真的手跡就是《真誥》所搜集的一批實錄。

陶弘景在辛勤搜尋楊、許遺跡後，經過深思熟慮後編成《真誥》的首篇四卷，題爲「運題象」專論冥數感對，自相儔會的事情；而開篇登場的卻是愕綠華降羊權，時間在「升平三年」（三五九）十一月間，一月凡六過（下降六次）。類此編輯的先後次序自是依降真年代爲準，不過從註明「楊君草書」諸字様，並有小註「在乙丑（興寧三年）前六年衆真並未降事」，可知陶氏以爲愕綠華詩及其降真事並非楊羲本人所降，而只是謄錄，用草書而不用隸書。楊羲有意錄存此類降真事，頗能產生誘導作用；而陶氏特別編爲第一則也具有示範作用，表明開篇的篇旨，就是神人交接、冥會；而且這一則也是最接近神女傳說的模式，因此在帶出楊羲、許謐的經驗之前，特別具有銜接民間傳說與道教傳說的地位。

愕綠華的記事爲雜記式的，並未經干寶等文學式的改作，但從資料顯示的，大體符合弦超等一類模式。男主角羊權出身於泰山南城羊氏，爲六朝世族之一。從他字道輿，及爲「簡文黃門郎」，都是一位奉道者的身分。⑱當時年少俊秀，故在升平三年夜降時即結此神女情

⑱ 詳參拙撰博士學位論文《魏晉南北朝文士與道教之關係》中，有關士族奉道的研究（政大、一九七八）、論文稿本頁三〇七。

緣，女主角的外形爲神女狀，「年可二十上下，青衣，顏色絶整」；而實際的情況也出現於「自云是南山人」的自述語中，不過經文中所提到的「訪問此人」，是羊權訪問，抑是楊羲或陶弘景前去訪問求證，則文字脈絡已不甚明確。其真相是「九嶷山中得道女羅郁也。宿命時曾爲師母，毒殺乳婦，玄州以先罪未滅，故令謫降於臭濁，以償其過。」並云「今在湘東山，此女已九百歲矣。」此一謫仙已有九百歲，可與杜蘭香的千歲相比較，但仙界年齡與人間有異，故仍現出玉女形，此一母題仍爲神女的本色。

在一月六降中，一再地表現神女多情，並有婚配之意的，也出現有贈詩、贈物二母題，此一仙歌正有鼓勵學仙及表達情意的旨趣：

神嶽排霄起，飛峰鬱千尋。寥籠靈谷虛，瓊林蔚蕭森。
羊生標美秀，弱冠流清音。棲情症慧津，趨形象魏林。
揚彩朱門中，內有邁俗心。我與夫子族，源冑同淵池。
宏宗分上業，於今各異枝。蘭金因好著，三益方覺彌。
靜尋欣斯會，雅綜彌齡祀。誰云幽鑒難，得之方寸裏。
翹想籠樊外，俱爲山巖士。無令騰虛翰，中隨驚風起。
遷化雖由人，蕃羊未易擬。所期豈朝華，歲暮於吾子。

仙歌的風格自是由仙言仙語所形成，此類意象、辭彙需要細細解讀始能瞭解其中的隱奧。愕綠華的降誥中，曾云「本姓楊」，所以說同源異枝；蕃羊也隱指羊權。詩中對於羊生的年少美秀、出身高第頗多讚美；但也明示他有隱逸的傾向，因此即以仙境之美、幽棲之樂相勸勉，指示有求即得，無需徬徨。但神女贈詩的微意，自是在金蘭之好外，期許歲暮相期，共享彌齡，以同登仙界爲其旨趣。這應是初降前數次所歌贈的，乃借詩以表達情意；另外還有贈物：「火澣布手巾一枚，金玉條脫各一枚，條脫乃大而異精好」。火澣巾與何參軍女所贈者一樣，在《十洲記》等書中都有此物，從中西交通史言，這是從中亞輸入的石綿，在當時則被視爲神仙所贈的奇珍異物。條脫則《盧氏新記》載唐文宗謂宰臣曰：「古詩襯條脫，《眞誥》言安妃有金條脫，即今之腕釧也。」安妃爲萼綠華之誤；此外她又贈「與權尸解藥」，也是服食以尸解成仙的藥物。這些贈物是在六過中何次所送，並未依序明寫。不過其中較重要的是有洩密母題：「君愼勿泄我，泄我則彼此獲罪。」其後即有一段進行訪問的記事，是否因此洩密而離別，並有贈藥的訣別動作。因通篇的敘述屬於雜記條列式，所以不像干寶所用的筆記體的顯豁易解；但所構成的母題則相近，只是其組合不同而已，尤其起首即標出「愕綠華詩」更是有意突出仙歌的編排法，因而後列的散文反似爲了解說此詩。

愕綠華降羊權仍是單純的屬於神女自降自薦，爲神女傳說的常見模式。但楊、許集團則爲降真的宗教團體，常是數人一起舉行；而神仙降見雖也有單獨下降的，卻常出現相偕降臨的情景，甚或瑤臺大會的集體降凡，排場盛壯，具現上清經派較有規模的仙真世界。楊羲與九華安妃、許謐與雲林石英夫人的神婚，就是在仙真相偕的場面中，經由神仙一再的從中媒介，然後促成一種神婚式的神仙眷屬。在這一椿神仙美眷中，神女仍居於積極而主動的角色，不過樂見其成的仙真卻能適時地穿針引線，有時甚至一再遊說或多人關說，然後才能去除男主角的被動心態。這是與前三則傳說中神女自薦而凡男命定的接受有所異趣，其中所折射反映的奉道者的處境及其深層意識，實在大有意味：首先是社會意識的反映，由於楊、許等人均出身於高第，所婚娶的也是同一階層身分者，因此較講究門當户對及婚禮的程序，媒妁角色就是在這種婚配中的媒介者。不過在此種婚事件卻反映其中較多波折的説合過程，恐怕不是士族婚禮中繁文縟節的現象，而具現出楊、許兩人的被動、猶疑，是一種較複雜的心理現象。

從《真誥》卷末「真胄世譜」所錄存的資料，實在無從獲悉楊羲是否已經成親？真降時是否已有妻室？不過可肯定的是他具有一定的社會地位，因他有傳統的儒學涵養：「少好學，讀書該涉經史」，也在簡文帝爲會稽王進位丞相時，許謐曾推薦他任「公府舍人」，所以在他「淵懿沈厚」的本性中，猶具有知識人的理智的色彩。其次是降真的年齡，羲之「爲人潔白，美姿容，善言笑，工書畫」，又「幼有通靈之鑒」，他本是頗符合神女所降的翩翩少年；但從奉道到衆真來降時已是三十六歲之年，不再是浪漫多遐思的青春年少，而爲心理及生理年齡都已進入較理智的成熟階段，因而九華真妃之來需要經由紫微夫人的媒介。由於《真誥》本身就是一次次仙真降誥的筆錄，都明確記下日期，所以要獲致神人婚配的整體印象，就需要從零散的事件中聯綴其文字肌理，才能獲致一個較完整的情節發展。

在興寧三年六月二十五夜的記事下，陶注云：「此是安妃降事之端。」先是二十一日晚上茅偉降、二十二紫陽真人（周義山）降、二十三日清靈真人（裴玄仁）、紫微夫人（王清娥）

及其師南嶽夫人（魏華存）均有降誥。二十四日紫微夫人降見時有一段頗長的誥語，解說仙真降誥的因由、真書出世的禁重，可作爲有關真書的一段精要的序言；又有南嶽夫人授書訓弟子。其中即由南嶽夫人來介紹紫微王夫人的名諱及阿母（西王母）第二十女的身分，都可看出仙真降下時相互介紹的情況，真妃就是由紫微夫人引介出場的。因爲是楊羲在恍惚狀態中的見神經驗，所以先見之後，再由紫微夫人介紹。根據幻覺心理學的分析，在幻視中常會出現鮮豔的色彩，安妃的形象就是這樣豔麗生動地被描繪出來的：

> 神女著雲錦襹，上丹下青，文彩光鮮；腰中有綠繡帶，帶係十餘小鈴，鈴青色黃色，更相參差；左帶玉佩，佩亦如世間佩，但幾小耳。衣服儵儵有光，照朗室內，如白中映視雲母形也。雲髮鬒鬢，整頓絕倫，作髻乃在頂中，又垂餘髮至腰許。指著金環，白珠約臂。視之，年可十三、四許，左右又有兩侍女。……二侍女年可堪十七八許，整飾非常。神女及侍者顏容瑩朗，鮮徹如玉，五香馥芬，如燒香嬰氣者也。(1.11b－12a)

神女的形象在楊羲的幻覺經驗中，是否與當時祠廟中女神的塑像或存想的秘圖有關，目前已難以證實。不過她出場時的排場確是人間貴遊女子的反映，故也有侍女的母題，與杜蘭香有二婢女相同，侍女是道教降真文學中極爲重要的題材。⑲

---

⑲ 詳參拙撰〈漢武內傳研究〉中有關其侍女的部分，收於《六朝隋唐仙道類小說研究》頁一〇三－一〇八。

神女入户後，仍由紫微夫人略事介紹，也多由神靈中人開口，這是神女傳說中的常見情況，由此也可證成公知瓊等也是在降真狀態下出現。凡男所說的話均不多，由於自薦而只能自我介紹的模式，在楊羲事件中則由紫微夫人作「因緣之主，唱意之謀客」，真妃的身分即先由紫微夫人的口中道出：

> 此是太虛上眞元君金臺李夫人之少女也。太虛元君昔遣詣龜山學上清，道成受太上書，署爲紫清上宮九華眞妃者也。於是賜姓安，名鬱嬪，字靈簫。(1.12b)

初通音問後，第二次見面是在隔日夜晚，也是衆真來降，凡有紫微、南嶽夫人；紫陽、清靈真人及中、小茅君，這次就由紫清真妃作自我介紹：

> 我是元君之少女，太虛李夫人愛子也。昔初學眞於龜臺，受玉章於高上，荷虎籙於紫皇，秉瓊鉞於天帝，受書於上眞之妃，以遊行玉清也。(1.15b－16a)

在人間的婚俗中，常由男方向女家問字；不過冥婚的習俗中，則早夭的少女常需較主動地自達，不管是神秘的託夢，或由家人代爲通達；而此類神婚的對象雖是神靈中人，卻仍遺存有部分冥婚的遺跡。

在這則降真實錄中，仍出現有服食仙物的母題，在此具有初見定情的微意的則是三枚棗：「色如乾棗，而形長大，內無核，亦不作棗味，有似於梨味耳。」仙棗是仙果中常見的一類，《太平廣記》卷四一〇載有五種，如北方棗、西王母棗、仙人棗之類，應是神仙傳說中的服食物。從三人同時俱食的情況，似並非《真誥》書中所謂的「交梨火棗」，而是與定情有關之物。其次就是贈詩母題，均由神人口授而由楊羲錄出，其情況應有如扶乩，在《真誥》中楊羲的乩筆最稱能書，其前先有華僑者能通靈作乩，因不甚稱職，而被楊羲所取代，許氏父子也均不甚符合乩手的標準。類此乩筆寫錄的情形較諸杜蘭香的口授略有差異，但在表達情意的作用上則相一致，真妃即請他運筆寫下一首詩：

雲闕豎空上，瓊臺聳鬱羅。紫宮乘綠景，靈觀藹嵯峨。琅軒朱房內，上德煥絳霞。俯漱雲瓶津，仰掇碧柰花。濯足玉天池，鼓枻牽牛河。遂策景雲駕，落龍轡玄阿。振衣塵滓際，褰裳步濁波。願爲山澤結，剛柔順以和。相攜雙清內，上眞道不邪。紫微會良謀，唱納享福多。(1.13b – 14a)

前大半都在夸言仙鄉的奇境及遊仙的至樂；最後才明白吐露其心願，就是願結爲夫妻，同登上道。⑳此類以詩相贈，「以宣丹心」，爲神女傳說類型的重要母題；只是這一個場景中多一

⑳ 關於詩中的「山澤結」、「上真道」，鍾來因曾引《淮南子·地形篇》：「邱陵爲牡，溪谷爲牝」、「山氣多男、澤氣多女」，認爲隱指夫妻的交合。參《長生的探求——道經《真誥》之謎》（上海、文匯出版社，一九九二）

因緣主紫微夫人而已，她並在場多賦一首詩相贈，强調「冥會不待駕」、「數中自有緣」的仙緣天定。

在神女傳說中主題所在就是命定說，這是用以解說神女爲何一定要找此一凡男的因緣，具有合理化超自然的仙凡關係的意義。宿命、命數的機械式決定論，即使是理性主義的儒家都偶一信之，而在民間社會更會將它簡易化、淺俗化，成爲一種解說人際關係的意識型態。成公知瓊等三則均有宿命論的色彩，但在干寶等人的筆錄中，有時隱而不彰（或佚失），有時淡淡提及：成公知瓊降告弦超的話，就有「宿時感運，宜爲夫婦。」或杜蘭香將去時，以「年命未合」爲辭。這種較平淡的情形可解爲民間傳說的素樸階段，但在道教中人的理念世界中，則是從宗教觀點來解說人生的宗教意識。愕綠華所道的「宿命」、「謫降」，既觸及不可改變的命數，也隱隱提出罪罰、贖罪的深層意涵。㉑而到楊、許諸人時，此一思想被强調出來，則是用以去除楊羲的疑慮，也可說是奉道文士以此解除人神交接的衝突、矛盾。

命定觀的强化還可從一些辭彙的運用看出：先是真妃表達愛意時所用的「得敍因緣」、「歡顏於冥運之會」；紫微夫人也强調的「冥會」、「數中自有緣」、「因緣」。由於真妃感覺楊羲的「冥情未攄，意氣未忘」，故在隔日降誥時就有一段冗長的說明，其中最突顯的說服之辭，也仍在加强「宿命相與」、「定分冥簡」、「順運隨會」；至於紫微夫人既能體會真妃「論好之

㉑ 詳參拙撰〈道教謫仙傳說與唐人小說〉，刊於《第二屆國際漢學會議論文集》（臺北、中研院，一九八九、六）

緣」，而要楊羲體會「玄運冥分使之然」的道理，楊羲的老師南嶽夫人也以此相勉：「冥期數感，玄運相適，應分來聘，新構因緣，此攜真之善事也。」(1.17b) 由此可證爲了合理化男女的遇合關係，從人間到天上，就是命、緣、數，類此理論化的思想意識，確可讓猶豫於可信與不可信的模稜情境，增多一層靈異世界的奇幻感。

有關神人交接的關係，在民間傳說中常出現較多的情好意象，諸如纏綿、縱情兼慾之類，但從神女多爲隱形的情形言，又似只是一種感覺而已。楊羲因修道而有所接遇，因而對真妃所提出的「松籮之纏」，似不甚解，真妃只得再解說是，「固盡內外，理同金石，情纏雙好，齊心幃幙」，而非「抱衾均牢，有輕中之接，塵穢七神，悲魂任魄」(1.17a)；而在猶疑之際最能說動的是南岳夫人，她提醒這種情好關係不是「苟循世中之弊穢，而行淫濁之下跡」，只是「示偶對之名，定內外之職」，幫助修行上真之道時，深有感應：「偶靈妃以接景，聘貴真之少女，於爾親交，亦大有進業之益得，而無傷絕之慮。」(1.17b) 可證當時上清經派的內部已秘傳一種神交的修行法門，既非俗世的纏綿情慾，亦非天師道的黃書赤道，而爲靜室中感應神女來現情好的上道，這應是精神上幻覺狀態的一種修行秘法。

在民間素樸的神女傳說中，由於並無完整解說其結局的一套理論，就常出現重逢再續前緣後，描寫神女隔一段時日再降見：如成公知瓊的「輒下往來，經宿而去」，傳說就在沒有結局中飄渺結束。道教版本的神女降真，由於其神學理論本就以不死昇仙爲核心，並結構出一個譜系完備的天界，列出仙真品階及官職，這是當時上清經派所戮力完成的《真靈位業圖》的雛形，《真誥》即保存了這些初期的資料。所以道教化的神女傳說就是由神女預詰奉道男子的未來，在七月一日衆真降見時，楊義自陳，「欲知貴賤之分，年命之會，多少定限？」引出了真妃一段極長的授書，詳盡告知所問的事情？其中最值得注意的是說真妃將永爲仙眷，且爲一個「賢内助」，文中在解說兩人所受的仙界職位後，即接下云：

> 又當助君總括三霍，綜御萬神，對命北帝，制敕酆山；又應相與攜袂靈房，乘煙七元，嘉會希林，内攄因緣也。是故君姓於楊，我得爲安，妾自發玄下造，君自受書於西官，從北策景，乘軿東轅，握髦秉鉞，專制東蕃，三官奉督，河山啓源，天丁獻武，四甲衛輪。當此之時，實明君之至貴，眞仙之盛觀也。三官中常有諺謠云：楊安大君，董眞命神，正我等之謂耳。蓋聖皇之方駕，於今有二十八年也。復二十二年明君將乘龍駕雲，白日昇天，先詣上清西官，北朝玉皇三元，然後乃得東軫執事矣。此自是君玉朗紫微，金音虛領，爲太極所旌，乃玄德上挺，不復用懃學劬勞，陟足山川矣。(2.8b－9a)

真妃預示楊義的昇天在二十二年後，剛好是太元十一年（三八六），這類昇仙後即任仙官之事，完全是神仙道教派的宗教體驗問題。但真妃的柔情款款，則在攜袂同行、楊安大君等辭彙裏，流露出將爲仙家眷侶的說法，完全表現出道教的神仙世界中自有此類夫妻相，如蕭史弄玉之類，這是值得研究神仙傳說者多加注意的類型。

四、上清經派雲林夫人降許謐諸事迹

從神女傳說類型觀察雲林右英夫人與許謐的關係，雖則散見於《真誥》卷二、三、四的三卷中，依據日期順序錄出神人之間的交往經過，從七月三、四日直到十二月中，所形成的神女與奉道男子的婚配關係，由於是降真的條列式紀錄，就不像成公知瓊與弦超一類的明確易知。但分析其構成的情節單元，其實仍屬於同一類型。此因全部的交往過程只處於素材階段，而未經類似干寶的敘述模式；縱使後來杜光庭《集仙錄》有〈雲林右英夫人傳〉，卻由於特殊的原因也未能將此一神人的因緣作爲傳文的重點，也就失去了一個道教版的神女傳說。不過相對於愕綠華之降羊權、九華真妃之降楊羲則已較費心意，至於許謐之接納雲林夫人實在是波折多端，迭有起伏，其中緣由自與男主角的主觀因素有密切的關係。

勾容許氏雖早就與道教有緣，但許謐的奉受上清經派實與楊羲的誘導有方有關，《真誥》卷末的世譜說他們「年並懸殊，而早結神明之交」(20.11b)，謐本人即出身於江南世族，承受良好的儒學教養，「少知名，儒雅清素，博學有才章」，故特受簡文帝的垂顧，也與時賢多所儔結；曾歷任官職，教內常稱爲「許長史」即護軍長史，也都屬中上級官吏。他的家庭生活中，娶妻奉道世家陶威女（科斗），在興寧中（三六三——三六五）亡，生聯（中男）、翽（小男）；又有妾（至少一位），生甽（長男）、素薰（只此一女）。在興寧三年，謐與羲正熱衷於降真的時期，剛好「婦亡後，更欲納妾」(4.3a)，此時他年已六十，從生理年齡、社會地位等情況言，他要修上真之道就產生較多的困難，可以說初期長達半年多的真誥資料，正真實紀錄他的心境轉變過程——是否接受神女雲林夫人的神婚，而捨棄道教所禁的納妾行爲。上清經派之所以特別眷顧許謐，是經過衆位真人的考核：他名在伯札，是爲伯舉，也就是具有仙緣，因此需要度化。當時他的困難在於「淫色之念」、「淫慾之心」(2.3b－4a)，所以需誘導其「行上真之道」。此類上真之道在〈運象篇〉第二開始就揭示，當時上清經派有意清整舊天師道的「黃赤之道、混氣之法」。根據道教史所載的，天師道在蜀漢倡行鬼道時，由於地域、奉道群等諸多因素即針對人類的本能欲望提出一套合理的節制法，兼顧施化爲種子與養生秘要，在當時是具有進步的意義。㉒但道治在關中發展，尤其從魏華存在江北爲祭酒時應已有轉變，魏氏本來不想結婚，後來才嫁劉氏；及避難遷至江南，就在士族社會中宣教，因而諸多教法要變，黃赤之道也在變。其根本的區別是「色觀謂之黃赤，上道謂之隱書」，南岳夫人授與楊義的一段話可作代表：

> 夫眞人之偶景者，所貴存乎匹偶，相愛在於二景，雖名之爲夫婦，不行夫婦之跡也。是用虛名以示視聽耳，苟有黃赤存於胸中，眞人亦不可得見，靈人亦不可得接，徒劬勞於執事，亦有勞於三官矣。(2.2a)

㉒ 詳參酒井忠夫，〈道教史上よりうたる三張の性格〉，刊於《支那佛教學》一－四、一九三七。

其餘的仙真如紫陽真人、九華真妃也都有同類的降誥之文，可見上清經派確有一套教法，來幫助奉道者解決性生活的困擾，提昇舊天師道的黃赤道，而獲致一種精神感應、二炁交感的上真道。甚至可說楊羲在苦修劉璞所授的上清秘法後，十餘年中累積的心得，終於在興寧三年六月二十四、五、六的關鍵性三日內開悟，因此將此種啓悟授與許謐這一「內明真正，外混世業」的良才。從幻覺的宗教體驗觀點，半年多的啓悟正是楊羲採用宗教形式來開導許謐的歷程，也就是在楊、許的實踐中開創了上清經法的重要教法之一。

楊羲所傳達上清諸真啓悟許謐的，凡有兩大重點：一是隱遯山林，二是行上真道，兩者之間又是相輔相成，有益道業。從神女傳說的觀點言，如何讓許謐接納雲林夫人，就形成一段曲折動人的心理描寫：雲林夫人爲了要表達情意，經歷波折，終於感悟有緣人，就像一位愛情堅貞的女主角，以積極、主動的態度去除意中人心中的疑慮、猶豫。在扮演神女的形象上，與先前所有的神女多具有其一致性，因此雲林夫人首次登場時，也特別使用「神女」二字，後來才有靈人、神人等詞交互出現。九華真妃是由紫微夫人作因緣主，雲林夫人則由南真（南嶽夫人）介紹，時間是七月三日，剛好是在楊羲開悟後，接下即雲林夫人登場作自我介紹：

> 是阿母第十三女王媚蘭，字申林，治滄浪山。受書爲雲林夫人。(2.11a)

類此王母之女的說法正是神女傳說的母題，所以它仍是屬於同一宗教信仰風尚下的產物，神女傳說的模式對於有意清整舊法的上清經派應具有啓發作用。

神女傳說的贈詩母題，神人對話（神女誥示較多）母題也是一樣；差別只在半年多的頻降中，雲林夫人一再降誥贈詩，衆真也紛紛加入勸導的行列，連許謐本人至少也有三次的自白，所以詩文的內容較爲豐富、多采。按照其敘述模式，神女初降時就要表白期待的心情，陶弘景精密比對諸真的誥語後，在有待和無待的諸歌詩後，特別註明：「似初降語」、「有待之說並是指右英事，非安妃也。」到底是否爲初降的情景？爲何一首由右英王夫人所歌的有待之歌，能激發衆真降現時紛紛歌出十（紫元夫人有兩首）篇玄言詩。原歌如下：

駕欻敖八虛，徊宴東華房。阿母延軒觀，朗嘯躡靈風。我爲有待來，故乃越滄浪。

(3.2b)

從發句展開遊仙之樂，再點明自己爲王母之女的身分：親切稱呼阿母，隱有王母送她，或命定她非下凡不可之意。所以才從所治的滄浪山來，直入塵濁之世度化有緣，「有待」兩字兼含有宿命、期待之意，這是符合仙歌的旨趣：以詩示愛。衆真接下就圍繞有待、無待各發浩唱，也多能體會右英的心境，不過此類群詠，與《莊子·逍遙遊篇》的有所待、無所待結合，就成爲玄言詩的趣味，這一現象反映出晉世玄言詩的遺風，楊、許諸人均熟悉玄言詩的體製。正因爲有這首「駕欻敖八虛」，才有七月中的「寓言必可用」之吟，其中即有句云：「焉得駕欻跡，尋此空中靈。」

由於許謐並無立即的回應，雲林夫人在七月十八日「鑾景落滄溟」詩，又繼續表達希望爲友的心願：「來尋冥中友，直攜侍帝晨」；七月二十六喩詩也勉勵他「一靜安足苦，試去視滄浪。」勸他勤修苦練就可同遊滄浪。對於許謐的文才，右英自是讚美有加，稱爲天工；但在修行上，則「穢思不豁，鄙悋內固，淫念不漸，靈池未澄。將未得相與論內外之期，汎二景之交耳。」(2.17a) 指他仍不能修上真道，體驗陰陽、內外二景交媾的妙境。所以二十八日囑楊羲交給他另一首詩，明示以結夫妻之好緣，激發修道的關竅：

> 世珍芬馥交，道宗玄霄會。振衣尋冥疇，迴軒風塵際。良德映靈暉，穎根粲華蔚。密言多儻福，沖淨尚眞貴。咸恆當象順，攜手同衾帶。何爲人事間，日焉生患害。(2.18a)

表明「芬馥」的神女之交，可期於玄靈相會。其中最爲關鍵的咸恆之喩，陶注即云出《周易》：咸卦䷞，下艮上兑，少女少男相感之象；恆卦䷟巽下震上，常能久之象。咸恆即喩常爲夫婦，與攜手同衾，都是希望結好之後，能夠幫助他早日脱離「人間許長史」而爲「山中許道士」；八月中曾降下一個極有名的隱喩「交梨火棗」——交生神梨，方丈火棗，這不是「體未真正，穢念盈懷」的許謐所能獲致的。這段時間衆真都紛紛指出此類情況：八月十七夜，右英要他回答「心不定而欲書，意不往而求真」，如何可感？小茅君也說「心苟不專，慾念填胸」，將也必敗。所以許謐的回答，即在殷切的期望中，檢討自己確是「慾穢未蕩，俗累未拔，胸心滓濁，精誠膚淺。」以後應該好好修行「方諸洞房步調之道，八素九真」，這是上清經中主要的存思法門。

許謐即在朝爲官，楊羲與他一起靜俟降真的場所，凡有金陵、勾容，當然衆真最期望他能儘快歸隱東山，專事修行。九月的降誥中，雲林夫人即一再提醒他要「養形靜東岑」、「藏暉隱東山」，否則「風塵有憂哀，隕我白鬢翁。長冥遺遐歎，恨不早逸縱。」（九月三日）此期間還有一首「右英吟此再三」的詩，頗能表現神女的心境：

停駕望舒移，迴輪反滄浪。未睹若人遊，偶想安得康。良因俟青春，以敘中懷忘。(3.5b)

詩中雲林夫人興發歸思，因若人（謐）未能偕遊，結句即運用當時的情歌辭句以抒寫其情懷。不過神女即命定要度化他，仍一再降誥，期望開示；而他也誠惶誠恐，敢不自勵。十月較少資料，應是較少降真的活動，右英夫人仍有二詩相勉；十一月未見夫人降誥，倒是對此一現象許謐應有不安之感，就連續呈上兩篇自白，對自己的罪愆有自省之意。

十二月中旬，經歷一段沈寂之後，右英又有誥示，對於玉斧（翽）多所讚美，所謂「志割姻親於內外，寄幽會於隱觀」——指的是翽「居雷平山下，修業勤精」的修行生活；並以薜旅、長里先生爲喻，希望謐能了悟學道「若猶愆波不激，淫鄙丟愈出」，也就無法成就。對於「右英前七月二十八日喻詩『世珍芬馥交』」者，並酬前書論薜旅事」（陶注），謐的答書表明他能體會其翰音中的「繾綣」之意：「旨諭有咸恆之順，宗期則玄霄之會」；但這時適逢婦亡而有納妾的念頭，因而不能修道：「竊懼熠燿之近暉，不可參二景之遠麗；嗤彼之小宿，難以厠七元之靈觀」(3－17a)。但他也坦白承認奉道的內心感受：「自奉教以來，洗心自勵，沐浴思新，其勸獎也，標明得道之妙致；其勸戒也，陳宿命之本跡。淫鄙忝所以喪基，鄙滯所以伐德，雖盧醫之貢針艾，扁鵲之獻藥石無以喻（瘉）也。」經此一再勸勉後，也有「逍遙東山，考室龍林」之意，準備要實踐其清修的打算。對許謐的猶豫在〈運象篇〉第四載有諸位仙真的類似勸戒：茅君兄弟對他限於官私而徘徊京畿（金陵）有所規勸；㉓紫微夫人則提醒「有恥鄙之心者於道亦遼乎」，陶弘景就是於此註明長史「更欲納妾而修七元家事，最是所禁，故屢有及之。」(4.3a)

許謐年過六十後始有機緣修習上真之道，又因所任的護軍長史而常往來金陵、勾容間，以致無法盡去俗情；復因其婦新亡又想納妾，所以雲林夫人的「恩逮繾綣」，他是心領而行未能至，這段神女姻緣確是頗爲難諧。太和元年（三六六）雲林夫人仍不時降詩，從陶弘景所整理的註記文字，可以發現在興寧三年的半年內，詩註明諭示許長史、或口授、授書、授答等字樣，爲較積極進行神人晤對的情況；太和元年後都只標明日期及雲林作、右英作，並未標明喻示許長史；但詩歌中卻仍是有所期待，也均由「楊書」，仍是一再間接勸誘許謐接納：

轡景登霄晨，遊宴滄浪宮。綵雲繞丹霞，靈藹散八空。上眞吟瓊室，高仙歌琳房。九

㉓ 有關許氏隱遯的問題，將另篇處理。

鳳唱朱籟，虛節錯羽鐘。交頸金庭內，結我冥中朋。俱挹玉醴津，倏欻已嬰童。云何當路躓，愆痾隨日崇。(4.3b)

仙歌的寫作模式大多夸飾神仙的宮室及排場，造成飄渺的仙境氣氛，雲林夫人即以此勸誘長史，所以有「結我冥中朋」的交結之想；她另有「吟此再三」的四句短詩，後半也是「願得結塵友，蕭蕭罕世營」，對於冥中朋、塵友仍有所待。所以紫微夫人詩也回應：「玄唱非無期，妙應自有待。豈謂虛空寂，至韻故常在。……借問朋人誰，所存唯玉子。」(4.4b) 玉子即指玉斧，許謐父子俱爲奉道者，也能漸修上道。此期間只有一題「閏月三日夜右英作示許長史」，陶注「晉曆丙寅年間四月」，即太和元年所作，詩意即是許謐能否如願行修，共致仙期：

清淨願東山，蔭景棲靈穴。愔愔閑庭虛，翳薈青林室。圓曜映南軒，朱鳳扇幽室。拱袂閑房內，相期啓妙術。寥朗遠想玄，蕭條神心逸。(4.7b)

關鍵的一句就在閑房內、啓妙術，正是上真的二景之道，不過仍只是一種相期的狀態而已。

根據趙道一《真仙體道通鑑》卷二十一〈許穆傳〉，曾錄有一條資料：穆「以第四兄遠遊嘉遯不返，遂表辭榮。太宗不奪其志，穆乃宅於茅山，與楊羲編該靈奧。」這一說法不知何據，但反較《真誥》的〈世譜〉爲清楚。許邁（字遠遊）於永和二年移入臨安西山而不返

——可能在四年昇天。至此謐才辭官歸隱，所以陶注「太和二年歲在丁卯十二月十七日夜太元眞人司命君告穆，到丙子年爲十年矣，時當七十二也。到亥子年神化變鍊，子年始餘十年。」這首詩具有預示性，並欣喜他已去除世累：

> 納納長者，蔚蔚内明。撥于昔累，非復故形。變扇溧鍊，得道之情。和挹神心，仰秀雲靈。僅觀晨景，德音蘭馨。方及十載，季偉舉名。每事勗焉，勿復不精。(4.12b—13a)

此外仍由司命君茅偉說明他「所得限分」：

> 淵奇體道，解幽達精。虛中受物，柔德順貞。慈寬博採，聞道必行。逍遙飛步，啓誠坦平。策龍上造，浮煙三清。實眞仙之領帥，友長里之先生。必當封牧種邑，守伯仙京。傳佐上德，列書絳名。(4.13b)

較諸安妃與楊羲的「楊安大君」，在這對神女因緣中，既未特別突顯因緣，而只提及宿命，實與許謐的實際身分有關。其關係介於夫婦與友朋之間：夫婦是二景修法的隱喻，陶弘景曾明白指出陶科斗也入易遷宮，這是女子得仙的棲集處，所以她已是仙界中人。雲林夫人在整個事件中，是居於導師的身分，以母性又兼情人的形象幫助修道的男性，體悟二景交會的體驗，這一獨特的陰陽雙修的方法，正是上清經派精緻化的新房中觀。

五、餘論

神女傳說之所以形成一種奇幻感，不管是筆記小說所使用的奇幻敍述體，或是道教真誥式的降真實錄，都能經由語言、意象及整體結構所形成的奇幻文體而產生一種藝術效果。這是因爲事件本身的似真還幻的性質，無論是較素樸的原始宗教，抑是較精緻的神仙道教，均基於中國傳統的巫——一種薩滿教（shamanism），作爲人神之間的媒介，在出神的恍惚狀態下，與神交接，爲原始宗教祭儀中陰神下陽巫、陽巫接陰神的習俗。在此神婚中所有的男性都命定成爲神的配偶，都可說具有相近的聖婚性格，是較被動地被選中，以此讓神女在塵世中完成其人間姻緣。不過從冥婚的民俗言，也可以解說是早夭而未字的女子，由於一縷冤魂常被民間社會視爲具有呪術性，因而需要經由與男子成婚的儀式，讓魂有所歸依而獲得安定，這是讓「非正常」歸於「正常」的宇宙觀的表現。

魏晉社會的傳統下，門第森嚴，所以寒門子弟在適婚年齡，偶而爲神女所選中，就可高攀此一侍女、華車及美食俱全的美眷，讓他們在迷幻中享受一個奇幻的婚姻生活。因此在神女婚配中，一個語拙性疏的年少既可與凡女結婚以傳宗接代，亦可與神女往來而喜獲仙眷，實爲貧賤人生的最大遂願。類此傳說流傳於民間，必可獲得尋常百姓的認同，其作用實有如六朝仙境小說中誤入仙境的凡男一樣，爲中下層社會未能高攀貴門者的一種補償，因此在當時具有深刻的社會文化意義。所以不管是神婚、冥婚或異類婚，在男性中心的社會中，那些飄忽而來的女性，其形象、身分總多少帶有一些閃爍的光采。所以在口頭敍述或文字修飾時，總是讓人覺得出入於自然與超自然之間，猶豫於可信與不可信之際，在奇幻、詭譎中獲得虛構的滿足感。

在宗教的神秘體驗中，凡男之爲神女所選，作爲一種修行方法，在恍惚之中如見其影、如聞其聲，這一奇幻的見神體驗，對於當時人而言確是一種奇特的事，縱使以儒家的理性主義立場，也無法完全理解其中的荒誕、奇異，更何況民間社會多喜聞樂見這些民間傳奇。魏晉時期的社會文化，面臨一個特殊的政經鉅變，宗教氣氛極爲濃厚，故成爲民俗、宗教、傳說流行的溫床。此類荒唐言中，固然深刻反映亂世子民的內心願望；卻也在廣泛流傳中，爲豐富的民間文學增多一種類型，造成奇幻而詭譎的趣味。所以劉宋初劉義慶既已發現它在傳說學上的價值，當作一種冥會的典型。

神婚的性質在六朝固然具有雜傳的真實性，流傳至唐就逐漸突顯出小說的趣味，因此在詩人的筆下，它們成爲浪漫且香豔的愛情隱喻，借以喻託人間的奇情事情。李商隱就是擅用這一類題材與表現手法的行家，他年少時在華陽觀中的道教經驗，讓他運用得當行本色：諸如「萼綠華來無定所，杜蘭香去未移時」（〈重過聖女祠〉），就巧用民間與道教神女來喻寫此一飄渺的聖女，他對她曾有情愫，今已無從接遇。《真誥》一類的道教秘笈在玉陽觀時應是習常熟讀的道書，神女所隱喻的也一再成爲常驅遣的用典材料：「聞道閶門萼綠華，昔年相望抵天涯」（〈無題二首之二〉）後來馮浩就解作王茂元家閨女；而另一首則使用「羊權雖得金條脫，溫嶠終虛玉鏡臺」（〈中元作〉），馮浩解作爲入道公主作，羊權句喻暗有所歡，恐怕也不易解明。至於其他使用高唐神女（〈有感〉）或神女生涯（〈無題〉），典故固然可解，但所喻的卻常可有多種箋注，由此可見他對神女傳說的印象至深，故特別嗜用。㉔晚唐曹唐是另一位嗜用神女隱喻的詩人，也一樣具有入道又出道的特殊經驗，〈大遊仙詩〉中專門採用爲寫作的題材，凡有萼綠華、杜蘭香等，特爲神女與凡間情郎作詩寄酬，也充分發抒神女的浪漫多情。㉕

對於神女與凡間男子的親密關係，詩人文士固然是當作浪漫的愛情典故；而教門中人卻另有一種因應的態度，顯示他們對於修道、奉道者已有新的修練方法，因而有意改寫，淡化其中的神婚色彩。類此轉變可以杜光庭輯錄的《墉城集仙錄》爲代表，這部傳記集以西王母統御女子之得道者爲構想，所搜集的女仙中自不能遺漏神女：其中成公知瓊（廣記六一、道藏本缺）、杜蘭香；及雲林夫人現存；其餘萼綠華、九華真妃應也有收錄，今已佚失。現存三篇中，成公知瓊未作改寫，且保存洩密一段及神女賦，可補今本《搜神記》有闕之處。杜蘭香則如非所據的資料已道教化，就是改寫之作：張碩成爲修道者，而杜蘭香則成爲謫仙，下降授法，度脱張碩。（5.21b－22a）因爲杜蘭香到南北朝初已逐漸被仙道化，《洞淵神咒經》卷二既已提及杜蘭香修道的事，所以在六朝社會道教中人已在重新創作杜蘭香傳說，只是至此才集其大成。至於〈雲林夫人傳〉，在傳文結構上不能如實地運用《真誥》的資料，仙歌的

㉔ 鍾來因有〈李商隱玉陽山戀詩解〉，刊於《唐代文學研究》第一輯（山西人民出版社）。

㉕ 曹唐詩有 EDWARDH SCHAFER, The Sea of Time, Poetry of Ts'ao T'ang, The Univ. of California. 1985。

次序也不符原書所記錄的日期，而最重要的是有意淡化處理一些表現情纏的文字與事跡，這可從引詩後的補充說明看出：其中强調賦詩「尤皆勉勵於修道，慮中道而敗則禍更重矣。丁寧戒諭者，以許君及玉斧皆籍名仙簡，務其日進玄德，更懋眞階耳。因述青童君勸學道之士拔愛欲之根，如掇懸珠，一一掇之，自當盡矣。」(5.13b) 諸如此類的看法一直到傳末，可證杜光庭等唐代高道有意改塑雲林夫人的形象，充分反映道教內部對於上眞道的修法已有所修正，自需改變仙眞及修道者的傳統形象。

總之，神女傳說在民間文學中，由於其奇幻生動的情節、美貌多情的神女，在命定情緣的思想架構中，可以滿足其情慾的虛幻感，解說男女關係的命運觀，自是具有其吸引力，因此影響深遠而成爲民間文學類型學中的一類。而一般文人則對凡男和神女之間的浪漫情愫，特多好感，一再取作典故，拈爲詩題，借以隱喻其現實生活中不便明說的兩性關係，故顯現纏綿悱惻，淒豔動人。而道教中人秘傳房中秘訣者固仍有之，但在純淨化的道教修法中，顯然已逐漸超越此種二景修法，不願保存神女所表現的曖昧情熱，而將她們一一改塑爲謫降或具有導引者身分的仙眞，其中反映出道教中人重新創作新神話傳說的作業，這是神女傳說史上較特殊的一種轉變，也印證傳說在流傳中不斷變易、創新的特質。

孟郊〈列仙文〉與道教降眞詩

——兼論任半塘的「戲文」說

孟郊的詩集中，收錄有一組奇特的〈列仙文〉，其題目與主題在孟郊詩的寒苦風格中，確實顯得突兀而有趣；就是在唐詩中，也是爲數不多的仙言仙語的組詩。由於構成這些詩的辭彙與意象，與道教的上清經系有密切的關係，和孟郊的其他作品作一比較，就顯得隱晦而不易確解，所以研究孟郊詩的學者對它也只能儘量試加詮釋而已。❶由於它的形式特殊也會有誤解的情況。❷惟對於這組形式奇特的仙歌，卻有任半塘先生獨具慧眼，從唐戲弄的觀點想要證明它是戲文，是「唐代道家戲劇方式之一」。❸關於〈列仙文〉的體裁問題，經任氏的詮

---

❶ 近人注解孟郊詩，以陳延傑用力最爲精深，積十五年之力完成《孟東野詩注》，有臺北新文豐出版的翻印本。

❷ 近年對孟郊所作的專門研究，有尤信雄的《孟郊研究》，頗稱詳盡；惟將該詩所託名的作者與詩全部誤置。（臺北、文津、一九八四），頁七四、七五。

❸ 任半塘竭其心力所作的系列研究中，《唐戲弄》的補說部分就敏銳地使用孟郊〈列仙文〉爲討論資料。（臺北、漢京、一九八五）頁一二八五。

釋後，確是引發出一些值得討論的問題。本文將從道教文學的立場，將〈列仙文〉放在道教的經派史上考察，嘗試解說成組出現的仙歌會出現在何種創作情境？它們如何在教派內部、外部流傳？爲何孟郊與這些仙歌有所關聯？而最後要解決的是，從仙歌的原始型態及其演變，在唐代的崇道氣氛中，〈列仙文〉到底是真誥、真迹式的降真詩遺跡？還是道家（教）戲劇的戲文形式？這是本研究的重點所在。

一、〈魏夫人傳〉的降眞事迹

孟郊詩集中收錄四首仙歌，總題爲「列仙文」，其下即按照次序分別記明出諸四位仙真：即方諸青童君、清虛真人、金母、安度明，其中只有金母一首，特別標出「飛空歌」，所以任半塘就認爲「四歌之初，既已標明爲飛空歌，其餘三首體格與內容之性質，與飛空歌並無二致，自然亦爲唱辭無疑。」❹ 其實從體製與性質言，這類仙歌難免具有同一飛空性質，但從〈列仙文〉的形成情境言，卻又是各有獨立的曲名。如果將孟郊〈列仙文〉孤立地讀，既無序文敘說原委；而在孟詩或唐詩中確也罕見同一性質的仙歌，因而讓後人不易索解。這些既收在孟郊詩集，又特別標明「右」出某仙的情況，到底其確定的作者應歸屬於誰的名下？實在是全唐詩中罕見的情形？

❹ 任半塘前引書，頁一二七五。

任半塘的研究在這一關鍵點上，確能表明其卓識之處，將四首仙歌放回魏夫人的傳記集的脈絡裏，分別是顏真卿撰〈魏夫人仙壇碑銘〉、《太平廣記》卷五八引杜光庭《墉城集仙錄》魏夫人傳及「本傳」，及《雲笈七籤》卷九六「四真人降魏夫人歌」共五章並序。❺ 他所引的兩種傳記、一種仙歌集，是至今尚存的較早期的魏夫人傳記。今傳的筆記小說中尚有多種版本：有題顏真卿撰《南岳魏夫人傳》，如顧氏文房小說本、叢書集成初編本；也有題唐蔡偉撰《魏夫人傳》的，如綠窗女史本、重編說郛本等，類此晚出的本子均屬《太平廣記》系統，因此逕題爲顏真卿或蔡偉撰，實與傳文的編撰情況有所出入。

宋人編撰魏夫人的傳記，一仍《廣記》的體例，注「出集仙錄及本傳」，所根據的有兩種資料，前者即晚唐五代的高道杜光庭所編的《墉城集仙錄》，此本尚有一不完整的本子，保存於明《正統道藏》（竭字號），卻未錄存〈魏夫人傳〉；而《雲笈七籤》一一四（棠五）所引的《集仙錄》中，也未收〈魏夫人傳〉，因而無從比較《廣記》所引的文字中，到底有多少是屬於杜光庭所撰。至於「本傳」所指爲何？就更需要細加討論，從文末敍及蔡偉將黃靈徽事跡編入《後仙傳》，顏真卿立碑紀事，可以推知其中部分資料的來源，大抵《廣記》編撰者曾經多方取材：顏真卿、蔡偉及杜光庭等人所撰的傳文，均融鑄於傳文中。根據道教仙傳的撰述習慣，這些傳文相互傳襲，又補益部分後出的事跡，因而顏真卿撰述碑銘時也是有所本的，就是更早期的〈魏夫人傳〉。

❺ 同右，頁一二七六—一二七七。

孟郊的《列仙文》歌辭並未出現在顏碑及《廣記》魏傳中，卻又陸續出現於多種道經內。其中存在一個極爲重要的問題，就是列名於孟郊名下的《列仙文》，是孟郊創作而爲後出的仙傳所襲用？抑是孟郊只是改作而仙傳則直接襲自更早期的傳記？這一錯綜複雜的問題均圍繞著《魏夫人傳》的「出世」時間及其後的續傳。

按照道教內部的習慣說法，將道經的寫出流傳稱爲「出世」，屬於宗教家對於寶經觀念的神秘說法。魏夫人的仙傳在道教學者陳國符的早年研究中，既已明白指出：早在「晉代出世」，❻葛洪《神仙傳》說范邈撰《魏夫人傳》，而陶弘景編撰《真誥》也說范邈是王清虛（褒）弟子，奉命撰《南真傳》，范邈與魏華存同是王褒的弟子，都是西晉末東晉初的奉道者，故能以同道的立場爲魏夫人撰傳。這部上清經派的聖傳流傳於後世，爲唐、宋兩朝的藝文志所著錄，如《隋志》、《新·舊唐志》及《宋志》等，❼可知後來雖有杜光庭的新傳行世，但范邈此傳卻仍流傳不已。盛唐顏真卿撰寫碑銘時，一開始就表明引述「褒命中侯上仙范邈爲立傳」的傳文；此外還有唐項宗所撰《紫虛元君魏夫人內傳》一卷，較爲晚出。既然這兩種較早的傳記今已不存，所傳的都是據以改編，增飾的新傳，而且顏真卿及杜光庭兩種較能確定年代的本子又都未錄存歌辭，徒留辯明歌辭的寫作諸難題！

由於范邈撰成於西晉初的《魏夫人傳》既已不傳，目前就只能根據顏真卿所撰的碑銘推

---

❻ 陳國符開拓性的道藏研究，見其《道藏源流考》（北京、中華書局，一九六〇）頁一二—一三。

❼ 陳國符前引書，頁一三。

測，真人的歌辭是否東晉初既已出現？從傳文的寫作體例及作品風格言，這是一篇典型的上清經派聖傳，與晉代同一時期先後出世的仙真傳記有一致之處，可稱爲修道成仙的傳記類型。其中除敘述傳主的籍貫、慕道修真等較具有真實性外，其餘多爲虛幻的宗教體驗，也就是多有降真、降筆的紀錄。仙真歌辭即是出現在晉世，而紀錄者又多是江南的奉道者，他們有不少是江南舊族，多爲中級的官吏，能詩能文，尤其多書法能手，成爲以勾容茅山爲中心的上清經派。魏華存在《茅山志》中被尊爲「嗣上清第一代太師」（卷十），就是天才卓異，該覽老莊、經子的女性，具有優雅的人格涵養。至於立傳的范邈也曾在《真誥》中出現多次，爲魏夫人的諸弟子楊羲、二許（謐、翽）等人降筆，被稱爲「范中侯」。所以類此傳文、歌辭均可視爲東晉文士的降真筆法，爲典型的六朝道教文學的產物。

顏真卿是以碑銘體例行文，採取范邈的傳文材料時有所刪略，所以傳首「略云」二字既已表明態度。在前半以降真爲主體的傳記中，主要的降真情境凡有二次：首次的見神體驗發生在她嫁後生二子，就離隔室宇，齋於別寢，經「清修百日」後，而有諸仙降見：凡有太極真人安度明、東華大神方諸青童、扶桑碧河（一作阿）湯谷神王景林真人、小有仙清虛真人王褒，這場降真場景除了表明王褒爲魏華存之師，並授予三十一卷經文，其餘也各有告戒、授予，接下就有仙歌的排場，顏碑即出之以簡略的筆法：

> 於是四眞吟唱，各命玉女彈琴、擊鼓、吹簫，合節而發歌。

所歌爲何卻未錄出。而《廣記》魏傳在此下還有一段描述，充分表現仙真吟歌的奇幻情景：

> 是時太極眞人命北寒玉女宋聯清彈九氣之璈、青童命東華玉女煙景珠擊西盈之鐘、暘谷神王命神林玉女賈屈廷吹鳳唳之簫、青虛眞人命飛玄玉女鮮於虛拊九合玉節；太極眞人發排空之歌、青童吟太霞之曲、神王諷晨啓之章、清虛詠駕飈之詞。

四位真人中，除神王所諷的，其文字均與孟郊〈列仙文〉相近，孟郊詩的次序及其首句，青童君歌「太霞霏晨暉」，清虛真人歌「欻駕空清虛」；然後第四首安度明「丹霞煥上清」就不用首句二字，而另用「排空之歌」的歌名。至於神王所諷的「晨啓之章」，孟郊詩集未錄，卻見於《雲笈七籤》卷九六，及《諸真歌頌》（道藏淵六），這一情況就透露出值得探究的問題。

傳中第二度較詳細的降真情景，安排於臨終前，也就是晉成帝咸和九年（三三四），王褒與東華青童來降，賜以靈藥而得解化。此後就是尸解後的奇幻世界：先有陽洛山的諸真降教，繼有迎入天界，「位爲紫虛元君，領上真司命南嶽夫人」，繼續齋戒修鍊；最後才出現西王母的仙歌場景，同時降見的還有三元夫人馮雙禮珠：

> 時夫人與王君爲賓主焉，神肴羅陳，金觴四奏，各命侍女陳曲成之鈞（廣韻作鈞成之曲，較是），九雲（音）合節、八音零粲（雲際）。於是西王母擊節而歌，歌畢，馮雙禮珠彈雲璈而答歌，餘眞人各歌。

這段只有描述而未錄出的歌辭，卻完整保存於《雲笈七籤》卷九六讚頌歌中：王母贈魏夫人歌一章並序、雙禮珠彈雲璈而答歌一章。《諸眞歌頌》也襲此並全錄歌辭。從序中的文字比對《集仙錄》中的〈金母元君傳〉，其最後一節就是王母贈魏夫人歌，由於文字相近，可知當是屬於同一系統。孟郊詩中的〈金母飛空歌〉就是這首「駕我八景輿」，只有文字小有出入而已。

綜合上述的傳文、讚頌，就可發現一些值得注意的現象：

一是顏碑、魏傳等傳記文體，雖可以推知是襲用范邈的傳文，卻都有意省略歌辭，這一假設如能成立，就可證明孟郊並非是〈列仙文〉的原作者。從傳文的肌理脈絡考察，應該是有頌歌場景，就需有頌歌，就像《漢武內傳》或金母傳的一段贈歌情況，文歌配合，才能表現情節的完整性。傳文是以敘述爲主，故有省略歌辭的筆法，同一情況也見於《茅山志》卷十的「嗣上清第一代太師」傳中，這是後來文體決定了取材的現象，因此不應是孟郊之後的仙傳採用〈列仙文〉。

二是道藏中所見的搜集整理同一文體的情況，在讚頌歌中完整保存了一些歌辭，其中多爲道經內的材料，且較爲完備，所以多出扶桑神王歌一章、清虛眞人歌另一章「紫霞舞玄空」及雙禮珠答歌「玉清出九天」一章，凡有三章。當然也可假設，這是杜光庭採用孟郊〈列仙文〉後，另行仿作三章的。不過從上清經派的寫作習慣言，頌歌是傳文中的有機體的一部分，這是通例，應不會出現〈列仙文〉這一特例？

然則如何解釋孟郊與〈魏夫人傳〉的關係？這是研究孟郊詩的學者有待解說的公案。

二、孟郊〈列仙文〉與〈魏夫人傳〉的比較

孟郊的四首〈列仙文〉，在他的詩集中之所以顯得突兀，早就有人注意，清宋長白《柳亭詩話》三引蔣杜陵說：「孟郊〈列仙文〉類六朝步虛詞，疑非唐人所能作。」說是類步虛詞，不如說是降真詩，而類此懷疑任半塘則加以否定，認爲孟郊模擬神仙口吻，形成一種「戲劇文體」，❽其實問題可能並不是這麼容易解釋。首先要解明的是異文問題（包括用韻），其次就是辭彙與意象，然後可以嘗試解說孟郊與此類仙歌的可能關係：其中包括孟郊是原作、改作，抑或羼入的情況？

〈列仙文〉與《道藏》所錄存的仙歌之間存有異文的現象，這絕非是一般版本流傳而致有異文的情況。此下即以孟詩爲主。而以《雲笈》卷九六所引的對校，首爲方諸青童君一章：

太霞霏（一作扇）晨暉，元（九）氣無常形。
玄轡飛霄外，八景乘高清。

---

❽ 任半塘前引書，頁一二七九。

手把玉皇袂，攜我晨中生。
（盼觀七曜房，朗朗亦冥冥。
超哉魏氏子，有心復有情。）
玄庭自嘉會，金書拆（東）華名
賢安密所妍（研），相期洛水（暘谷）軿（汧）。

異文中極可注意的：一是東華、暘谷兩個神話地理名，方諸青童就是東華大神，在上清經派中方諸青童是較早出現的仙真，《真誥》就說東華方諸宮爲多女官所隸之處，❾所以出現於四真中符合其神仙傳說的時代情境；改成「拆」以與「自」字對，是較符合二—一—二句型，但拆除華名則語意全變。暘谷（一作湯谷）是扶桑神話地理，切合暘谷神王的治所與授書的期望，這是諸真期望會於仙界多所勉勵的話，則其上有賢安密研句，孟詩則用「妍」字，所期的洛水軿乘即隱約使用洛水女神的傳說，故情境大異。二是盼觀兩句，鼓勵、讚美魏氏子的有心有情，可以呼應前半乘虛步空的逍遙自在，「我」是青童自稱，以此種神仙樂事激勵魏氏賢安堅定求仙的意志，完全符合初次降見的情節。

清虛真人王褒詠駕飈之詞相勉，在傳文中是最後登場，這種安排符合他爲師的身分，孟郊則列於第二首：

---

❾ 參《真誥》卷三、15b；12.10a。

欻駕（駕欻）空（控）清虛，徘徊西華館。
瓊輪（林）暨晨（神）抄，虎騎（旂）逐煙散。
惠（慧）風振丹旌（旍），明燭朗八煥。
解襟墉（庸）房內（裏），神鈴鳴璀璨（蒨粲）。
棲景若林柯，九弦空（玄）中彈。
遺我積世憂，釋此千載（年）歎。
怡眄（盼）無極已，終夜復待旦。

首二字「駕欻」與傳文相符，孟郊只是作爲一首獨立的仙詩，故不必顧慮「駕飈之詞」的詞名。其次就是辭彙的運用，瓊輪、虎騎相對，屬於較落實描述神仙車駕的情形，讚頌歌則一律使用「虎旂」（金母飛空歌也有「虎旂攝朱兵」句）以與瓊林對，前半奇幻地呈現神仙儀仗御空而行，在風煙之中，虎旂、丹旍隱約浮現。孟郊連用兩個「空」字，仙歌則先用「控」字，表現控制車駕的動作，次用「玄」字表現玄妙神曲的現象。詩中有兩個神仙地理：西華館、墉房，前者與東華宮一樣，以方位表示不同的神仙治所；墉房則如同西王母所治的「墉城」，爲女子得仙所棲止之所。後半正寫棲止仙界宮宇的情景，神鈴、九弦交相和鳴，自可遺棄濁世的煩憂，這裏「我」字的用法及其中所要排解的世情，完全是晉人的語氣，只是安排出諸一得仙者的口吻而已。

在〈魏夫人傳〉中首先登場的太極真人發排空之歌，孟郊則列爲最後一位，這是不能與傳文配合的出場序。讚頌歌是作「飛空之歌」，所描述的正是飛翔虛空的情景，以此樂相勉，確是能與初降的情節呼應：

丹霞（明）煥上清，八風鼓太和（霞）。
迴我神霄輦，遂造嶺玉（玉嶺）阿。
咄嗟天地外，九圍皆我（吾）家。
上采白日（日中）精，下飲黃月華。
靈觀空無中，鵬路無閒（間）邪。
顧見魏賢安，濁氣傷汝和。
勤研玄中思，道成更相過。

這首的異文較少，不過仍可看出不同的語言習慣，讚頌歌習用「太霞」一辭，就不能再用「丹霞」。其次「嶺玉」不如「玉嶺」的符合仙境事物。另有一種服食法，所謂「日中精」，在《真誥》及《登真隱訣》中均提及此種服氣法，所謂日月精華者即是。❿孟詩較有整齊化的傾向，這也是較晚出現的現象。整首仙歌是以太極真人第一人稱敘事的，自稱爲「我」，而用「汝」代稱魏賢安，也是誇說仙真遨遊於仙界的樂事，激勵魏夫人早日脫離濁世，道成仙聖。

---

❿ 有關陶弘景《真誥》等上清經派的服氣法，筆者將另篇處理。

類此筆法，最能折射地反映魏氏子初期修道的心境，也是當時宗教情境中上清經派教團修道的集體宗教意識，表現出亂世士人隱微的內在心願。

這類求仙的情緒也同樣出現在孟郊未收的其他兩章，其一是清虛真人所歌之二：

紫霞舞玄空，神風無綱領。
欻然滿八區，祝爾豁虛靜。
八窻無常朗，有冥亦有靈。
洞觀三丹田，寂寂生形景。
凝神挺相遇，雲姿卓鑠整。
愧無郢石運，蓋彼自然穎。
勤密攝生道，泄替結災眚。
靈期自有時，攜袂乃俱上。

敘事者清虛真人以殷切的口吻期勉魏氏子，「祝爾豁虛靜」，爾與汝字均指同一人；又勉她勤密攝生，其中所點明的洞觀三田法，正是《真誥》等上清經派常提的存思法，存想三丹田中各有身中神的形影，正是早期內丹法的修法特色，仙歌中的辭彙運用確是當行本色。

孟郊未錄的扶桑神王歌，正是「晨啓之章」，也是證明范邈原出傳文中既有歌辭的佳例，是孟郊〈列仙文〉中漏列或未收，而並非杜光庭等所僞作，這首仙歌也充分流露殷切期盼之情：

晨啓太帝室，超越匏瓜水。
碧海飛翠波，連岑赤嶽峙。
浮輪雲濤際，九龍同轡起。
虎旂鬱霞津，靈風翻然理。
華存久樂道，遂致高神挺。
拔徒三緣外，感會乃方始。
相期陽洛宮，道成攜魏子。

從詩中的辭彙、意象言，這是切合扶桑碧阿暘谷神王的身分，諸如碧海、赤嶽的神話地理，神仙化的仙真，御駕九龍，靈風飄拂著虎旂，表現出類似九歌的情境，但已著上道教的色彩。而這位景林真人曾授魏氏《黃庭內景經》，囑付要「晝夜存念，讀之萬遍後，乃能洞觀鬼神，安適六府（腑），調和三魂五臟，主華色，反嬰孩，乃不死之道也。」因應告戒之語的就是華存以下三句，尤其「相期陽洛宮」一句，正以仙家預知未來的能力，預示五十餘年後，魏氏子「托劍化形而去，徑入陽洛山中。」由此可證仙歌是與傳文的肌理脈絡有密切的照應關係，而孟郊詩集中忽出〈列仙文〉，又無小序作解，故使得注家常無從注起。

孟郊〈列仙文〉最不符合傳文的肌理的，就是插在第三首的金母飛空歌，任氏就認爲是四色分唱的戲文，用於前後兩場。⓫其實就歌辭内容即可覺察，這是魏夫人道成入仙班的情況，魏傳中敘述分明，杜光庭撰的〈西王母傳〉也錄出其情節、歌辭，讚頌歌中都明揭爲「王母贈魏夫人歌一章」並有序，才能聯結其肌理脈絡：

駕我八景輿，欻然入玉清。
龍群（集仙錄作旌、讚頌歌作裙）拂霄上（淡），虎騎（旂）攝朱兵。
逍遙三弦（玄津）際，萬流無（旡）暫停。
哀此去留會，劫盡天地極（傾）。
當尋（盡）無（旡）中景，不死亦不（旡）生。
體彼自然道，寂觀合大（太）冥。
南嶽挺直幹（翰），玉英（映）曜穎精。
有佳（任）靡期（集仙錄作其）事，無（虛）心自虛靈（受靈）。
嘉會絳河内，相與樂朱英（未央）。

對校兩者的異文就可發現：傳文原先都有歌辭，且在孟郊之前。西王母是晉世上清經派的重要女仙，具有傳達天帝使令、並作女仙統領者的職司。贈歌的前大半即寫出適合其身分、排

⓫ 任半塘前書，頁一二八一。

場的景象：神輿飛翔，出入玉清，逍遙玄津，儀仗盛壯。龍裙（或旌）、虎旂諸仙駕意象，正與傳文中「虎旂龍輦，激耀百里中」的儀仗行列相互呼應，孟郊卻寫作實際的龍群、虎騎——群字即從裙字臆改，可爲前有所襲的鐵證。此外將「玄津」改作「三弦」也失去了神話地理的情趣。至於忽入南嶽句，只讀詩會覺得突兀，但放在傳文中就可理解，西王母等人降於「小有清虛上宮絳房之中」，歌畢，「司命神仙諸隸屬，及南岳近官並至」，就命駕東南而行，俱詣天臺霍山臺，所以歌才轉入南嶽事。最後指出相會的「絳河」也是道教所轉用的神話地理；仙境之內，其樂未央，是六朝承續漢詩的句法，改成「朱英」反而不像仙歌的結語。大體而言，孟郊所作的有時有意表現神仙意象，如將「玉珠」的南嶽景象改作「玉英」；但有時卻將「受靈」的宗教體驗改作「虛靈」的無心經驗，此外並有意避用重覆的「盡」字，都可看出是文人的藝文習慣。

最後可多注意的還有三元夫人彈雲璈的答歌，傳文的敘述顯示是一種簡筆，在上清經派的女仙中，三元夫人常與西王母一起出現，也是《四極明科經》中的授經仙人之一，從讚頌歌所保存的答歌的確可看出兩位女仙的互答情況：

玉清出九天，神館飛霞外。
霄臺煥嵯峨，靈夏秀蔚醫。
五雲興翠華，八風扇綠氣。
仰吟消魔詠，俯研智與慧。

萬眞啓晨景，唱期絳房會。
挺穎德音子，神映乃拂沛。
天嶽凌空棣，洞臺深幽邃。
遊海悟井隘，履眞覺世穢。
舞輪宴重空，筌魚自然廢。
迴我大椿羅，長謝朝生世。

從發句就可明白是答和王母歌的「玉清」，然後轉出遊仙的景象。其中的消魔、智慧正是上清經派的重要古道經《消魔智慧經》，爲「誦之亦能消疾」（真誥語）的經典。⑫此外爲了切合降臨的景象，凡有萬真晨啓、絳房期會；與南嶽事有關的是天嶽句。三元夫人也有贈答之意的，就是讚頌魏夫人爲挺穎之子；同時相勉世俗之隘且穢，縱有大椿之壽也是世羅（網），不如早朝的神仙佳境。

比較孟郊詩集中的四首〈列仙文〉與〈魏夫人傳〉的七首仙歌，就可以發現原本兩種情況下所出現的降真詩，卻在一個總題之下被雜揉在一起；而其後所附的仙真之名，如不知原傳的敘事情節就無從理解其用意何在？因此對校兩組後，可以發現其中的異文並非起因於流傳久遠之故，而是作者（應即孟郊本人）有意的改作，將其中的神話地理名詞改動，或部分

---

⑫ 詳參拙撰〈漢武內傳研究〉，收於《六朝隋唐仙道類小說研究》（臺北、學生，一九八六）頁三八—四〇。

重覆辭句略加更易，其中自有一種後出者求其精緻、整齊的心意，殊不知此類作法剛好違離了降真詩的道教文化情境，降真詩原是特殊創作氣氛下的產物。

三、孟郊〈列仙文〉的改作問題

關於孟郊〈列仙文〉與顏碑的銘文間的關係，任半塘認爲時至唐末，被杜光庭等融入仙傳文體，這一假設較合適，使得「歌辭幾乎變成像從衆仙口邊記錄下來一般」。⑬ 不過本論文的假設則有所不同，認爲東晉初范邈的原傳有文有歌，自然配合；而顏真卿撰碑銘則略其歌辭，僅記事記言以保持碑銘體的散文風格。但由於〈魏夫人傳〉隨著茅山派的風行，孟郊既有幸一睹魏傳，就摘錄其中的歌辭略加更易，又題上〈列仙文〉的總題——原先或有序，後來爲編孟郊詩集者所刪略？因此歌辭的原始創作者就需要反覆辨證，才能得到一個比較接近真實情況的假設。

從道教仙傳文學的形成史言，只有假設傳文與歌辭是同出於一位作者的手中，才能獲得如此完美的一致性；而無法想像顏碑先出傳文，孟郊再揣摩文意而造出歌辭，另由杜光庭高明地作出融爲一體的新傳，這是非常費力、且易於留下破綻的事。因此將歌文兼備的仙傳文體定位在六朝，尤其是東晉上清經派創始期，是解決這些難題的首要條件。魏華存被茅山派

⑬ 任半塘前引書，頁一二八四。

中人所崇奉，被《茅山志》尊爲「嗣上清第一代太師」，所以在創教初期由教門中人整理出完備的一篇傳記，這是完全符合常情的；而且當時撰傳的習慣正是採用有歌有文的文體，文字風格也是典型的東晉詩格調。

爲何東晉前後會出現此類歌文兼備的仙傳體？這不是只有〈魏夫人傳〉的一個孤例，而可以找到一批證據。陳國符早期考證上清經時，既已指明「諸真傳實皆出於晉代」，諸如〈紫陽真人周君內傳〉、〈茅三君傳〉、〈蘇（林）傳〉、〈清靈真人裴君傳〉、〈清虛王君傳〉，〈魏夫人傳〉也是其中的一種，此外另有新造構的〈漢武內傳〉，這些仙傳的內容主要在敘述「傳授真經」，⑭借以彰顯其在道經傳授史上的神聖地位。這批上清諸傳有一個共同的特色，就是在敘述性的散文體中，一定會適度插入歌辭，通常都會出現在諸真會唱的場面。陶弘景後來辛勤搜集的《真誥》中，就保存了不少降真歌詩的資料。其實這一特色前代學者早已致疑，清孫星衍就說「真誥記神仙降形，善寫歌詩之屬，似近世所謂扶箕降仙書者。」⑮而許地山更明指爲扶乩降筆的紀錄。⑯由此可以推知在靈人的降真情況下，「真人口授之語」，即爲真誥；以當時的隸書寫出，如真人之手迹，即爲真迹，從真誥到真迹只是過程的前後階段。類此直接經由乩筆寫出，這是中國原有的宗教傳統，上清經派教團吸收之後加以精緻化、體系化，成

⑭ 陳國符前引書，頁七—十四。
⑮ 陳國符引孫星衍《廉石居藏書記內編》卷上，見前引書頁八。
⑯ 許地山《扶箕迷信底研究》有約略地說明，（商務，臺版，一九六六）

爲道教史上的一大盛事。

東晉在渡江之後，政治、文化即逐漸開展新局，而宗教、道教也在江南獲致突破性的進展。固然東渡前，基於「濱海地域」的因緣，[17] 道教已在江南發展一些不同的派別。但上清經派則與天師道有關，〈魏夫人傳〉特別提到解化後，經張道陵授明威章奏及符訣，理由即是「在世當（嘗）爲女官祭酒，領職理（治）民故也」；而在修法上則强調精誠、齋潔，因有見神的宗教體驗，並蒙諸真傳經、贈歌。從宗教學的理論言，這是巫（Shaman）——靈媒的同一類經驗，只是進一步再經由精神集中的修練，在恍惚狀態中產生靈視或幻覺（幻視、幻聽），因而能接受神的囑語，傳達神旨。[18] 東晉前後的仙傳中就是紀錄這類宗教體驗，楊、許集團在勾容、茅山所錄的真誥，也屬於同一性質，可說是江南知識圈新流行的靈媒實錄。

魏夫人及其弟子楊、許等人，都屬於中級官吏、眷屬的階層，曾接受傳統的藝文訓練，諸如作詩、書法等，因而表現在接遇仙真時，所賜降的仙歌也具有較高的文學水準。其仙歌的旨趣也折射地反映「志慕神仙，味真耽玄」的趣味，正是神仙思想流行、離亂世局的心態。在魏夫人接遇的仙真中，不管是男真或女仙，所賜贈的仙歌風格大體相近，甚而與《真誥》中衆多的仙真所歌的也有類同之感。因而引發一種推想，就是當時江南勾容、茅山地區流行

---

[17] 這一觀念由陳寅恪所創發，極有見地，其中自有需修正之處，但仍可解釋許多宗教現象，參見〈天師道與濱海地域之關係〉，收於《陳寅恪先生論文集》（臺北、九思、一九七七）

[18] 關於靈媒的研究。詳參拙撰〈西王母五女傳說的形成及其演變〉，刊於《東方宗教》一期（臺北、文殊、一九八七、九）

的靈媒集團，習慣掌握同一表達的手法，極熟悉仙歌的辭彙、意象及五言詩體的體製。故能在進入恍惚狀態中，吐辭發聲，仙言仙語，在固定的寫作模式中，表現出優雅而飄逸的仙詩風格，這是六朝詩中尚待整理的一批史料。⑲

在用韻方面仙歌也具現東晉前後的語音現象，這一點在任氏的研究中完全被忽略，對於辭彙、意象猶可說模仿，但對於脣吻自然的押韻要刻意去仿作就較不容易。〈列仙文〉所有的四首中；方諸青童章用韻：形（青）、清（清）、生（庚）、冥（青）、情（清）、名（清）、耕或汧（青），屬於庚、清、青三韻同用，漢至魏晉多見，齊梁以後較少。金母飛空歌章也表現同一現象：清（清）、兵（庚）、停（青）、傾（清）、生（庚）、冥（青）、精（清）、靈（青）、史（陽），最後的央字如是英，則爲庚部，用韻較寬，也是魏晉詩的常見現象。清虛真人一章的用韻：館（換）、散（翰）、煥（換）、璨（翰）——粲也是、彈（翰）、歎（翰）、旦（翰），魏晉時，換、翰同在一部，尤其魏詩特別明顯。安度明一章，霞（麻）一作和（戈）、阿（歌）、家（麻）、華（麻）、邪（麻）、和（戈）、過（戈），這種戈歌麻同用的現象，兩漢有之，魏晉最多，齊梁以後就未見，而有麻韻獨用的情形。從孟郊詩集出現有四首用韻的現象不與集內其他作品相一致的情況，也不與中唐的用韻習慣一致，這一問題要解說爲模仿，實在忽略了詩人創作的一般現象，比較可以接受的推論，就是孟郊只是改作者，才能符合魏晉

⑲ 關於六朝仙詩的整理，包括辭彙及用韻等，由女弟林帥月撰寫《古上清經派經典中詩歌之研究》（民國八十年東吳中研所）。

詩韻的情況。

讚頌歌中的其他三首作品，更可加强前一推論。清虛真人所歌之二：領（靜）、靜（靜）、靈（青）、景（梗）、整（靜）、穎（靜）、青（梗）、上（養），其中耕部字與養合韻的現象，正是晉代而非魏代的用韻。扶桑神王歌則爲止脂二韻同用：水（脂）、峙（止）、起（止）、理（止）、擬（止）、始（止或脂）、子（止），多爲止韻，也與脂部通押，爲魏晉宋詩的現象。至於三元夫人一章的用韻現象更可注意：外（泰）、翳（霽）、氣（未）、慧（霽）、會（泰）、沛（泰）、邃（至）、穢（廢）、廢（廢）、世（祭），其中霽、廢、祭——晉代祭部分爲祭、泰二部；與泰、未、至同出現在一詩中，用韻尤寬，也是早期詩韻的現象。基本上扶乩、降真的年代即表現該時期的語音現象，而非以該仙真傳說中的年代爲準，既然降真是發生在東晉前後，則仙歌飄渺也自是晉時音，這是研究仙歌首需確定的一個前提。[20]

孟郊對於〈魏夫人傳〉的仙歌有所接觸，一因顏真卿撰述碑銘前後，魏夫人的事跡廣爲流傳：先有長壽二年（六九三）女道士黃令微（華姑）在胡超的幫助下，[21]尋得舊迹；睿宗景雲中（七一〇—七一一）葉善信承睿宗令，置洞靈觀；開元初，玄宗使人醮祭。魏夫人觀

---

[20] 陳國符《道藏源流續考》首先作韻考，採用羅常培、周祖謨的研究成果，不過陳氏常以他們的時代爲準，嫌其所推定的過早，本文亦以羅、周的韻考爲主，另參何大安的研究，此點宣讀時蒙莊申教授提醒特此注明。

[21] 胡超即胡慧（惠）超，參秋月觀暎有關唐代許真君傳及許遜教團的研究，胡惠超爲關鍵人物。《中國近世道教的形成》（東京、創文社、一九七八）

宇終在華姑的努力下重建，其後靈異之説傳頌不絕，在天寶年間均曾度女道士焚修香火。直到大歷三年（七六八）顏真卿任州刺史，因觀宇增修，而重新在范邈舊傳的基礎上，撰成碑銘：前半敍述魏夫人的事跡，後半則敍唐興以來的靈驗事跡，對於魏夫人的信仰作一總結。其實魏夫人傳説的傳播需結合茅山派在唐代的發展，茅山道統傳承其教法，在各代高道的手中至唐代乃臻於鼎盛，不但與帝室的關係密切，也多與文士相互交往，所以在道教諸派中茅山道居於主流，魏夫人既貴爲第一代太師自也倍受時人的重視。

宮川尚志博士析論茅山道派與王室的關係，提出數項重要的觀察：包括創業期的預告符讖（如王遠智）、茅山高道的道業深受帝王貴族的器重（如司馬承禎）、茅山的優異形勢對於時人的吸引力。㉒在茅山道業隆盛的氣氛中，魏夫人的傳記與上清經派的道經、仙傳等，均較易爲文士所傳頌，孟郊自也有機會得睹其仙經秘笈。根據孟郊一生的思想行事，由於仕途並不得意，因而與方外之士的過從也是自然會有的事，其實這也是唐代文人的生活習慣之一，佛教、道教的人生哲理與山林環境，提供方外的另一種世界，借以安頓其在現實界具有挫折感的身心。孟郊的交遊中就有多位道士，且有詩相送：〈送蕭鍊師入四明山〉、〈同李益崔放送王鍊師還樓觀〉、〈送無懷道士遊富春山水〉及〈送丹霞子阮芳顏山上歸山〉，蕭、王二鍊師、無懷道士及丹霞子均爲道士；此外〈送李尊師玄〉、〈送道士〉、〈贈城郭道士〉及〈訪嵩陽道士〉等，都表現出他對「口誦碧簡文」的道士生活並不陌生；有時他自己也有機會遊覽

㉒ 宮川尚志博士，〈唐室の創業と茅山派道教〉，刊於《佛教史學》第三號。

道觀，如〈西上經靈寶觀〉的經驗，類此道教經驗均提供他閱讀、欣賞〈魏夫人傳〉中仙歌的契機，至於他是以何種心境完成〈列仙文〉，就只能推測爲一種寄託，如他贈送道士歸山的詩，縱有嚮往之情，但終究身在紅塵，徒羨清閒而已。

任氏對於孟郊詩集中風格迥異於其他寒僻風格的情況，解釋爲擬作，而且假設爲當時伶黨或教坊擬於舞臺上扮演金母、清虛等角色，因而促使孟郊擬仿六朝仙歌的筆調寫出戲文。㉓這一推測固是從唐戲弄的觀點出發，但用以解說〈列仙文〉，則嫌太富於想像力，說是戲文實在缺乏有力的證據。他又退一步從道家（教）的科儀作解，假設仙壇上男女道士代表衆仙，分別歌唱而近於講唱，是乩文而近於戲文。不過從道教科儀史的立場言，科儀自有其一套結構，其所唱的步虛是另一種道教音樂文學，不能與降真詩混同。其實〈列仙文〉就是降真詩、是真誥，它必需還原於〈魏夫人傳〉的肌理絡脈中，在相關的情節、場景、人物的襯托下，這些仙歌才具有可以理解的意義。所以孟郊如真是〈列仙文〉的作者而非羼入於詩集的，他所扮演的只是改作的角色，因當時的道教文化氣氛，魏夫人信仰及其傳說的流傳，使他興起改作的興趣，並標以「列仙文」的題目。從寫作習慣言，原先當有小序記事，後來才爲後人所刪落。

或許有人會覺得任半塘先生的觀點也有成立的可能，只是目前尚無證據支持其假設。固然在魏夫人的宗教體驗中，高度入靜後，諸真下降，其服飾富麗，相好莊嚴，且儀仗盛壯，

㉓ 任半塘前引書，頁一二八一。

宛如一幕幕神仙道化劇的演出，但終究這是靈視、靈聽，是一種宗教見神的經驗。這一經驗確可依樣以戲劇形式演出，但目前道教學界尚無此等史料證成此說，否則道教文學一定可新添一頁歷史。因此本文從道教史的立場，可以證實的只是〈列仙文〉確是原出乩壇的歌辭，顏真卿但取其敍述部分，孟郊則取歌辭部分，可惜未錄或佚失小序，不然就不致引起千年後的諸多推測。

四、結 語

孟郊詩集有〈列仙文〉四首，風格體製均不類於其他作品的寒僻風格，往昔論者既已致疑其僞，而近人任半塘則力證爲孟郊之作，並假設爲戲劇文體、爲唐戲弄的珍貴史料。不過從道教史、從上清經派史的立場，就可發現它原是一批降真詩，東晉初范邈撰傳時，即遵循當時仙傳撰述的體例，採用歌文兼備的文體，散文部分承擔敍述功能，而詩歌部分則是在見神經驗中靈視靈聽的宗教實錄，〈魏夫人傳〉只是諸多上清諸真傳之一而已，因此從當時的通例考察，魏夫人不會成爲只有文而無歌的特例。

入唐之後，茅山派成爲道教主流，魏夫人信仰及其傳說又經重振，除范傳外尚有項宗所撰一種，已佚；此外顏真卿節略舊傳並補益新說，撰成膾炙人口的碑銘，爲唐代魏夫人傳說、事跡的集成。孟郊其人既與道士有所往來，因緣際會，撰成〈列仙文〉流傳後世。至唐末五代，杜光庭廣泛彙集顏碑及本傳撰成新傳，收入《集仙錄》中，杜道士所整理的道教史料極爲精博，所以教內如《雲笈七籤》、《茅山志》等皆取材於此；甚至教外編《太平廣記》也多所取資，因而後世的筆記叢書均出自此一系統，也造就了魏夫人的固定化形象。

附表：魏夫人傳流傳表

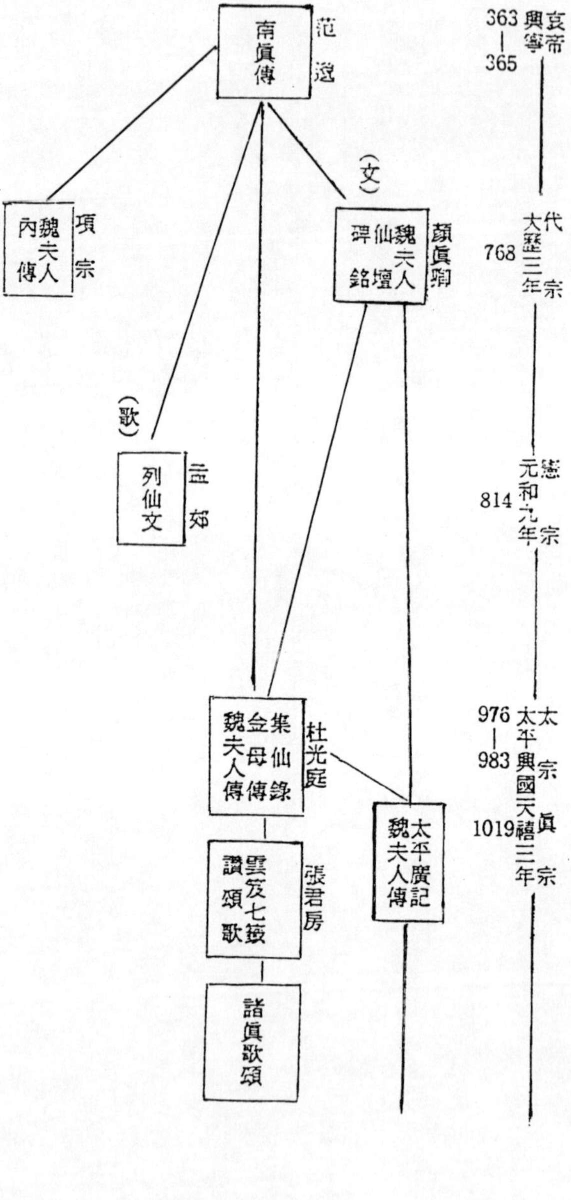
哀帝 興寧 363—365
南眞傳 范邈
魏夫人內傳 項宗
(文) 魏夫人仙壇碑銘 顏眞卿
代宗 大曆三年 768
(歌) 列仙文 孟郊
憲宗 元和九年 814
集仙錄 金母傳 魏夫人傳 杜光庭
雲笈七籤 讚頌歌 張君房
諸眞歌頌
太平廣記 魏夫人傳
太宗 太平興國 976—983
眞宗 天禧三年 1019

西王母五女傳說的形成及其演變

——西王母研究之一

西王母信仰在中國諸神中是極爲顯赫的女神，從古神話的西王母演變到現在的金母崇拜，道教化的過程是其中的關鍵。因此要完全瞭解西王母信仰的形成，就需要探討道教諸道派如何吸收、轉化前道教時期的西王母神話，成爲道教諸神世界中的重要女仙，這段時期約在魏晉南北朝。流傳至今的道書，倖存於道藏之中的上清經派道籍，大體保存其衍化之迹。大概有關西王母的異生譚、神界職司以及附麗其上的諸般神話傳說，到唐末杜光庭在青城山道場約集道士編撰道書時，才總集其大成，這就是《墉城集仙錄》的〈金母元君傳〉。道藏六卷本《集仙錄》雖非完帙，但卻保存了西王母傳及其他相關的女仙傳說，因而可據以考知宋元以後的金母信仰。元朝以下最爲通行的道教關係類書以《三教搜神大全》爲代表，關於這一搜神類書的版本，現在所知的，凡有《三教源流聖帝佛祖諸神大全》與《新刻出像增補搜神記》等，據李獻章博士指出兩書是根據一共通的祖本各自增删而成的。❶ 這一結論大體可信：因

---

❶ 李獻章，〈三教搜神大全と天妃娘媽傳を中心とする媽祖傳説の考察〉，後收於《媽祖仰仰の研究》。（東京，泰山文物社，一九七九）。

爲前者所錄的「西靈王母」與後者所錄的「西王母」就有所不同，顯然是明人增補時各以意去取。本文研究的重心就從「西王母」傳所多的一行字開始，就是在敍述王母所居的崑崙仙境後，多出「女五：華林、媚蘭、青娥、瑤姬、玉巵」等字。西王母有五女，是明《搜神記》承襲《集仙錄》的說法。在本文中將嘗試探討五女之說的意義、來源、及其民俗、道教背景，借以說明道教形成期道教與民間傳說的複雜關係。

一、五女說的來源

《搜神記》所載的西王母有五女之說，確定源出於《集仙錄》，但並非完全直接襲用〈金母元君傳〉，而是綜合該一仙錄中其他的仙傳歸納所得的「新說」。關於杜光庭編撰《墉城集仙錄》的原始構想，依現存於《道藏》竭字號的六卷本，並未見有序跋類的文字表達其編撰之意；而且今存的本子，經比照其他類書所引的，恐怕也已非原本全帙。但從其中的女仙排列的次序，尚可髣髴編撰者當初確是具有一套符合道教體系的仙學思想，用以組織那些散見於神仙傳記中的女仙。

唐末五代杜光庭爲當時有名的高道，在黄巢之亂後，即立意廣泛地搜羅道書，四川青城山就是當時他率領諸道士編撰道籍之所。❷《墉城集仙錄》即爲一部輯自道書中的女仙傳記集，原爲十卷本，當是更切合其原始構想的編次，到明正統年間編集《道藏》，則僅得六卷而已。題作「墉城」，正是道教將前道教時期的崑崙神話加以吸收、並道教化爲天地宮府。在東晉上清經派的仙境地理書中，諸如《海內十洲記》及《洞真外國放品經》都是保存了墉城被轉化爲道教宮府之迹的早期資料。所以北周編的道教類書《无上秘要》就綜輯爲兩條：卷二二「三界宮府品」注「出洞真經」：

墉城金臺　流精闕　光碧堂　瓊華室　紫翠丹房
右在崑崙山　西王母治於其所（12a）

卷二三「真靈治所品」也列出一條表明仙真治所：

崑崙墉城是西王母治所（1b）

將墉城、西王母聯結爲一組宮府、真靈的觀念，正是洞真上清經系的產物，完成於上清經派

---

❷ 今枝二郎，〈杜光庭小考〉收於《吉岡義豐還曆紀念論文集》（一九七七）；丸山宏，〈青城山小考〉收於《東洋史論》第五號（東京，東アヅア史研究會，一九八三·十）。

之手。❸杜光庭等青城山道士就基於墉城爲西王母治所的構想，將它作爲諸真遊止的仙境。但今本卷一所列的女真，居首的卻是聖母元君，「乃洞陰玄和之炁，凝化成人。亦號玄妙玉女，爲上帝之師，太上老君，先天毓神，歷劫行化，應接隱顯，不可稱論，其欲示生於人間，表物之有始也。故散形分神、寄胞於元君焉而更生也。」這是將宇宙生成論神格化之後，創造出一象徵混沌初開的至高無上的神君，也是母親意象的原型，爲諸神之所出。所以置於女仙之首，確是道教中人造構其神格化宇宙觀的創說，而金母元君自然就只能居於其次一位。

元君的稱呼，是道教對於女性神明的尊稱，故聖母元君、金母元君之稱顯示至唐時，道教對於仙界體系已具有完備的說法，尤其是西王母在上清經系，乃至民間的宗教信仰中已獲致確定性的至尊地位。所以〈金母元君傳〉中說明其爲「西華之至妙，洞陰之極尊」，表明其爲何緊接於聖母之後的關係。接下即敍說金母與木公的搭配情況，其職司是「共理二氣，而養育天地，陶鈞萬物」。有關東王公、西王母的聯爲一體，乃源諸漢人的舊說；至於六朝，筆記小說又復承續其說，而道書則更進一步予以道教化。最具代表性的即是梁時編成的《元始上真眾仙記》（道藏騰字號）將元始天王、太元聖母作爲天地開闢、陰陽和合的象徵，爲宇宙構成的原始形象；接下就安排扶桑大帝東王公（號元陽父）、太真西王母，爲始陽之氣，分治東方、西方。這是將漢朝東王公、西王母道教化的重要階段，已逐漸脫離西漢時期素樸的東、

---

❸ 詳參拙撰〈十洲記研究〉收於《六朝隋唐仙道類小說研究》（台北，學生，民七十五年），頁一一三～一八五。

西陰陽二神的傳說，而邁向掌理天地二氣的道教仙真的形象。所以在南北朝初期，道教以神格化的方式建構其宇宙論的過程中，這一《上真衆仙記》所保存的說法也就具有階段性的意義。

上清經派的經典對於西王母傳說的形成，主要的就在西王母的職司，至於東王公的角色反而只是附帶敍及而已。陶弘景所編的《真誥》，在所引述的東晉前後的真靈誥語中，即有入天門需揖拜木公、王母的傳說，有關木公的記載僅此一見，而西王母則凡有五見。這一情形也見諸今本《真靈位業圖》，則此一代表道教神仙譜系的階位，並未見有東王公之名，西王母也未列於階位，只片斷見存於周穆王（至崑崙見西王母）、元始天王（西王母之師）的注語中。這一有關仙真的位業圖即是六朝時期的重要仙真階位圖，竟會出現這種處理方式，如非今本有所脫誤，否則實在是一個奇特的現象。

惟《集仙錄》中所載金母的職司——「體柔順之本，爲極陰之元，位配西方，母養群品。天上天下、三界十方女子之登仙得道者咸所隸焉。」（1.9b）已明確說明其爲女仙的掌領者。但具體表明所隸女真中有些是王母之女，則散見於卷二以下的傳記中，根據石井昌子精密的文獻學研究，指出杜光庭所集的仙傳資料多取自《真誥》等一類道書。❹陶弘景搜集東晉楊（羲）、許（謐、翽）諸人所錄的仙真誥語，也就是屬於類似扶箕所寫出的文字。因此有關王

---

❹ 石井昌子，〈真誥と墉城集仙錄〉，刊於《東洋學術研究》，一五·一～三（一九七六）。惟初稿時未及見此文，特補注於此。

母有女的傳説，所代表的是靈界仙真的誥示，抑是當時祠廟信仰的反映，就成爲一種極富於趣味的課題。以下即按照女仙在王母女兒行列中的排行逐一説解，借以探知所謂「五女」的説法，只是編撰者但就《集仙錄》所列者立説，而非西王母之女的全部名單。

五女中首列的華林，取自《集仙錄》卷二〈南極王夫人傳〉：

> 南極王夫人者，王母第四女也。名(華)林，字容眞，一號紫元夫人，或號南極元君。理太丹宮，受書爲金闕聖君、上保司命。(2.16a)

杜光庭編寫南極王夫人傳記的材料，部分取自〈清虛真人王君內傳〉、部分取自《真誥》：前者今存於《雲笈七籤》卷一〇六，又見引於《上清衆經諸君聖秘》卷五，此處所列的只脱漏了「華」字。清虛王真人就是王褒，爲上清經派重要人物魏華存之師。至於王夫人降誥時所示的仙歌，則出於《真誥》卷三（第四、第五紙）等，爲編寫此傳的主要依據。真誥之中，南極王夫人的事迹是依附於王褒（注云：褒又爲魏華存師）而出現的。這段誥語乃由楊羲記錄下來，屬於東晉興寧三年（三六五）的資料。

次一位即爲媚蘭，錄自《集仙錄》卷五〈雲林右英夫人傳〉：

> 雲林右英王夫人，名媚蘭，字申林，王母第十三女也。受書爲雲林宮右英夫人，治滄浪宮。(5.1a)

這段文字明顯地取自《真誥》卷二（第十一紙），爲楊羲所書的南真（魏華存）之語，時間是興寧三年七月五日。此外傳中材料也多是《真誥》中扶箕降真的誥語，均可一一求證於今本《真誥》中。

次爲青娥，取自《集仙錄》卷三〈紫微王夫人傳〉：

> 夫人名青娥，字愈音，王母第二十女也。昔降授太上寶神經與裴玄仁，裴行之得道，拜清靈眞人。（3.6b）

這條資料襲自《真誥》卷一（第七紙），爲許長史（謐）所寫的南嶽夫人（魏華存）降誥之語。但愈音作「愈意」，關於這一個字可參考其他的道書：像《上清三真旨要玉訣》（道藏遜字號）即引九都有「西王母女，名益愈」，當爲「愈益」之誤。益、意音同，所以紫微王夫人應是字「愈意」。紫微王夫人爲裴清靈之師，清靈真人也是古上清經系中所常見的降授經典的重要仙真之一。杜光庭撰寫〈紫微夫人傳〉，明確錄出是興寧三年，「降楊羲之家」所書的誥語，對照今本《真誥》，其文字大體相符。

次爲瑤姬，取自《集仙錄》卷三〈雲華夫人傳〉：

> 雲華夫人者，王母第二十三女，太眞王夫人之妹也。名瑤姬，受徊風混合萬景練神飛

化之道。(3.1a)

《太平廣記》卷五十八也曾引錄這篇仙傳，傳中較詳細地說明雲華夫人是「金母之女也。」又說其師承：「昔師三元道君，受上清寶經，受書於紫清闕下，爲雲華上宮夫人。主領教童真之士，理在玉映之臺，隱見變化，蓋其常也。」瑤姬就是古神話中炎帝之女瑤姬，也就是宋玉所作〈神女賦〉中的神女，被道教化之後就成爲助禹治水的仙真。

最末則爲玉巵，並未見錄於今本《集仙錄》中。在《真誥》中也未能察獲，當也是道書中所載的女仙。❺值得注意的是唐牛僧孺《玄怪錄》有崔書生事（廣記卷六十三），載崔書生遇一女子，納爲妻室，崔母疑爲狐魅，女遂離去，贈以白玉盒子。後遇一胡僧，僧告以「君所納妻，西王母第三女，玉巵娘子也。」唐代小說家喜用神仙故實，牛僧孺正是侈言神仙、幻術及感應之士；而且深好道術，至老不衰。❻這篇崔書生豔遇，宋人《類說》卷十一正題作「王母女玉巵娘子」，牛僧孺取自何種道書尚有待進一步研究？《搜神記》將「三女」置於末，與原先按照四、十三、二十、二十三的排行有異，可證其並非取自《集仙錄》一書中。《搜神記》的五女之說並不甚周備，還有一個旁證：就是今本《集仙錄》卷四〈太真夫

---

❺ 玉巵之名，石井昌子，〈真誥人名索引〉刊於《東洋學術研究》十～三（一九七一），頁一四一～一七二。即未列出此一女真之名。

❻ 參王夢鷗先生，〈玄怪錄及其後繼作品辨略〉，收於《唐人小說研究》四集（台北，藝文，民六十七年）。

人傳〉，一開始就說「夫人者王母之小女也。年可十六七，名婉羅，字勃遂，事玄都太真王。」既然明白記明爲王母的小女，爲何又不列諸五女行列之後。太真夫人爲馬明生之師，《太平廣記》卷五十七〈太真夫人傳〉明記爲「出神仙傳」，則是在葛洪之前，馬明生的傳說既已廣泛流傳，葛洪只是從金丹大道的立場撰爲傳記而已。由於今本《神仙傳》所行世的，乃爲明人所輯存，其中多有脱略之處。而《三洞群仙錄》卷十八引《抱朴子》（今本不載）也說：太真王夫人乃西王母小女。這條資料的可信性不可確知，但六朝時期確有此說：在《幽明錄》中就錄有太真夫人之女爲妙音的民間傳說，類此都能反映出太真夫人爲六朝的女仙。《廣記》所引的當是根據〈馬明生真人傳〉——現存於《雲笈七籤》卷一百六，杜光庭所據以改寫的太真夫人，正是馬明生之師。《搜神記》並未將其列諸五女之列，是否因《集仙錄》未明白列出其排行，而只泛稱「小女」之故？

今本《集仙錄》所錄的女真傳記，前半都與上清經派有關：卷二有上元夫人，出《漢武内傳》、《茅君傳》等，正是上清經系的仙傳。餘如昭靈李夫人、三元馮夫人都是「上清高真」，爲《真誥》所收錄。卷三則尚有太微玄清左夫人、東華上房靈妃兩位，卷四有太真夫人，都是古上清經中所見的女仙。其他女仙非屬於上清經派的，則普遍採自早期的仙傳中，如麻姑出《神仙傳》；卷五則有嬰母、鉤戈夫人、湘江二妃、洛川宓妃、陽都女、杜蘭香等，也大多是取材於《列仙傳》、《神仙傳》以及其他仙真傳記集中。可知《集仙錄》的原始編集構想就是以墉城、西王母爲核心，將上清女真配列在前；再擴大金母爲女子登仙得道者所隸的觀念，將所搜羅的女仙事蹟悉數列於錄中，因而成爲一部極具特色的女仙傳記總錄。

二、西王母信仰及杜、何神女傳說

在西王母傳說中會出現有關女兒的一母題，實非先秦古神話中所本有的，而是經歷兩漢時期的强化始逐漸成型。西王母出現在考古文物如漢鏡、漢甎、買地券及刺繡等諸多兩漢的遺物中，其圖案化的造型與銘文化的文學，都强烈顯示西王母在民間社會中普遍流行的情況。有關鏡銘大多將《東王公、西王母》並列，或作《上有東王公西王母》，或作《壽弊金石西王母》、《壽如東王公西王母》，爲漢人祈求老壽長生的神仙思想的反映。❼由於西王母傳說的盛行，必有相關的儀式配合產生，從克羅孔（Clyde Klouckhohn）的神話理論言：儀式與神話經常互爲表裏，儀式是行動象徵，而神話則是語言象徵，藉語言、文字的表達支持、肯定，或合理化儀式中所要表達的同一需要。❽有關西王母的神話傳說，保存於文獻、文物中的並不少見，但關於西王母信仰的儀式則較爲少見。雖然如此，兩相對照仍可推測在兩漢時期有關西王母的崇拜應有其普遍性，才會具體保存於圖案、銘文中，而成爲具有宗教信仰的表徵。西王母收養女兒的傳說，應該與西王母祠廟信仰的發展有關。這裡先說明漢人祭祀西王

---

❼ 參駒井和愛〈中國漢代の神僊像〉，收於《中國考古學論叢》一六七～二四四；方詩銘〈西王母傳說考〉，刊於《東方雜誌》四二～一四（民二十五年）；張金儀，《漢鏡所反映的神話傳說與神仙思想》（台北，故宮，民七十年）

❽ 參自李亦園，〈神話的意境〉，收於《信仰與文化》（台北，巨流，民六十七年），頁一六四。

母的記載，再說明祠廟信仰的發展關繫其爲女仙之母的原因。漢時有西王母詔籌的事跡，在當時是傳歷郡國、天下震動的大活動，而且從武帝時既已出現，到哀帝時又再度盛行；《漢書、哀帝紀》曾記載其事云：

> （建平）四年春，大旱，關中民傳行西王母籌，經歷郡國，西入關，至京師。民又會聚祠西王母，或夜持火上屋，繫鼓號呼相驚恐。

這件驚擾民衆的事情，〈天文志〉說是在建平四年正月、二月、三月，約達三個月之久。「傳行詔籌」的祠祭辟邪，是因「從目人當來」，當來的怪異爲縱目人，方詩銘氏引《楚辭·大招》說是西方流沙中的「豕首縱目，被髮鬤只；長爪倨牙，談笑狂只」，爲西方惡神，因而祠祭西王母可以禳除之。❾不過〈招魂〉則說是：上天門時有一「豺狼從目」之怪，它本身也是危害生魂的可怖之物，應是流傳於當時民間社會的凶厲之物。這件怪事在《漢書·五行志》下有較詳細的記載：

> 哀帝建平四年正月，民驚走，持稾或棷一枚，傳相付與，曰：行詔籌。道中相過逢，多至千數，或被髮徒踐，或夜折關，或踰牆入，或乘騎奔馳，以置驛。傳行經歷郡國

---

❾ 方詩銘前引文，頁三八。

二十六，至京師。其夏，京師郡國民聚會，里巷阡陌設祭，張博具，歌舞祠西王母。又傳書曰：母告百姓，佩此書者不死；不信我言，視門樞下當有白髮。至秋止。

詔籌的大概情形就是類此傳行一枚籌，可據以辟除邪怪。在《漢書》中凡有〈息夫躬傳〉、〈鮑宣傳〉、〈王嘉傳〉等，都明白指出「百姓訛言，持籌相驚」。類此變亂陰陽的災異乃是非常之變的前兆，爲典型的漢世災異現象的反映。從「祠西王母」一事可以推知漢代民間早就有西王母的祠祭、或有西王母祠廟等信仰，因而形成崇拜其神靈的熱烈情況。西王母具有禳解、致祥的能力，既有甎刻、鏡銘及傳説，又有實際的祠祭活動，兩相配合，可知西王母信仰就在民間信仰的推波助瀾中大力展開。《漢書》所載的行籌地區約在關中，但王母信仰在當時應普遍存在於各地區。民間即逕稱爲「母」，又有設祭、歌舞，則其信仰形式應頗近於漢人的巫祝祭儀，乃是漢世民間巫祝活動的共通形式。[10] 這種巫祝致祭的西王母，在本質上雖與漢世城陽景王祠相近，但在宗教信仰的層次上則較高，也較具普遍性，已非屬地區性的祠廟，而是全國性的信仰。至魏晉以後，西王母信仰的高度發展，更遠遠超越地域性的祠祭。較諸項羽神、蔣侯神等一類祠廟信仰，西王母信仰更有機會被新興的道教所吸收、轉化。從宮川尚志氏的研究中顯示：六朝的宗教活動是相當繁盛的，巫祝的活動不

---

[10] 志田不動麿，〈赤眉の賊と漢城陽景王祠との關係〉，刊於《歷史教育》五～六（一九三〇）。

曾因當時逐漸成爲主流的佛、道信仰而中斷，反而相互激盪，並行不悖。⓫ 西王母信仰在當時即能突出其特殊的地位，兼具有民間祠廟信仰與上清經派的道教信仰，兩者之間相互影響，因而完成六朝時期的西王母信仰的獨特地位。

西王母之廣收女兒是祠廟信仰的相關傳說，而上清經派道書也在這一風尚之下，逐漸予以結構，並完成其組織化的諸女譜系。六朝時期西王母之成爲民間早夭女子的守護者、養育者，當時必曾流傳衆多傳說；而這些見錄於六朝筆記小說中的傳說資料，之能倖存於今日的，可謂碩果僅存。因此使用這批殘存的資料時，需要有一項假設，就是現存的這兩類資料，代表的應是一種相當普遍的現象，當時的數目必遠多於此。這樣才能推知上清經系爲何有多達二十餘女兒的構想，因爲這些夫人、仙姬原先也是曾經流傳於民間的傳說與被崇祀的祠廟。所以杜蘭香、何參軍女的記事是兩條珍貴的民間信仰的材料。

杜蘭香傳說爲魏晉豔傳的人神戀愛故事之一，關於杜蘭香的事迹，據《晉書·曹毗傳》記載當時：「桂陽張碩爲神女杜蘭香所降。毗以二篇詩嘲之，並續蘭香歌詩十篇，甚有文彩。」這就是唐宋類書所引的〈杜蘭香傳〉；此外又有〈杜蘭香別傳〉行世，別傳爲魏晉流行的史傳體之一，因而別傳體的杜蘭香傳記，與當時曹毗所記的時人張碩的豔聞，縱使並非同屬一書，

⓫ 宮川尚志，〈民間の巫祝道と祠廟の信仰〉，增訂本《六朝宗教史》（東京，國書刊行會，一九七四），頁一九一～二三六；同氏著〈六朝時代の巫俗〉，收於《六朝史研究》（宗教篇）（東京，平樂寺，一九七七），頁二三六～三六五。

也是盛傳於東晉社會的神女傳說，可說都是同樣屬於東晉時期的產物。⑫

曹毗所記的杜蘭香事迹，固然是屬於當時的民間傳聞。但有關杜蘭香的身世則是降於張碩時的誥語，乃採用了當時民間所流行的降誥形式，其中即云：

> 神女姓杜，字蘭香。自云：家昔在青草湖，風溺，大人盡沒；香時年三歲，西王母接而養之於崑崙之山，於今千歲矣。（御覽三九六）

自云以下是降真的誥語，這些降真的文字應該是由張碩所書而傳世的。張碩的身分，據《郡國志》說：碩是捕魚者，遇杜蘭香於金陵西浦，一云項口（御覽七五）；而《集仙錄》卷五所列的〈杜蘭香傳〉，則已將杜蘭香改寫增飾爲仙真形象，因而具有謫仙的身分。

> 有漁父者於湘江、洞庭投綸自給，一旦於洞庭之岸聞兒啼哭聲，四顧無人，惟三歲女子在於岸側，漁父憐而舉之，還家養育。十餘歲，天姿奇偉，靈顏姝瑩，迨天人也。(5.21b–22a)

---

⑫ 詳參拙撰〈魏晉神女傳說與道教神女降真傳說〉；又竹田晃有〈杜蘭香説話について〉刊於《東方學會創立二十五周年紀念東方學論集》（一九七二）。

兩種傳說之中，自以前者較爲原始，後者則爲道教中人所改作，尤其是有關人神戀愛的情節，已被改寫成謫降人間的謫仙者；而張碩的身分，「蓋修道者也」。這是一種符合道教形象的說法，因爲曹毗之所以嘲之，正因其中的豔聞實有失神仙的本分，因而後來道士將其收錄於仙傳中，自然要諱而改之，始能符合道教修真的旨趣。

有關杜蘭香降見的時間，干寶《搜神記》卷一作「建興四年」，⑬即晉愍帝司馬鄴時（三一六），與曹毗記錄時所說的「時，桂陽張碩爲神女所降」，時間大體相符。至於杜蘭香所溺死的青草湖，在湖南省岳陽縣西南，與洞庭湖相接，所以《集仙錄》才有洞庭岸兒啼之說。至於本籍則干寶載其「自稱南康人氏」——《類聚》作南陽，則是在河南省境；後來遇張碩的地點則在金陵西浦，都可由此推知杜蘭香傳說的地域相當遼闊。早期的傳說中應是溺死之後又爲西王母接養於崑崙山，所以干寶記載杜蘭香派婢女通言時，就說：「阿母所生，遣授配君」。稱西王母爲「阿母」，意屬雙關：西王母自可簡稱作「母」，又是養育的母親，杜蘭香自可算是王母之女。這位神女出現在張碩的見神經驗中，宛然是十六七許的少女，這位靈界女子所賦的詩中正有墉宮之語：

阿母處靈嶽，時遊雲霄際。衆女侍羽儀，不出墉宮外。飄輪送我來，豈復恥塵穢。從我與福俱，嫌我與禍會。

---

⑬ 參汪紹楹，《搜神記校注》（台北，里仁，民七十年），頁一五～一六。

靈嶽、墉宮正是崑崙墉城，《集仙錄》可能因此改寫錄之於傳中，而只需將人神之戀的情事刪除即可相符合，再進一步以六朝至唐時常見的謫仙觀念加以解說。⓮其實神女來降，並與世俗之人完成其塵緣正是魏晉豔傳的民間傳說：《列異傳》曾載弦超與神女交往的事（御覽七六一）；《搜神記》卷一也襲用弦超與成公知瓊相遇事，張華且據以作〈神女賦〉——而《類聚》作晉張敏作。其中有關天上仙真的謫降，在「塵穢」中一了情緣，而且既已註定與人間男子有緣，就需設法了結，都是道教採用宿緣的早期例證，其後也成爲後世小說的典型。可知六朝時期確有神女謫降人間的傳聞，唐人只是在這一基礎上改作度脱有緣者並刪略其豔遇情節而已。

何參軍女的傳說也是典型的人神戀，《搜神後記》卷五載有豫章人劉（一作王）廣，年少未婚。至田舍，見一女子云：「我是何參軍女，年十四而夭，爲西王母所養，使與下土人交。」廣遂與之纏綿。本來敘寫男女偶然相遇而女子自薦，正是六朝筆記小說中神異、妖異女子與世間男子情緣的同一「非常」性模式，爲當時人滿足其潛意識的心理反映中性與婚的普遍性願望。類此與靈界女子的遇合近於佛洛依德所說的遂願説（wish－fulfillment）的心理反映，和遊於仙境而與仙女相配，如袁相、根碩之類俱屬於同一構想。⓯採用神女降見爲巫覡

⓮ 詳參筆者〈道教謫仙傳說與唐人小說〉，《第二屆國際漢學會議論文集》。

⓯ 參拙撰，《六朝仙境傳說與道教之關係》，刊於《中外文學》八～八（民六九、一）。

式的表達形式，都可視爲口傳文學爲集體意識的反映。這裏值得注意的就是早夭女子之爲西王母所收養，然後又降於民間得遂世緣的說法，表現當時謫仙以結緣的思想同爲巫祝信仰、道教信仰所接納。

神女既被接入墉宮，又再入凡塵，其關鍵所在就是曾有祠廟可以憑依？這是值得注意的問題。在西王母接養諸女的傳說背後，是否暗示西王母有祠？祠廟中有類似墉城的佈置，因而杜、何等神女也得列於陪侍、陪祀之列；甚或其神靈早就有神祠可憑，而不只是依附於靈媒之身而已。類此靈媒和祠廟相與配合的存在，是魏晉巫祝信仰的風尚，值得關心中國宗教史者多加注意。⑯何參軍女正是列於《搜神後記》卷五內；這一卷所收的清溪廟姑、吳望子等俱與祠廟信仰有關，其中所隱藏的意義，正顯示當時一些民間傳說中的神靈成神的事迹。可惜杜、何二神女的傳說，現今流傳的已極簡略，但仍可推知這是當時神女與人間男子結緣的浪漫傳說，爲衆多傳聞中的兩件而已。

劉義慶編撰的《幽明錄》中，有一吳縣女子的故事，其中即錄有歌曲說：「成公從義起，蘭香降張碩。苟云冥分結，纏綿在今夕。」（小說鈎沈本一八〇條）成公知瓊、杜蘭香及何參軍女的降真冥結傳說同爲當時盛傳的民間故事，充分表現冥冥中有命定的觀念，用以解說男女之間的情緣。道教也曾吸收這一類說法，只要比較《真誥》中愕綠華之降羊權、九華真妃

⑯ 小南一郎曾注意及此，參〈漢武内傳の成立〉，收於《中國の神話と物語り》（東京，岩波，一九八四）頁二九八～三三〇。

之降楊義，都可知是同一時代風尚下的產物。只是杜蘭香等一類神女稍多一些綺麗的戀愛情調；而道教降真的描寫中，一些贈物、贈詩的舉止中，已刪落其中所隱含的情愛，而只稍存淡淡的情愫而已。所以從靈媒的接見仙真，人神之間所共語、寫錄的過程，可以進一步推測上清經派中人只是將流行的杜、何神女的降真情事提昇、純化，成爲道派中的降真儀式。這就是六朝社會從巫祝道轉變爲道教（成立道教）的關鍵，將民衆盛行的靈巫降神，經由有教養者的修業式後，因而得以獲見諸天仙衆。這一情形就是楊、許集團所錄的真迹，也就是陶弘景所集的《真誥》，此即它具有特殊的時代意義之所在。

三、東晉《眞誥》的形成及其意義

西王母五女的說法，即是以《集仙錄》所錄存的爲主，而杜光庭所據的又多依據上清經系的道書：像《雲笈七籤》卷一百六〈馬明生真人傳〉，及最大宗的陶弘景所編的《真誥》，這些仙傳類的作品中所記錄的正是仙真降真的語錄。換言之，諸女仙的排行及隸屬於西王母之下，並非是上清經派中人的特意安排，而是經由降筆的方式所傳遞的靈界訊息，屬於一種神秘的宗教體驗下的產物。然則這類在降真的情形下寫出的誥語，反映出當時的什麼宗教現象？而諸女隸於西王母且有明確的排行，又代表何種宗教意義？凡此都是早期道教史亟待探討的課題。

基本上，比較杜、何二神女的人神關係，其與上清經派的人神共語現象，可以推測神靈與人或靈媒之間的交往，是六朝社會普遍流行的現象。而這類靈媒的本質又是承襲自前道教時期的巫祝傳統，只是上清經派在新興的道派氛圍中，有意提昇爲較精純化的高級宗教—可稱爲教團道教、成立道教或組織道教。⑰據 Eliade《巫教信仰》(Shamanism) 的研究指出：巫教信仰普遍存在於南北美、北亞、中亞諸民族，也就是施密特 (Grabner－Schmidt) 所謂的極北、北美原文化區。⑱中國古巫確曾存在於遠古時代，在當時的社會中具有崇高的地位，但到周朝其社會、文化功能既已逐漸分化。這一情況導致漢朝以後巫的地位已趨於低賤，縱使被認爲是巫的流亞的方士，也只是挾術以干謁公侯者而已。從巫的本質言，因其所具的訓練，不管是自發式、或是在濃厚的社會文化氣氛中接受誘導，都因採用了類似精神集中術的訓練，產生人格解離 (Personality dissociaticn)，因而具有一些特殊能力。F. Andres 研究薩滿，認爲具有能見精靈、死者再生的能力；Eliade 則認爲巫者能入神 (extase)、飛翔、行天。這種神媒 (Spirit Medium) 隨著文明的進化，一再改變其在社會中所扮演的角色。⑲

上清經派正是處於中古時期巫覡地位逐漸趨於下降，而方士只以術數見長的時代，卻將

---

⑰ 關於這些名稱的應用，參日本道教學界：吉岡義豐《道教の研究》（法藏館，一九五二）；又見窪德忠《道教史》（山川，一九七七）。

⑱ Eliade, Shamanism, princeton Uni. 1964；施密特著，蕭師毅、陳祥春合譯《比較宗教史》（輔仁書局，一九四八）。

⑲ 有關中國古巫的研究，參狩野直喜，〈支那上代の巫、巫咸に就いて〉、〈說巫補遺〉、〈續說巫補遺〉，均收於《支那學文藪》（みすず書房，一九七三）；藤野岩友，〈巫に就いて〉，收於《巫系文學論》（大學書局，一九五一）；林巳奈夫，〈中國古代の神巫〉，刊於《東方學報》三十六（一九六七）。

薩滿（巫師）的神媒角色精緻化，提昇爲教團道教的修練方式。六朝時期一方面巫祝道仍盛行於社會中，祠祭項羽、蔣侯，乃至木石精靈之類，而從事這類職業者也多是中下階層，成爲庶民心目中交通神人的媒介。另一方面上清經派則以社會中級官吏爲構成體，多屬於世族的社會階層，其中較具代表性的就是楊羲、許謐諸人，許氏與葛氏（洪）均爲勾容地區的江南舊族，在政治、社會上具有世家大族的地位。道教史上的勾容是宗教氣氛特別濃厚，尤其是道教盛行的地區，魏華存從江北所帶來的天師道法，融合黃庭經法後，結構爲一套較爲精緻的訓練方式。⑳魏夫人之子乃將道法傳授楊羲，又傳許謐父子，楊許集團乃逐漸形成一種新神媒的角色，可說是在東晉期勾容地區的道教氛圍中，依修業式訓練爲一批高級的通靈者。《真誥》中大多爲興寧三年夏開始，延續二、三年間的通靈記錄。按照陶弘景整理周子良的見神紀錄，題作《周氏冥通記》，則《真誥》可謂爲楊、許諸人的冥通記。㉑

在六朝的傳說中，西王母曾收錄諸女兒的相關事跡，正是陽、許等在冥通狀態下，與神共語，或接受仙真的誥語——許地山即作爲早期扶箕的例證。㉒當時稱爲真書、真迹或真誥，

---

⑳ 詳參拙撰博士論文，頁二六八～二七六。又前引《不死的探求》，頁一～二七。

㉑ 關於真誥的成書，可參張爾田，〈真誥跋〉刊於《內藤博士頌壽紀念、史學論叢》（一九三〇）；胡適〈陶弘景的真誥考〉，刊於《慶祝蔡元培先生六十五歲論文集》下册（一九三五）；比較完整的研究爲石井昌子，〈真誥の成立に關する一考察〉，刊於《道教研究》第一册，及其他的相關論文，收於《道教學の研究》（東京，國書刊行會，一九八〇）。

㉒ 許地山，《扶箕迷信底研究》（台北，商務，民五八）。

都是書法能手在恍惚狀態下將見神經驗一一筆錄。當時茅山的許氏山堂—即靜室，爲天師道設靖（靜）的修道場所，也是仙真常常降臨的神靈之地。而楊、許也多經歷一段時間的精神恍惚（Trance），在幻覺中說出、寫下一些神的囑語。按照人類學家的研究，它經常表露其內在最基本的社會文化需求，常借用神誥的方式將神的意旨傳達、宣示於信徒。楊、許諸人的知識階層身分，加上借用天師道治的宗教形式，以及新興的上清經派，因此其修業方式自是較諸某種精神狀態下突發式（如童乩的訓練，產生神明附體的現象）、或突發式（未經訓練或學習，而爲文化薰陶下的產物）具有規模。㉓楊許集團可說是在六朝的宗教氣氛的鼓勵下，經過一段時期的學習、修練後，因而具有神靈附體的現象。所以這些在精神恍惚狀態下所降的仙真誥語，基本上所反映的是上清經派、或當時宗教界的社會文化需求。上清經派在道教勃興的階段，逐漸建立其宗教信仰的體系，完成其獨具一格的修練方式，因而在江南地區逐漸展開一股蓬勃的宗教活動。

基於這些近代人類學家有關薩滿研究的理論，借以分析楊、許諸人的筆錄，就可發現諸女仙的排行及其事迹，正反映了上清經派及當時諸道派的宗教文化現象，而並非單純的只是一個虛幻的神靈世界的體系與結構。像楊義所受、許謐所寫的南嶽夫人誥語，有關王清娥的排行與職司；楊義所自記的南真夫人誥語，有關王媚蘭之事，其中的重點所在即一爲排行、

㉓ 有關靈媒的訓練及其形成方式，參李亦園，〈從若干儀式行爲看中國國民性的一面〉，收於《中國人的性格》，（台北，中史研究會民族刊，民六十一年），頁一八二～一八三。

一爲真靈所治。這些現象反映出當時上清經派有意將一些分散的神靈、或只作爲祠廟的主神加以組織化、體系化：它一方面以西王母爲中心，將原本在西漢社會既已流傳的神靈加以道教化，提昇爲道派中的仙界的神靈；另一方面則有意將原本並無聯繫的地區性神靈組織化，納入一個神統譜中，分署職位，成爲茅山神仙階位中的一員。這種上清經派模仿官僚體制、倫理架構，而成爲體系化、組織化的仙真世界，顯示當時諸大道派在外來佛教的刺激之下，有意識的整備教法而成爲組織性道教。

上清經派將西王母信仰吸收之後，列爲元始天王的弟子，並且擔任傳授寶經要訣的職司，遍見於六朝上清經中，以南北朝中期編集的上清經系書目性質的《四極明科經》爲例，就明白記載其爲傳授寶經者的角色。在東晉前後出現的三大經派：上清、靈寶、三皇經，其中上清、或題名洞真上清的古道經最常出現西王母，也是當時仙傳中較常出現的傳授修道者的仙真，㉔ 著名的《漢武內傳》就是在這種風氣下造構行世。㉕ 由此可證上清經派有計劃地重新塑造西王母的形象，其主要的依據則是民間社會中普遍存在的西王母信仰，西王母收養杜、何神女等一類傳說，經改造之後，終於奠定其崇高的地位，爲「母養群品，天上天下、三界十方女子之登仙得道者咸所隸焉」的神界掌領者。

上清經派將祠廟信仰的神祇有意識地納入其體系中，可以雲華夫人爲例。《集仙錄》即將

㉔ 有關西王母爲道書傳授者的問題，筆者將在西王母系列研究中，另篇處理。

㉕ 漢武內傳的研究，詳參拙撰《六朝隋唐小說研究》（台北，學生，民七十五年）。

雲華夫人列爲西王母第二十三女、太真王夫人之妹。其實瑤姬原爲䔄草神話，見錄於《山海經·中次七經》，爲姑媱山附近的神話傳說。宋玉即曾據以作〈神女〉、〈高唐〉二賦，以諷楚王；晉習鑿齒又將它寫入《襄陽耆舊傳》——今已亡佚；又有《文選》中〈高唐賦〉注引〈渚宮舊事〉，保存得較爲完整，可見東晉前後瑤姬神話仍舊頗爲流行。在宋玉的筆下巫山神女本有諷諭之旨，但是將神女寫成「願薦枕席」的風流女神，自不完全爲民間社會與奉道者所願接受。因爲祠祭的神靈必有崇高、可敬的神格，始具有護佑子民的守護神性格，所以《集仙錄》就特別闢之云：「宋玉作〈神女賦〉，以寓情荒淫，託詞穢蕪，高真上仙豈可誣而降之也。」這座「楚世世祀焉」，至今猶「有祠在山下」的祠廟，其祠祭的原因之一實與助禹治水有關，民衆乃積於崇德報功的心理加以崇祀。奉道者乃將其道教化，因而有所師受、封職，就是「昔師三元道君，受上清寶經，受書於紫清闕下，爲雲華上宮夫人，主領教童真之士。」傳中有一段授與夏禹的教示，及三元道君對雲華夫人的敕示，都是典型的道經文字的風格。袁珂曾解釋這種說法，「想來也還是有民間口頭傳說的依據，不是出於嚮壁虛造，」㉖不能說完全無此可能；但主要的還在於道教中人另有意地加以改造，將道教女仙的寫作模式套在瑤姬傳說之上。因而得以流傳至今，長江三峽一帶所流傳的還是一個具有護佑性格的女神，成爲祠廟中更爲崇信者所接受的女神形象。

上清經派確是有意聯繫不同來源的女真，還有一事可資證明：就是將瑤姬作爲太真王夫

㉖ 袁珂，《古神話選釋》（台北、長安，民七十一年），頁九一～九八。

人之妹，這「太真王夫人」應指同列於《集仙錄》卷四的「太真夫人」，其取材所自即爲〈馬明生真人傳〉—《雲笈七籤》卷一百六，凡列〈清虛真人王君内傳〉，魏華存撰；〈紫陽真人周君内傳〉，〈馬明生真人傳〉即列於第三，傳主自是馬明生。而在〈太真夫人傳〉中則調整其筆法，因而增加一篇夫人與安期共論之語，爲極富於道教色彩的天地劫運說，並有服丹成仙的品第說等。可見杜光庭將馬明生、安期與太真夫人之間的交往、談論的仙蹤，經由一句「王母之小女」的聯繫，列爲墉城女真。而這句關鍵性的話在〈馬明生真人傳〉則獨付闕如。由此可以推知《集仙錄》的結構觀念，就是將不同來源的女真儘量納於墉城衆真之列。

《集仙錄》擅於集合諸種材料於一的佳例，還有〈南極王夫人傳〉，其筆法也先有「王母第四女」一句，因而得列於墉城之中。但全傳的架構則部分取自魏華存撰〈清虛真人王君内傳〉，也是將原傳主王褒改寫爲南極夫人，而刪落有關王褒歷事諸真的經過。杜光庭融鑄不同素材的筆法，雖似已貫串成篇，但其融鑄之迹卻仍保存在一些仙歌部分，只要對照《真誥》與《集仙錄》就能發覺兩者之間相互襲用的情況清晰可尋，其中凡有兩處插入仙歌：一處標明爲興寧三年乙丑，南極夫人與八真同會，吟詩授楊羲，正是見於《真誥》卷三（第四、五紙）。所謂八真即右英王夫人、紫微夫人、桐柏山真人、清靈真人、中候夫人、昭靈李夫人、九華安妃、太虛南嶽真人、方諸青童，南極紫元夫人剛好是最後吟歌的一位。像《集仙錄》只說「八真」，卻未標明仙號，除非有自注，或是道門中人熟知其取材於《真誥》，否則這類詞句自是不甚明確。另一處「林振須類感」詩，則見於《真誥》卷四（第八紙）楊羲寫明「六月二十三日夜南極夫人作」。對於仙歌《集仙錄》常加以摘錄，因而楊、許所錄的降真詩就常成爲傳中的主要材料。

《集仙錄》喜錄仙歌的筆法，以雲林右英夫人、紫微王夫人最爲典型，這兩位正是興寧三年一再降真的女真，〈雲林夫人傳〉的筆法正是杜光庭詳細摘錄《真誥》中有關右英誥語而成的。除了首句敍明雲林夫人的身分職司外，此下即從興寧三年七月三日開始，分成敍事與仙歌兩大部分，分別按照降真的日期幾乎全錄於傳中：仙歌標明凡二十五首，長短不一，大體按照日期前後，逐首摘錄自《真誥》卷二、卷三及卷四，屬於「運象篇」。仙歌前又有十月十五〈秋分日瑤臺大會之詩〉，凡錄青童大君、太虛真人、西城真人、小有真人四君之詩。所謂瑤臺之會的說法，對後世小說的瑤臺盛會具有啓發性。《集仙錄》中所錄的仙歌有時與《真誥》有異：像《真誥》中有一首「三轡抗紫軒，傾雲東林阿」（卷三第八紙），《集仙錄》將「抗」寫作「控」，而且還綴合「四旌曜明空」等十四句（卷三第十紙）成爲一首仙歌。所以需要細細對照二書後，才可確定《集仙錄》如何引錄《真誥》的文字。

〈紫微夫人傳〉也是近於同一筆法，從興寧三年六月起對於《真誥》中的降真詩逐首摘錄：「乘飆遡九天」見於卷三（第二紙），爲六月所降；以下「龜闕鬱巍巍」至「紫空朗明景」五首，爲九月所降；「左把玉華蓋」爲十月十八日所降。其次告楊君之言與詩則錄自卷四，爲興寧三年十二月、及四年二月之作。杜光庭就特別注明「四月十四日作七章」，實則僅前四首是，餘三首則作於二十三日以後。此敍」，暢論服丹藥之理。文字雖小有異同，但大體則是有所襲用。

大抵《真誥》中的仙歌多出於楊羲，而部分則出於許謐之筆，藝術風格爲典型的魏晉詩風。這些奉道之士所受的藝文訓練，一爲擅長五言，一爲能於書法。而且降真時必以能書、詩雅爲條件，始具有爲仙真錄下誥語的能力。㉗這些語言大多採自道書中的典故，與魏晉詩（包括遊仙詩）有異趣之處，確是研究六朝詩值得注意之處。《无上秘要》卷二十列有仙歌品，雖未及以上諸女真所作，卻收錄有顧歡的《道迹經》，也有《真誥》，可見仙歌確是仙真文學的一大特色，值得作爲六朝詩的珍貴材料。㉘

四、王母諸女說在仙傳中的演變

從《真誥》到《集仙錄》，只可看出西王母有五女之說，是《搜神廣記》的編撰者不甚周備的說法。但比較《搜神大全》中的敘事，就可說明前者所錄的西王母傳說，其中已增加一個值得注意的母題。這是神話傳說的發展、演變，在某一階段因爲特殊的社會文化，因而增加一些新的質素。道教形成期對於前道教時期的民俗、信仰及傳說，常予以有意、無意的變化使用，所以西王母會從單純的以三青鳥爲使，演變至《漢武內傳》中已有侍女群，又在《真誥》中附加一群女兒，毫無疑問的，這是極有趣味的變化。

㉗ 關於能書之說，陳寅恪、余英時均曾注意，參陳氏撰，〈天師道與濱海地域之關係〉，收於《陳寅恪論文集》；余氏撰〈漢晉之際士之新自覺與新思潮〉，收於《中國知識階層史論》（聯經，民六九），頁二七三～二七五。

㉘ 筆者目前正與女弟林帥月在國科會的支持下，進行纂集整理這些仙歌，將分校註及研究兩部分編撰出版。

依據《真誥》及相關的上清經派仙傳，可知魏華存以下的楊許集團，經由降真的神秘方式，冥通神靈，錄寫誥語。在當時奉道之士的階層中，這是與神靈世界接觸的一種方式，因而《真誥》所錄的仙真誥語中，出現西王母有排行有序的女兒，並安排適合其身分的職位、所司，表面上似乎只是神統譜的新秩序，但從神媒的形成及其社會功能加以考察，它卻具體反映出這是一個宗教活動漸趨積極的時代，因而產生有意的統一意識，將原本各自獨立的祠廟信仰或神靈傳說，組織爲一個井然有序的諸神世界。因此原本並不相干的仙真可以一齊赴「瑤臺之會」、也可以齊會於茅山的山堂作歌吟詩、指示凡界。從《真誥》的紀錄、整理中，可以顯示勾容的茅山道派，是東晉前後深具活動力的教團，它正朝向組織化的道教發展成形。

楊、許集團的修業式靈媒，基於其世族的出身，對於仙真的信仰及其儀式自有其較高的修練層次，因而才逐漸脫離江南社會所盛行的巫祝道，諸如蔣侯神之類的信仰，甚至對杜蘭香、何參軍女等一類普遍流傳的神女也未見提及。大體而言，上清經派的道法具有較濃厚的清修性質，因而所降仙真的誥示，大多以仙言仙語勉勵奉道之士清修向道。墉宮仙境之樂正是具體反映出道教作爲一種新興宗教的階段，奉道者希企神仙境界的熱切願望。因而這類仙道文學兼具魏晉詩的風格，與道教傳說的神秘色彩，成爲六朝詩中的異數，這是探討中國宗教與文學的關係時值得特別注意的材料。

《真誥》所收集整理的這些降真資料，配合當時「出世」的仙傳，逐漸構成一套神仙譜系。因此陶弘景編纂《真靈位業圖》可謂爲神統譜的整構完成，其中就在第二中位特設「女真位」，列出「太真王夫人」（八五位）、「滄浪雲林右英王夫人」（八六位）、及《紫微左宮王夫人》（九三位），與其他的五十四位女真同列。由於「位業圖」所取的資料中，重要來源之一即爲《真誥》，所以《真誥》中未收的雲華夫人瑤姬也未列入；另外〈清虛王君內傳〉中的南極王夫人，雖也見於《真誥》，卻未列於譜中。所以上清經派的仙真位業說，爲南朝茅山道團所認定的神仙譜系觀念的反映，但其實並未周備地盡列六朝的仙真。

《集仙錄》將當時所的見道書（尤其是仙傳）中的女真加以綜理，因而制定出選錄、改撰的體制。杜光庭及其領導的青城山道士多精於道籍，於是根據墉城爲西王母所治之處，西王母又爲登仙得道女真之所隸，結構出一個符合道教內部傳說的架構，在前半部即依真仙位業的高低逐卷列出，凡注明王母第幾女的第一手資料，自是廁身於墉城的重要條件。杜光庭當時搜羅所及的女真，在原帙中所有的必較今本更爲完備，可能《真誥》中所列的多能備載於傳中，甚至還廣及其他的仙傳。〈杜蘭香傳〉雖已經改寫，但當時必尚得參閱有關〈杜蘭香別傳〉（原本或類書所引），因而經巧妙改寫後也收入墉城之內。杜光庭發憤整理衆多的道書，《集仙錄》也如同其他科儀書等，深刻影響及以後的道教傳記，如趙道一編《歷世真仙體道通鑑》。

《仙鑑》中即特設「後集」專收女仙；卷一列無上元母、太一元君作爲老君度現所出之母；而金母元君則居末，材料即全襲自《集仙錄》。卷二列出雲華夫人，注明「夏」朝，位於九天玄女、蠶女之後，係按年代排列其次序。趙道一的撰述傳記，大體襲用《集仙錄》的文字而略加更易，因此將有關諸女的排行與字號省略，都在文中注出，像雲華夫人傳就有自記一行引「總仙奇記云：名瑤姬」。《真誥》中諸女真大多列於卷三，上元夫人居首，其下依次爲南極王夫人（有注：一云第三女）、右英王夫人、紫微王夫人、太真王夫人，全都注明西王母女兒的排行序，且按序排爲第四、十三、二十及小女，可見是根據《集仙錄》重加董理的。其傳中的文字有一簡潔化的傾向，就是將所有降真的誥語（含仙歌）悉數刪除，只存興寧三年某月降句曲山數字，這是合乎撰傳的敍事體例的。趙道一以金元南宗道士的廣博通曉，也只能如同杜光庭一樣，列出仙傳所標明的西王母之女，可以推知在東晉時楊、許集團既然未能列出王母女兒群的全部名單，後來其他的道書自更不可能列出。所以明人所能據道教文獻標明的西王母諸女傳說，也就只有五、六位之多而已。

民間的搜神類書在元朝出現，原本今已不可得見，但可信均收錄有西王母傳。對於其他早期的女真，包括在《漢武內傳》中一齊出現的上元夫人均未能列出，這一現象反映出道教的西王母信仰團中，只有西王母仍能持續在民間社會具有較普遍性的崇祀地位，其餘的只是道教內部的女真傳說而已。今傳明代的兩種本子中：《搜神大全》題爲「西靈王母」，敍事簡略，對王母在道教中傳經授訣的重要地位均一字不提，而以王母云一詩作結。《搜神廣記》則逕題「西王母」，注明「七月十八日」——這是民間神誕的參考。其敍事中多提及《漢武內傳》所敍述的王母降見、命侍女作樂事。在明版《搜神大全》中敍天妃娘娘事迹時，也曾提及天妃顯靈，「多見其輿從侍女，擬西王母云」，可知西王母侍女在神仙傳說中是最爲普遍的形象；但《搜神記》天妃條則不及此說，卻注明「女五」一事。在此值得一提的是洪自誠所編的《消搖墟經》——收於《道藏》槐字號，即題爲「仙佛奇緣」的前二卷記仙事部分，其中西王母傳全同於《搜神記》。這一系列的西王母傳，後來又爲王世貞收錄而編於《列仙全傳》

中。歷代有關仙傳的編寫大多輾轉相襲，而今所得見的版本又不一定是原刊本，因而要判斷其中孰爲原傳，孰爲改本，實非易事。㉙

西王母有女兒，且各有所司，歷代道書間亦提及，像《太清金闕玉華仙書八極神章三皇內秘文》（道藏深字號），在神宗章第二中丹靈四洞天列出五嶽司命，其中與上清經有關的：凡有南嶽司命者隋（晉之誤）魏夫人也、東嶽司命者乃紫微王夫人也、西嶽司命者乃西王母第十三愛女也。下述北嶽、中嶽司命均爲唐人。可見在宋人的觀念中，五嶽司命就有王母女雲林夫人（十三）、紫微夫人（二〇），她們仍受到道教內部的繼續注目。但在明正統年間編的《天皇至道太清玉册》（道藏陪字號），爲當時便於翻檢的道教類書，卷七數目紀事章所列者極多，連「王母四侍女」均列於四數部分，而在五數部卻未列出「王母五女」。由此可證明人所整理的「王母五女」，既不合乎仙傳傳統的實際數目，也未普遍成爲明人道教數目紀事清單中的一項。

西王母有五女說的提出自是仍具有其意義，因爲這是西王母長遠的神話傳說中，在東晉前後新賦予的觀念，超越原本的西王母侍女說，而落實登仙得道女子咸所隸的仙道思想。在中國神話傳說中西王母爲人間早夭少女登仙者、靈界女仙的「母親意象」(mother image)，具有原型性的陰、母意象，成爲護佑者、養育者的母親原型。基本上這是民間信仰崇祀西王母的集體意識的反映，可與中國各地域的女神廟並存：廣西、湖南兩省多祀湘妃；福建、浙江、

㉙ 參㉕引拙撰，頁一一四～一一六。

江蘇及兩廣多祀天后；山東、河北多祀碧霞元君。下斗米晟氏說僅北京、吉林兩地曾存有西王母廟，這倒是值得再仔細續加考察的問題，因爲方志中所存的西王母信仰的遺迹絕不應僅止如於此而已。[30]

大概說來西王母信仰的發展、演變，固然有前道教時期的傳統在，道教成立後在民衆社會中也仍自有其影響力。但無疑的，道教上清經派對於西王母傳說仍是具有決定性的影響力。西王母五女說只是其中的一部分而已，卻也關繫及西王母傳說的構成，確定西王母爲墉城中女真得道者所隸的守護神形象。由此可知神話中的神仙或人物，在歷史發展中其所以消失或變化，關鍵所在就在於不同時空條件下，社會是否基於需要繼續加以吸收再創作，新的神話傳說所新賦予的意義，將不斷地重新雕塑其形象，讓它具有新的多面相，使原本較不變的神話形象獲致新的支持、肯定。西王母之成爲早夭女子得道者的養育、掌領之母，正是男性、父性社會中對於不幸早亡而無所憑依的女性之補償，解決方式。因此民俗學、道教學的理解，可以說明西王母是中國女神中一位永恆的母性神，五女說即是這一發展階段的歷史文化的遺跡。

---

30 下斗米晟，〈道教における西王母の地位と職司〉，刊於《大東文化大學紀要》文學部八號（一九七〇）。

道教謫仙傳說與唐人小說

道教謫仙說是道教文學的主題之一，表現道教思想中對於罪譴、贖罪等的看法，這是所有宗教文學都想解說的課題。道教以其獨特的仙學體系，在天上與人間對立的宇宙論下，解說修道者的人間世經驗，表明所具有的道教風格的人生觀。道教經典中有關罪謫的理論，並未有專門一經加以論述，而是散見於道書中，這部分需要專文處理。❶本文所要處理的只是謫仙傳說，從六朝的觀念形成期來考察六朝到唐人小說中的謫仙故事，說明它在社會中逐漸通俗化、普遍化的現象。這一形象化的文學形式，對於宋元以下的小說、戲劇也具有深刻的影響。❷所以本文企圖說明的是謫仙說在創發時期內，所有的理論依據、文學趣味及其相關的宗教問題，以此說明道教的罪感及其解罪的方式，在道教早期的神學體系中爲一核心的問題：它涉及道教的他界主義，宗教上的終極關懷問題，尤其是奉道、修道者在修練中的心性修持及面對人生、社會所持的觀照態度，凡此都是道教神學的重要課題，值得從神話神學中

❶ 有關道教的罪罰、贖罪說，筆者指導學棣王天麟撰《天師道經系仙道教團戒律類經典研究》（台北輔大宗研所，一九九一）；蔡榮凱，《漢魏六朝道教的罪罰觀及其解罪方式》（輔大中研所，一九九四）。

❷ 宋元小說戲劇中的謫仙說，將作爲下篇發表。

加以詮解。

一、道教謫仙說的基本觀念

道教的仙學體系的完成，是在巫祝的原始宗教的基礎上，以神仙說爲中心思想，廣泛吸收儒、道、墨及陰陽、術數等學說，結構完成其宇宙論、人生論。而其中的外爍成分就是從印度輸入的佛教思想，在因應這一龐偉的宗教體系時，道教中人終能發揮其含融力，將這些駁雜多方的思想意識綜合條貫，造就一極具中華民族風格的本土宗教。❸從文化人類學者所說的大、小傳統的相互依存關係言：道教的基本觀念是通俗化、宗教化，先前既已存在的睿智哲人、宗教家的思想，在初期可說是近於巫祝傳統。但後來結構成形的道教神學體系，則是六朝奉道的世家所集體參與的，但在布教時又因應民間社會的需要而適度地通俗化，成爲簡易的、條目式的觀念，這是標準的民間傳統。從巫祝道文化的基礎上發展，初期道派在面臨外來的體系化的佛教文化的衝擊下，道教整體所表現的宗教創發的活力，可說是介於文化振興的綜攝運動（syncretic movement）與創新運動（innovative movement）之間❹。其中在教義的開展上有部分的成功地轉換完成，但也有一部分並非完全地創新。

❸ 參窪德忠〈道教的成立〉，《道教史》（東京，山川書局，一九七七）。

❹ 這一觀念參李亦園〈文化變遷與文化復興〉收於《信仰與文化》（臺北，巨流，民國六十七年）。

謫仙說正是出現在這一綜攝、創新的關鍵時期，具體表現道教中人在修持學上所要建立的宇宙觀、人生觀，其中即涉及道教的宗教倫理學中，所要解決的罪罰與贖解的思想意識。所以謫仙的思想在這一意義下，可說是極具關鍵性的課題：關涉到道教如何建構其天上與人間的新宇宙說、修道者如何接受道教的倫理道德，用以解說其人際關係，並强化其修真問道的心理，借以面對在人間世所遭遇的現實問題，由此並可進一步考察道教徒如何解說其終極關懷。這些問題在道教形成以前，一些睿智的哲人或宗教思想家既已嘗試解說，無論是中國本土的思想家或外來佛教的傳教者，在自己的思想體系中都曾有不同程度地解決。道教的謫仙傳說基本上即是建立在一個逐漸成型的仙學理論的架構上——正因還處於逐漸成型的狀態，所以其理論的完密、周備並未具有論理的嚴謹性，而且會隨著道教的繼續發展也持續地賦加許多新觀念，這是初期道教正在創發階段的現象。

謫仙思想即是在創發階段中逐漸蘊育完成，而且是就實際流傳的傳說細繹而得，因而有關謫仙的基本觀念多來自零散的理論，且多半取自例證中的說解辭句，這是限於文獻資料之所致。較早處理〈謫仙考〉的，當以宮川尚志博士精采的大作爲代表，其中除說明謫仙說爲漢世貶謫情況的反映，並引述諸如三張首過之法、《玄都律文》、葛洪《抱朴子》等，力圖說明謫讁的觀念。較多的即是解說一些例子，以闡明神仙謫讁的說法。❺

從兩漢到南北朝末期，現存的謫仙傳說大概凡有九則：王充（27－96）《論衡・道虛篇》

❺ 宮川尚志，〈謫仙考〉收於《中國宗教史研究》（京都，同朋舍，一九八三）頁四五九、四七七。

所述的項㬹都最早，反映的是漢世的神仙說，葛洪（283－343）《抱朴子》〈内篇〉的〈袪惑篇〉曾加以收錄，並增多一則劉安傳說——《神仙傳》卷四說是取自《吳記》。神仙傳記的資料中，則有《列仙傳》錄瑕丘仲——《水經注》十三〈㶟水注〉引作班丘仲，《神仙傳》卷五錄壺公——而《後漢書·方術傳》錄於〈費長房傳〉，都可作爲漢晉之際的資料。另一條陶弘景置於《真誥·運象篇》之首的，爲楊羲（330－386）手錄的真跡，述愕綠華事，也可當作東晉初期的資料，所反映的是當時上清經派的宗教思想。

南北朝時期凡有三則見於正史，一則見於仙傳：《魏書·釋老志》、載成公興，《北齊書·由吾道榮傳》、由吾道榮傳載晉陽人某；《南齊書》卷五十四有蔡某。一般正史所列方術、方伎傳中所載的本來就是一些富於神祕色彩的人物，多取自民間傳說，故可代表當時已社會的謫仙觀念。六朝末見素子撰《洞仙傳》錄范財事，引述《漢武内傳》的東方朔謫仙傳說——《漢武内傳》撰成於東晉孝武帝太元末到安帝隆安初，❻可以證明謫仙身分之被流傳、豔羨的情況，所以傳中引「或問先生是謫仙邪？」顯示當時接受謫仙說，並作爲奇特道士的標幟之一。

謫仙說首先要建立的就是仙界、天庭的存在，漢晉之際已結構完成的三品仙說：即說明上昇天庭的爲天仙，流連逍遙於名山的爲地仙；最下的尸解仙則尚需在尸解後，有待昇入名

❻ 參拙撰〈漢武内傳研究〉，收於《六朝隋唐仙道類小說研究》（臺北，學生，民國七十五年），頁七七～八五。

山。其中的天庭即是以北極星信仰所形成的天上宮廷，完全是人間帝王宮廷說的折射，在這一天廷中模仿人間的構想，也有階級森嚴的仙官階位，《抱朴子·微旨篇》曾述及天曹署職，設有百二十官、曹府相由等，正是帝王官府的天上翻版。因爲天上世界也有嚴明的等級、職司，所以葛洪才說最理想的仙品是逍遙於名山的地仙，去留任意，適意自在，完全是漢晉之際隱遯思想的反映。❼天廷說先建立了天上世界的存在，始有天上神仙被譴的傳說，這是道教承受前道教時期的神話傳說所結構完成的天上世界。

宮川博士既已指出秦漢的貶謫，是處罰犯罪官吏的刑法，或將罪犯之人謫戍於邊。❽如再上溯至古史神話，則《尚書》所提的流放凶逆，如放四凶之類；及古神話中后羿、鯀等之遭流受殛，或重黎的絕地天通，均反映神話世界中神話人物犯罪被謫放的現象。所以《山海經·海內經》載昌意「降處」若水——《史記·五帝本紀》、《竹書紀年》作「降居」，從神話觀點解釋，就是自天下降，謫居若水。❾而從歷史的立場解釋，則是「帝子爲諸侯」（《史記·索隱》），即是一種貶謫，漢代立國後定下朝制，叔孫通所定的朝儀，就有對於朝廷失儀一類情事的懲罰規定，將這些朝儀諸事反映到天庭署職，就有謁見失儀以及有罪見謫的傳說。

項曼都的謫仙誑語所反映的是漢世舊說，他說自己曾乘龍昇天，過紫府、到天上，卻因

---

❼ 參拙撰，〈神仙三品說的原始及其演變〉，刊於《漢學論文集》二（臺北，文史哲，民國七十二年），頁一七一——二二四。

❽ 宮川尚志前引書，頁四七〇。

❾ 袁珂，《山海經校注》（臺北，樂天，民國七十年），頁四四三。

「忽然思家，到天帝前，謁拜失儀，見斥來還。今當更自修積，乃可得更復矣。」河東人號項曼都爲「斥仙」，就是被謫斥有失朝儀的仙人。劉安則是另一個「散仙人」——行爲散漫，因而被謫，葛洪說「劉安昇天見上帝，而箕坐大言，自稱寡人，遂見謫守天廁（《神仙傳》作都廁）。」❿這是劉安有野心想取得皇位的民間傳說，而天帝也只還是較素樸的天帝，尚未被道教化爲天上天尊。由於干犯朝儀致遭謫斥，爲早期較素樸的謫仙理由。

位列仙班仍需擔任職務，這種思想來自漢廷的官僚體制，也較近於儒家經生講究朝廷制度的觀念，而遠於道家的逍遙自適、純任自然，所以初期道教的天上宮廷說所反映的仍以漢儒意識爲主。壺公與賈長房的對話中，也說明謫降人間的緣由，是「昔處天曹，以公事不勤見責。」（《神仙傳》）——《後漢書》只說「以過見責」，不勤公事也是有犯官箴。《漢武內傳》雖已有上清經派的色彩，但也由西王母之口說明東方朔之遭太上謫斥，是「但務山水遊戲，了不共營和氣，擅弄雷電，激波揚風，風雨失時，陰陽錯遷。」因造成大災，有虧科條，就是未能善盡職責，才觸犯了天條科律。這一觀念也可解說成公興的謫降，是由於「坐失火燒七間屋」；晉陽人也是恆岳仙人「有少罪過，爲天官所謫。」將謫降的理由歸諸身處仙班的失職，基本上仍是中國人務實性格的表現，這種罪過說其實仍頗富於人間性，並非是人性中玄奧不可理解的罪孽。

罪過的說法在上清經派有較深沈的說法，楊羲在得見愕綠華之後，經訪問此人始知是九

---

❿ 大淵忍爾論抱朴子與論衡的關係，見《道教史の研究》（岡山大學共濟會，一九六四）。

嶷山中得道女羅郁，「宿命時曾爲師母，毒殺乳婦。」結果「玄洲以先罪未滅，故令謫降於臭濁，以償其過。」其中既已出現了前世今世、罪業牽纏等觀念，與漢代以前的素樸說法有所不同，爲通靈者羊權在冥通的恍惚狀態下，得接遇九百歲神女而探知此事。⑪ 泰山南城羊氏爲奉道世家，羊權自少既具有與神相接的冥通力，傳達神靈的誥語，但基本上所反映的仍是當時的宗教意識，尤其是上清經派才的宗教思想：所謂「宿命」，除了命定說的意義外，還有宿世已有命數的新意，這是與佛經翻譯、輸入的新說相互激盪後形成的。

將降處人間作爲謫斥的懲罰方式，就涉及道教中人對於人間世的看法。劉安謫守天廚只是降職，其他項曼都謫返人間，也只是簡單、樸素的敘述；而對於人間世的本質作宗教式描述的上清經派始漸有突顯其不潔、污穢性的傾向。他們所使用的字眼仍是傳統所有，但經宗教人的組合成詞後已賦予一層深意：如「塵俗」（《周氏冥通記》）、「濁世」（〈五嶽真形圖序〉）尚屬一般用法；至於「臭濁」（《真誥》）、「穢濁」（《漢武內傳》）等，就進一步深化了塵世的臭惡、污穢本質。而對於世俗之人則稱爲「肉人」（《真誥》卷十一）或者五濁之人、下土濁民、淫濁之尸（《漢武內傳》）。類此辭語無非是爲了對比天界、仙界的清淨，這種清與濁、淨與穢的強烈對照，除了表現江南的奉道世家對於東晉政局的悲觀及隱避態度外，應該也與當時流行的佛教思想有關。

謫降到塵濁的人間世，這種謫凡自是一種懲罰，所有的謫仙人一旦離開了清淨自在的天

---

⑪ 參拙撰《魏晉神女傳說與道教神女降真傳說》。

上，就需償其罪過，或承受試煉，這是贖罪的行爲。至於贖罪的方式則有一共通性，就是需要隱藏身分，且多以卑賤之身擔任賤役，以靜待完成其任務。其身分多不欲人知，甚至姓名俱隱。瑕丘仲是在寧縣賣藥，百餘年都無人識破；後因地動舍壞，壓死被棄，卻復活歸來，因而被識破，他惱恨「使人知我」，然後再度到夫餘胡王作驛使。成公興則是「至謙之從母家傭賃」；晉陽人某，「爲人家庸力，無識之者。」擔任賤役自是一種懲罰的方式，因爲這正是所現的卑賤世間相。六朝道教形成期，固然有帝王、貴族修道，但已逐漸形成尋常百姓也可修道成仙的觀念，此一情形東漢已然。⑫修真學道者有心向道，但面對來自現實世界的磨難，與講究門第身分的社會歧視，故採用命定爲謫仙作爲其原本的真相，確可調整、緩和其修練受試的心理，這是宗教、尤其是研究道教倫理學者所值得注意的課題。

謫仙人在人間的生活，可說是道家理想中的和光同塵、混同俗世的哲學實踐。因爲擔任賤役是世間相，其極致甚至要隱姓埋名，不爲世知，所以史家所採用的敘述筆法，「有仙人成公興，不知何許人也」——《魏書·殷紹傳》則稱爲遊遁大儒，但也具有「山居隱跡，希在人間」的隱世性格。⑬由吾道榮訪知甚久的，只是個「晉陽人某」；或如「會稽鍾山有人姓蔡，不知名。」類此不透露其真實身分，爲當時人心目中存在的謫仙形象，成爲後世「真人不露

---

⑫ 余英時，"Life and Immortality in the Mind of Han China", Harvard Journal of Asiatic Studies, Vol.25, 一九六四—一九六五.

⑬ 陳寅恪，〈崔浩與寇謙之〉，收於《陳寅恪先生論文集》（臺北，九思，民國六十六年）頁五六七~五九九。

相」的原型。

民間傳說的吊詭就是：謫仙人是不願露相，但總在無意中又露泄其真相，就像愕綠華叮囑羊權的話：「君愼勿泄我，泄我則彼此獲罪。」但還是可以訪問得知。或如瑕丘仲雖恨人知，但「北方謂之謫仙人」，還是世人皆知。因不爲人知的態度固然是謫仙人所要堅持的，卻在一些特殊的情況下，他們所擁有的超乎常人的能力，以及身負的特殊任務需要完成就會被流傳出來。成公興「被謫爲寇謙之作弟子七年」，卻在奇特的情境中負責點化、接引寇謙之，讓他成爲清整道教、創新天師道的教主。晉陽人某也在由吾道榮訪求之後，傳授道法。愕綠華的降臨，其實也是爲了點化羊權專心修道；壺公覺得費長房可教，因而傳授度世之道。類此度脫有緣，也就是葛洪所講究的明師簡擇弟子以度世成仙的度脫之意。⓮謫仙人一旦降謫人間，通常都負有點化有仙緣者的道法傳承的任務，得其人而傳，因而謫仙的事跡也得以傳世。

在謫仙小說中最爲炫惑士庶的，自仍以其特異能力爲最：瑕丘仲能死而復蘇、東方朔爲滑稽之雄、壺公能隱身壺中，諸如此類都是民間傳說中帶有傳奇色彩的奇特行逕。至於一般正史的方術、藝術傳中人也都具有法術神通力：成公興顯現其精於曆算、擅於預言的能力；晉陽人某能臨水禹步，以符渡水；鍾山蔡某在山中養鼠數十，可任意呼遣。而范財之所以被疑爲謫仙，也因修行太平無爲之道，顯現高超的道行。法術神通在謫仙人的表現中，只是一

⓮ 參拙撰《不死的探求》（臺北，時報文化，民國七十五年）頁二二八～二四二。

種方便法，卻具有點化、度脫有緣者的巧妙，這與六朝高僧之顯現神通力一樣，均同爲一種善巧方便法門，而不是爲了炫人的表演而已。⑮

降謫人間，接受考驗，並度脫有緣，都只是謫仙人的「修積」——修行積德，其期限則因人而異，與未降之前所犯的罪過有關：少則數十年如成公興，多則百餘年如瑕丘仲，甚或如愕綠華的宿世償過，他們的共通願望就是期畢當去，可得更復。至於重返仙班，再歸天庭的方式，則有不同的筆法：鍾山蔡某言語狂易了一生，最後「不知所終」。這是《神仙傳》以下的仙傳筆法，以飄渺不知其何所往的飄忽筆調，表現道門修真成道的風範；也有採用戲劇化的奇特結局的，成公興是入三重石室尸解，著衣持鉢、執杖而去——這些法具象徵他與印度佛學有密切的關聯。晉陽人某則以符渡水，飄忽他去，則完全是道教的仙去之法。

謫仙的一趟人世之旅，在傳述者的不斷傳播中，固然是帶有豔羨、稱奇的趣味，而對於道門中人而言卻是一種教育、心性試煉的砥礪。作爲新創的宗教，早期不同的道派都企圖建立明科戒律，以規範修道、奉道者的言行，天師道派的《玄都律文》（兩字號）即強調善惡、功過說，這些律正是奉道需知，違律則要罰筭，「主吏坐謫」，完全「依罪輕重論也」，具有對教徒規範、威嚇的作用。上清經派的《太真玉帝四極明科經》（兩字號）也一再表明：「女青律文，受者明慎奉行」，明科的制定自是爲了讓奉道者守戒修行，多積功德，以早日度世。謫

⑮ 參拙撰《不死的探求》，頁四〇六～四六五；又〈慧皎高僧傳及其神異性格〉，刊於《中華學苑》二六（臺北，政大中國文學研究所，民國七十一年）頁一一三～一三六。

仙傳說正是精神上的自我鼓勵，只要修道者自覺具有謫仙的身分，則對於橫逆的現實環境，較能安之若素，希望能經由救贖以補償前過，這是當時謫仙說出現的時代契機。

大體而言，六朝時期道教中人綜合了多種觀念始結構完成謫仙說：其中有官僚體制所折射反映的天曹構想，也有通俗化的道家處世哲學，經結合爲修道者所力行的試煉、考罰的人生觀。類似的人生態度固然有消極之處，但在亂世中未嘗不是一種堅定心志、清淨心靈的動力，以幫助宗教修持上的苦修。而就道教仙學的建立，就是其中所涉及的罪感意識，謫遣下凡爲一種解罪的方式，在六朝各道派逐漸形成其戒律說之際，既觸將及罪的解救問題。

二、謫仙傳說與宿命、情緣說

唐人小說中一再出現的謫仙主題，就是承續唐前謫仙傳說的基本觀念，再融合了唐代社會的思想意識、時代情境，在小說家作意好奇的有意創作下，成爲精采的謫仙小說。唐代帝室之崇道，尤其玄宗、武宗等人對於道教的提倡與愛好，大力助長了社會流傳神仙說話的風尚。謫仙傳說原本在道教內部所具有的教戒、啓導作用；而教外人士所炫惑、好奇的則在於謫仙的人世之旅中所經歷的離奇事跡。由於謫仙傳說的深層結構在唐前已大致定型，所以唐人就在經歷人世的情節發展中，多舖陳諸般悽惋欲絕的情事，這是唐代傳奇家的看家本領。謫仙小說在唐代的複雜化、文學化，也就是增多綺綣浪漫的情調及諧噱有趣的氣氛，較諸唐前的謫仙傳說更富於人間性和庶民性。

唐前的謫仙傳說可分析出其中的結構點，並形成一較深沈的深層結構：

①某人名籍：多不言姓氏，或只稱某地之人。

②出現情況：忽然出現，或舉止、職業多屬卑賤、不露真相。

③試煉歷程：擔任賤役，接受磨難，或肩負一些職責。

④點破情由：由於某一機緣點破身分。

⑤歸返天界：不知所終、尸解或直寫昇天。

這一結構到了唐人手中並未變動，卻因當時的時代格局、思想環境，而賦予新意，其中解說謫降情由及人生歷險則多沾染世情，而較具特色的就是定命說的强調、情緣的結與解，以及點化、悟解的新手法。

定命說爲唐代民間普遍流傳的通俗化天命思想，唐人小說即多有詮釋命定說的，《太平廣記》就特列有〈定數〉十五卷的篇目以收錄當時人的筆記小說，而中唐文士如韓愈與柳宗元、劉禹錫對論天命，都顯示命數觀是一個重要的課題。早自先秦時期，睿智的哲人對於機械式的命定說既已討論：天是否具有意志？宇宙以至人生是否由一神秘的律則作決定？人類面對不可知的過去、未來，嘗試尋找其間的因果關係時，神秘的宗教論點與理性的、科學的哲學思維，常在命定與反命定的對立命題中持續論辯。基本上，唐代民間社會是流傳通俗化的宿命說，其中除了中國的天命主流，還吸收了佛教的業緣說，因而更爲複雜、豐富。

謫仙說作爲民間說話，表現民衆接納了道教中人的宗教信念，這些被接受的宿命之說，其中的情緣觀念更是世間情的最佳注腳。情之一字在修道者的體驗中也是最大的考驗，道家哲學的忘情、無情說，可作爲哲人心境的自我提昇，將人間世的情感淨化、昇華至於超越的無情之境。道教則以宗教形式制定戒規、科律，逐漸從清修性質的規範中，將世俗情熱忘卻、洗淨。所以道教的理想化樂園——天界，是免於情之煩惱的清淨界；但情又是難以斬盡斷絕，天上仙人偶因恍惚，偶有欲想，就因墜入情障而被謫下界。不管生爲男兒身或女兒身，就需在紅塵界中了結世緣。它與緣定三生、天緣早定的不同之處，就是謫仙人只是了結、還債，並不是真要長相廝守，因而期盡就要斷然訣別，這一情節就成爲感動世間兒女之處。

謫仙的凡塵生活中，對於自我的真實身分的認知，有些是歸諸自知——自己了悟前身的真相，可以堅定其接受試煉的決心；但是大多需要被點悟，在逆境困頓之際忽然悟得，或經由一智慧者（the wise man）的點醒。這一解說「悟」的情境常成爲小說（甚或戲劇）中最曲折動人之處，其情節發展劇力萬鈞，激動人心。了悟前所遭遇的諸般苦痛，至此完全獲得疏解，不論是情網牽絆，或是厄運連連，原來都是一些應當承受的懲罰或磨練。了悟之後就豁然開朗，鳶飛魚躍，只要靜靜等待謫滿之期。在謫仙小說中，既悟之後常安排在故事的高潮，因而危機解除之後也就常迅速收場。可說謫仙小說的寫作模式，大體符合情節發展的過程，從展現到衝突而逐漸臻於極致，終能製造高潮以解決危機，而結束一場人世的幻夢生涯。

唐人小說在中國小說史上，已逐漸脫離了六朝筆記而進入有意創作的階段，謫仙的觀念自會被小說家取作道教文學的主題。而從道教史考察，隨著政權的統一，道教也被納入宗教體制之下，「謫仙」在道教思想中，除繼續其道教內部的教戒作用，又吸收了宿命、業緣等流行的意識，使原本的謫謫贖罪的意義更加完備。但將宿緣集中在情緣，並與宿世姻緣、人仙姻盟等結合，就成爲富於人間性、庶民性的趣味，這是在六朝人的因過遭謫的類型外，新發展出來的類型，也就具有創新之處。從小說的結構言，在原有的謫降—受難—回歸的結構中，敘述的重點大多集中於受難、考驗的歷程，因而極力鋪排謫仙人與世間男女的結合，再以道教的絕情、斷念說來彌縫謫仙必需歸返的必然結局。這一部分是謫仙小說家中特意巧爲布局之處，因而多能成爲曲折動人的小說情節，也是唐人作意好奇，在小小篇幅中發揮悽惋欲絕的藝術效果之處。

唐人小說中襲用謫仙傳說的正宗形式，就是敘述主角以卑賤之身隱瞞其真實的身分，經由贖罪的歷程之後，謫滿復歸天界。段成式《酉陽雜俎》載：權同休的友人，⑯雇用一村野人爲傭，後來發現他是道術高明的有道者，心中感到不安，受雇者這才表明「予固異人，有少失，謫於下賤，合役於秀才；若限未走，復須力於他人。」就是謫遣的神仙需要在一定的限期內，爲一定的對象服役以作爲一種懲罰，絕不可寬減，這是宗教式的戒規故需嚴格遵守。結果秀才自覺不安，受雇者只好辭去，繼續另覓主人以續完期限。類此謫仙的身分一旦暴露，大多不能繼續停留，只好離開，是完全合乎情理之常的。因爲謫仙如果處身於大家都知悉他們是具有法術神通的俗衆之間，一定不易續完自己的謫降本旨，這不僅是神仙倍受干擾，也有違謫降受罰的構想，就像「陽平謫仙」⑰。即是一對不言姓氏的男女，受雇爲人摘茶，在一

---

⑯《酉陽雜俎·前集》卷二壺史作「權同休友人」，《太平廣記》卷四二則作權同休。

⑰《廣記》三七引《仙傳拾遺》，惟杜光庭此書已佚，只見錄於類書中。

次因水災缺少鹽酪的不得已的情況下，使用法術解決了村民的困難，結果爲人所知，因而說出他們的真實身分是「陽平洞中仙人耳。因有小過，謫於人間，不久當去。」旬日之間，忽失其所在。在杜光庭所撰《仙傳拾遺》的文字技巧中，曾重覆了多種謫仙母題：如不知名氏、顯露神通、自道身分，忽然消失。這是謫仙小說常見的寫作模式，確能造成小說中一旦謎題解明的高潮後迅即結束的效果，讓讀者有低迴不已的感覺。

謫仙既與神仙原是有緣，因而這種謫仙之人常不自覺地有修道的根器存在，因此一旦被神仙點醒，即馬上悟解。有關謫仙的因由常安排於點化時加以說明，成爲神仙傳記的敘述筆法之一。大概當時在民間流傳就以這種技巧來表明謫仙的殊異性：一方面固然是民間文學借用固定的敘述方式以省尋索的傳統，一方面也是道教中人作爲開導、教育修道者的模式。它常被收錄於神仙傳記集內，作爲仙真的事跡流傳：《集仙錄》有黃觀福、《仙傳拾遺》有萬寶常，俱爲杜光庭青城道場所記錄的；南唐沈汾《續仙傳》中也有許碏。⑱這一類型全部見於仙傳中，應與强調修道者和神仙的宿緣說有關，具有教導修真者的目的。

這些謫仙在試煉歷程中都各有不同的遭遇：黃觀福自幼即有道緣，不茹葷血、喜好清淨；而解悟的過程更是奇異，父母要將她許嫁時，卻自投水中，結果只撈得一古木天尊像，狀貌與女無異。後來觀福與女仙同降，對父母表明「本上清仙人也。有小過，謫在人間。年

---

⑱ 黃觀福傳不見於道藏本《墉城集仙錄》，但收於《雲笈七籤》本中，又錄於《廣記》六三。萬寶常錄於《廣記》一四；許碏錄於《廣記》四〇及趙道一《仙鑑》卷三六。

限既畢，復歸天上。」萬寶常則生而聰穎，妙達鍾律，常在野中遇群仙授以音樂；但在世俗生活中卻經歷了無子、貧病、妻逃的困境，忽一夕神仙降告：「汝捨九天之高逸，念下土之塵愛，淪沒於茲，限將畢矣。」才悟及自己是偶自仙宮謫於人世的，不久就不知所之。許碏則是屢考不第後，晚年學道於王屋山，然後遍遊名山，狂歡醉吟，有「群仙拍手嫌輕薄，謫向人間作酒狂」之句。在酒瘋中自說是天仙，「方在崑崙就宴，失儀見謫。」最後也在醉歌中昇雲飛去。他們都會遭遇一些不如意的人生困境，逼使自殺、痛苦或佯狂，就在惡劣的境頭中終能悟出真身。類似的啓悟手法在元代的度脫劇中，成爲舖排得熱鬧非凡的好戲，製造出極爲動人的戲劇效果。

神仙謫降之後，在塵世生活中最爲唐人艷傳的就是了結情緣的一類，所謂墜入紅塵者即是。人間世的諸情中，以夫妻之緣最難處置，仙真謫墜如果需要順從世俗的習慣締結姻緣，那麼要結要解就要不違謫降的科律。因此如何解決相處的夫妻之情，在中唐前後凡出現了三則作品：牛肅《紀聞》的〈王賈篇〉、戴孚《廣異記》的〈李仙人篇〉，均爲男真謫降；另有〈少玄本傳〉則屬女真的謫降故事。[19]這些夫妻的結合與分離都具有濃厚的宿命論調，充分反映了唐人的定命、命數觀。道教中人將夫妻和合都視爲天緣；但緣有淺深，緣盡情絕，表現出純是道家絕情的人生哲學，只是並非出諸哲學的哲象思維，而是安置於宿命的神秘框架中，

⑲〈王賈篇〉又錄於《廣記》三二，〈李仙人篇〉則現存於《廣記》四二；〈少玄本傳〉則不著撰人，僅錄存於《廣記》六八中。

這是謫仙傳說與定命思想進一步結合以後的產物。

王賈年少時，曾娶清河崔氏女，並生有一女，稍長即夭死；賈不哭，且對其妻細述因緣：「吾第三天人也。有罪，謫爲世人二十五年，今已滿矣，後日當行。」並說其女非其子；妻亦非其妻，當另屬李乙。他只因「世人亦合有室，故司命權以妻吾。」崔氏以爲夫婦一場而有所請求，賈都只笑而不答，後來果然一一應驗。相對於王賈的絕情，李仙人對於高五娘就溫情款款，除了傳授黃白（煉金術），臨走時還有一段合乎情誼的囑付：「我天仙也。頃以微罪，譴在人間。今責盡，天上所由來喚，既不得住。多年繾綣，能不愴然。」王賈的笑而不答，是與他一生之中屢有神通一樣，讓世人感到神秘莫測；而李仙人則因繾綣而滋生情意，自有一縷溫馨的世情。但這一切世間情，對於修道者也只是命中註定，期至緣盡，就需斷之絕之。類此處理感情的方式都反映唐代民間對於道士的觀感，因當時道教主流的茅山派就是採用出家的斷絕世情的方式，因而易於被塑成道士、仙真的絕情印象。

崔少玄爲盧陲妻室，與王建等同時，文末有一段當時人解讀仙詩的話，雖是唐人糅合實筆與幻筆於一的筆法，多少是有事實的依據。這位端麗殊絕的女子，十八歲歸盧陲，卻在夫婦赴閩任官的途中，經神人的點化，說她原是玉華君，在天界時，「恍惚如有欲想，太上責之，謫居人世，爲君之妻，二十三年矣。」因此在後數年中，常獨居靜室，與神人往來，而陲不敢入，這些神人都是扶桑夫人、紫霄元君等道教仙真。少玄並未隨即昇化，而是採取修真的方式，先與丈夫分房，並時降仙詩。類此修真女冠具有悠久的傳統，其宗教本質爲何實值得深入研究。但使用因有「卻想」即觸犯天律、天條而成爲，以此謫仙來解說自己的身分，並顯現神通，則是合乎謫仙傳統的，所以《少玄本傳》是一篇採用謫仙傳說的筆法所寫成的修道者傳記。

與結夫妻緣的類型比較，更能表現唐人小說中寫情的悽艷動人的，應推人仙戀型的謫仙傳說。唐代文士在比較豪放自由的社會風尚中，對於男女間的感情固然會基於現實的考慮，有攀附世家門第的婚第觀念，但對於諸如藝妓等一類女性也有一分浪漫的想像，小說中許多人與精怪、物魅乃至神仙等異類之戀，就是這種社會意識的反映。謫仙傳說也習染世情，將男女情戀中的主角描寫爲謫墜的仙人，其中膾炙人口的即是盧肇《逸史》的任生傳說——《詩話總龜》卷四五引、趙道一編《仙鑑》(後集卷四)也收錄，題爲「紫素元君」，晚唐裴鉶又據同一傳說改寫爲「封陟」，都是借篇中的人物滿足慕道的心情，並寓託其意趣，[20]對書生親見仙真而竟不認情，因而坐失成仙的良機，當時文士必有遺憾之感。而陳劭《通幽記》的趙旭一篇，[21]當是有意彌補這類缺憾，讓人仙有短暫的情緣。由此可證人仙戀在唐代的流行，足以滿足時人對於邂逅艷情的心理。

有關美女情挑書生的情節，盧肇、裴鉶的文筆、思想各有異趣：前者只泛用散文筆調及

---

[20] 〈封陟〉錄於《廣記》六一，有關裴鉶的研究，參王夢鷗先生《唐人小說研究》一集（臺北，藝文，民國六十年）頁七七～八五。

[21] 見《廣記》六五，《通幽記》多記鬼神怪異、修道求福，但作者不詳。參盧錦堂，《太平廣記引書考》（政大，民國七十年）頁二八九～二九〇，但《通幽記》常錄晚唐所作，還有另一旁證，就是採用「西域胡人識寶傳說」一母題，也是襲用唐人小說的慣技。

定命的通行說法，如「我居籍上清，謫居遊五嶽。以君無俗累，來勸神仙學」，又用「冥數與君合爲配偶」相勸，這位紫素元君是爲了了結情緣，度化任生，爲謫仙共通的理由。裴鉶卻大量使用艷麗的傳奇筆法，夸寫女仙自薦時的渴慕之情：初次就以思春情緒挑逗：如「既厭曉粧，潮融春思」、「謫居蓬島別瑤池，春媚姻花有所思」；再降時又有「業緣遽縈，魔障欻起」等緣業早定之語，這些新加入的渲染筆法多屬晚唐人的風格。對於這位書生，紫素元君再逢時，可憐他是「嵩山讀書薄命漢」，請勾魂吏許他多活三年。而裴氏則襲用《漢武內傳》的典故，說書生是青牛道士的苗裔，仙姝是爲了了卻情緣，因而慨歎「此時一失，又須曠居六百年。」他以誇張的手法來寫封陟的峻拒更爲激烈而一無情意，因此透過仙姝的侍衛之口評爲「木偶人」、仙姝則歎爲「大是忍人。」一旦知道真相後，封生也情緒激動地追悔、慟哭。所以裴氏的筆法一方面表現自己的慕仙心理，同時也是晚唐人具有較激情、浪漫的小說格調。

對於仙姝在書生前的自薦情節，在唐朝社會及其後必曾風行，趙旭的出現就是非木偶人、薄命漢的反面角色，這位「孤介好學」的美貌少年，先夢見青衣女子，就祝禱「願覩仙姿，幸賜神契」；等仙女一到，就驚喜表現其「靈鑒忽臨，忻歡交集」之情。這種筆法是有意反封陟的不識風情，而回報「久居清禁，幽懷阻曠，位居末品，時有世念」的謫仙子，塑造趙生爲「宿世有道，骨法應仙」的神仙眷侶。但人仙訣別的謫仙母題則是這類小說不可違背的結局，只得以胡人識寶的習套，讓家奴盜賣仙女所贈的琉璃珠爲胡人所購，因洩密而讓仙女離

去，也算是謫仙傳說中的另一種新筆法。㉒

仙姝與書生的情緣，不管是文士的譏諷手法或另出機杼的改作，都具體表現出世間男子希求遇艷的心情，有趣的另一種觀點則是道教中人，趙道一編撰《仙鑑》，自是有爲修道者建立楷模的心意，所以在三則中他只選錄了任生，又加上一條註語：「此乃真仙下試於人也，任生能不失正，是以延壽三年。」特別加註說明是爲了自圓爲何仙姝會自薦，而且這則小說之流行也需要由道門中人指明是種試煉，完全是一種試煉說的詮釋。

人仙姻緣而與謫仙有關的還有一種情況，就是因謫仙爲情所惑而洩露天機或違犯天律而被謫降人世。這種爲情所惑或所誤實爲人情之常，也是小說中描寫人性弱點的精采之處：牛僧孺《玄怪錄》的許老翁當是一篇借謫仙傳說以諷刺章仇兼瓊之作——杜光庭《仙傳拾遺》另有性質相近的裴兵曹說話當即據之改作，這一位被謫罰的是男真。另外女仙之被謫則有吳綵鸞，也因其事而艷傳於時，裴鉶晚歲經荊楚而至淮潤時，將其採集撰寫成篇流傳於後世，而後趙道一《仙鑑》後集卷五載女仙事時，就特別列有〈吳綵鸞篇〉——《類說》所引則以男主角文蕭之名作篇目。㉓

天寶年間巴蜀節度使章仇兼瓊欲聘納崔氏遺孀，設計邀召五百里內女郎會於成都，再强留崔氏婦；結果有盧生先已納之，且要崔氏婦先與會，隨後送來一套「故青裙、白衫子、綠

㉒ 程薔〈論唐代西城胡人識寶傳說〉刊於《民間文藝集刊》三集（上海文藝出版社）。

㉓ 有關《玄怪錄》、《傳奇》的考證參王夢鷗先生《唐人小說研究》四集、一集。

帔子，緋羅縠絹素，皆非世人所有」，一穿之後，果真光彩遶身，美色傍射，不可正視，大家都攝氣、起拜。但三天後就死了，玄宗問張果，果指點去問青城王老，才知盧二舅是太元夫人的庫官，因假下遊，見崔氏婦微有仙骨，才演出盜取太元夫人衣服之事；因受謫至重，乃被流爲鬱單天子。吳綵鸞說話則發生於文宗太和末：書生文蕭遊西山，中意一麗姝，乃隨至仙境，他先以「數未合」相拒；又被引至山頂，聽見江湖覆溺之事，蕭好奇詰問，綵鸞回答因而泄了天機，仙童乃宣判「吳綵鸞以私欲而泄天機，謫爲民妻一紀。」後來歷經艱辛的塵世生活，才得謫滿仙去。可知仙真即因情所惑，一泄天機，就成爲觸犯天條而構成謫譴的理由。

唐代民間即盛傳謫仙說，道教中人也借此改作舊事，諸如東晉有名的杜蘭香說話，早有曹毗撰《杜蘭香別傳》行世——無非是神女下降與人間男子——張碩結好，迭有贈遺，屬於六朝人仙戀的艷異傳說，爲當時早夭女子降真的典型之一。㉔杜光庭爲了輯入《墉城集仙錄》，將杜蘭香早年溺死湖上，改寫作漁父於岸側得到三歲女嬰，長到十餘歲時，忽爲青童靈人攜歸天上，對漁父說：「我仙女杜蘭香也。有過謫於人間，玄期有限，今將去矣。」這是新說，而且改作之跡也見於降張碩家的一段，純是爲了點化而不涉男女私情。都可見道教中人對於艷情的杜蘭香，在流傳既久的情況下有意改造，才得列諸墉城女仙的行列中。此外李冗《獨異記》引《東方朔内傳》，也有太白星竊織女侍兒梁玉清、衛承莊的傳說，雖說是一則解

㉔ 詳參拙撰〈西王母五女傳說的形成及其演變〉，刊於《東方宗教研究》第一期（一九八七年九月），頁六七～八八。

說星辰失位、仙洞地區少雨的地域性傳說。㉕但已不是漢人的舊說，而是因爲「玉清謫於北斗下」，已賦予謫仙說的色彩，成爲衛城少仙洞的新傳說，都是屬於較後起的解說性傳說。

謫仙傳說到了唐末，還有兼染佛教色彩的一類，就是《通幽記》的妙女：佛教本無謫仙的說法，本土化後也出現了妙女，在十三四歲時，忽爲一僧以錫杖連擊驚倒，因而悟出真身是「提頭賴吒天王之子，爲洩天門間事，故謫墜人世，已兩生矣。」僧人、天王及輪迴兩世都是通俗化的佛教傳說；但又說季父是東王公、爲阿母（西王母）所託靈，正是王公、王母被佛教吸收於洞窟中塑像並流傳民間的通俗說法，故屬於民間傳說而非正統道教、佛教的內容。妙女的母題之一就是謫仙，由此可證謫仙的觀念深入於民間社會，文士只是筆錄於書，它早已成爲普遍化的道教說話。

三、謫仙傳說與異類變化說

唐人小說中將謫譴的觀念加以廣泛應用，因而又與不同類型的傳說結合，成爲新的謫仙傳說：有關人與動物互變的一類，就是謫仙傳說與變化傳說的組合方式，基本上這是承續六朝仙道變化傳說而來，充分反映靈禽、靈物的信仰，其主要結構仍是基於謫仙傳說：

①仙真罪謫，化爲動物，謫滿後又化爲仙人之形，回歸天上。

㉕《廣記》五九。

②仙界靈物罪謫，化爲人形受難，謫滿得化爲靈物，回歸天界。

第一類爲謫仙傳說的正型，仙人化爲禽獸，屬於人變獸類；第二類則禽獸變爲人。人與物互變，在變化傳說中的本旨是作爲修道解化，人化作仙禽則可免於死亡；而禽獸向道，物久成精，也可成仙。[26] 不過在謫仙傳說中，無論所變爲何物都只是暫假其形而已，期盡仍將變回原身、真形，這是不同旨趣的所在。

後魏元道康在林慮山修道，不下人間，高歡徵辟皆不就。有一月夜，忽聞燕呼康字——景怡，大爲驚異，經詢問後，燕子才說：「我爲上帝所罪，暫爲禽耳。」囑他白晝相候於南溪，二燕化爲青衣童子、青衣女子相別，並以壽更四十歲相報，然後回復爲雙燕飛去。這種禽鳥說話當是較早期的民譚，[27] 禽形只是暫假之形。相對於此，峽口道士的虎形也是謫譴的處罰形式，但基於虎精食人的傳說，結合之後就較具有原始性、野蠻性的色彩。因爲民間傳說中常有虎食人需至一定數目才得變形的觀念，因而這位道士「有罪於上帝，被謫在此爲虎，合食一千人」，才能謫滿去形。結果在尚欠最後一人時，遭遇一機智的人將虎皮竊走，披在身上。道士驚醒之後即爭虎皮，經解釋、懇求後，那人剪取髮鬚爪作身代，並還他虎皮，讓他噉食髮鬚等物。從此以後即未再聞有虎患。[28] 可知爲燕或爲虎都只是被謫變形，應是比謫譴

---

26 詳參拙撰，〈不死的探求－從變化神話到神仙變化說〉，刊於《中外文學》一五－五（民國七十五年十月）。

27 錄於《廣記》四六一、〈禽鳥類〉二，惟今本多未註明出處，但收在王嘉《拾遺錄》「晉瑞」條，及五代王仁裕《玉堂閒話》「范質」條之間，或是唐人的作品。

28 錄於《廣記》四二六〈虎類〉一，爲武宗會昌年間的《會昌解頤錄》。

爲人類的罪還重，表現出精物傳說的另一種趣味。

至於仙界靈物被謫爲人形的情形，大多筆錄於唐末，如柳祥《瀟湘錄》的益州老父㉙。益州老父賣藥爲生，常周濟貧乏，自己則不食。忽一日解衣淨浴，告訴衆人，罪已滿矣，化爲白鶴飛去，其時代背景置於則天末年。另有一則發生於後魏明帝時的化虹說話，應是較早出現的一則傳說。㉚說首陽山有晚虹飲水，化爲女子。宇文顥將她獻給明帝，自述是天女，「暫降人間」，明帝見其貌美要逼幸時，乃化虹上天。這些化鶴、化虹，或化燕、化虎都特別强調是「暫爲禽」、「暫降人間」，暫字表示爲期不長——作禽獸之形是暫假而已。較諸前述的謫仙傳說是有種短暫借形的意義，與《莊子》哲學中暫假人之形有其淵源在。

靈禽靈獸中，白鶴、燕子與老虎都有神話傳說的背景，當是古圖騰神物的遺跡。而最奇特的龍圖騰，流傳至六朝以後，又與佛經中的龍女等傳說結合，成爲唐人筆下的龍女說話。㉛沈亞之《沈下賢文集》中有〈湘中怨解〉——本爲韋敖所撰《湘中怨》的歌辭作解，㉜爲典型的組合數種母題以結構成篇的小說：先是邂逅龍女、加上胡人識輕繒的識寶傳說；最後則

㉙ 錄於《廣記》二三。

㉚ 錄於《廣記》三九六：出《八朝窮怪錄》，撰者未詳，《廣記》凡引四條：卷二九五趙文昭是宋元嘉時事、劉子卿也是宋人；二九六蕭倪是南齊人、蕭嶽也是齊明帝時人。其他數條題作〈八朝畫錄〉（卷二一〇）、〈八廟窮經錄〉（卷三九六）等，經盧錦堂前引書考證疑爲同一書。大抵所記的時代較早，可作爲較早期的傳說集。

㉛ 臺靜農，〈佛教故實與中國小說〉刊《東方文化》一·三一。（香港大學）

㉜ 相關的考證參王夢鷗先生，《唐人小說研究》二集（臺北，藝文，民國六十二年）頁三一、一八一。

採用謫仙的母題，作爲艷女要離開鄭生的源由。所云「我湖中蛟室之妹也。謫而從君，今歲滿，無以久留君所。」雖是謫仙說的習語，但用來解說人與異類婚姻的結局，卻能把握湘中怨歌的怨情。唐人之寫謫仙，固有期盡即去的解脫之感，但也有一種餘怨、餘情的筆法，可謂爲世間兒女戀情小說的變型。蛟龍成精並化爲女子爲精怪傳說與龍女傳說結合後的產物，而裴鉶傳奇的許棲巖市馬傳說則爲一篇謫龍傳說，當是採自西蜀，其中借失足於蜀道，反得東遊滄溟的情節，有所寄意。㉝許棲巖之所以能入仙境、遇仙真的關鍵，就在於從西市蕃人的手中所購得的一匹「瘦削而價不高」的馬，雖日加芻秣而肌膚益削，疑慮之際，有一道流點醒是「龍馬」；後來誤入仙境，才知道流即是穎陽尊師（《道藏》作穎道士）；復由太乙真君解說：「此馬是吾洞中龍也。以作怒傷稼，謫其負荷。」又囑他回人間後，解鞍放之，果化龍而去。這篇龍化爲馬以負荷除罪，爲《西遊記》中龍化馬負三藏取經之所本，也是西蜀流傳的謫龍傳說。

龍的傳說在唐代社會獲得新意，龍女就以不同的方式出現在小說情節中，類似《異聞集》所收的《柳毅傳書》與《古鏡記》之類的龍女故事，均爲祖本。而沈亞之的〈謫龍說〉也是當時流行的蛟龍女謫譴凡間的說話。在這一背景下瞭解柳宗元所寫的〈謫龍說〉一文，就知道他之所取材，同時也可探求有所寓意的所在。謫仙傳說到他的筆下，是與慣用的寓言體有

㉝ 錄於《廣記》四七，詳參王夢鷗先生有關傳奇及其作者的考證，《唐人小說研究》（臺北，藝文，民國六十年）頁七一～九一。

關，但他所依據的是扶風馬孺子所說的「話」——這話字就如白行簡等所聽的「一枝花話」一樣，是十五六歲少年所親見親聞的說話。而歷來治柳文者大多要明白解說其寓託之所在——將這篇定爲謫官後作，或是以自身的謫吏處境，同情崔氏子女的同一遭遇，確是情景逼真的創作情境。㉞柳氏將自身所遭遇的謫謫情況，採用一則謫仙說話作爲寓言，委婉地寫出心中的不滿情緒和不屈意志，是符合唐人借小說以見意的習慣。

謫龍說是借奇女墜地，貴遊年少要狎奔時，發表一段義正詞嚴的盛怒之辭，然後入居佛寺，期盡即化爲白龍登天。這則結構全仿謫仙傳說的寓言，最突出之處就是其中的多處論說：如龍女所說、及篇末的議論，所以是篇寓言體而不是傳奇體。奇女自述其「故居鈞天帝宮」，因心侈而爲帝所謫；因而郊亭遊戲的群兒、貴遊年少有狎弄之意，論者以爲即寫崔氏子女的遭遇。從文中「今吾雖辱塵土中，非若儷也。」及文末的「非其類而狎其謫，不可哉！」都是寓寫自己謫官的一腔幽情。作爲改革者的柳宗元在遭遇貶謫後，對於謫仙的傳說自別有會心之處，所以謫龍說不僅是謫仙文學中寓意特深之作，也是寓言文學取材於謫仙說的代表作。

仙界事物的謫降常成爲唐代道教文學的母題，豐富了傳說的素材，最奇特的還有戴孚

㉞ 章士釗，《柳文探微》（臺北，華正，民國七十年）頁五二八～五三〇。

《廣異記》所錄的天魔謫降，㉟作爲葉法善法術傳說的母題，洛陽婦人患了魔魅，往詢葉法善，才知是「天魔，彼自天上負罪，爲帝所譴，暫在人間。然其譴已滿，尋當自去，無煩遣之也。」後來還是由葉道士在陽翟山池行禁，將魔遣出。《太平廣記》將它列於妖怪類中，天魔則是佛教傳入中土後的新說，爲一種新型的精怪傳說。

四、謫仙傳說與名士習尚

謫仙傳說從六朝流傳以來，就有將一些特異能力者稱爲「謫仙」的習尚，這種風尚尤盛於唐代社會。南齊鍾山蔡某因言語狂易，被當時人稱爲謫仙；范財則因表現出奇特的道行，而被疑爲謫仙。至於唐人對於「謫仙」這一稱呼的應用，顯然轉變得更爲通俗性、傳奇性，甚至流爲一種有意的造作。當時傳說中與謫仙有關的人物，多屬帝王后妃、王侯將軍、或是藝文名士。因此瞭解這些與謫仙有關者與真實人物的關係，並探討其所以形成的原因，是一件有趣的課題。

首先值得注意的是玄宗和貴妃的謫降傳說：膾炙人口的白居易〈長恨歌〉、陳鴻《長恨歌傳》中，都有道士入仙山尋訪太真的神異情節，這段與道教召命之術有關的神通傳說，歷來

㉟ 錄於《廣記》三六一，關於載孚《廣異記》的研究，近有女棣吳秀鳳撰寫爲碩士論文（臺北，輔大中研所，民國七十五年）。

研究者都深知其中必有特殊意義。但究竟其流傳因緣爲何？則有一些解說是很有趣味的：所謂「臨邛道士鴻都客，能以精誠致魂魄」，或是「適有道士自蜀來」，能致神、遊神的這位道士是誰？據《廣記》卷二〇引《仙傳拾遺》中〈楊通幽傳〉所說的：楊什伍正是廣漢人，幼遇道士學得檄召之術，受三皇天文——在道經中三皇經派的重要道經，正是役命鬼神的法術。其法得自「西城王君青城真人」，西城王君就是王褒，青城真人當與四川青城山道場有關。杜光庭在青城山道場所輯的〈楊通幽傳〉，到底依據什麼資料？是四川流傳的？還是與白居易、陳鴻所據的類似王質夫所說的爲盩厔地區的民間傳說？㊱比較可能的情形是它流傳於四川，《仙傳拾遺》所輯的，也正是王質夫所聽說的，而白、陳之有作也正是這段神遊的新鮮說話，才能引起作詩作傳者的興趣。陳鴻特別强調是王質夫所說的，原因正在於此。㊲但在〈長恨歌〉中，仙中的太真，終將回歸於綽約仙子的行列中；而陳鴻則詳敘仙山中有「玉妃太真院」，出見之後，請求信物及回辭，並多了一段白居易所未運用的對話：

（貴妃）因自悲曰：由此一念，又不得居此，復墜下界，且結後緣。或爲天，或爲人，決再相見，好合如舊。因言：太上皇不久人間，幸惟自安，無自苦耳。

㊱ 王運熙指出方士訪求楊妃幽靈是一個民間傳說，而不是歷史事實，也不是白居易、陳鴻兩人的創造。見氏著〈略談長恨歌內容的構成〉，收於《漢魏六朝唐代文學論叢》（古籍出版社，一九八〇）頁二三五。

㊲ 這一說法的提出詳參王夢鷗先生，〈「長恨歌的結構與主題」補說〉，收於《傳統文學論衡》（臺北，時報文化，一九八七）頁二二四～二三二。

白居易以詩筆作結的名句「在天願作比翼鳥」，並未暗示謫降的說法。而陳鴻雖未用「謫」字，卻有復「墜」下界的寫法。如果比較〈楊通幽傳〉，什伍在東海之上、蓬萊之頂，所得見的上元女仙天真即爲貴妃，妃子所說的就明顯是謫降的情況：

> 我太上侍女，隸上元宮；聖上，太陽朱宮眞人。偶以宿緣世念，其願頗重，聖上居於世，我謫於人間，以爲侍衛耳。此後一紀，自當相見，願善保聖體，無復意念也。

這段告白完全合乎道教謫仙傳說的背景：玄宗是唐帝中崇道之尤者，㊳熟悉道教的行事，自有幸蜀之後，近侍密訪方士的情事。而楊什伍以有考召之法見召，並實行遊神之術，因而讓玄宗贊美其爲具有「通幽達冥」的得道神仙之士，並手筆賜名「通幽」。玄宗與楊通幽雙方都熟知謫降以了宿緣的傳說及其意義，因而才會有這類傳說的出現。王質夫在仙遊寺中所說的，乃是得自蜀地所盛行的說話，它本身所具有的傳奇性、浪漫性，確能深刻地感動當時人，陳鴻所撰的正是襲取謫仙情節即緣於此故。玄宗與謫仙有關的還有一證：就是《劇談錄》引竇弘餘撰的〈廣謫仙怨詞〉，敘述玄宗在避蜀的途中，遙辭陵廟，想到張九齡勸他誅安祿山的事，乃吹笛淚下；後至成都，有司請示曲名，就是〈謫仙怨〉，可證玄宗崇道因而易與謫仙傳

㊳ 關於玄宗崇道的研究，參宮川尚志，〈唐の玄宗と道教〉，刊於《東海大學紀要》三〇（一九七九）。

說有所關聯。

最奇特的玄宗朝名人與謫仙說結合，該推奸相李林甫。《新舊唐書》及唐人筆記多錄其誤國諸事跡，卻在盧肇《逸史》中錄下林甫爲謫仙事，成爲一則頗受爭論的筆記。[39]《舊唐書》本傳寫李林甫的性格，「性沉密，城府深阻」；又威權自重，衣冠子輒有所求。是否因此由衣冠子爲之虛構林甫爲謫仙的故事，一方面文過飾非，一方面則借以解除內心深處的焦慮心理。盧肇所錄的通篇全以謫降爲主體：先以醜惡道士道出林甫「已列仙籍，合白日昇天」；若不欲昇仙則有二十年宰相之命。而中間鋪述其忘卻教戒、恣行陰賊，直待枯瘦道士請見，點明「譴謫可畏」；並施行法術，攜往幻界，說明還需再謫六百年的事。但最突出的是結尾所補敘的：就是安祿山懼見林甫，原因是林甫的身旁有青衣童子相伴，敘述的目的就在於最末一句：「當是仙官暫謫在人間耳。」全篇固然也有敘述他犯戒之處，卻一再以謫仙來飾說，所以它的寫作動機的確不能不讓時人及後人懷疑是有李林甫故作狡獪之感。此外《唐書》本傳寫他晚年溺於聲妓，並因結怨於人而常憂刺客，一夕屢徙。類似的焦慮心理的表現，又有柳祥《瀟湘錄》所錄的奴蒼璧爲之說解：蒼璧爲林甫家奴，暴死之後冥行，盡知大唐國事。但重點所在似爲了點明文末的殿上人之語，這位坐碧玉床上，衣道服並戴白玉冠的神人寄語林甫：「速來我紫府，應知人間之苦。」林甫知世不久將亂，遂潛恣酒色。[40] 這完全是一種飾說之辭，

[39] 關於李林甫爲謫仙事，《廣記》分錄於卷一九及四八〇兩處。

[40] 錄於《廣記》三〇三，雖是錄於唐末，但發生或出現的時代應不至於晚到唐末。

當也是林甫的門客有意爲之寫作。值得注意的是他們都巧妙地運用玄宗朝所盛行的謫仙說話，由此可見唐人有意取之爲寫作素材造爲小說，其動機雖是各異，但都直接間接地促進謫仙小說寫作藝術的發達。

謫仙說有意被文人當作小說的素材還有一證：就是與唐帝創業神話有關的馬周傳說，從《新·舊唐書》所見的，馬周的發跡與死後的哀樂極富於傳奇性，爲不第進士希冀破格進用的榜樣，因而較易爲唐人撰爲奇人或英雄事跡，再被收錄於《仙傳拾遺》中。[41] 其造作的主因乃源於馬周本身的傳奇性，在時譽所歸時，岑文本就論其相：「鳶肩火色，騰上必速，恐不能久」，後果如其言。及亡後，太宗思念，還準備「將方士術求見其儀形」。（《新唐書》本傳）但一到小說家的筆下，就夸說他的奇異身分，借用當時名道士袁天綱的指點，得見一騎牧老叟，命他「輔佐聖孫，創業拯世」；並點醒他是華山素靈宮的仙官，由太華仙王指示，勿沈湎於酒。這位騎牛老叟正是初唐創業小說中常見的老君，故聖孫即太宗。唐太宗爲了合理化其帝王之位，有意造出天命所歸，因而真君轉世的太宗，配合馬周一類輔臣的傳說，就成爲一篇典型的創業帝王神話。

歷史人物中通曉陰陽術數的，常是小說中神異的模型，賈耽其人，《新·舊唐書》說他通曉陰陽雜數，而且器宇恢然，被公認爲淳德有常的長者。爲相十三年，大事雖「無所發明，

---

[41] 錄於《廣記》卷一九，杜光庭《仙傳拾遺》所收的，其撰寫時代應與〈虬髯客傳〉同一時期，詳參拙撰，《六朝隋唐仙道類小說研究》頁三一九～三三〇。

而檢身厲行，自有所長。」《逸史》所載的賈公三篇與「謫仙」有關的事：一是寫他曾作書與道流，道流報書要他早歸，勿貪著富貴。二是曾令健卒入枯井盜取文書，而爲井中的道士所叫罵。類此記載上距其卒於貞元九年（793），時間相近，相差只有三、四十年，應是當時好事者的有意造作，而盧肇乃將它收輯成篇。㊷顯示當時的社會風尚常喜借用出名的人物來寓託人生的旨趣：官場的富貴切勿貪著，及早回歸逍遙世界。這是唐代士子徘徊在仕與隱間的矛盾心境的寫照，尤其是在科舉制度下一些不得意的文人常以此謫仙受罰自求解釋。

謫仙傳說既然風行一時，一些崇道、奉道的王侯將相之能運用謫仙說者也就成爲一種時髦。因而常在不自覺中，將「謫仙」二字作爲贊美、稱贊的專門用語，這種習慣在玄宗朝即蔚爲風尚，南卓在大中二～四年所撰的《羯鼓錄》，就有汝陽王璡的記事，㊸其人姿容妍美，聰悟敏慧，最得玄宗的鍾愛，親自傳授音樂。在遊幸時誇獎花奴（璡小名），「資質明瑩，肌髮光細，非人間人，必神仙謫墜也。」可知俊逸的外形再配合聰慧的天資常被認爲是謫仙的人選。玄宗本人即好仙，也喜好用神仙名詞來品題、贊美一些姿資秀異者，充分反映當時社會的崇道習尚。

憲宗崇道，帝室中人就有李愬被疑爲謫仙：在《新唐書》中，李愬是李晟諸子中最傑出者，也是當朝屢建奇功，「功名之奇，近世所未有」。（《新唐書》語）這種奇傑人物既著名於

㊷ 錄於《廣記》卷四五。
㊸ 又錄於《廣記》卷二〇五、〈樂三〉，凡錄有九則。是書的守山閣本則有錢熙祚的考定較爲詳實可用。

時，因而喜歡志異的李復言自是以謫仙稱頌。[44] 這是源於當時人與李復言有共同的看法，將故事的歷史脈絡置於元和時，李愬自魏博召還，其衙將在季武夢見道士八人，託其贈詩與愬，預言愬入相之後即登仙，後來果然應驗。李復言極恭維愬的成就，結語云：「時人以仁恕端慤之心，固合於道，安知非謫仙數滿而去乎？」李復言在大中（八四七～八五九）時錄下這段夢徵，時代相近，可知應爲當時的傳聞。「安知」一句的謫仙說法，正表現李復言信鬼信佛而又樂道神仙的思想，不僅他本人深信不疑，且欲借以諷勸世人多修陰騭。

由此可知唐人的謫仙觀念，是作爲稟賦穎異者的象徵：凡性情謹厚、能力超群就會讓人稱讚或懷疑他是謫仙。值得注意的是這些與謫仙結緣的人物，大多出現於崇道的風尚特濃的朝代，玄宗、憲宗二朝就是唐帝中奉道的典型。由於道教風尚的盛行自然會大力助長了謫仙傳說的流行。

謫仙傳說與名士有關的，當首推李白的謫仙之號，在當時不僅李白〈對酒憶賀監詩序〉及詩，津津樂道初見時賀知章曾「呼我謫仙人」的印象—孟棨《本事詩》即記此事；後來杜甫也以「昔年有狂客，號爾謫仙人」，表達他對前輩詩人李白的印象。近人有關李白及其詩的研究，都能指出李白與道教的關係，[45] 在此將基於這一認識進一步說明賀知章以謫仙贊美李

---

[44] 錄於《廣記》卷二七九，考證則參王夢鷗先生，《唐人小說研究》四集，頁二九。

[45] 較早的有李長之，《道教徒詩人李白及其痛苦》（臺北，大漢，民國六十五年）；近年有施逢雨〈唐代道教徒式隱士的崛起〉刊於《清華學報》16.1,2；又 Paul W. Kroll 著、蔡振念譯，〈李白詩中的仙言道語〉，刊於《大陸雜誌》73.2（民國七十五年）。

白的時代背景與意義：首先是李白與道士的交往一一表現於詩中，應早爲時人所傳述：司馬承禎、丹丘子與吳筠等都是李白所認識的道門中人，吳筠且將李白推薦給玄宗。而賀知章之推許太白也與知章好道有關，天寶二年十二月他就有請度爲道士之舉，所以謫仙傳說既爲自己所羨慕，也就以此贊美有同好的李白。在長安的崇道風尚中，玄宗曾以壽王妃楊氏爲道士，宗室玉真公主出家爲女冠。此外太白所與遊的八仙之一：汝陽王璡即曾被玄宗目爲謫仙，《新唐書》本傳就說他與賀知章等善。所以在玄宗一朝君臣均曾流行以謫仙爲高的風尚，難怪賀知章在長安紫極宮的道教氣氛中，脱口呼白爲「謫仙人」。而李白的道教因緣特深，配合其詩才及詩中的道教意象，自然有助於太白之爲謫仙的形象，因而成爲文學史中的典故。㊻

李白既與謫仙有緣在前，其後成爲一時的習尚，因而新造的傳說就多有仿襲之跡：題爲馮贄所撰《雲仙散錄（記）》有「文星典吏」條，就記載杜子美十餘歲因夢往求康水的文玉，見鵝冠童子告曰：「汝本文星典吏，天使汝下謫，爲唐世文章海，九雲誥已降，可於豆壠下取。」果得一石，上有金字。杜甫本人固然不會排斥道教，但本質則近於淑世性格的儒家，卻在晚出的筆記中也有附會謫仙的詩說。類此新造出的附會之說，實在是爲了要解說杜甫的文學成就乃天縱的文才。

㊻ 有關李白的道教經驗，筆者擬專題寫另一篇；又松浦友久有〈李白における長安體驗——「謫仙」の呼稱を中心に〉，刊《中國文學研究》九（一九八三），頁二三～四八。此文承倪豪士教授告知，惟尚未及見之。

李杜如此，連自承學空門而不學仙的白居易，在盧肇《逸史》中也有些謫仙因緣：假託有商人因風漂流海上，到蓬萊山見到「白樂天院」，歸後告知世人，因而盧肇以「安知非謫仙哉」的疑似之筆作結。類似的筆法也見於唐人筆記中，將特殊才能而早夭或奉道者，聯想及謫仙，如《閩川傳》錄林傑善作詩有捷才而早夭，疑爲「神仙謫下人世」（《廣記》一七五）；孫光憲在《北夢瑣言》中載其親人王保義女，修道又得異人頻授樂曲，卒後疑爲「謫墜之人」（《廣記》二〇五）這種寫作模式正反映出唐代朝野崇道，因而流傳有謫仙說的社會風尚。

五、結　語

謫仙傳說爲唐代仙道文學的成就之一，但與遊仙文學比較，就可發現遊仙文學從六朝前期就以遊仙詩爲主流，至於唐人仍有遊仙的詩歌；而採用小說形式的則只見於仙境遊歷與遊仙窟的新遊仙文學。謫仙文學主要的則採用小說體、傳記體，詩歌反而只是附庸。無論是遊仙的遊歷仙境，或是謫仙的謫讁人間，都顯示六朝至隋唐既已發展出人間／天上的兩個世界，人間通常象徵著臭濁、塵俗，乃五濁之人所生活的世界，唐人雖未使用强烈的詞語加諸人間之上——這與唐代世俗生活較爲富裕、安定有關，但至少相對於天上，它仍然是一片處罰犯罪仙人的非淨土。所以謫墜人間不管是爲了了卻塵緣、或是從事賤役，都表示天上應是一片潔淨的樂土。

謫仙思想是否完全本諸道教的謫罰、罪考等觀念，抑或也會接受部分佛教思想，從現存謫仙小說的自述謫墜之由，大多只表現簡單的結構：因犯罪而謫墜人間，期滿則復返天上。由於唐人小說只比六朝筆記更進一步，甚至仍保留了筆記小說的形式，篇幅不長，結構亦不甚複雜，所以謫降人間以後所受的歷程，也尚未能構成變化多端的情節。雖則如此，這一犯罪謫墜的模式卻成爲後世度脫劇、部分白話小說的主要結構。它們採用了較爲成熟的雜劇形式，或是章回體的擴展式結構，自可增添無數曲折多變的情事，讓觀衆、讀者沈湎於人生如夢的戲劇性情節中。

無疑的，金元全真道對於道教度脫有緣的思想，在特殊的時代情境中具有加深的作用。所以謫仙說在度脫劇中常是一些智慧的人物點化的關鍵，設置一連串的惡境頭逼使悟道，而點醒其與仙有緣，或是謫降前的真身，常成爲整齣戲的高潮所在。至於佛教的思凡下謫，更是佛道交涉的課題，均值得專題論述。

另一將專題論析的則是白話小說中的謫仙主題，與作爲小說主要結構的謫仙經歷型，影響後世極爲深遠。作爲小說中主要人物的如《水滸傳》中的宋江，第四十二回「還道村受三卷天書，宋公明遇九天玄女」，就是由九天玄女解救危難，傳授天書，並囑付「星主魔心未斷，道行未完，暫罰下方，不久重登紫府」，借以回應首回誤走妖魔，而使天罡星出世。另外從大結構言，水滸傳正是以謫仙爲冒頭的一部大小說。至於紅樓夢的神格框架，以一些奇男異女的降下凡間，在大觀園內生活一遭，仍是不脫離謫降的結構。李汝珍結構《鏡花緣》，將小說背景置於唐武則天朝，有花仙子等衆花神，不應節令開花，逆犯天條，一併謫入紅塵，等塵緣期滿後一齊回山，也就近於章回之末，類此神話的結構均可謂源於謫仙傳說。

謫仙傳說在唐朝的詩歌文學中，也出現有陳陶的〈謫仙詞〉，作爲樂府詩體，它是借詠謫仙之事以抒寫懷抱，陳陶在大中時遊學長安，但晚年隱居於洪州西山。生平所作有多首仙詩，這首表現隱者心境的詩，借用「瑤臺鳳輦不勝恨」、「人間磊磊浮漚客」，來抒寫帝制之下的仕宦經驗，尤其末句「不應冠蓋逐黃埃，長夢真君舊恩澤」，均是對宦途的一種反省，這是與唐人的科舉有關的。

將朝廷或原有的生活世界比喻爲天上，而將貶謫所至之所喻爲人間，充分表現唐代士子的科宦生涯中，身在江湖而心存魏闕的心理。在遊仙文學中就常將考試及第喻爲登仙、昇仙，相對地因罪被謫也就順理成章地說是謫仙，這是道教文學與唐代文士相關的例證，顯示士子熟衷於科舉、仕宦的現實性格。遊仙文學至於這一時期還有另一種轉變，就是與娼妓生活有關：就如張文成《遊仙窟》的隱喻，或孫棨《北里志》的寫實，將平康里的曲弄喻爲仙窟，則士子狎玩、流連於其間，即爲遊仙；而此中諸妓就常以某僊、某真等藝名作爲標幟，謫仙說在此也被唐人結合於娼妓文學中。[47]

蔣防所撰的《霍小玉》，爲有意揭露李益的心疾之作。其開始的情節就是李益至長安時，思得佳偶，博求名妓。經媒婆鮑十一娘的穿針引線，始識霍小玉；鮑媒的介紹詞就是：「有一仙人謫在下界」，然後借以誇說是霍王小女，正是唐人喜好攀引貴族名流的習氣。鮑媒所說

---

[47] 娼妓與女仙的隱喻關係，陳寅恪已發其覆，見〈讀鶯鶯傳〉收於《陳寅恪先生論文集》下冊（臺北，里仁，民國六十六年）頁七九一～八〇〇。筆者撰寫有唐代娼妓與遊仙文學〈仙、妓與洞窟〉。

的謫仙，當非蔣防好弄文筆，故意引用謫仙的典故，而確是當時媒婆對於娼家女子的習語，話中之意應有特別的涵意：一是霍王的世家女，因賤庶遺居於外，故有謫意；二是妓人即爲仙，貌美的名妓自可類推爲謫仙。這種調侃的對話在當時是通用的，小玉自承本是倡家才是實話。類此的隱語流行於歌舞場所，此界中人彼此調誚，習以爲常。與此有關的則是與女冠的關係，李商隱〈重過聖女祠〉一用「上清淪謫得歸遲」以寫聖女的身世；再用「萼綠華來無定所，杜蘭香去未移時」的謫仙典故，隱指彼此的交往與未遇。近人有謂聖女是宋華陽姊妹等一類女道士，義山曾與之有一段戀愛糾葛。其實情雖不可確知，但將有艷情傳聞的女冠稱爲謫仙，則是當時女冠生活的時代情境有以促成詩人活用謫仙的典故，[48] 這與娼妓之稱謫仙同爲唐代社會風尚的一種具體反映。

總上所論，謫仙傳説在唐人小説中發展成型，除有一些是作爲小説中的母題來搭配相關的母題，以構成小説的情節；更有通篇都是寫作謫墜的前因後果而舖陳成篇的，可見其被廣泛接受的程度。小説家固是作意好奇，以求悽惋欲絕的藝術效果；更奇特的是晚唐、五代的道教中人，常將這些小説人物收錄於仙傳中，作爲修道成仙者的模範。由於唐朝崇道慕仙的社會風尚，神仙傳説普遍流傳於民間，這些「説話」也常被文士聚坐閒説，甚至筆錄於書中，而得以傳播於後世。謫仙作爲仙道文學的主題之一，民間社會或文士階層固然是驚喜其人生

---

48 拙撰〈唐代葵花詩與道教女冠〉曾稍論及，發表民國七十六年八月中華民國第五屆國際比較文學會議，《中外文學》十六—三（一九八七、九），爰補注於此。

如夢的謫墜，以之舒解人世的困境，或寓托謫官的心情，基本上謫譴贖罪可作爲人生的一種隱喻，反映唐代士子的科舉生涯。

道教中人對於謫墜人間則是作爲心性的試煉，具有在人間贖罪的宗教意義。修道者的心性修煉，不管是流連於紅塵中、或僻居於深谷裏，要想超越物質的困厄、精神的干擾，就必須有提昇心志的宗教情操，才能免於沈淪。謫仙的體悟就是讓修道者在傳述謫墜的情節中，能夠安於賤役，不以爲迕，才能造就和光同塵式的真人不露相的生活。至於情緣的締結與解脫，讓修道者以命定式的觀念，處理男女之間、親子之間的倫常之情，在完成超越的道教哲學後，以通脫的、超越的心境，了結世間的情緣，也在謫滿期盡後適時而去。所以謫仙傳說是仙傳的寫作模式，就是因爲仙傳本身就是修道者的教本，這是比較唐人小說與道教仙傳需要指出的一項事實。

補注：李玫《纂異記》有浮梁張令，輯於《太平廣記》卷三五〇，敘述仙官劉綱「爲漢朝權臣一奏，便謫居此峰」，所以張令聽從冥司之吏所言，往蓮花峰祈求奏章。也是反映人間官僚制度的道教傳說，爰補於篇末。

附一　六朝仙境傳說與道教之關係

仙境傳說爲六朝筆記小說仙道類題材之一，表現中古社會對於「他界」(other world)的觀念❶，與當時流傳的「冥界遊行」、「夢境幻遊」等，同屬於遊歷類型傳說，爲敍述文學頗具普遍性的結構❷。遊歷仙境的民間傳說不僅表現六朝時期，新興的神仙道教蓬勃發展之後，仙道思想流播於世，因而刺激民間社會以口述的傳播方式，表達一個宗教式的神秘樂土的構想；同時也具體表明人類心靈深處，對於長壽永生與和諧社會的一種願望與理想。此種樂園境界的追尋，淵源於中國古老的樂園神話，惟基於當時的歷史情勢、社會背景以及特殊的文化格局等，而有特異的發展，因此類此仙境遊歷傳說實爲道教藝術的重要成就之一。六朝筆記多雜廁於《隋書·經籍志》史部雜傳類，顯見當時不純以虛構的「故事」視之，這不盡是部

❶ 他界之說參小川環樹《中國小說史の研究》二之九〈神話より小說へ〉(東京、岩波，一九六八)，中文有張桐生譯，〈中國魏晉以後的仙鄉故事〉《中國古典小說論集》第一輯（幼獅、民六四）

❷ 冥界遊行參前野直彬《中國小說史考》Ⅱ之二（秋山書局、一九七五）；夢境幻遊說參張漢良〈楊林故事系列的原型結構〉，《中外文學》三卷十一期（民六四、四）。

籍分類的界域問題，而更是口語文學的分類標準的關係。依據人類學者採錄口語文學(folklore)所揭櫫的神話、傳說與故事的類別，「仙境遊歷」實近於傳說一類：原本流傳於民間社會，時間爲近代，空間爲現實世界，具有世俗性，當時之人信其爲事實；初期以口述的傳播方式，其後才經能文之士紀錄，中多修飾，即「口語文學的文學化」❸。六朝仙境傳說大部份即採錄此類文學化的雜傳，晉宋時期的資料較近於民間敘事文學的原貌，其中有據口承系統，也有據書承系統：此類筆記諸如晉張華《博物志》、干寶《搜神記》，題名陶潛的《搜神後記》，以及劉宋劉敬叔《異苑》、劉義慶《幽明錄》，以至梁任昉《述異記》等。其間經文士美化而富於文學趣味者，大抵前後承襲之跡依稀可辨，並非如《唐志》以下之視同虛構故事，而漸多列諸子部小說家類。此篇即以分析六朝時期的仙境傳說爲主，依據當時的歷史、社會背景，說明其產生的時代因素；又依其結構形式試圖說明其深層意蘊，以瞭解此類遊歷型文學的基型意念，及在其後的敘事文學傳統中所具有的價值。

一、遊歷仙境傳說的形成背景

仙境傳說的基型應遠溯諸古代中國的樂園神話，據御手洗勝氏依民族學考察古代中國思想，認爲崑崙爲連接天地之間的聖山，經此天地間天柱般的「世界大山」，可上達北極天廷，

---

❸ 參唐美君〈口語文學的採集〉，《文化人類學選讀》（食貨、修訂再版本、民六六、三）

獲得長生不老的神力；古代的巫（shaman）即被認爲是往來於天地之間交通神人的人物。因此崑崙成爲樂園意象，象徵天地未分的狀態，爲豐盈、旺盛的生命力之源❹。此類神仙樂園表達了古代中國人希求長壽永生與安樂治世的願望與理想，藉著崑崙神話與太樸之世，初民乃至道家學說的信仰者足以滿足其隱蔽在心靈深處的部份願望，表達民族共同的夢境。樂園神話至戰國晚期顯然已漸有東西兩大系統：西方以崑崙爲中心、東方仙山則爲蓬萊仙島，此即漢人觀念中的「覽觀縣圃，浮遊蓬萊」（《漢書·郊祀志》）。而巫者的部份職能則漸衍化爲方士之流，干求於帝王階級，以封禪求仙希求個人永生的願望，此爲秦皇、漢武等貴族化的求仙行動。漢朝仙境的轉變，一爲仙境所在漸由崑崙、蓬瀛的飄渺仙鄉，移轉於中國輿圖內的名山；一爲成仙者的身份漸由帝王、方士，轉變爲有志學道的平民及道士❺。漢末以至魏晉，神仙道教的崛起後，即吸收、容納此一繁雜的求仙傳統，加以組織後完成一極具現實色彩的民族宗教。

道教的本質深具民俗性和現實性；能以通俗民間信仰、傳說爲基礎，廣範涵融諸多學派及方術，而其目標則以追求現實的永生爲其願望與理想；人間的樂園即爲一完美而和諧的世界，超脫於時間、空間的囿限，自由自在地享有其永恆的生命。因此其刻意安排的樂園，較

---

❹ 參御手洗勝，〈崑崙傳承と永劫回歸〉《日本中國學會報》十四（一九六二、十）

❺ 參余英時，"Life And Immortality in the Mind of Han China"(*Harvard Journal of Asiatic studise* Vol. 25 1964)

諸古代崑崙、蓬萊的神話世界更富於人間性和現實性。魏晉南北朝三百餘年，政治的分裂、經濟的破壞、社會的動亂，均一再促使亂世人民藉諸宗教信仰、仙境傳說，以滿足其飄渺、隱微的心願。類此時代的悲願使得神仙道教所揭示的理想樂園，結合原本淵遠流長的樂園傳說，形成一種新型仙境說。

道教綜合消納的駁雜而豐富的觀念也一一反饋於六朝社會，仙道思想原本自有其體系化的構想，而民間乃各就所需取其部份而融化於原有的傳說中，因此仙境傳說形成不同的類型，不同類型的構成方式又顯現其所强調的仙道思想。作爲一種「他界」觀念，道教仙境說先要營構其樂園型態，即爲洞天福地的宗教輿圖說，此種由薩滿宇宙觀所衍化形成的道士輿圖，仍繼續其特具的宗教神秘性：諸如如何進入、進入之後如何形成、形成之後又有何抉擇。凡此樂園遊歷的結構，在神仙道教理論中均有其一套自圓其說的系統，因此洞天地理、服食變化、神通變化等，多嘗試解說前此所提出的難題。神仙道教所構成的仙境，即是古老的巫者樂園說的後裔，因此神仙世界的種種課題，亦可依據原始的巫術性思考原則去推想、解答，此爲人類學家研究「巫術」(magic)所感興趣的，也是我們能幸運地因便取用的一套解釋方法。

道教仙境說基於洞天福地的宇宙構成觀念，乃吸收緯書地理說的洞穴相通。此種宗教輿圖說，相信輿內名山，洞穴交通，組織爲一個龐大的世界。而其主要的入口即爲「洞穴」，約略等於進入崑崙的神秘門戶。洞穴原爲現實地理，此類天然處所爲修煉場所，具有隱秘的性質，又兼有芝藥、礦泉等實際功能❻。成爲進入洞天的門户之後，就與巫者從此升降的崑崙大山及衆帝所從上下的建木（世界大樹）一樣，具有隔絶仙凡的象徵意義。通過神秘的洞穴始能進入另一不同於人間的世界，就像巫者在經由宗教的神祕訓練後，進入幻境。此類「進入」即象徵由人間進入樂園，自非凡人能率爾爲之。巫者在恍惚狀態中對水火一無感覺，象徵化之後，可描繪爲歷弱水，經炎山，才能過渡到樂園。因此道教洞天說以洞穴爲門户，進入之法就具有祕傳性，其奇特的説辭即爲機緣或宿命，因爲偶然的機遇而巧入或誤入，道教理論即以此解說成仙非人人可至的難題。「洞穴」的構想應該是總合對神秘地理現象的一種解說，與樂園神話對於樂園知識的祕傳性，成爲仙境傳說的重要基型意象。❼

道教要變化成仙需要經由一種變化的手段，服食即爲其方法。原始巫者精通植物、礦物等秘傳性巫醫，依巫術原理解説醫藥的功能，此類祕方流行於兩漢社會，又集中於方術圖籍。晉葛洪（二八三－三四三）撰《抱朴子》，綜括爲黄白、仙藥兩大類。前者指黄金、白銀等燒煉而成的丹藥，後者則指各種奇特的礦物、植物、動物等❽。丹藥燒煉的化學變化與黄金白銀的不朽屬性、仙藥成長久遠的特性，及所呈現的奇豔色彩、特殊形狀，巫者均視爲深具巫術性。弗萊則（*Sir Frazer*）《金枝篇》（*The Golden Bough*）研究巫術，即提出「交感巫術」

---

❻ 詳參拙撰，〈洞仙傳之著成及其内容〉《中國古典小說研究專集》一（聯經、民國六八）

❼ 拙撰《魏晉南北朝文士與道教之關係》第五章有論證（政大中文所博士論文、自印本、民國六七）

❽ 前引拙文，三章四節有說。

(Sympathetic Magic)，巫者依據象徵律（symbolism）或傳染律（Law of contagion），認爲可以「同類相生」(Like Causes like），或因接觸而相互感應❾；威伯司特（Webster）《巫術》(Magic）則進一步縯繹爲「屬性傳達原理」。道教即依巫術性思考原理加以體系化的服食觀念：凡仙境或成仙所需的服食之物，經由服食等接觸行爲以傳達其神秘能力，而產生類似的變化，此即「服食變化」說。遊歷仙境而獲得仙藥等巫術物品，一經接觸後就與仙境之人具有同胞意識，通俗的說法即爲脱胎換骨、神力非常，以此參與神仙世界的活動，因此服食變化爲六朝仙境說的重要基型。

古巫覡的職能，依字源學及考古文獻可知有巫舞媚神的宗教儀式，此類以行動的象徵方式表現的祭儀，應即原始「性」的崇拜，其後才演變爲聖婚式（Sacred Marriage）。古代巫者中扮演的「神的配偶」(the divine consort），經由戲劇性的行動表達出來，作爲神的暫時性配偶，此類女性應即爲〈九歌〉中的女巫形象。巫系文學系譜中，女性神祇以各種形象出現，爲男覡配婚的對象，此種人神交接過程的宗教儀式的意義，至於漢朝以後乃漸有變化，玉女、仙女等新形象即成爲後世女仙的雛形；而婚配的儀式也逐漸變成人間性的變愛，因此「人神戀愛」乃在此異姓相對待的型態下形成，而不再只是單方面的宗教性奉獻。「婚姻」本爲人性慾望的合理化滿足，六朝仙境傳說即表現當時禮教約制下的一種願望，即是以仙女、巫女爲

---

❾ Frazer, J.G. *The Golden Bough* (IV. 7. 一九六〇)

戀愛的對象，在奇幻世界中，經由「媒妁」的解除以遂其潛意識的願望[10]。此外《楚辭、九歌》中捐玦遺佩的儀式，當屬於依據「接觸律」(Law of Contart)，以己身的配飾象徵自己的一種犧牲奉獻的儀式、或表示聖婚式的定情之物。六朝時期，邂逅仙女後，獲贈佩飾及解佩回贈，則代表戀愛關係的「契約」，由人神之間的誓物變成男女定情的信物，其關係進一步成爲人間化、詩意化。

樂園神話的基型結構即是遊歷過程，巫者乃經由宗教性體驗而產生神遊的幻覺狀態，此爲薩滿教區薩滿（即巫師）所共有的經驗[11]。神話中遊歷崑崙及蓬萊瀛島仙境，即爲《莊子》的仙真說、屈原〈離騷〉遠征崑崙的宗教背景[12]，類此遠征或遊歷實具有「追尋」(quest) 與「啓蒙」(Initiation) 的原始類型。六朝仙境遊歷與巫者神遊之關係值得加以比較：巫者於入神之後，神遊天地、仙境的景象，其鮮明色彩、炫奇形狀，自與幻覺狀態有關，短時間而獲得長距離的遠遊爲其重要情節，並需在解除幻覺狀態之後，才又回復到現實世界。遊仙系統的文學，其遠遊動機本即以逃避、希求解脫爲主：以現實世界爲迫阨——時間的短暫、空間的狹隘，基於不滿現實而出發遠遊，才經歷了奇幻世界，可見宗教性體驗仍爲遊仙文學所模仿。六朝遊歷仙境傳說同樣是以遊歷的過程，來解決現實世界的危機——時間消逝的恐懼、

---

[10] 參自山田慶兒、〈中世の自然觀〉，《中國中世科學技術史の研究》

[11] 同御手洗勝前引文。

[12] 此部份將另篇討論《莊子》、屈原與巫系文學的關係。

或者說死亡的威脅，惟其過程多於無意中完成而非刻意的追尋。此即「時間」的構想，所謂「天上一日，世上百年。」仙境中在渾忘時間的「無紀歷」狀態，短短一日或數日，待賦歸之後，始知百年匆匆，人事全非。以時空所造成的不同情境的强烈對照，來顯示人間世的荒謬與虛無，實爲亂世心境的寫照。與此相較夢境幻遊說卻是經歷一生或數世輪替，而實際僅在一寐之頃，剛好爲另一種不同情趣的表現，但爲了造成「領悟」的效果則一致，同爲人類心靈深處對「時間」的一種悲情。

仙境遊歷傳說繼續遠遊系譜的另一主要精神，即爲懷歸、復歸，〈離騷〉中屈原臨睨舊鄉的情懷，應與《穆天子傳》的賦歸，爲同一眷戀人間世的構想。依照葛洪《抱朴子》及《神仙傳》的仙道哲理，仙人凡有天仙、地仙及尸解仙三級：天仙高居於太清紫微，爲天上宮廷；地仙居於崑崙，或自由遷徙於輿內名山；尸解仙則居於洞天福地。其中地仙爲「群仙不欲升天者」，所以不亟亟升天，即因去留任意——「不死之事已定，無復奄忽之慮，正復且遊地上，或入名山，亦何所復憂乎？」（《抱朴子·對俗》）即貪戀地上，遊戲人間⑬，實爲漢晉之際隱逸精神的一種反映：即不違其自然適性，亦不離人間。仙境傳說的「懷歸」即此類精神的表現，經歷了一連串的奇遇之後，從夢境中醒來，接觸到現實，終能獲得一種啓示而徹悟人生的意義。至此「再歸與不能再歸」就成爲兩種答案：再歸即於徹悟之餘，再度出發，復回仙境——所採取的方式多與道教尸解或不知所終的仙去觀念有關；「不能回歸」則近於理

---

⑬ 同註七筆者論文有詳細解說。

性化的解釋，以仙境的不能再歸來强調其飄渺感與神祕性，但既已了悟，此後心智成熟，看破人生百態，因此視遊歷爲一種啓蒙，乃是仙境傳說的基型。

小川環樹分析魏晉以後的仙鄉譚，其共同點凡八：山中或者海上、洞穴、仙藥與食物、美女與婚姻、道術與贈物、懷鄉勸歸、時間，以及再歸與不能回歸等⓮。此八點均爲當時仙道思想的具體反映，亦屬古來的樂園傳說，經一再演變，至於道教結構成形後的一種新說，稱之爲樂園神話的道教化。仙道思想的系統既結合古來多種思想於一爐，具有道家哲理、神話宗教、以及擬科學（Pseudo Science）性的方術，凡此均以通俗方式表 現在民間傳說中，仙境傳說即此口語文學、即此六朝社會風尚的一種產物。

二、四種遊歷仙境的類型

從《楚辭》的〈離騷〉、〈遠遊〉的巫系文學系列，及由此發展形成的遊仙文學，均以遊歷爲其主題，六朝仙境傳說即基於同一母題，也遵循同一基型結構：

出發→歷程→回歸

⓮ 同小川環樹前引文，乃日譯仙鄉談的緒論

主角出發是由於特殊的機緣或引導，經過洞穴或橋樑，乃進入仙境，獲得仙藥，產生神奇的能力，或邂逅仙女而完成婚姻過程；最後懷歸，重回人間，目睹人世的滄桑，因而獲得啓示或因此了悟，而有再出發的動作。此種「深層結構」實爲仙境遊歷傳說所共通的，亦爲遊歷型傳說具有普遍性的結構形式。依據此一基型結構，在不同的時間、空間內因爲社會文化背景的差異，就各具有不同的「表層結構」，因此六朝筆記之中所紀錄的民間傳說便具有不同的類型。

(一) 服食仙藥類型

仙藥服食爲仙道傳說的重要內容，利用燒煉黃白獲得丹藥乃道士祕傳的丹訣，因此民間盛傳的服食藥物多以天然仙藥爲主。仙藥爲神仙變化的巫術性藥物，可以服食而獲致超乎常人的能力；或因模仿神仙活動而傳達同一變化的能力。張華爲魏晉間人——魏明帝太和六年（二三二）至晉惠帝永康六年（三〇〇），其所撰集的《博物志》[21]即代表早期的仙境觀念：

> 天門郡有幽山峻谷。谷在上，人有從下經過者，忽然踊出林表，狀如飛仙，遂絕跡。年中如此甚數，遂名此處爲仙谷。有樂道好事者入此谷中洗沐，以求飛仙，往往得

去。⑮

仙谷之境爲「幽山峻谷」，爲一般仙境的共同形象，造成迥異人間的世界。入此谷中洗沐，即傳達其神祕力量，得以變化成飛仙，此爲外在身體的接觸。至於身軀內部的變化，就需要經由服食，劉宋劉敬叔（三九〇？——四六八？）《異苑》載：

> 西域苟（一作拘）夷國山上有石駱駝，腹下出水，以金鐵及手承取，即便對過；唯瓠蘆盛之者，則得飲之，令人身體香淨而昇仙。其國神祕，不可數遇。⑯

「瓠蘆」爲神仙造型的重要形象之一，洗沐的水與服飲的水，俱能使身體內外香淨。水的意義在宗教儀式中本即具有淨化身心的神祕功能，爲齋戒等淨化儀式中具有法術性之物，由生理變化而導至心齋等心性昇華之淨潔的變化，依據仙道變化傳說則經由屬性傳達作用，可漸化其形狀，或突變其軀體，類此「變化」的過程，漢朝傳說及器物、壁畫均常以身生羽翼，或

---

⑮ 據藝文書局連江葉氏本《博物志》卷一，《博物志校釋》有唐久寵校本（民六八、自印本），張華的生卒年據廖蔚卿、《張華年譜》之說。

⑯ 據藝文百部叢書、學津討原本，劉敬叔史無傳文，茲據明胡震亨之說。《異苑》書誌學的研究有森野繁夫、〈異苑之通行本〉，《廣島大學中國中世文學研究》一。

長耳垂聃等形象，表現其變形後的形象⑰，在此均簡化爲「得去」或「昇仙」，乃即體成仙的典型。

仙境的「神祕」性爲此類傳說的重要意念，尤其在誤入仙境後得以服食的傳說中，使得仙境成爲不能久留之地。《博物志》嘗載海濱之人乘槎，誤入天河，終又回歸⑱。都是誤入異境，才歸問蜀人嚴君平，君平爲卜者，屬於智慧長者的原型人物。此一簡短的傳說經一再流傳、增飾之後，《搜神後記》、《異苑》及《幽明錄》等均載有類似的記錄，余嘉錫輯證《殷芸小說》所錄的同一傳說，即以爲據張華《博物志》而增飾模擬者⑲。其實，依傳說的傳播觀點言，不如說是民間的口述變化較爲審諦。其中《搜神後記》所錄的最爲詳盡：

> 嵩高山北有大穴，莫測深淺，百姓歲時遊觀。晉初嘗有一人誤墮穴中，同輩冀其儻不死，投食于穴中。墜者得之，爲尋穴而行。計可十餘日，忽見其明，又有草屋，中有二人對坐圍棋，局下有一杯白飲。墜者告以飢渴，棋者曰：「可飲此」，墜者飲之，氣

---

⑰ 仙道變化參拙撰〈葛洪養生思想之研究〉，《靜宜學報》三期（一九八〇）頁九七—一三七。

⑱ 《博物志》卷十引此說。《北堂書鈔》卷首五十引葛洪《抱朴子》佚文：「翫榮河者，若浮南濱而涉天漢。」即同此一事。葛洪年晚於張華，曾參用《博物志》（參前引唐久寵、《博物志校釋、敍錄》）當即據此爲說，或同屬於當時的民間傳說。至於梁、宗懍撰《荊楚歲時記》也載及此事，即明云其人爲張騫，其變化之跡大略可見。

⑲ 參余嘉錫：《余嘉錫論學雜著》頁三二〇（台北、河洛壹版、民六五）

力十倍。棋者曰：「汝欲停此否？」墜者曰：「不願停！」棋者曰：「從此西行，有大井，其中多蛟龍，但投身入井，自當出；若餓，取井中物食。」墜者如言，投井中，多蛟龍，然見墜者輒避路。墜者隨井而行，井中物如青泥而香美，食之，了不復飢。半年許，乃出蜀中。歸洛下，問張華，華曰：「此仙館大夫，所飲者玉漿也；所食者，龍穴石髓也。」[20]

此一傳說與乘槎遊天河的母題近似，惟結合地穴相通、仙境觀棋、仙道服食等情節單元，而代表解釋神祕歷程的智慧人物則以張華擔任。其中重心所在即爲服食：白飲爲玉漿，食後氣力十倍，蛟龍避路；石髓則食之不飢，均强調仙境藥物的神祕功能。

劉義慶（四〇三—四四四）《幽明錄》據此「入穴——奇遇——出穴——解謎」的結構，又錄存另一近似的傳說，而以婦人謀殺親夫爲入穴的動機，更可見民間的通俗性格，其中具現「九館」的造型——「郛郭修整，宮館壯麗，台榭房宇，悉以金魄爲飾。」實以人間宮廷夸飾而成；至其九處地仙「九館大夫」的造型——「人皆長三丈，被羽衣，奏奇樂。」即以漢世羽人形象爲模型；而其服食之物——「粇米香，如塵如泥之物」，與「中庭一大柏樹近百圍，

---

⑳ 此據王國良《搜神後記校釋》（文史哲、民五三）與通行本文字不同，所校出的部份爲仙道傳說不可闕者，故據用之。唯「仙館大夫」斷句不同。按據《幽明錄》另一情節相近的傳說，强調「九處地仙名九館大夫」，則此處張華所答的，當說是對棋的二人爲仙館大夫。

下有一羊，令跪捋羊鬚，初得一珠」，張華即解説二物：「如塵者是黃河下龍涎，泥是崑山下泥。」「羊爲癡龍，其初一珠，食之與天地等壽。㉑」服食觀念曾盛行於六朝社會，其奇珍異物多極想像之奇。在此墜穴之人能「以所得二物」歸問張華，而實際上也有强調仙境異物不得攜入人間的禁忌。晉時與葛洪同時或稍晚的干寶撰《搜神記》，其中即有一條東望山傳説：

南康郡南東望山，有三人入山，見山頂有果樹，衆果畢植，行列整齊如人行，甘子正熟。三人共食，致飽，乃懷二枚，欲出示人，聞空中語云：催放雙甘，乃聽汝去。㉒

仙境植物與凡間者不同，具有象徵仙凡之意，故《漢武内傳》敍述西王母所食的僊桃，武帝收取食後所餘之核，王母即告以「此桃亙千年一生實，中夏地薄，種之不生。㉓」就具體説明仙境植物的神秘性。六朝筆記中記載衆仙所食的奇特物品，後來常成爲後世仙道文學中的重要意象：如桃、棗、茗，以至菊花、松脂等，其中部份因具有特別的醫療效用，見載於本草圖籍中，有些則流爲日用食補之物，與歲時節日結合而成爲民間習俗的應節飲食，此種現象均與仙境傳説確實有密切的關係，故爲重要類型之一。

㉑ 此據魯迅，《古小説鉤沈本》。

㉒ 《搜神記》本參許建新校釋本，《師大國文研究所集刊》十九期。

㉓ 《道藏》本（海字號）。

(二) 仙境觀棋類型

觀棋傳說具有歷史淵源，即古仙人博戲說的傳統。漢鏡有仙人六博鏡，六博爲古人的棋戲方式，近人楊寬、楊聯陞、勞榦等均有精詳的考證㉔。棋局雖小卻變化莫測，以此隱喻「世事如觀棋」。因此漢朝以下，棋戲爲神仙悠閒、預測世事的象徵，成爲神仙圖的重要形象。劉敬叔《異苑》及梁代任昉所撰的《述異記》各載二則相似的觀棋事件：

> 昔有人乘馬山行，遙望岫裏有二老翁相對樗蒲，遂下馬造焉。以策注地而觀之，自謂俄頃，視其馬鞭，摧然已爛；顧瞻其馬，鞍骸枯朽。既還至家，無復親屬，一慟而絕。（異苑卷五）

> 信安郡石室山，晉時王質伐木至，見童子數人，棋而歌，質因聽之。童子以一物與質，如棗核，質含之，不覺餓。俄頃，童子謂曰：「何不去！」質起視，斧柯盡爛。既歸，無復時人。㉕

㉔ 楊寬〈六博考〉（上海中央日報、文物周刊，民國三七年十月）楊聯陞、〈再志古代六博〉（"An additional Note on the Ancient Game Liu－Po" *Harvard Journal of Asiatic Studies*. 1952），勞榦〈六博及博局的演變〉《中研院文語所集刊》三五（民國五三）

㉕ 《述異記》卷十，又《水經注》卷十引此，文字相近。《述異記》的考證參森野繁夫、〈任昉述異記について〉，《中國文學報》十三期。

樗蒲爲漢人的博戲，與棋局具有同一娛樂的作用：「二老翁」的形象在後世的民間文學中也成爲一創作不絕的「原型人物」。以策注地的描寫在《述異記》中即予以省略。此類觀棋類型中最重要的即是「時間」的觀念：「自謂俄頃」、「不覺餓，俄頃」，都是强調時間的短暫，而實際情境卻是極可驚詫的景象：鞭爛馬朽，斧柯盡爛，其對比的荒謬、怪誕之感極爲强烈。此種「山中一日，世上千年」的滄桑感，在葛洪的《神仙傳》中也有精采而具體的形容：「麻姑自說云：接待以來，已見東海三爲桑山，向到蓬萊又水淺於往日，會時略半耳，豈將復爲陵陸乎？遠歎曰：聖人皆言海中將復揚塵也。」㉖麻姑與王遠相見亦僅短暫的時間，而人間世既有如此鉅大的變化。因此王遠之「歎」正是凡人所慨歎的轉眼成空的世界，自神仙之眼觀之，不過一瞬；而在凡人的眼中，卻是「無復親屬」，或「無復見時人」。此等情境爲促使凡塵之人了悟的安排，其結局：一是「一慟而絕」、一是讓王質於徹悟之餘，悟而學仙。《述異記》雖不載其結局，而後來的神仙傳記則載王質再度出發求道，終於成仙㉗。

知識份子體驗人生情境可採取《莊子》哲理式的觀點，證驗人間世的遷變無常，而天地

㉖《神仙傳》卷二，此書的考證有福井康順，〈神仙傳考〉，《東方宗教》二號；〈神仙傳續考〉《宗教研究》一一三七（一九五四）；小南一郎，〈神仙傳の復元〉《入矢小川兩教授退休紀念中國語學中國文學論集》（一九七四）；及下見隆雄〈葛洪神仙傳について〉《福岡女子短大紀要》（一九七五），大抵均以今本《神仙傳》非原本，而爲明人所輯成的，惟其資料可信仍大多輯自類書。

㉗王質事見《述異記》外，《洞仙傳》也引錄之，文字小異。而趙道一《歷世真仙體道通鑑》卷二八〈王質傳〉即云「復入山得道。」其他文字則多有參考《述異記》之處。

不能以一瞬，純爲哲學推理的感知；而神話傳說則以形象化的象徵方法解說時間的感受。仙道神話與老莊思想間的微妙關係，即一採詩歌的、隱喩的方式，一採哲學的、推理的論證形式，相較之下前者自是顯得較爲具象而通俗。此一仙境觀棋傳說後來普遍地流傳於文士的思想中，成爲重要的仙道意象，用以象徵人間世的滄桑之感：

徒教斧柯爛，會自不淩虛。（陳，陰鏗、〈遊始興館〉）

桃花經作實，海水屢成田。逆旅歸舊里，追問斧柯年。（陳，周弘正、〈和庾肩吾入道館〉）

庾信的遊仙詩經常使用此一仙界意象：「蓬萊暫近別，海水遂成塵。」（〈仙山〉）或「山精逢照鏡，樵客植圍棋。」（〈奉和趙王遊仙〉）六朝晚期的遊仙詩逐漸有道教化的傾向，由其中所使用的典故，即可知已逐漸受仙境傳說的影響[28]。

(三) 人神戀愛類型

人神戀愛的結構當以古代聖婚儀式爲原型，爲巫者與神祇婚配間的象徵性儀式。其後民間傳說中乃逐漸有人間性的人神戀愛情節，其遺跡即爲《列仙傳》所載的：鄭交甫遊江濱，

---

[28] 遊仙詩道教化爲南北朝逐漸形成的轉變，詳參拙撰〈六朝道教與遊仙傳說的發揮〉，《中華學苑》廿八期（台北、政大中文所、一九八三）。

遇江妃二女，二女遺以佩玉。這部仙傳爲漢末六朝初期的仙傳，故可以代表人神戀愛已逐漸由儀式性的象徵意義，轉變作詩意化的人間性格㉙。六朝時期遊歷仙境而邂逅神女均以仙女、玉女爲對象，已並非原始的巫女形象，此種人神戀愛的事件，除爲原始宗教儀式的遺跡外，也有明顯的潛意識心理的意義。人的本能欲望在兩漢社會由於受到禮教的禁制、理智的壓抑，漢世以下則因社會體制的較爲鬆弛，一些隱蔽的願望就採取了另一種形式來獲得滿足。凡異類婚姻中諸如人鬼之戀、人妖之戀，未嘗不可解釋爲以象徵的方式滿足其被壓抑的願望，佛洛依德的「遂願說」(wish－fulfillment) 實可解說此種心理狀態。六朝文士傳錄人仙結合的傳說，不僅紀錄了民間衆人的願望，亦假藝術創作活動昇華、淨化其潛在的欲望。

此類傳說的典型即《搜神後記》所記載的袁相、根碩遇仙事，其後《幽明錄》的劉晨、阮肇遇仙，實爲同一傳說的另一種版本，因其較爲晚出，敍述也較細膩，但是構成的母題則相同。兩篇均說是會稽剡縣地區的民間傳說，會稽本屬「濱海地域」，爲初期太平道及其後天師道流傳較盛的區域，道教神仙傳說爲民間口述文學的張本，其發生的地域實非僅是巧合而已㉚。據《搜神後記》的紀錄，可知其流行的時間約在魏晉時期，孫吳之時于吉所倡的「于君道」(即太平道) 流行於江南一帶，葛玄、葛洪等葛氏家族所信仰的道派，亦屬流傳東吳的

㉙《列仙傳》的考證參法、康德謨 (Max Kaltenmark)，〈列仙傳與列仙〉《中國學誌》五號 (東京，一九六九)；福井康順〈列仙傳考〉《早大大學院文學部記要》(一九五七)。

㉚ 道教流傳濱海地域的觀念，爲陳寅恪所提出，就題作〈天師道與濱海地域之關係〉發表於《史語所集刊》(一九三三)，《陳寅恪論文集》(臺北，三人行出版社，民六三年)。

服食修煉一類仙道；其後天師道由江北遷移到江南，隨東晉的政治勢力而南下，由於道治的普遍設立，正統道教教團與土俗的民間信仰相互激盪，凡此均足以促使仙道的觀念愈形普及，而能深入中下層的民衆階層中。會稽即爲道教興盛的中心區域之一，剡縣居民或有入山巧遇清修的女真的，經增飾其說後即是遇仙情事。早期仙傳《列仙傳》所載的女仙尚多樸素的民間傳說的人物，至於葛洪撰《神仙傳》，所載的女仙八人等既已漸多修真得道的女真，其修真的場所即多屬名山，如嵩高山、華山之類；至於陳人馬樞撰《道學傳》，第二十卷即全屬清修女冠，此類女冠均隱居名山服餌修煉。由於修真女冠的普遍，梁陶弘景及其弟子撰《真靈位業圖》時，就特別設有女真的階位，供奉於華陽洞天的易遷館、含真台㉛。女冠修真於山中即本具有巫女的本質，其風流餘韻或有其事，獵人樵夫入山遇豔，世俗之人風傳其事，增飾既多，就成爲此類遇仙的韻事。

《搜神後記》所錄的爲仙境傳說中較爲完備的一則，成爲唐人〈遊仙窟〉式的原始典型：

> 會稽剡縣民袁相、根碩二人獵，經深山，重嶺甚多。見一群山羊六七頭，逐之。經一石橋，甚狹而峻。羊去，根等亦隨，渡向絕崖，崖正赤壁立，名曰赤城。上有水流下，廣狹如匹布，剡人謂之瀑布。羊徑有山穴如門，豁然而過。既入內，甚平敞，草木皆

㉛ 女仙女真說之演變，詳參前引拙撰論文五章四節之四。

春。有一小屋，二女子住其中，年皆十五六，容色甚美，著青衣：一名瑩，一名珠。二人至，忻然云：「早望汝來。」遂爲室家。忽二女出行，云復有得婿者，往慶之，曳履於絕巖上行，琅琅然。二人思歸，潛去。歸路，二女已知，追還，乃謂曰：「自可去！」乃以一腕囊與根等，語曰：「愼勿開也！」於是乃歸。後出行，家人開視其囊：囊如蓮花，一重去，復一重，至五，盡，中有小青鳥，飛去。根還，知此，悵然而已。後根於田中耕，家依常餉之，見在田中不動，就視，但有殼如蟬蛻也。㉜

此一傳說即循著「出發—歷程—回歸」的基線發展，也屬於誤入仙境之例：出獵及逐羊爲出發階段，說明其動機，即知道有赤壁與瀑布則是剡人所習知的地名，故尚屬於人間世界；而「山穴如門」即以此門閾阻隔凡、仙，說明兩種不同的世界，一邊爲現實世界，一邊爲虛渺幻境。此下即爲歷程階段，筆調一轉，情境一變，草木爲仙境芳物，女子爲仙境尤物，此類女性爲典型的原型人物：美貌、具有預知能力，且能顯現神通，乃由巫女的形象道教化的女仙子。其中描寫的手法依然具有人間的色彩：如室家之求，得婿之慶，尤其曳履琅琅更是具現其行走的神態。等「思歸」的念頭一起，即轉入回歸階段，於是而有贈物送別，所贈的腕囊本爲貼身之物，其中所藏的「青鳥」原爲西王母神話的道具之一，是傳訊的使者，交通仙凡的奇禽應和玉女預知的能力、及諄諄告誡的話。因此根碩的尸解仙去，即爲一種「再出發」，

㉜《搜神後記》卷一，參前引王國良校釋本。

乃是女仙所預知的再度永遠的結合，根碩「悵然而已」的表現其實也預知其後事。

仙境遇豔的情節在《幽明錄》中有更細緻的描述，其時間定於漢明帝時，地點則爲天台山，主角則換成劉晨、阮肇。入山動機爲「取穀皮」，因迷途而誤入仙境，而逐羊的情節則變成服食仙桃與隨流而下的蕪菁葉、盛胡麻飯糝的杯子，凡此均與神仙服食的觀念有關，並巧妙地暗示仙境的存在。《搜神後記》以通過如門的洞穴，象徵其進入「他界」；《幽明錄》則以逆流渡溪作爲過渡的象徵動作，其實穿過洞門與涉水均與佛洛依德所說的通過潛意識之門具有同一象徵作用。此下即爲「遂願」過程，凡現實界中所不能滿足的願望，都可經由神話、傳說等夢境一般的象徵情境而獲得滿足：「姿質妙絕」的二女子與十侍婢，爲女色；銅瓦屋、大床「施絳羅帳，帳角懸鈴，金銀交錯」，與酒酣作樂，爲富貴；「食胡麻飯、山羊脯、牛肉，甚甘美」，爲美食；氣候草木是春時，百鳥啼鳴，爲美景；至於「至暮，令各就一帳宿，女往就之，言聲清婉，令人忘憂。」尤能顯明人類潛意識中性的本能之願望。而這些情與性的慾望，安排在預知有福、「宿福所牽」的宿命格局中，就顯現出一種虛幻的仙境氣氛。思歸之後，就直敘其「集會奏樂，共送劉阮，指示還路。」就效果言確是比較不如前述的贈囊，誡其「慎勿開也」，較能透徹表明人類好奇、觸犯「禁忌」的必然舉措。不過《幽明錄》所採用的「時間」觀念用以說明回歸的情境，也自有其優點：如「親舊零落，邑屋改異，無復相識。問訊得七世孫。」此種人世的鉅變實爲了悟之機；《搜神後記》敘述其「啓示」的部份則較不強烈。兩種版本相較之下，《幽明錄》較能將啓示的情境作合乎情理的夸張，種下「忽復去，不知何所」的飄渺結局。

這兩則同一母題的傳說，前者較樸素，仍近於民間敘事文學的版本；後者則顯然增益了許多文士的潤飾之處。《搜神後記》的撰者在梁世慧皎《高僧傳》中既已指名是「陶淵明」，至少是晉宋間人所撰述的，因此所紀錄的時代較早；至於《幽明錄》則由劉義慶主名，而其幕僚中文士如袁淑、陸展、何長瑜等多相與助成其事，可能潤飾之處即出於諸人之手㉝。前者既遇女仙，僅云：「遂為室家」；後者則易以華麗的文筆敘述而成，若再加上結局的「問訊得七世孫」與「不知何所」諸筆法，則可推知曾深受王嘉《拾遺記》的影響。

王嘉為苻秦方士，喜幽隱、服氣，又善歌讖，為六朝仙傳中的神異之士。所撰的《拾遺記》均以神異的現象為題材，恣意變更其內容，《晉書》本傳即稱其「記事多詭怪」，《四庫提要》也評其文辭為「浮豔清薄。」㉞王嘉既身處於異族的統治之下，又兼方士化文士的身份，因此仙境之說就具有滿足其虛幻的政治理想的補償作用。《拾遺記》卷十〈諸名山記〉即普遍搜集了不同系統的仙山說，其洞庭山所錄存的一則洞庭地區的口述傳說，則具有一未完成的婚姻情節：

> 其山又有靈洞，入中常如有燭於前，中有異香芬馥，泉石明朗。采藥石之人入中，如行十里，迥然天清霞耀，花芳柳暗，丹樓瓊宇，宮觀異常。乃見眾女霓裳，冰顏豔質，

㉝《世說新語》即為劉義慶的幕下文士所撰成的，《幽明錄》當亦如同此例。

㉞參拙撰論文五章一節。

> 與世人殊別，來邀采藥之人。飲以瓊漿金液，延入璇室，奏以簫管絲桐，餞令還家，贈之丹醴之訣，雖懷慕戀，且思其子息，卻還洞穴。還者燈燭導前，便絕饑渴而達舊鄉。已見邑里人户，各非故鄉鄰，唯尋得九代孫。問之，云：遠祖入洞庭山采藥不還，今經三百年也。其人說於鄰里，亦失所之。㉟

此節傳說所能啓發《幽明錄》撰者的，即爲服食觀念、仙樂意象、問尋子孫及神祕仙去，其中「三百年」的塵世時間，逆推之即爲東漢初期，爲劉義慶等將劉、阮入山繫於「漢明帝永平五年」的張本，可證其撰成實爲組合多種母題「再創作」而成的仙境小說，尤其敘述的文筆純爲文士模倣王嘉的「浮豔」格調。王嘉所記述的洞庭傳說爲一個完整的仙境遊歷結構：主角出發，經歷仙境，回歸人世，又再出發。其中諸種「基型意象」（Archetypal image）如采藥之人、玉女；進入洞穴、玉女款待、服食變化及贈物餞別等，凡此均爲潛存於六朝求仙者的共同心理，亦屬亂世人士最爲普遍的「集體心理」（Collective psyche）。其中較特殊的意象即爲燈燭，爲富於人間性趣味的構想。洞庭地區爲輿內名山之一，其洞穴相連的宗教輿圖說則爲緯書地理說及其後道教洞天說的中心，靈洞與燈燭當即根據實際的地理演變而成的。

人神戀愛類型的遊歷傳說，因其中所具有的浪漫性質，從初期巫女儀式性的聖婚，演變爲凡男巧遇女仙子的山中傳奇，自是成爲江南地區流傳的仙鄉奇譚。六朝以下至於隋唐時期，

㉟ 據漢魏業書本，略參郭模《王子年拾遺記校釋》（淡江文理學院，民六三、四）

宮觀女冠即入道而蔚爲一時風尚；至於藝妓娼優之屬則聚居北里而形成豔藪，乃演變爲唐人傳奇中〈遊仙窟〉的新情節。雖則時代色彩已漸有差異，而凡構成「集體潛意識」(Collective unconscious) 中的諸般基型結構則是大體一致，均屬於仙境遇豔的一種文士奇想的創作表現㊱。

(四) 隱遯思想類型

隱遯思想類型如依小川環樹的標準，即是「變種的仙鄉譚」，乃仿照仙鄉譚的形式而寫成的。其典型作品即爲陶淵明的〈桃花源記〉，乃利用當時的民間傳說，將仙鄉移於人間中的避世之地，藉以寄托作者的某些思想與理想㊲。故此類桃花源傳說乃結合仙境傳說、隱遯思想及當時的歷史現象等，形成一種遊歷性質的傳說。此類傳說收錄於《搜神後記》、《異苑》等書，其撰述者在史志中雖託名陶潛（三六五－四二七），但也可能爲晉、宋時代的文士據以增飾補充的，因其中即有元嘉十四、二三年（四三七、四四六）等記事年代㊳。劉敬叔則同時而略晚（三九〇－四六八），可推知這類傳說曾流行於晉、宋時期。

據現存的數則中，以「穴中人世」一則較近於民間傳說的樸素型態：

㊱ 原型結構說參 C. G. Jung: The Archetypes and te Collective Unconscions (princeton, 1969)

㊲ 同小川環樹前引文。

㊳ 王國良《搜神後記研究》上篇緒論，有作者的考辨，即力證其非陶潛之作。

長沙醴陵縣有小水一處，名梅花泉。有二人乘船取樵，見岸下土穴中水流出，有新斫木片逐水流下，深山中有人跡？異之，乃相謂曰：「可試入水中，看何由爾？」一人便以笠自彰，入穴。穴纔容人，行數十步，便開明朗然，不異世間。（搜神後記卷一）

此篇的後半，疑尚未終篇，乃後人輯錄時已非完整的全文，不過其遊歷情節則仍是大體具備。其中特別以新斫木片爲入境的動機，與水流杯子等屬於同一機杼。另一則也一樣富於神祕色彩的，其入穴動機者則爲滎陽人，故事全篇始末完具：

滎陽人，姓何，忘其名，有名聞士也。荊州辟爲別駕，不就，隱遁養志。常至田舍收穫，在場上，忽有一人長丈餘，黃疏單衣、角巾來詣之。翩翩舉其兩手，並舞而來。語何云：「君曾見韶舞不？此是韶舞。」且舞且去，何尋，逐徑向一山，山有穴，纔容人。其人即入穴，何亦隨之入。初甚急，前，輒開廣，便失人。見有良田數十頃，何遂墾作，以爲世業，子孫至今賴之。（同前）

異人、韶舞及隱遁養志等意念，均與隱遯思想有密切的關係。此種經過洞穴，發現良田，並非僅爲現實世界的理想，其表層結構疑即爲魏晉南北朝塢堡制度的反映。乃當時戰亂之故，世人有避居山塢以求自給自足的特殊景象㊴。《桃花源記》陳寅恪即以塢堡之說爲解，乃紀實的北方弘農、上洛一帶的材料，與寓意的劉驎之故事的組合。關於桃花源的地理背景，也有以爲是在荊湘地區、或是淮泗間的「斥侯之郊」㊵，大抵不出江淮之際。依據《桃花源記》的結構形式考察，當以劉驎之的入山採藥與《異苑》的武陵蠻人的打獵爲其原型：前者在鄧粲《晉中興書》、臧氏《晉書》中均曾有記載。（今《晉書》九四〈劉驎之傳〉即襲錄於此）可知當時人多認爲實有其事；後者則庾仲沖《雍荊記》中也有類似的記載㊶：

> 南陽劉驎之字子驥，好遊山水。嘗採藥至衡山，深入忘反。見有一澗水，水面有二石囷，一閉一開，水深不得渡。欲還，失道，遇伐弓人，問路，僅得還家。或說囷中皆仙方、靈藥及諸雜物。驎之欲更尋索，不復知處矣。（《搜神記》卷一）
>
> 宋元嘉初，武陵蠻人射鹿，逐入石穴，才容人。蠻人入穴，見其旁有梯，因上梯，豁然開朗，桑果蔚然，行人翱翔，亦不以爲怪。此蠻於路砍樹爲記，其後茫然，無復彷彿。（《異苑》卷一）

㊴ 塢堡之說，參陳寅恪〈桃花源記旁證〉，原刊《清華學報》十一卷一期，後收於《陳寅恪論文集》。

㊵ 參逯耀東〈何處是桃源〉，（《勒馬長城》，臺北言心出版社，民國六六、四）

㊶ 逯耀東前引文考爲庾仲雍，著《湘州記》、《荊州記》。按：社光庭撰《神仙感遇傳》所錄的：庾仲沖、《雍荊記》，當爲筆誤。

兩則都是以不可再入作爲結局，與仙境遊歷類的「再出發」迴異，表面上雖近於一種理性化的解釋，但是卻也因此襯託出其中的世界別具有仙境之嫌疑。類此傳說乃是晉宋奇譚，具有濃厚的人間樂土的政治理想色彩，陶淵明的〈桃花源記〉即以此爲創作背景，表達了亂世文士在現實界的無奈中的一種虛幻心境。因而記之爲文，歌之成詩，其隱遯的心境乃完全藉遊歷仙境的傳說而獲得滿足，適足以與六朝遊仙文學的創作心理作一比較，同爲當時士庶一種共同的夢境。

三、結語

仙境遊歷說與神仙道教的關係，從六朝時期起既已密切不可分離，道教一向被目爲深具他界主義的傾向，乃中國人現實性格所反映的民族宗教，即因其表達出國人對於現世的長壽永生與理想治世的願望，而並非寄望於飄渺的來世與天國，仙境樂園的傳說即是以語言象徵的方式表達此一願望。如果神話傳說是衆人的夢，爲溝通意識與潛意識間的橋樑，則古中國的崑崙、蓬萊及中古社會的輿内名山，均可視爲一種與夢相似的象徵符號，藉以滿足亂世心靈的隱微的夢境。

六朝社會普遍流傳有冥遊地獄、幻遊夢境與遊歷仙境的遊歷型傳說，前兩種均多少沾染外來佛教文化的色彩：遊歷泰山地獄或經歷夢境，均能使主角於經歷一連串的考驗之後，從無知、盲昧中獲得啓蒙；遊歷仙境則爲本土文化的產物，表現國人代代承繼下來的集體潛意識。仙境遊歷的過程中，任何一種母題：諸如服食變化、遇女成婚、樂園逸樂等，均是先民以特定的意象層累地聚積下來的結果，其中涵藏有人類共通的心理與智慧，以及傳統歷史中悲歡情境的文化遺跡。對於死亡危機的逃避、困厄環境的希求解脫，在經歷連串的奇遇之後，能使煩惱、迷惑的心靈淨化，因而得到徹悟，使其生命成熟而清明，凡此即爲仙境遊歷說的「出發—歷程—回歸」的原始類型，表達了民族文化心理中共同的生命觀照。

古中國神話中的遊歷樂園神話，帝王在巫師及方士集團的輔佐下，可以封禪求仙藉以通達神明，至六朝時期，帝王貴族雖亦資其財勢，而希求煉丹致仙。但這些奢望卻都不能使他們成爲遊歷仙境的主角，反而多的是一些樵夫、採藥之人，或是隱遁養志的文士，而且也少有精於修煉的道士，可知這些傳說都自然形成於民衆之間，所隱喻的乃是升斗小民卑微的願望。遊仙的角色即是依據入山者的獵人、樵夫及採藥者的身份地位聯想而來，其本來的身份都與道門並無必然的關聯，不過等遊歷歸返，徹悟人生後，又多往往能看破世事，學道成仙。此類傳說當是與仙道傳說的普遍流傳互爲激盪，才能蔚爲當時民間的社會風尚。因此後來的神仙傳記也多收錄其成仙事跡，王質之得列於《洞仙傳》中的仙真；阮肇、劉晨也被收輯於《歷世真仙體道通鑑》，就由傳說人物進一步變成道教的仙真，此即道教所具有的涵融性的表現。六朝以下，僊說屢變，但其基型結構則大體一致，其基本構想無不原本六朝，是爲此一時期遊歷仙境傳說的價值所在。

附二　慧皎《高僧傳》及其神異性格

梁慧皎所撰的《高僧傳》爲中國見存最古的僧傳資料，其紀錄範圍自東漢末葉至梁天監十八年（西元五一八），即佛教傳入初期到南北朝後半期，約五百年間，乃將當時較爲活躍的高僧均予以記載。清孫星衍稱讚其辭理可觀，足資考史，「實爲有用之書」❶；近人陳垣亦以其書在史學上具有珍貴的利用價值。❷因此研究中世紀思想史、社會史則此書實爲不可或缺的基本史料之一，❸可見這部佛教史籍頗能表現中世佛教史的歷史現象。其中的神異性格則可謂爲當時社會所流行的觀念的一種反映，這是由於佛教初入中土時，凡弘教的僧衆、所譯的佛經均需適應當時的社會文化，在中國社會中對於方術、道術的崇信，尤其當時正是道教充滿創發力的形成階段。因此「神異」性格既有印度佛教原有的傳統，但也是適應、依附當

❶ 丁丙、《善本書室藏書志》卷二二，孫淵如鈔本、孫氏手記。
❷ 陳垣、《中國佛教史籍概論》、高僧傳之部（臺北，三人行出版社，民國六三年）
❸ 牧田諦亮、《高僧傳の成立》（上）《東方學報》四四册（京都，一九七三）

時社會的一種方便，值得從歷史文化的脈絡加以理解。

一、慧皎編撰《高僧傳》諸問題

(一)慧皎撰述《高僧傳》之動機

慧皎（四九七—五五四）的生平概見於《高僧傳》慧皎的自序、後序及與王曼穎來往的書信中，唐道宣（五九六—六六七）《續高僧傳》也收有〈慧皎傳〉，該一略傳即曾載：「釋慧皎未詳氏族，會稽上虞人。學通內外，博訓經律，住嘉祥寺。春夏弘法，秋冬著述，撰《涅槃經義疏》十卷、及《梵網經疏》行世。」可推知慧皎所宗奉者爲涅槃及律部。大抵明律的釋徒多較精於撰述，慧皎既富於典藏，故梁帝蕭繹編撰《金樓子》一書時，嘗「就會稽宏普惠皎道人搜聚之。」（《金樓子》卷二〈聚書篇〉）宏普寺即爲其晚年隱棲之所，其藏書之富即以善聚書如蕭繹者亦需就其搜聚，宜其能編撰完成《高僧傳》一書。

慧皎之撰述《高僧傳》，約在梁天監十八年後十年間，即其三十歲以後的著作。《續高僧傳》即云：「又以唱公所撰名僧頗多浮沈，因遂開例盛廣，著《高僧傳》一十四卷。」寶唱之撰述《名僧傳》約在天監九年（五一〇）起稿，至天監十三年（五一四）始條列就緒，前後凡五年，利用華林園寶雲經藏等資料撰成。慧皎即因《名僧傳》未盡理想，乃別有撰述，故其時間約稍在其後。❹ 慧皎所撰的《高僧傳》既出，「文義明約，即世崇重」（續高僧傳）。惟《高僧傳》流行至唐似已有不同的本子：因唐道宣撰〈慧皎傳〉末即云：「不知所終」；而高麗本則有江州僧正慧恭及龍光寺僧果的附記云：「此傳是會稽嘉祥寺慧皎法師所撰。法師學通內外，善講經律，著《涅槃疏》十卷、《梵網戒》等義疏，並爲世軌；又著此《高僧傳》十三卷。梁末承聖二年太歲癸酉，辟侯景難，來至湓城，少時講說，甲戌年二月捨化，時年五十有八。」（《正藏》卷五〇）慧恭、僧果約與慧皎爲同一時代而稍晚的人，所記的自爲親見之事，而道宣似未曾見過附記，可證當時版本的流傳已自有異。道宣所云的《高僧傳》凡十四卷，〈附記〉則言十三卷；《隋志》雜傳類著錄《高僧傳》十四卷，題釋僧祐撰，此書自非僧祐所作。❺ 而十四卷者當指敘目一卷、僧傳十三卷。

《高僧傳》之題名及其撰述動機，慧皎〈自序〉於歷數諸傳之得失後，即辨明其旨趣：「前之作者，或嫌繁廣，抗跡之奇，多所遺削。謂出家之士，處國賓主，不應勵然自遠，高蹈獨絕，尋辭榮棄愛，本以異俗爲賢，若此而不論，竟何所紀。」又云：「前代所撰，多曰名僧，然名者實之賓也。若實行潛光，則高而不名；若賓德適時，則名而不高。名而不高，本非所紀；高而不名，則備今錄。」可證他因不滿當時的僧衆徇俗好名，而特重其高隱異行，乃發憤撰述高僧的奇言異行。據其與王曼穎書信，曾與商榷義例，《高僧傳》既成，復請其掎摭

❹ 參牧田氏的考證。寶唱的生平參《續高僧傳》卷一，〈梁揚都莊嚴寺金陵沙門寶唱傳。〉

❺ 參陳垣前引考證。

利病，王曼穎亦爲貧寒之高士，可見慧皎的撰述取材，確是以高隱高德諸僧爲其主要的對象。❻

(二)《高僧傳》之著成及引用資料

慧皎撰述《高僧傳》時曾採取兩種資料：一爲書承系統，一爲口承系統。自序即云：「嘗以暇日遇覽群作，輒搜撿雜錄數十餘家，及晉宋齊梁春秋書史，秦趙燕涼荒朝僞歷，地理雜篇，孤文片記；並博諮故老，廣訪先達，校其有無，取其同異。」前者屬於文字紀錄的資料，後者則採錄口頭傳聞，二者相與參證補益，乃能撰成僧傳。

據其〈自序〉所云：「衆家而紀錄，敍載各異。」所謂衆家明著其目者凡有十八家：

沙門法濟，偏敍高逸一跡；沙門法安，但列志節一行；沙門僧寶，止命遊方一科；沙門法進，迺通撰論傳，而辭事闕略，並皆互有繁簡，出沒成異，考之行事，未見其歸。

此類紀傳多依性質相近而歸類，據日本牧田諦亮的考證：《高僧傳》卷四〈竺濳傳〉及《歷代三寶紀》卷八載：竺法濟撰《高逸沙門傳》一卷；《高僧傳》卷八〈法安傳〉云：法安撰《僧傳》五卷，王曼穎亦言「法安止命志節之科」；僧寶撰遊方，王曼穎亦言其「偏綴遊方之

---

❻ 王曼穎事，參陳垣考證，引曾《梁書》二二〈南平王偉傳〉及三六較江革事。

士」；至法進所撰傳則《隋志》言其爲「《江東名德傳》三卷」，王曼穎評爲「名博而未廣」。

慧皎所據的第二類則近於雜傳，嘗云：

> 臨川康王義慶《宣驗記》及《幽明錄》、太原王琰《冥祥記》、彭城劉悛《益部寺記》、沙門曇宗《京師寺記》、太原王延秀《感應傳》、朱君臺《徵應傳》、陶淵明《搜神錄》，並傍出諸僧，敍其風素，而皆是附見，亟多疏闕。

據牧田諦亮的統計：《高僧傳》出於《宣驗記》一條、《幽明錄》三條、《冥祥記》二九條。劉義慶（四〇三—四四四）《宣驗記》三十卷，魯迅《古小說鉤沈》輯本即載孫皓不敬佛事（第十八條），爲《高僧傳》卷一〈康僧會傳〉來源之一。〈康僧會傳〉闡明佛教善惡報應之理：「皓問曰：佛教所明，善惡報應，何者是耶？會對曰：易稱積善餘慶，詩詠求福不回，雖儒典之格言，即佛教之明訓。皓曰：若然則周孔已明，何用佛教。會曰：周孔所言略示近跡，至於釋教則備極幽微；故行惡則有地獄長苦，修善則有天宮永樂。」《宣驗記》則但記其歸佛經過而已，慧皎所云：「亟多疏闕」，當即此類。《宣驗記》三十卷、《幽明錄》二十卷、《冥祥記》十卷均屬佛教類雜傳；稍早則有東晉末、宋初王延秀《感應傳》八卷，今存於《太平廣記》、者凡有二條（卷一一一齊建安王，卷一一四張逸）則與《高僧傳》無關；唐法琳（五七二—六四〇）〈破邪論〉卷下，言吳興朱君臺撰《徵應傳》；《搜神錄》即《隋志》所錄的《搜神後記》十卷，《高僧傳》卷十〈史宗傳〉云：「陶淵明記，白土埭遇三異法師，此其一也。」題名陶潛《搜神後記》已近於志怪小說，《隋志》列諸雜傳；其餘諸書亦屬佛教類雜傳，所謂雜傳者當時人多信爲真實，大抵「記經像之顯效，明應驗之實有，以震聳世俗，使生敬信之心，顧後世則或視爲小說。」❼此外劉悛撰《益部寺記》、曇宗撰《京師寺記》二卷（見《高僧傳》卷十三曇宗傳，隋志作曇景，恐誤），應爲記錄寺中僧侶事蹟的僧傳。

慧皎所據的亦多僧史類的著述：

> 齊竟陵文宣王三寶記傳，或稱佛史，或號僧錄。既三寶共敘，辭旨相關，混濫難求，更爲蕪昧。瑯琊王所撰《僧史》，竟似該綜，而文體未足。沙門僧祐撰《三藏記》，止有三十餘僧，所無甚眾。中書郗景興《東山僧傳》，治中張孝季《廬山僧傳》，中書陸明霞《沙門傳》，各競舉一方，不通今古，務存一善，不及餘行。」

南齊蕭子良（四六〇—四九四）撰《三寶紀傳》，《歷代三寶紀》卷十一言別稱「佛史法傳僧錄」，道宣《大唐内典錄》承之。王巾所撰，《歷代三寶紀》卷十一云：《齊僧史》十卷，司徒竟陵文宣王記室王巾撰，《隋志》作「《法師傳》十卷」。所載的當以有齊一代爲主。題名僧祐撰《出三藏記集》，疑其中多請劉勰製作者；郗超（三三六—三七七）《東山僧傳》，則應屬浙江會稽剡東諸山的《僧傳》；張孝秀爲江西南陽人，母喪歸家，居廬山定林寺，《廬山僧傳》

---

❼ 參魯迅《中國小說史略》。

即記廬山諸僧事（張孝秀《梁書》五一有傳）；陸果（四五九－五三一）《沙門傳》十卷，陸果爲吳郡名家，頗能識佛教的事蹟。（《梁書》二六有傳）三書皆爲偏記一方的僧衆傳記，而並非搜羅完備的僧傳。

王曼穎書又言：「康泓專記單開，王秀但稱高座，僧瑜卓爾獨載，玄暢超然孤錄。」此即《高僧傳》卷九〈單道開傳〉，據康泓撰〈單道開傳〉（《隋志》作〈道人善道開傳〉一卷）；《高僧傳》卷一〈帛尸黎蜜傳〉，即據王秀撰〈高座別傳〉，帛尸黎密號「高座道人」（《世說、言語篇》注）；僧傳卷九〈僧瑜傳〉，據吳郡張辯撰〈僧瑜傳贊〉；卷八〈玄暢傳〉，據臨川王獻立碑，周顒撰玄暢碑文。此類即是魏晉時期是所盛行的別傳體，慧皎即曾廣泛引用此類別傳的碑文資料。

此外，又有晉宋齊梁各朝史書，《高僧傳》所記的較詳於江左諸僧，也多取用南朝的史料；至於「秦趙燕涼僞曆」乃屬諸北朝的史料則比例較少，僅列「僞魏僧」四人；《高僧傳》卷九〈佛圖澄傳〉引田融趙記；地理雜篇，則《高僧傳》卷三〈釋寶雲傳〉云：「其遊歷外國，別有紀傳。」如《天竺旅行記》、曇無竭歷國傳記、庾仲《雍荊州記》之類。其餘「孤文片記」均散見於《高僧傳》之中，可見其取材之廣。

慧皎自述其資料的來源，如各類僧傳及小說性質的諸雜傳，今多已佚失，其中亦有殘存於六朝志怪小說的，也可考見其原貌：如卷十二〈晉霍山釋僧群〉與宋劉敬叔《異苑》即可作比較：

異苑卷五 三八條

釋僧群清貧守節，疏食持經，居羅江縣之霍山，搆立茅屋。孤在海中，上有石盂，水深六尺，常有清泉，古老相傳，是群仙所宅。群因絕粒，其菴舍去石盂隔一小澗，日夕往還，以木爲梁，由之以汲水，年至一百三十。忽見一折翅鴨，舒翼當梁頭就唼，群永不得過，欲舉錫杖撥之，恐有轉傷。因此迴，遂絕水，經數日死。臨死向人說年少時，曾折一鴨翅，驗此以爲現報。

晉霍山釋僧群

釋僧群，未詳何許人，清貧守節，蔬食誦經，後遷居羅江縣之霍山，構立茅室。山孤在海中，上有石盂，徑數丈許，水深六七尺，常有清流，古老相傳云：是群僊所宅。群飲水不飢，因絕粒。後晉安太守陶夔，聞而索之，群以水遺夔，出山輒臭，如此三四。夔躬自越海，天甚清霽，及至山，風雨晦暝，停數日，竟不得至。迺歎曰：俗內凡夫，遂爲賢聖所隔。慨恨而反。群菴舍與盂隔一小澗，常以一木爲梁，由之汲水。後時忽有一折翅鴨，舒翼當梁，頭就唼群，群欲舉錫撥之，恐畏傷損。因此迴還，絕水不飲，數日而終，春秋一百四十矣。臨終，向人說年少時，經折一鴨翅，驗此以爲現報。

比較上下兩文就可知慧皎確是根據《異苑》，而文字則小有改動；但又補了一段太守索水之事，用以彰顯石盂水的神異，由此也可證其資料來源並非只有書承而已。此外又據日本笠置宗性《名僧傳指示抄》等，也可證高僧傳亦受《名僧傳》的影響❽，此類有因有革的情況乃是自然之事。

二、《高僧傳》的神異材料問題

(一)《高僧傳》之神異內容與特色

《高僧傳》即廣集雜傳類資料，其中劉義慶《宣驗記》、《幽明錄》、王琰《冥祥記》、王延秀《感應傳》、朱君臺《徵應傳》、陶淵明《搜神錄》，均屬後世所謂的志怪小說—《新唐志》即列於「子部小說類」。此外如戴祚《甄異傳》、荀氏《靈鬼志》、范晏《陰德傳》、劉敬叔《異苑》亦多載佛教的感應故事。❾ 此外《隋書、經籍志》又著錄「補續冥祥記一卷，王曼穎撰」，可見慧皎之前及梁世，一般雜傳均深受六朝志怪風氣的影響，胡應麟嘗評六朝風尚

---

❽ 此類研究，日本春日禮智氏據笠置宗性鈔寫目錄，撰〈淨土教史料としての名僧傳指示抄名僧傳要文抄並に彌勒如來感應抄第四所引の名僧傳に就いて〉；又牧田諦亮氏，〈高僧傳の成立〉（上）四《高僧傳》目錄對照表，曾詳較二者之關係。《名僧傳指示抄》凡三十卷四百二十五人；《高僧傳》十三卷二百五十七人。其中《高僧傳》中僅三十餘人爲《名僧傳》所不載。此即針砭「頗有浮沈」之弊；至於「開例盛廣」則由《名僧傳》之八科，擴大爲十科。按今《續藏經》史傳部存一卷，題名〈僧傳抄〉。

❾ 嚴懋垣、〈魏晉南北朝志怪小說書錄〉附考證，(1)佛教思想產物即列此數部。

與小說之關係云：「魏晉好長生，故多靈變之說；齊梁弘釋典，故多因果之談。」（《少室山房筆叢》卷二八）齊梁時代的風尚，自然會影響慧皎撰述《高僧傳》的基本觀念，此即其神異性格。

《高僧傳》卷九、卷十爲第三〈神異篇〉，道宣《續高僧傳》三十卷則易「神異」爲「感通」，卷數仍爲二卷，可見〈神異篇〉所佔的比例極爲特別。其實《高僧傳》之富於神異色彩，不僅〈神異篇〉而已，其餘篇中的高僧亦多神異事蹟：第一〈譯經篇〉中即有安世高、鳩摩羅什、曇無讖、求那跋摩等，多示現神蹟，此緣於初期譯經時爲適應中土崇尚道術之風，故多有神咒經類。此種示現神異乃爲了接引初接佛法的中土士庶。第二〈義解篇〉，有關僧侶的感應諸事記載特多，所謂《感應傳》、《徵應傳》即多此類感通應驗譚；第四〈習禪篇〉，其敍述方式最近於〈神異篇〉，多載明習禪後的諸種異象；第五〈明律篇〉，同列於第十一卷中，性質也相近，多爲具現神通；第六〈忘身篇〉，言捨身供養，多有靈異；第七〈誦經篇〉，誦經通神，顯現異象；第八〈興福篇〉，則載造寺塔、鑄佛像，多得善報諸應驗；其次經師及唱導二科，以信行爲主，多得感應，可說整部《高僧傳》多深具神異的色彩。

六朝時代的佛教信仰，據見存碑記統計，以阿彌陀、彌勒，觀世音信仰最爲盛行。《高僧傳》所載的應驗，特多觀音信仰之類：如傅亮、張演《觀世音應驗記》，約撰於南齊末，此類經典尚有逸本留存至今❿，《高僧傳》即有採自《觀世音應驗記》六條、《光世音應驗記》一條⓫，此類應驗事蹟實多具有「震聳世俗」的作用。

《高僧傳》中最能表現其神異性格的，自是以〈神異篇〉爲最顯著，第九卷凡有佛圖澄（附道進）、單道開、竺佛調、耆域四人，附見一人；第十卷爲犍陀勒、訶羅竭、法慧（附范材）、慧則（附慧持）、涉公、曇霍、史宗、杯度、曇始、法朗（附智整）、邵碩、慧安（附僧覽、法衛）法匱（附法楷）、僧慧（附慧遠）、慧通、保誌（附道香、僧朗）十六人，附見九人，凡正傳二十人，附傳十人。所佔的份量雖不大，但取與正史列傳所載的僧人作比較，則其重要性自見，如以《晉書》卷六五〈藝術傳〉爲例：凡列佛圖澄、麻襦、單道開、僧涉、鳩摩羅什曇霍六人，其中鳩摩羅什《高僧傳》列於〈譯經篇〉，其餘均見於〈神異篇〉（麻襦附於〈佛圖澄傳〉內）。唐修《晉書》以齊臧榮緒《晉書》等爲主⓬，以好采詭謬碎事，爲論者所病。其〈藝術傳〉即多採諸《高僧傳》，亦可見這是時代風尚所使然，使史家不得不採取此一敘述的方法。所謂藝術傳，即《後漢書、方技傳》之類，多以道術見稱，其列傳的標準在求其表現技術、法術，能出乎常人能力之外者。僧傳之中，即以〈神異篇〉最合此一標準，

---

❿ 參塚本善隆、〈古逸七朝観世音應驗記〉，《京都大學人文科學研究所創立廿五周年紀念論文集》；牧田諦亮也有專著《六朝古逸観世音應驗記の研究》。

⓫ 牧田氏論文四、《高僧傳》目錄對照表。

⓬ 《隋書、經籍志》載修晉書者：王隱、虞預、朱鳳、謝靈運、蕭子雲、沈約等家；又有何法盛《晉中興書》、習鑿齒《漢晉陽秋》、孫盛《晉陽秋》。

故得列諸〈藝術傳〉中，而與方士、道士同列。可見〈神異篇〉之特有風格，即在於表現神通法力，與其餘的譯解經義、誦讀經文者所重的旨趣自是不同。

(二)〈神異篇〉之篇名及其時代意義

慧皎以「神異」名篇，〈自序〉嘗云：「通感適化，則彊暴以綏。」即以感通爲其特點。惟道宣《續高僧傳》之易爲「感通」者，乃因凡事佛感應，不必有神通者亦得列入。可知「神異」較諸「感通」，即在其强調特具神通，《高僧傳、神異篇》後，慧皎嘗特別總論二卷〈神異篇〉之義諦：

> 神道之爲化也，蓋以抑跨强，摧侮慢，挫兇銳，解塵紛。至若飛輪御寶，則善信歸降；竦石參煙，則力士潛伏。當知至知無心，剛柔在化。

此段論意即說明神異的功用，正在於顯現神通，通感適化。

「神異」二字一般佛籍多稱爲神通、通力，或神通力；單言曰通。神爲妙用不測之義，通爲自在無礙之義。類此不可測而又無礙的力量，靈妙不測，乃爲定力所生。凡有五通、六通、十通之別。《大乘義章》二十本曰：「神通者就名彰名，所爲神異，目之爲神。作用無纏，謂之爲通。」⓭可見慧皎題爲「神異」，乃就神通力所顯之相而言，即佛經認爲佛、菩薩、外道、仙人所得的智慧。所謂五通指五種智證通，各依智而證得之通力：即是神境通、天眼通、天耳通、他心通、宿命通。此五通爲有漏的禪定，或依藥力咒力而得，因此不但佛、菩薩得有，即外道之仙人亦能成就⓮。於此五通，再加漏盡通，即爲六通。得漏盡通，才能斷絕一切煩惱，爲大無礙。佛教東傳後，神通的觀念隨之盛行，而當時中國境內的風尚適與之相與配合，此即漢代瀰漫一時的讖緯奇說，再加上神仙方術，尤其道教於漢末勃興，盛行於六朝，更使方術道藝的神奇傳說推波助瀾，蔚爲一時的風潮。

慧皎之前，佛典關於道術的部分，有些既已翻譯行世：如安世高譯《大安般守意經》、康僧會譯《六度集經》、竺法護譯《海龍王經》、帛尸黎密多羅譯《孔雀王經》等，鳩摩羅什譯《坐禪三昧經》、《大智度論》，此類經典中多少會介紹神通諸說。因此《世說新語、文學篇》劉孝標即有一條注云：

> 經云：六通者三乘之功德也：一曰天眼通，見遠方之色；二曰天耳通，聞障外之聲；三曰身通，飛行隱顯；四曰它心通，水鏡萬慮；五曰宿命通，神知已往；六曰漏神通，慧解累世。

⓭ 參丁福保編《佛學大辭典》：神、通、神通諸條。

⓮ 見《五通次第俱舍論》十八。

可見士大夫階級對於神通的理解，多視爲信佛者所得的六大智慧，經云所指之經，自指此一類經。此種神通，安世高譯《大安般守意經》，即說明禪觀的重要—安指入息，般指出息，梵語（Ānapāna）譯作「安那般那」或「安般」，意爲數息觀。安般經即解說數息守意，能得神通：「得神足者能飛行。」（卷下）神足通即神境通，又云身通：其通力能遊涉往來，變現自在，得不可思議境界的神通。羅什譯《坐禪三昧經》卷下也說明坐禪能得飛行、變化的通力：

> 次學五通，身能飛行，變化自在…復次觀身空界，常習此觀，欲力精進力一心力慧力，極爲廣大，便能舉身，如大風力致重達遠，此亦如是：初當自試離地一尺二尺，漸至一丈，還來本處，如鳥子學飛，小兒學行；復能變化諸物，如觀木地種，除卻余種，此木便變爲地，所以者何？木有地種分，故水火風空金銀寶物，悉皆如是。

另外又譯《法華經、普門品》，來說明觀音變化其相，現三十三化身，濟生渡衆。《高僧傳》中的〈習禪篇〉也多記神異之事，正因坐禪而得飛行、變化的神通力；而其他篇則多記觀音靈異，凡此多顯示當時的佛教信仰，隨佛經的普遍流傳而深入中土社會。

三、〈神異篇〉神通說與傳教法門

(一)〈神異篇〉之神通說

《法華經》序品偈曰：「諸佛神力，智慧希有。」五種智慧或六種智慧即所現的「希有」。

神異一篇所有的「希有」奇特事蹟頗多，其犖犖大者凡有分身之法、涉水術、馴獸術、前知等。

分身之法：《法華經、寶塔品》言：釋迦如來爲化有緣衆生，以方便力，分身十方，廣渡善緣；〈普門品〉所說的觀音應化，也是分身之術⑮。〈神異篇〉中類此分身之說甚夥，〈耆域傳〉即云：

> ……數百人各請域中食，域皆許往，明旦五百舍皆有一域，始謂獨過，未相讎問，方知分身降焉。

此種身如意通，即是自身得變現自在的通力。佛調師事佛圖澄，居常在寺，有奉法兄弟二人，相距百里，佛調卻能同時相見；杯度居建康都城，又能同時出現於南州陳家，飲食自在；邵碩（始康人）於成都在衆人前作師子形，同日郫縣也見碩作師子形；法匱（吳興人）曾於一日，分赴家中、定森及枳園中食；僧慧同日分赴兩家；保誌一夜分宿三處，可見當時人深信得神通者能變化不可思議之力。

與分身術相類者，則有「神足通」：即游涉往來，隱顯飛行。如《晉書、藝術傳》的〈麻襦傳〉、又僧傳中的〈佛圖澄傳〉云：

---

⑮ 此說參考日本學者村上嘉實，《六朝思想史研究》第三章佛教思想第三節《高僧傳》，特此註明。

> （石）虎遣驛馬送還本縣，既出城外，辭能步行，云：「我當有所過，未便得發，至合口橋可留見待。」使如言馳去，未至合口，而麻襦已在橋上，考其行步，有若飛也。

行步若飛即神足力：單道開一日行七百里；耆域曾日行九千餘里；涉公日行五百里；犍陀勒、曇霍行走如風，追者不及，皆此類神通的具現。

又有「涉水術」：杯度其人俗姓不詳，常乘木杯度水，時人歎其「神力卓越，世莫測其由來。」號爲「杯度」者，因其「浮木杯於水，憑之渡河，無假風棹，輕疾如飛，俄而度岸。」耆域亦曾因衣服弊陋，渡者輕而不載，及船抵岸，域已在岸上。類似的身通隱顯自在，法慧、僧慧、慧通、法朗、慧安等均曾顯現。

馴獸術：得通力者，心懷慈悲，猛獸亦不驚不懼。〈耆域傳〉云：「前行見兩虎，虎弭耳掉尾，域以手摩其頭，虎下道而去，兩岸見者，隨從成群。」佛調曾入虎穴，與虎共臥。〈坐禪篇、竺曇猷傳〉曾記猛虎數十，悉來聽其誦經。

予言術，能前知：犍陀勒的通力，能預見事情，「如言皆驗」；涉公能「言未然之事，驗若指掌。」邵碩因事見意，「以此爲讖」；僧慧以喜瞋表示微意，「時咸以此爲讖」。此外慧通、保誌諸傳中屢次記載其談言微中，常有效驗。故《周書、藝術褚該傳》云：「又有衛元嵩者，亦好言將來之事，蓋江左寶誌之流。」（卷四七）佛圖澄能前知軍事的成敗，聽鈴聲，即可知石勒將死；又可預知吉凶，趨治避亂。佛圖澄又能以麻油塗掌，見掌中即可知千里外之事。

大抵而言，類此天眼通、天耳通、他心通，皆能見遠方之色，聞障外之聲。麻襦與佛圖澄又曾「論數百年事」，神知已往，則已屬宿命通。

依鳩摩羅什所譯的《大智度論》（第二十八），可知此類因慈悲心而現的神通，不外飛行、變化、隨意自在等。因一切色，一切相，均是空幻，滅此色相，斷一切漏，自然獲得大智慧。

㈡　佛教神通爲傳教方便說

羅什譯《大智度論》曾說明爲何菩薩要現神通？就中土人士而言，知識階層雖有孔子「不語怪力亂神」的明訓，比較能以理性態度判斷事理。但是漢代經生盛談讖緯，史家即疵爲迷信。至於一般的庶民階層，則抽象的哲理、繁瑣的推論更不易接受。佛教東來時，士大夫始以玄理視之，援引老莊玄理作格義，以接納佛經中深奧的神學觀念，這是六朝佛教發展的初期階段，一般學者著書立說，也都集中心力於此。事實上，佛教在民間傳播而能深入，都有賴於一些通俗的教化。現神通力就是這種方便法門，爲研究佛教發展史中不容忽視的事實。《大智度論》即言其故：

> 菩薩離五欲得諸禪，有慈悲故，爲衆生取神通，現諸希有奇特之事，令衆生心清淨。何以故？若無希有事，不能令多衆生得度。

現諸希有奇特的事情，可使衆生心清淨，其最著的證驗在《高僧傳》中屢屢言之。佛教傳法本有自上起之說，道安即持此論，因爲國王護教，裨益傳教最大。帝王既位尊勢大，且較無暇體會佛理，此種情況則示現神通力最爲方便。慧皎〈神異篇〉論曰：

自晉惠失政，懷愍播遷，中州寇蕩，竇羯亂交；淵曜篡虐於前，勒虎潛凶於後，郡國分崩，民遭塗炭。澄公憫鋒鏑之方始，痛刑害之未央。遂彰神化於葛陂，騁懸記於襄鄴，藉祕呪而濟將盡，擬香氣而拔臨危，瞻鈴映掌，坐定凶吉。終令二石稽首，荒裔子來，潤澤蒼生，固無以校也。

慧皎析論高僧所以現神異，謂其具見苦心，因慈悲故，佛圖澄初見石勒，勒即詢問：「佛道有何靈驗？」此語可以代表多數君王、甚至是庶民的疑問。「澄知勒不達深理，正可以道術爲徵。」類似的想法也足以代表高僧發慈悲心的緣由，於是佛圖澄即善巧地就近變現神通爲證：

即取應器盛水，燒香呪之，須臾生青蓮花，光色曜目，勒由此信服。澄因而諫曰：『夫王者德化洽於宇內則四靈表瑞，政弊道消則慧孛見於上，恆象著見，休咎隨行，斯廼古今之常徵，天人之明誡。』勒甚悅之，凡應被誅餘殘，蒙其益者，十有八九。於是中州胡晉略皆奉佛。

此段敘述佛圖澄善巧方便地宣揚佛法，普渡衆生，以此爲最直截而有效。涉公也深得苻堅的信服，屢有降雨的神術；曇霍表現神通力，南涼禿髮檀爲之改信；曇始不爲刀傷，夏國赫連勃勃因而信任，凡此都是當時的高僧以變現神通力勸化强胡君主，使佛法得以弘揚的顯證。

涉公等有祈雨之術，霑益生靈；他如佛圖澄、保誌等人都曾應帝王的請求，呪願祈雨。此外亦多以醫術傳道的，此類例證尤爲中國醫學史之事實：初來的梵僧率多能醫，如安世高「七曜、五行、醫方異術，無不綜達。」（《高僧傳》卷一）這類醫術乃指實際的用藥，至於以神術醫病，即是〈神異篇〉所記載的：單道開能醫治前秦石韜的眼疾，耆域則治癒衡陽太守滕永文的曲腳，均能使他們在傳教上有大方便。

高僧之現神通於統治者之前，上行下效，如草上風。涉公祈雨之後，「堅奉爲國師，士庶皆投身接足。」僧慧則是寫經贈人，大火之後，首軸顏色一無虧損，「於時同見聞者，莫不迴邪改信。」曇霍能測知錫杖的藏處，衆人「奇其神異，終莫能測，然因之事佛者甚衆。」至於保誌則「與人言，始若難曉，後皆效驗；時或賦詩，言如讖記，京土士庶皆敬事之。」可見不論是帝室、士流或庶民，對於神通希有之事都能起信咸服；較諸深奧的哲理，所發揮的作用更直截而普遍化。此即所謂「爲慈悲故」，才顯現如許希有奇特的神通。

此外還有一種神異，即《高僧傳》中一再記載的坐化後的靈跡：佛圖澄滅度後，石虎於其棺中收得錫杖與鉢；佛調卒後又現，開棺則只存衣履；保誌「無疾而終，屍骸香輭，形貌熙悅。」其他如杯度、邵碩、慧通等咸有神異的靈象，而使衆生起信感服。〈習禪篇〉也多記述諸多坐化的異象：如帛僧光入定而卒，顏色如常，形骸不朽；又如釋法成，「竟合掌而卒，侍疾十餘人，咸見空中紺馬背負金棺，升空而逝。」類此記述都以神通具現其勘破形骸，而終能拾身歸真，慧皎曾錄袁宏爲單道開所作讚云：「物儁招奇，德不孤立。遼遼幽人，望巖凱入。飄飄靈仙，茲焉遊集。遺屣在林，千載一襲。」皆極致其敬仰之意。高僧處生處死之道，確實有其神化不測的奇特方式。

四、餘論：《高僧傳》的神通說與仙道神通

慧皎之撰《高僧傳》，於〈神異〉、〈習禪〉、〈忘身〉等篇所述的神異事蹟，論者或以爲與神僊方術之說有所關繫。⑯將佛教和道教的神通說作比較研究：可以發現魏晉南北朝通俗性佛教信仰略有傾向於表現神通之處，而慧皎所使用的資料及其思想自也不免染習了時代的色彩。然釋、道二教對於神通獲得之方法、目的及最終理想，從教義體系而言則是頗有同異，在此需要進一步加以辨明。

釋徒與道士多常隱居山林，其飲食問題爲現實的需要，故常有服食之法。服食變化自是爲道籍所重，葛洪《抱朴子》即多加以闡述，這是道教徒服食求仙的法術之一：習禪者釋法成即是「不餌五穀，唯食松脂。」（〈習禪篇〉）其行爲有類於辟穀；單道開也「絕穀，餌柏實，柏實難得，復服松脂；後服細石子，一吞數枚，數日一服；或時多少噉薑椒，如此七年。」服

⑯ 大谷哲夫、〈魏晉代習禪者的形態〉，即專從習禪者的神異與神仙家的關係作說明，《印度學佛教學研究》第二十一卷二號。

食不輟之術適爲神僊家所企慕者，因而僧傳所載的「時樂仙者多來諮問，開都不答。」其後始說一偈云：

> 我矜一切苦，出家爲利世。利世需學明，學明能斷惡。山遠糧粒難，作斯斷食計。非是求仙侶，幸勿相傳說。

單道開在偈語中明白說明絶穀的真意，並不在於求成仙，因此同樣是絶穀術但仍是與神仙道教中人有所區別。

又如高僧處死之法也有類於道教的尸解：袁宏讚單道開「飄飄靈仙」，以及〈神異篇〉中所述的復生傳說，皆可視爲六朝時一般人對佛、道的神蹟確有混同視之的情況。佛門中人乃爲了令衆生得度，因此現神通事，如法朗「焚屍之日，兩肩湧泉直上於天，衆歎希有，收骨起塔。」此即現諸希有，令衆起信，與道教修道尸解而僊去遨遊者不同。佛教是爲了求解脱臭皮囊，得入涅槃之境；道教尸解得仙則是嬉遊名山，實具有遊戲人間之現實意味，故與佛教的莊嚴意味大有異趣。

僧傳〈習禪篇〉多載安禪諸僧事，慧皎自序云：「靖念安禪，則功德森茂。」靖念安禪多擇深山幽谷、人跡罕及之地，篇中一再敘述淨度、慧嵬、帛僧光、法緒、法成、曇猷諸僧，修業山林，具現神通。道教中人的登涉山林，修習道業或伏鍊丹藥，亦多擇名山，可見山林同爲修道與習禪之所。神仙傳記中凡載修道者入山，均言不知所終、或傳聞僊去，即以得道成仙爲解。彗皎的敘述筆法則間有類似之處：如云帛僧光「禪遷雖久而形骸不朽。」釋法成的卒法，其敘述尤類於道教的尸解仙。實則神「遷」者皆應解爲圓寂滅度的「遷」去之意，不必如神僊家之言「僊」去。惟時代風尚之所趨，慧皎也難免受到一些影響，因而採用類似的敘事筆法。

總而言之，佛教本謂五神通即外道仙人亦可依智修得，〈神異〉、〈習禪〉等篇所敘述的雖是有類於靈異，但是並不可以靈異即爲靈異。慧皎即洞燭釋道之異，嘗云：「若其誇衒方伎，左道亂時，因神藥而高飛，藉芳芝而壽考，與夫雞鳴雲中、狗吠天上、蛇鵠不死、龜靈千年，曾是爲異乎？」所異者爲何？即「理之所貴者，合道也；事之所貴者，濟物也，故權者反常而合道，利用以成務。」神異的顯現只是一種「權變」，乃爲濟物、渡生。因此〈神異篇〉中諸僧：「佛調、耆域、涉公、杯度等，或韜光晦影，俯同迷俗；或顯現神奇，遙記方兆；或死而更生、或窆後空棺，靈跡怪詭，莫測其然。」凡此怪詭、希有，並不在於顯奇爲能，而在能「令衆生心清淨」。可見二者相較之後，可知道教以神通變化爲樂事，其最高的理想在求長生成仙；佛教則以具現神通爲權變，其最高的理想在求解脱生死，入於涅槃，兩者一爲現世主義，一重來世之説，故於神通一觀念仍多有差異之處。

後記

有關六朝隋唐與神仙道教有關的小說，大多收於這一集內，雖說是「小說」，在當時多是以神話傳說視之，流傳於道教內部及民間社會，時人多視其爲真實，足以激發其學道求仙的內在動力。由於是在原本立意作「道教文學」的夙志之故，加以近兩年嘗試開「道教文學專題」的課程，因而有意拈舉爲書名，作爲「道教學」中的一支。從十年前開始至今，近二十年間所發表的多散見於相關學術刊物中，尋索不便，乃決定從諸多篇目中選出其中的一部分，將性質相近的八篇都爲一集，其中有兩篇是博士班時期所習作的即作爲附錄，以誌此一研究的初學階段篇目，其先後次第如下：

①一九八〇　〇一　〈六朝仙境傳說與道教之關係〉、《中外文學》八卷八期，頁一六九—一八八（原比較文學會論文宣讀）。

②一九八二　十二　〈慧皎《高僧傳》及其神異性格〉、《中華學苑》二十六期，頁一二三—一三七。

③一九八三　十二　〈神仙三品說的原始及其演變〉、《漢學論文集》第二期（台北　文史哲），頁一七一—二二四。

④一九八七　〇九　〈西王母五女傳說的形成及其演變——西王母研究之一〉、《東方宗

教研究》一期，頁六七—八八。（原東方宗教討論會宣讀）

⑤一九八八　〇五　〈六朝道教洞天說與遊歷仙境小說〉、《小說戲曲研究》一集，頁三一—五二。

⑥一九九〇　〇六　〈道教謫仙傳說與唐人小說〉、《第二屆國際漢學會議論文集》，頁三五七—三七四。

⑦一九九〇　十一　〈魏晉神女傳說與道教神女降真傳說〉、《魏晉南北朝文學與思想研討會論文集》，頁四七三—五一三。

⑧一九九〇　十一　〈孟郊〈列仙文〉與道教降真詩〉、《唐代文化研討會論文集》（台北，文史哲），頁六四五—六六八。

總共八篇雖是在不同時期不同會議上發表，不過其中所關顧的仍自有其一貫性，因此在〈導論〉中特別闡明了有關「誤入與謫降」的主題，用以貫串這一系列研究的內在聯繫，其中有些即奠基於博士學位論文再加以補益改寫，有些則繼續再試作開拓，期望能究明「道教文學」所具有的宗教文學特質。其中有三篇是較具有道教的基本理念的：即③、⑤及⑥，分別說明道教如何傳續並發展前道教時期的仙界結構、道教和民間對於洞天遊歷說的相互關係、及謫謫的觀念如何出現、演變。有關「誤入」的主題，早期在讀過小川環樹教授的開創之作後，即試著從道教的角度理解。也因這一篇而與在日本的王孝廉兄論交，後來他也寫過一篇精彩的仙鄉小說的研究；不過自己在宣讀後就深覺該把原先搜集的道教資料作一比較，否則不易彰顯與道教之關係，後來有一次 Stephen R. Bokenkamp 教授來台，談起他也曾嘗試研究同一想法。因而決定不再受類似「比較文學會」的篇幅及會議性質之限，擴大整理成另一種論文型態，因爲與原先已有的分析不完全重覆，乃予收入作爲附錄。其次就是有關謫仙一篇，日本道教學前輩宮川尚志博士已寫過一篇頗具啓發性的〈謫仙考〉，剛好自己在接續六朝作唐代道教研究時，已搜集的資料也不少，因而決定續作發揮寫成較完備的一篇專論，以誌宮川先生一再鼓勵之情。其實有關謫仙文學目前是計劃寫成專書的，也已完成了鄧志模及李汝珍兩位的作品研究，而尚繼續進行的則是系列的大小説如《水滸傳》、《紅樓夢》等，及元雜劇中的「神仙道化劇」，由於年内一時還無法悉數寫成，爲了與其他篇配合就先收入。將來希望能將它改寫後再收入專書中。

第二類則是有關神女、降真諸事，即④及⑦、⑧三篇，原先是爲了完成西王母的專題研究，這是研究中國古神話及當代民間信仰者已經從事的古代女神研究，但是道教化了的西王母則是目前仍少有人處理的，因而從道書仙傳集及上清經派中搜集了相關的材料，結果只完成了「之一」，其餘的則部分見於《漢武内傳的研究》（收於《六朝隋唐仙道類小説研究》）。由於目前雖然尚未及完成西王母的整體研究，卻反而注意及有關「神女」的問題，並將道教神女與民間傳説的神女比較研究，發現其中有所異同之處，這是一個富於民俗學神話學趣味的問題；其次還有降真詩，從上清經派的南真夫人解説了孟郊的〈列仙文〉，到目前研究有關六朝道書中的大量降真詩，正與女棣林帥月進行較大規模的搜集整理，她先前已完成了有關《真誥》及上清經派中仙歌的碩士論文，等資料全部整理後就可在博士論文中作較全面的整理研究，將可爲嚴可均，逯欽立所輯的增補一大批仙歌資料。

道教的形成正當六朝至唐，因而詩歌與筆記小說中都有充分的反映，這些作品數量不少，本來在博士論文完成後，就有意接下續完唐代、也搜集了一大批資料。十餘年已來有些年輕新進也有意從事這一課題的研究，因而也陸陸續續補足這一空缺，先後指導了數位：其中有吳淑玲作〈唐詩中的仙境傳說研究〉、許雪玲作〈唐代遊歷仙境小說研究〉、張美櫻作〈漢末六朝仙傳集之敘述形式與主題分析〉，這一系列的研究大體已完成了本集中尚未收入的六朝及唐代部分。雖然這些基礎研究部分較集中於道書外的文學史料，不過整個道教文學史的前半部多少浮現了較清楚的輪廓；等將來後半部戲劇、小說及民間文學中，正進行中及尚待進行的研究課題能一一規劃完成，屆時在道教學的教學研究中就可方便地開設「道教文學」的專題研究。學術本就是天下之公器，一個較冷僻的課題要完成全面性研究，總是較諸熱門題目要耗費更長的時間，不過目前風氣漸開，特別是大陸的同行也漸多，這一目標應可在共同努力下加速完成吧！是爲道教學界之幸。校稿已畢，頓覺二十年的道教研究已否極泰來，來日大發，故誌此以作紀念。

國家圖書館出版品預行編目資料

誤入與謫降：六朝隋唐道教文學論集/李豐楙著·
--初版--臺北市：
臺灣學生，民85
面；　公分

ISBN 957-15-0752-0(精裝)
ISBN 957-15-0753-9(平裝)
1.中國文學 － 歷史 － 六朝（222－588）－ 論文，講詞等　2.中國文學 － 歷史 － 隋唐（581－907）－ 論文，講詞等
820.903　　85004434

誤入與謫降：六朝隋唐道教文學論集

著作者：李豐楙
出版者：臺灣學生書局
發行人：丁文治
發行所：臺灣學生書局
臺北市和平東路一段一九八號
郵政劃撥帳號〇〇〇二四六六八號
電話：三六三四一五六
傳真：三六三六三三四

本書局登記證字號：行政院新聞局局版臺業字第一一〇〇號

印刷所：常新印刷有限公司
地址：板橋市翠華街八巷一三號
電話：九五二四二一九

定價　精裝新臺幣三五〇元
　　　平裝新臺幣二八〇元

中華民國八十五年五月初版

23006

ISBN 957-15-0752-0（精裝）
ISBN 957-15-0753-9（平裝）

臺灣學生書局出版

道教研究叢刊

①六朝隋唐仙道類小說研究	李　豐　楙　著
②明代道教正一派	莊　宏　誼　著
③全真教與大蒙古國帝室	鄭　素　春　著
④明代道士張三丰考	黃　兆　漢　著
⑤道藏丹藥異名索引	黃　兆　漢　編
⑥漢魏六朝佛道兩教天堂地獄說	蕭　登　福　著
⑦蘇軾與道家道教	鍾　來　因　著
⑧道教與文學	黃　兆　漢　著
⑨憂與遊：六朝隋唐遊仙詩論集	李　豐　楙　著
⑩誤入與謫降：六朝隋唐道教文學論集	李　豐　楙　著